Magisch Verschneit

Magisch

Verschneit

Ina Linger
&
Cina Bard

Impressum

www.inalinger.de
Email: ina-linger@web.de
Bestellung und Vertrieb: Nova MD GmbH, Vachendorf
Druckerei: Mazowieckie Centrum Poligrafii Wojciech Hunkiewicz, Ciurlionisa Strasse 4, 05-270 Marki, Provinz. Mazowieckie, Polen
Veröffentlicht durch: I. Gerlinger, Spindelmühler Weg 4, 12205 Berlin
Einbandgestaltung: Ina Linger
Fotos: Shutterstock; Unholy Vault Designs, Elena Schweitzer, Phive
Titelschriften: Typographer Mediengestaltung, Gluk
Lektorat: Faina Jedlin
ISBN: 978-3-96443-897-3

„Der Nordwind pfeift,
wirbelnder Schnee fällt zuhauf.
Sei gut zu mir, liebe mich,
fass meine Hand, nimm mich bei dir auf."

Shi-King, Chinesische Liedersammlung des 8. bis 6. Jh. v. Chr.

Prolog

Viljo Marušić war sein Leben lang ein bodenständiger, praktisch veranlagter Mensch gewesen. An Märchen und Legenden hatte er schon als Kind nicht richtig geglaubt und auch der Aberglaube, unter dem manch einer seiner Bekannten, Freunde oder gar Familienangehörigen regelrecht *litt*, hatte sich nie in seinem Verstand einnisten können. Aufgeregten Erzählungen von seltsamen Geschehnissen oder gruseligen Begegnungen aus dem Freundes- und Arbeitskollegenkreis hatte er bisher meist stillschweigend, aber auch mit einem breiten Grinsen gelauscht und ab und an sogar einen Witz über die Leichtgläubigkeit oder gar Hysterie des Erzählers gerissen, um damit einige Lacher zu ernten. Niemand konnte ihm einen Bären aufbinden oder mit solcherlei Erlebnisberichten auch nur einen Funken von Angst in seinem Herzen erzeugen. Übersinnliches gab es nun mal nicht. Zumindest hatte er das bis zum heutigen Tage gedacht.

Seit gut einer Woche arbeiteten seine Kumpane und er nun schon in der alten Mine in der Nähe des englischen Dörfchens Ghrianbury, hatten die alten Tunnel stabilisiert und damit begonnen, neue anzulegen, weil es hier angeblich einen Eisenerzfund gegeben und der neue Besitzer eine Aufstockung seines Vermögens erschnuppert hatte. Viljo hatte tatsächlich ein bisschen Eisenerz gefunden, jedoch sofort das Gefühl gehabt, dass der dumme reiche Schnösel Meyers einem fetten Betrug aufgesessen war. Das hatte er ihm auch versucht verständlich zu machen – nur hatte der Mann ihn nicht ernst genommen, sogar seine Kompetenz in dieser Hinsicht in Frage gestellt. Viljo und die anderen hatten daraufhin nur die Schultern gezuckt und waren mit ihrer Arbeit fortgefahren. Solange sie bezahlt wurden, würden sie für Meyers auch einen Tunnel bis nach China buddeln – und sich am Ende vor Lachen die Bäuche halten, wenn der Mann bankrott und heulend vor ihnen stand.

Noch nie hatte Viljo eine Entscheidung derart bereut, wie in dem Moment, in dem eine der gestützten Wände eines älteren Tunnelabschnitts direkt vor ihm und den anderen Arbeitern in sich zusammengefallen war. Dahinter hatte sich nicht etwa ein Zugang zu einem alten Tunnel befunden, sondern eine weitere Wand – dieses Mal eine, die aus Kalksteinen zusammengesetzt war und ein zugemauertes Fenster in Form eines Torbogens besaß. Auf dem Gestein innerhalb dieses Bogens befand sich eine Inschrift, so altmodisch und verschnörkelt geschrieben, dass Viljo die Worte wahrscheinlich auch dann nicht hätte entziffern können, wenn sie in seiner Muttersprache verfasst gewesen wären.

Vermutlich hätte ihn das alles nicht weiter beeindruckt oder gegruselt, wäre nicht von dem Gemäuer aus eine eisige Kälte aufgestiegen, die die Temperatur im Tunnel gleich um mehrere Grade gesenkt hatte, und ein Geräusch zu hören gewesen, das sämtliche Haare auf seinem Körper zu Berge hatte stehen lassen. Was genau es war, konnte er gar nicht sagen, denn es war nicht laut, obwohl es sein Inneres zum Vibrieren brachte. Ein Zischen? Ein Flüstern? Das Hauchen einer verirrten Seele? Dabei existierten Geister doch gar nicht! Und dennoch drangen plötzlich leise Worte aus *seinem* Mund, die er noch nie zuvor gesprochen hatte, als würde eine fremde Macht für einen kurzen Moment seine Stimmbänder für ihre Zwecke benutzen.

„Viljo?!“, vernahm er jetzt Stefans verängstigte Stimme hinter sich und der Atem seines Freundes blies in einer weißlichen Wolke an ihm vorbei, bezeugte, dass Viljo sich die Kälte nicht etwa einbildete. „Lass … lass uns Schluss machen und Mr Meyers fragen, was das hier ist, ja?“

Viljo nickte und konnte sich gleichwohl nicht bewegen, starrte das seltsame Wappen an, das unter der Inschrift zu finden war. Es zeigte zwei Tiere, die ineinander übergingen: Einen Bären und einen Widder.

‚Berühr es!‘, vernahm er eine fordernde Stimme in seinem Kopf und erschauerte. ‚Tu es!‘

Spätestens jetzt hätte er sich auf den Fersen umdrehen und weglaufen müssen, doch seine Füße waren wie festgewachsen und er hatte keine Kontrolle mehr über seinen Körper. Ihm stockte der Atem, als er sich selbst dabei zusah, wie er am ganzen Leib zitternd die Hand hob, sie auf das Wappen zubewegte.

„Viljo!“, rief nun auch Milan hinter ihm entsetzt und er hörte, dass der kräftige Mann auf ihn zustürzte.

‚Schnell!‘, drängte die Stimme weiter.

Viljos Hand schoss vor und traf auf den eiskalten Stein, kurz bevor er von hinten gepackt und zurückgerissen wurde.

„Bist du des Wahnsinns?!“, keuchte Milan in sein Ohr. „Wer weiß, was …“

Er brach ab, denn plötzlich begann der Boden unter ihren Füßen zu beben und auch die alte gemauerte Wand mit dem Torbogen stürzte in sich zusammen. Grelles Licht schoss aus dem neu entstandenen Loch heraus und Viljo schirmte seine Augen mit den Händen ab, wich voller Angst zusammen mit seinen Kameraden zurück, denn jeder von ihnen konnte erkennen, dass sich etwas in dem Licht bewegte. Etwas Großes … Mächtiges … Nicht Menschliches …

„Heilige Mutter Gottes!“, keuchte Stefan und bekreuzigte sich eiligst.

Viljo war zu keiner Regung mehr fähig. Seine weit aufgerissenen Augen waren auf das Licht und das Wesen gerichtet, das sich dort reckte und streckte, zu neuem Leben erwachte. Sein Herz raste und seine Kehle schnürte sich zu. Er konnte Fell erkennen … und Hörner! War das etwa Satan persönlich?!

Es war ein grässliches Heulen, das wieder Regung in Viljos Körper brachte. Ein Heulen, das in einem lauten Brüllen endete und nur eines bedeuten konnte: Das Untier war wütend – *schrecklich* wütend. Viljo warf sich herum und rannte davon, so schnell wie ihn seine Beine tragen konnten. Und er tat das nicht leise. Er schrie aus vollstem Halse. Schrill und erfüllt von Todesangst, auch wenn es unvernünftig war und die Bestie wahrscheinlich nur weiter reizen würde. Es gab nun mal Situationen, in denen man nichts anderes mehr tun konnte. Vielleicht half es ihnen ja und es kam noch jemand, der sie rettete – vor dem Monster, das sie selbst geweckt hatten. Vor dem Fluch, den sie ausgelöst hatten und der sie alle auslöschen würde …

O Schnee, O Graus

Bäume, Felder, Asphalt. Bäume, Felder, Asphalt. Bäume, Felder, *zerfallene Scheune*, Asphalt. Oho, eine Abwechslung! Vermutlich schon das Aufregendste, was Patricia in den nächsten zwei Wochen zu Gesicht bekommen würde, also musste sie den Anblick unbedingt genießen. Sie drückte ihren Rücken gegen den hinteren Teil des Autositzes und versuchte, sich in dem engen Raum so gut wie möglich zu strecken.

Wie gerne hätte sie hinten gesessen, um wenigstens die Beine hochlegen zu können, aber Rücksitz und Kofferraum waren von Koffern und unzähligen Geschenken derart in Beschlag genommen worden, dass nicht einmal ein Rehpinscher dort hinten hätte Platz finden können. Noch viel schöner wäre es gewesen, sich darüber hinaus gar nicht erst hier im Kleinwagen ihrer Mutter, sondern zuhause in ihrem kuscheligen Bett zu befinden – mit einem Buch vor der Nase und einer dampfenden Tasse heißen Kakaos mit Marshmallows neben sich. Das wäre genau das Richtige bei diesem lauwarmen Nieselwetter, das sie bereits den halben Weg begleitete. Zuhause hatte es schon angefangen zu schneien, doch hier sah es eher aus wie im Spätherbst und nicht wie kurz vor Weihnachten.

„Und hier sind wir wieder, mit unserem bekannten und beliebten Mix aus Oldies but Goldies and Newbies but ...“, drang die Stimme des Radiomoderators in ihre Gedanken, dann verstummte er kurz, bevor er mit einem ungläubigen Lachen fortfuhr: *„Tut mir leid, Leute, ich hab unseren eigenen Slogan vergessen, vermutlich weil ich letzte Nacht zu viel vom Eggnogg genascht habe, aber ich schwöre, dass es nicht meine Schuld war. Meine heißgeliebte Patsy hat ein neues Rezept ausprobiert und brauchte die Meinung eines Fachmannes und ... was soll ich sagen ... hier ist ‚Summersweet-Radio‘ live aus Ghrianbury, das sich eigentlich ‚Winterbitter-Radio‘ nennen müsste – im Ernst mal, ist euch auch so kalt wie mir, Leute? – mit einem meiner all time Favs ... ‚Last Christmas‘!“*

Mit einem entnervten Seufzen hielt sich Patricia die Ohren zu. Es nützte jedoch nichts, weil der angekündigte Song, den sie allmählich nicht mehr hören konnte, durch ein menschliches Dolby Surround System im begrenzten Platz des PKWs unausweichlich wurde. Die Hände verzweifelt auf ihre Ohren gepresst, sah sie nach rechts und eine Maske unvorstellbaren Grauens bemächtigte sich ihrer Gesichtszüge. Ihre Mutter sang aus voller Kehle mit, ihr Kopf wippte selig-beschwingt von links nach rechts und ihre Finger trommelten im Takt der Musik aufs Lenkrad. Links – rechts – klopf – klopf. Links – rechts – klopf – klopf. Links – rechts …

Patricias Lider flatterten und sie ließ ihren Kopf nach hinten fallen, eine Hand dramatisch gegen ihre Stirn gepresst. Sofort ruckte der Wagen ein wenig und ihre Mutter sah alarmiert zur Seite. „Alles okay, Liebling?“

„Na klar, ich laufe nur Gefahr, an einer Überdosis Langeweile, gepaart mit einer gefährlichen Mischung aus Weihnachtsdepression und Lebenskrise zu verrecken, aber ansonsten ist alles gut."

„Was??", rief ihre Mutter entsetzt und brachte den Wagen mit quietschenden Reifen und einem beunruhigenden Seitwärtstanz auf dem Seitenstreifen zum Stehen. „Überdosis? Was hast du wieder gemacht?! Hast du diesmal etwa Drogen ausprobiert? Und auch bestimmt noch irgendwelchen verstreckten Mist. Meine Güte, wenn du schon etwas ausprobieren musst, dann rauch doch wenigstens das gute alte Dope und zieh nicht diesen neumodischen Synthi-Dreck durch!"

„Es heißt ‚gestreckt', nicht ‚verstreckt' und ‚reinziehen' nicht ‚durchziehen'", wandte Patricia genervt ein und erkannte ihren eigenen Fehler fast im selben Moment, doch es war bereits zu spät.

„Ach, jetzt kennen wir uns schon im einschlägigen Drogenjargon aus, oder was?", schnappte ihre Mutter und lenkte den Wagen wieder zurück auf die Fahrbahn. „Das wird ja immer schöner! Da bin ich doch gleich doppelt froh, dass wir Weihnachten hier in Ghrianbury verbringen und nicht in London. Als *ich* in deinem Alter war, haben wir noch andere Kicks gehabt … "

Der beste Satzanfang, um sein Kind geistig abschalten zu lassen, dennoch vernahm Patricia einige Worte wie ‚Strandpartys', ‚Miniröcke' und ‚Kissing Rock', anhand derer ihre Mutter ihr wohl zeigen wollte, wie cool sie damals gewesen war. Als der Begriff ‚Nacktbaden im Mondschein' fiel, hob Patricia allerdings entschieden eine Hand.

„Mum, das war jetzt mal wieder mehr, als ich je von dir wissen wollte."

„Ach, lustig mit Drogen herumexperimentieren –"

„Ich nehme keine Drogen!", erinnerte ihre Tochter sie verärgert, doch ihre Mutter wetterte einfach weiter.

„– aber bei ein bisschen bloßer Haut gleich kleinmädchenhaft empfindlich werden. Werd erwachsen, Patricia! Konzentrier dich endlich auf das wirklich Wichtige im Leben! Such dir einen Job oder studier wenigstens ordentlich und leb nicht einfach nur so in den Tag hinein, dann hast du auch keine Zeit mehr für solche Flausen. Im Ernst – sind das etwa die Werte, die wir dir vermittelt haben?"

Patricia schloss für einen kurzen Moment die Augen und zwang sich, ruhig weiter zu atmen, dann öffnete sie diese wieder. Na klar, das Thema musste ja wieder kommen. Die Wortwahl änderte sich von Mal zu Mal ein wenig, doch inhaltlich blieb es das Gleiche. Und es war noch nicht zu Ende, das wussten sowohl sie als auch ihr sich verkrampfender Magen. *Sag es nicht Mum, sag es nicht ...*

„Nimm dir ein Beispiel an deinem Bruder!"

Konversationskillersatz Nummer zwei. Was sollte man darauf sagen?

„Dean war in allen wichtigen AGs, hat immer fleißig gelernt und studiert jetzt in Oxford Medizin, wo er einen guten Abschluss machen wird. Woher ich das weiß? Weil er zielstrebig ist und man sich auf ihn verlassen kann, deshalb."

Ein frustrierter Laut entfleuchte Trishas Kehle und ihre Mutter warf ihr einen wütenden Blick zu.

„Du hast ja nun absolut keinen Grund, dich zu beschweren, junge Dame! Immer nur faulenzen … aber das hat jetzt ein Ende! Nutz die Ferien und mach endlich ein paar Pläne. Neujahrsvorsätze für ein erfolgreiches neues Jahr, in dem dein Vater und ich auf dich stolz sein werden."

Patricia schloss die Augen. „Frohe Weihnachten, *ha ha*", murmelte sie und musste nicht hinsehen, um zu wissen, dass ihre Mutter wütend die Zähne zusammenbiss.

‚Ha ha' bezeichnete im Japanischen die eigene Mutter und Patricia liebte die Doppeldeutigkeit des Wortes. Ein kurzer und recht armseliger Triumph, aber wenigstens hielt er ihre Mutter von weiteren Lobeshymnen auf ihren Sohn ab. Der tolle Vorzeigesohn, der leider nicht hatte mitkommen können, weil er für eine Prüfung lernen musste. Aussicht auf sein späteres Erscheinen: 40 %. Das Traurige an der Sache? In seinem Fall war das keine Ausrede, um sturmfreie Bude zu haben und heimlich wilde Partys mit seinen Freunden zu feiern. Er würde *wirklich* lernen, obwohl ihm doch ohnehin alles in den Schoß fiel und er vermutlich bereits alle wissenschaftlichen Werke der Welt in drei Sprachen gelesen hatte. Im Gegensatz zu seiner Schwester, die am liebsten Fantasybücher verschlang und geistig in ferne Welten verschwand, weit weg von ihrer nervigen Familie, las er ausschließlich Fachliteratur. Fantasie und das Abtauchen in andere Universen waren für ihn in etwa so nachvollziehbar wie Pizza mit Ananas. Die Patricia wiederum heiß und innig liebte.

Sie war nie eine schlechte Schülerin gewesen, aber auch keine extrem gute, obgleich sie von ihrer Umwelt meist als intelligent wahrgenommen wurde. Ihr hatte nur des Öfteren der Ehrgeiz gefehlt, der Dean zu eigen war, und anstatt jeden Tag zu lernen, um Bestnoten zu schreiben, hatte sie lieber ihre Freizeit genossen – eben vor allem mit dem Lesen toller Bücher. Was nicht hieß, dass sie ein Stubenhocker war. Sie liebte es, draußen in der Natur zu sein oder etwas mit Freunden zu unternehmen, denn die Welt war groß und es gab viel zu entdecken. Das Tolle an Büchern war aber, dass man sie überall hin mitnehmen konnte, und wenn ihre Tasche mal zu voll war, konnte sie immer noch ihren E-Book-Reader irgendwo hineinstopfen oder sich ein paar Bücher auf ihr Handy laden; denn selbst bei schönen oder gar aufregenden Ausflügen gab es den ein oder anderen Moment, in dem man sich die Zeit mit Lesen vertreiben konnte. Zumindest hatte sie diese Erfahrung auf ihren bisher eher spärlich gesäten Urlaubsreisen gemacht.

Sie zuckte kurz zusammen, als der Wagen ins Rutschen kam und ihre Mutter sofort einen Gang runterschaltete. Vermutlich war Trisha mit ihren Erinnerungen an schöne Urlaube und wundervolle Bücher eingenickt, denn als sie nun aus dem Frontfenster blickte, sah sie den Grund für das Schlittern: Die Fahrbahn war von Schnee bedeckt. Eine Fläche weißen, wunderbaren, noch vollkommen unberührten Schnees lag vor ihnen. Entweder war hier seit längerer Zeit niemand langgekommen oder es hatte danach heftig geschneit, denn Patricia konnte auch über den Rückspiegel keine anderen Reifenspuren als ihre eigenen ausmachen. Wenn sie es sich recht überlegte, hatten sie ohnehin wenig andere Wagen gesehen und das, obwohl sie bereits die ersten Häuser des Dorfes vor sich hatten und soeben an dem Ortschild von Ghrianbury vorbeifuhren. Auch gab es kaum Leute, die zu Fuß unterwegs waren. Jetzt fiel ihr auch wieder der Kommentar des Radiomoderators ein. Sie hatte sich schon gewundert, wie man bei diesem milden ‚Herbstwetter' frieren konnte. Vermutlich war die überraschende Kälte der Grund für das geringe Personenaufkommen.

Dass ihre Großmutter in einem kleinen Dorf wohnte, war nichts Neues, doch auch wenn es mittlerweile bereits recht dunkel war, war es erst halb fünf und normalerweise traf man wenigstens alle fünf Minuten auf zumindest ein weiteres Auto. Zwei bis drei waren dann die hinterwäldlerische Version der Londoner Rush Hour. Eventuell waren die Bewohner aber auch Opfer einer Zombie-Apokalypse geworden und irrten nun seltsam stöhnend und schwankend durch die Wälder. Dieser blöde Gedanke ließ Patricia kichern, was ihr einen irritierten Seitenblick ihrer Mutter einbrachte.

„Sind wir bald da?", fragte sie deshalb schnell.

„Seit wie vielen Jahren kennst du diesen Ort und den Weg dorthin?", gab ihre Mutter in einem belehrenden Tonfall zurück, der Patricia erneut entnervt aufstöhnen ließ.

„Im Ernst, Kind, wie du dich in einer Großstadt zurechtfindest, ist mir manchmal schleierhaft."

„Und die Antwort auf meine ursprüngliche Frage lautet?"

„Werd nicht frech!", wurde sie ermahnt. „Wir sind in etwa sechs Minuten da und das wüsstest du, wenn du dich mal ein bisschen umschauen würdest. Aber das ist ja typisch für deine Generation: Immer den Blick starr auf das Handy gerichtet, für alles Apps haben, die euch das Denken abtrainieren. Bin ich froh, dass dein Bruder diese neuen Technologien nur in einem gesunden Maße nutzt.“

Patricia sah tatsächlich nach draußen, doch der immer dichter fallende Schnee lenkte sie nicht genug von den erneuten Lobpreisungen auf ihren männlichen Geschwisterteil ab. Erst als sie die Hauptstraße Ghrianburys erreichten, die bereits mit dem üblichen, wunderschönen Weihnachtsschmuck ausgestattet worden war und den Schnee, der sich überall in einer dicken Schicht niedergelassen hatte, zum Glitzern brachte, wurde die Stimme ihrer Mutter zu einem kaum mehr wahrnehmbaren Hintergrundgeräusch.

Seit sie ein Kind war, war der weihnachtlich geschmückte Ortskern immer ein Highlight der Weihnachtszeit gewesen. Sobald sie die vielen Lichter erblickte, wurde ihr ganz warm ums Herz und sie begann sich glatt ein wenig auf das bevorstehende Fest zu freuen. Wie jedes Jahr. Alles sah dadurch so magisch, so märchenhaft aus und der Schnee in diesem Jahr verstärkte diesen Eindruck noch.

Ghrianbury galt ohnehin als eines der schönsten Dörfer Englands. Mit seinen kleinen Gässchen, dem dorfeigenen Bach mit seinen malerischen Brücken und den vielen alten aus Kalkstein erbauten Cottages aus dem 17. Jahrhundert zog es vor allem in den wärmeren Jahreszeiten unzählige Touristen an. Zudem war es, wenn es nicht gerade von einer dicken Schneedecke eingehüllt wurde, sehr grün und, da sich die meisten Bewohner große Mühe bei der Gestaltung ihrer Gärten und der kleinen Grünflächen innerhalb des Dorfes gaben, präsentierte es eine blühende Dorfidylle, wie es sie Trishs Meinung nach nur im Südosten Englands gab.

„Sag mal, hörst du mir überhaupt zu?“, drang die Stimme ihrer Mutter nun doch wieder zu ihr durch.

„Ja, klar“, log Patricia und konnte sehen wie ihre Mum verärgert den Kopf schüttelte.

„Ich finde das nicht schön“, merkte diese nun an. „Jetzt verbringen wir mal etwas mehr Zeit miteinander, wie du es dir schon des Öfteren gewünscht hast, und du gibst mir die ganze Zeit das Gefühl, als würde ich dich nerven. Entwickelt sich das jetzt wieder zu deiner alljährlichen Grinch-Stimmung?“

Patricia verkniff sich ein weiteres entnervtes Aufstöhnen. Als Grinch wurde sie jetzt schon drei Jahre in Folge betitelt, weil sie es mit fünfzehn gewagt hatte, zu äußern, dass sie keine richtige Lust auf Weihnachten habe und das Ganze eher Stress als Freude für sie bedeute. Gut, vielleicht war sie damals auch ein wenig launisch gewesen und hatte an allem und jedem herumgenörgelt – aber das gehörte nun mal zum Teenagerdasein dazu und war heute längst nicht mehr so schlimm wie vor drei Jahren.

„Kannst du nicht *einmal* versuchen, dabei mitzuhelfen, uns allen ein schönes Fest zu bereiten?“, fuhr ihre Mutter fort. „Bei diesem wundervollen Schnee muss doch auch bei einem kleinen Griesgram wie dir ein bisschen Weihnachtsvorfreude aufkommen!“

„Tut es ja auch“, gab Patricia zurück, die keine Lust hatte, sich jetzt ewig mit ihrer Mutter herumzustreiten. „Ich bin einfach nur müde.“

„Wahrscheinlich weil du wieder bis in die Puppen aufgeblieben bist“, merkte ihre Mum an. Wenigstens hatte ihre Stimme ein Minimum an Strenge verloren. „Das kann man sich ja leisten, wenn man weder arbeitet noch studiert." Sie kniff die Lippen zusammen. „Entschuldige. Das war jetzt unangebracht – vor allem weil du mir ja schon entgegengekommen bist."

Sie sah ein wenig bedrückt zu Patricia hinüber und konnte ihr damit sogar ein kleines Lächeln abringen. „Schon gut", brachte Trish jetzt sogar hervor. „Jeder haut mal daneben."

Ihre Mum nickte. „Wahrscheinlich bin ich nur so empfindlich, weil Dean dieses Jahr nicht mit uns feiert – zum ersten Mal seit Jahren." Und schon begannen ihre Augen feucht zu schimmern. „Ich mag es so gar nicht, wenn die Familie zum Fest nicht komplett ist."

Das mochte Patricia, wenn sie ehrlich war, auch nicht, aber sie fragte sich insgeheim, ob ihre Mutter denselben Aufstand machen würde, wenn *sie* anstatt Dean des Studiums wegen auf Weihnachten mit der Familie verzichtet hätte.

Ihre Mum begann nun darüber zu lamentieren, wie wichtig Weihnachten auch für Dean war und welch ein Opfer er mit seinem Fernbleiben brachte, und Patricia schaltete wieder ab. Stattdessen konzentrierte sie sich auf den mittlerweile leicht lallenden Radiomoderator, der weitere Anekdoten über seine Patsy zum Besten gab und nebenbei vermutlich fröhlich weiter ihren Eggnogg ‚testete'.

„Ach, *Patsy*", freute sich Patricias Mutter. „Das ist doch auch eine ganz entzückende Abkürzung für deinen Namen. Wo du doch immer nach kürzeren Versionen suchst, obwohl er doch so schön ist. Patricia – die Prinzessin, von edler Geburt, von vornehmer Herkunft … was ist da bloß schiefgelaufen, was?“

Ihre Mutter lachte kurz auf und sah sie doch tatsächlich auch noch Lob heischend an. Wie auch immer brachte Trish ein weiteres halbherziges Lachen zustande. Auch wenn es wehtat. Sie wusste, dass ihre Mutter sie im Grunde ihres Herzens liebte, aber sie wusste auch, dass vermutlich nichts, was sie tat, je gut genug für diese sein würde und das nicht, weil Patricia sich nicht anstrengen und hart arbeiten konnte, sondern weil sich ihre Zukunftspläne nicht im Mindesten deckten. Sie war gerade einmal achtzehn Jahre alt, hatte einen mittelmäßigen Schulabschluss und ihr Leben im Gegensatz zu ihrem Bruder noch nicht minutiös durchgeplant – was in ihrer Familie beinahe einem Verbrechen gleichkam.

„Besser als dieses ‚Tish‘ – da denke ich immer an ein Möbelstück …“, plapperte ihre Mutter weiter.

Trish zwang sich, nicht mit den Augen zu rollen, um keinen weiteren Anlass zum Meckern zu bieten, während ihre Mutter weiter über ihren Namen dozierte. Wieso hatte sie keinen wunderschönen japanischen Namen bekommen können? Schließlich war ihre Mutter Halbjapanerin. Also Yuna oder Amaya zum Beispiel, aber nein. Ihre Eltern hatten in ihren ersten Jahren in London mit vielen Anfeindungen zu kämpfen gehabt und waren der Ansicht gewesen, dass ihre Kinder es mit englischen Namen einfacher haben würden. Patricia fand nicht, dass man seine Wurzeln zu verstecken versuchen sollte, konnte den Schritt jedoch dennoch nachvollziehen. Aber bei all den wunderbaren Möglichkeiten … *Patricia* – wie sie diesen Namen und die meisten seiner Abkürzungen hasste!

Er war und blieb scheiße. Und mal im Ernst – welcher Name war denn auch nur minimal akzeptabel, wenn sogar die Kurzformen blöd waren?

‚Pat' klang entweder nach Zwanziger-Jahre-Detektiv oder einem mitleidvollen Klaps auf die Schulter. ‚Pattie' nach einem Bratling. Patsy nach einer alten Jungfer und ‚P' … davon wollte sie lieber gar nicht erst anfangen, speziell weil kein englischsprachiger Mensch dabei zuerst an eine Erbse dachte. Trixie und auch fast alle anderen ihr bekannten Abkürzungen waren ebenso inakzeptabel. Mit ‚Tish' oder ‚Trish/Trisha' konnte sie einigermaßen leben, aber das war nichts, was ihre Erziehungsberechtigte verstand.

„… wie kann ich erwarten, dass du dein Leben auf die Reihe bekommst, wenn du nicht einmal deinen Namen –"

„GRANDMA!", rief Patricia überlaut und ihre Mutter stieg auf die Bremsen, sodass der Wagen einmal mehr schlitternd zum Stehen kam.

„Was schreist du denn so, meine Güte?", keuchte ihre Mum, die Hand aufs Herz gepresst. „Wir sind noch bestimmt hundert Meter von ihrem Haus entfernt, auch wenn ich das in diesem Schneegestöber nicht hundertprozentig beschwören kö… OHMEINGOTTHEILIGERJESUSCHRISTUS!!"

Patricia hatte die ganze Zeit entsetzt auf die Straße gestarrt, auf der sie ein Stück entfernt – zu deren großem Glück – undeutlich eine dunkle Gestalt ausgemacht hatte, die nun vermutlich einen Krückstock hob und ihnen damit drohte, bevor sie weiterschlurfte. Ihre Mutter öffnete rasch die Seitentür und stieg aus.

„Hallo?“, rief sie. „Entschuldigung, aber ich konnte Sie nicht sehen in diesem Jahrhundertschneefall.“

Sie hielt inne und einen Moment lang waren die einzigen zu vernehmenden Geräusche der leise vor sich hin surrende Motor sowie die Überstunden schiebenden Scheibenwischer, die versuchten, der Masse an Schneeflocken Herr zu werden.

„Ist alles in Ordnung? Kann ich – AAAAAAARGH!“

Etwas hatte ihre Mutter an der Schulter gepackt und Trisha befreite sich hektisch von ihrem Gurt, war mit einem Satz aus dem Wagen heraus.

„FINGER WEG VON MEINER MUM!!“, schrie sie und rannte um den Wagen herum. Und rutschte aus. Und schlug der Länge nach hin. Wütend strampelte sie auf dem glatten Boden herum und hatte einige Mühe, wieder auf die Beine zu kommen.

„MUM, LAUF WEG! GEH IN DEN WAGEN UND VERRIEGEL DIE TÜR!“

Sie griff nach der Stoßstange und zog sich an dieser hoch, fiel jedoch sofort wieder auf die Knie.

„Na, na, und statt Blumen gibt es dann Pfefferspray? Das wäre aber äußerst unhöflich!“, drang eine wohlbekannte Stimme zu ihr herunter und ihr Blick fiel auf ein Paar dicker Schneeschuhe sowie einen mit Schnitzereien verzierten, hölzernen Krückstock.

Trishs rasender Herzschlag beruhigte sich langsam, während sie es endlich schaffte, aufzustehen, um schließlich in das Gesicht der zierlichen Frau zu blicken, die ihr gerade einmal bis zur Schulter ging und sie mit dem ihr eigenen, leicht spöttischen Grinsen ansah.

„Ich dachte mir, dass ich euch mal ein Stück weit entgegengehe, damit ihr mein Haus findet, bevor es gänzlich eingeschneit ist“, erklärte die alte Dame. „War wohl die richtige Entscheidung.“

Patricias Lippen verzogen sich zu einem breiten Grinsen und sie brachte ein erfreutes „Konbanwa, obaachan!“ heraus, was „Guten Abend, Oma!“ auf Japanisch hieß.

Vorweihnachtsblues

Oma Tama, Patricias ooba-chan, war eine Meisterin darin, selbst bei dem schlimmsten Weihnachtsmuffel recht schnell ein bisschen Vorfreude auf die Feierlichkeiten zu erzeugen. Meist genügten dazu schon der Anblick des festlich geschmückten Hauses und der Geruch von Keksen, der sich bereits jetzt in allen Zimmern verteilte. Dieses Jahr verpuffte Trishs Freude jedoch recht schnell wieder. Um es genau zu benennen, bereits am ersten Tag nach ihrer Ankunft. Schon mittags stand Trisha erneut an der Haustür und sah ihrer Mutter dabei zu, wie sie ins Auto stieg und, durch den tiefen Schnee ein wenig hin und her schlenkernd, davonfuhr. Kein ungewöhnliches Geschehen während der Zeit kurz vor Weihnachten, denn meist galt es noch einige Besorgungen zu machen, um das Fest so schön wie möglich zu gestalten. Doch dieses Mal war der Grund ein anderer.

Trish schloss die Haustür erst, als ihre Finger bereits anfingen zu schmerzen, was teils an der von draußen hereinziehenden Kälte und teils daran lag, dass sich selbige um das dicke Holz geklammert hatten, bis die Knöchel weiß hervorgetreten waren.

Die Weihnachtsferien waren soeben stimmungsmäßig von ‚oh nein, bitte nicht' zu ‚was zum Henker?!?!' abgefallen. Tiefster Tiefpunkt. Nicht nur, dass ihre Mutter gestern einmal mehr ihre Professionalität in der Sparte ‚schlechtes Gewissen machen' unter Beweis gestellt hatte, indem sie Trish so lange mit Vorwürfen bombardiert hatte, bis diese mitgefahren war: Nein, zu allem Überfluss hatte ihre Erziehungsberechtigte sie an diesem Morgen wieder verlassen, weil sie ein wichtiges geschäftliches Meeting hatte. *Vier Tage vor Weihnachten!!* Jetzt ärgerte Patricia sich doppelt, dass sie nicht der Einladung einer Freundin gefolgt war, um die Feiertage mit dieser und deren Bruder zu verbringen – beides Leute, mit denen sie aufgewachsen und seit damals eng befreundet war.

Aber nein, ihre Mutter hatte darauf bestanden, dass dies schließlich *Weihnachten* sei („Aber du bist doch gar nicht religiös, Mum.") und ein *Familienfest* (ohne ihren Bruder) – wie sie gestern im Auto noch überdeutlich und unter Tränen betont hatte. Oh, und nun war es vermutlich auch ein Fest ohne ihre Eltern, da beide in derselben Firma arbeiteten und ihr Vater nicht nur Teilnehmer *an* diesem gewissen Meeting war, sondern es auch noch selbst *einberufen* hatte („Liebling, wenn du etwas strebsamer wärst, würdest du verstehen, dass das reale Leben manchmal vorgehen muss, auch wenn uns das nicht gefällt. Und du und Oma Tama bekommt die Vorbereitungen auch ohne uns hin. Du musst nur ordentlich mit zupacken!"). Ihre Mutter hatte zwar geschworen, dass Dad und sie rechtzeitig zurück sein würden – weil *sie* ja niemals ein Familienfest ausfallen ließen – aber Trisha war sich da alles andere als sicher.

Hier stand sie nun also, inmitten eines Haufens aufeinandergestapelter Geschenkpakete und fühlte sich schrecklich einsam. In ein paar Tagen würden nach und nach die übrigen Verwandten anreisen und sie verspürte nicht die geringste Lust, diesen komplett allein gegenüberzutreten. Oma Tama war so etwas wie der Star der Familie und würde dann auch keine Zeit mehr für sie haben. Um alles zu toppen, war entweder der Handyempfang hier im Dorf oder das Gerät an sich mehr schlecht als recht, sodass sie ihre Freunde momentan nicht einmal erreichen konnte. Einen Internetanschluss besaß ihre Oma nicht („Kind, ich habe ein Telefon und einen Anrufbeantworter – erreichbarer muss man nicht sein.").

„Nana, wo ist noch mal dein Festnetztelefon?", wandte sie sich an ihre Oma, als diese an ihr vorbeieilte. Die alte Dame war bereits seit einigen Stunden auf, hatte Schnee geschippt, wuselte emsig durch das ganze Haus und hatte mehr als einmal versucht, ihre Enkelin zum Mitmachen zu animieren. Putzen war allerdings nicht exakt das, was diese für ihre Ferien geplant hatte.

„Wieso? Möchtest du deinen Telefonjoker nutzen und jemanden anrufen, der dir erklärt, wie man die Gefriertruhe abtaut?" Oma Tama lachte über ihren eigenen Witz und zwickte sie im Vorbeigehen liebevoll-großmütterlich – sprich recht grob – in den Arm.

„Eigentlich wollte ich …", Trishas Hirn suchte angestrengt nach einer Ausflucht, lief aber aufgrund eklatanten Koffeinmangels auf Sparflamme. Koffein, Kaffee …

„Einkaufen, ich wollte einkaufen! Ich brauche dringend meinen Morgenkaffee und –"

„Aber ich habe siebenundsechzig verschiedene Sorten Tee da!", rief ihre Oma aus, einen Ausdruck absoluter Verständnislosigkeit auf dem ein wenig runzligen Gesicht.

„Schwarzen, grünen, roten, weißen! Wer wird denn da schnöden Kaffee vorziehen?“

„Ich. Auf jeden Fall ich.“ Trisha nickte nachdrücklich und ihre Nana schüttelte den Kopf, kniff ihr dann aber omahaft-zärtlich – sprich blaue Flecken hervorrufend – in die Wange. „Die Stadt hat dich verdorben. Vergiss mir nicht dein teekulturelles Erbe!“

„Kann ich jetzt gehen und dich kurz mit all dem Kram hier alleinlassen?“

„Kurz?“, schmunzelte Oma Tama. „Du wirst bestimmt erst mal *ausgiebig shoppen* gehen, wie ich dich kenne. Das machen Mädchen in deinem Alter doch so gerne.“

Vermutlich alle außer Trish. Einkaufen war ihr ein Gräuel. Dichtes Gedränge, Schnäppchenjäger auf der Suche dem billigsten letzten Schrei oder der Kampf um Weihnachtsgeschenke … Verdammt! Die musste sie ja auch noch holen. Der Stapel in der Küchenecke war vom akkuraten, vorausdenkenden Teil ihrer Familie. Also wieder mal alle außer Trish. Aber sie war ja ohnehin das schwarze Schaf der Familie. Die einzige, die Verständnis für sie zeigte, war ihre Nana.

„Jetzt lass das Kind doch erst einmal zur Ruhe kommen nach all dem Schulstress“, hatte sie ihrer Tochter vor ein paar Monaten am Telefon gesagt. *„Wieso muss sie denn schon in ihrem Alter den Rest ihres Lebens planen?“*

„Sie werden bestimmt alle pünktlich zum Fest hier ankommen“, drang die Stimme ihrer Nana zu ihr durch, die wohl Trishs kurzen Seitenblick bemerkt hatte.

Diese zuckte die Schultern. „Ja, kann sein. Aber erst so ein Aufhebens um Weihnachten machen und dann sind

Karriere und Job doch wieder wichtiger …“ Sie holte tief Luft und ließ diese geräuschvoll wieder entweichen.

„Heißt das, du möchtest gar nicht hier sein?“

Verdammt! Patricia schluckte und sah zerknirscht in das Gesicht ihrer Oma, die jedoch alles andere als wütend oder traurig aussah.

„So … so meinte ich das nicht.“

„Ach, papperlapapp. In deinem Alter hätte ich mir vermutlich auch was Schöneres vorstellen können, als die Feiertage in einem Kaff wie diesem zu verbringen“, überraschte ihre Großmutter sie auch noch verbal. „Trotzdem freue ich mich, dass du hier bist, werde dich aber auch nicht davon abhalten, zu fahren, wenn du das möchtest.“

Oma Tama blickte aus dem Fenster. „Es dürfte allerdings ein wenig dauern, so verschneit, wie es da draußen ist.“

Patricia folgte ihrem Blick und grinste. „Geschichte meines Lebens“, murmelte sie und straffte die Schultern. „Es ist nicht so, dass ich nicht bei *dir* sein will, Nana, das weißt du. Ich komme gerne zu dir, ich verstehe nur manchmal nicht, wieso alle ausgerechnet ein so großes Trara um Weihnachten machen. Wir sind ja nicht mal religiös. Man kann sich doch auch an jedem anderen Tag treffen oder zumindest vermehrt zu anderen Festtagen und alles schön schmücken. Ich würde zum Beispiel lieber zweimal Jugoya, das japanische Mondfest, feiern.“

Speziell weil ihre Oma den besten Tsukimi Dango, einen speziellen Reiskuchen, machte, den sie kannte.

Großmutter Tama dachte kurz nach. „Weihnachten ist doch mit den Jahren ohnehin eher ein Fest der Familie geworden. In diesem christlich dominierten Land liegen die Feiertage nun mal so, dass ein Großteil der hier lebenden Menschen zur selben Zeit frei hat und somit gemütlich Zeit miteinander verbringen kann. Das ist doch eine schöne Sache und wenn man nicht überkommerzialisiertes Zwangsschenken in den Fokus rückt, sondern die Zeit tatsächlich für ein wenig friedliche Gemeinsamkeit in dieser hektischen Welt nutzt, dann ist das doch wundervoll. Wer es strikt religiös sehen möchte, kann das natürlich auch gerne tun. Ich sage mir ja immer: Man muss die Feiern festen, wie sie purzeln."

Trisha lachte über den gewollten Versprecher. „Stimmt auch wieder."

Oma Tama war bekannt dafür, dass sie neben skurrilen Feiertagen (wie zum Beispiel dem ‚Internationalen Tag des Hundekuchens', an dem sie tonnenweise Leckerlis für alle Hunde aus der Umgebung und in Tierheimen backte) eine Menge Feste aus verschiedenen Religionen und Kulturkreisen zelebrierte. Nach und nach hatte sie selbst den sehr traditionellen Teil im Verwandtenkreis mütterlicherseits mit ihrer Begeisterung zum Mitfeiern gebracht. Vor zwei Jahren hatte sie im Dezember beispielsweise ‚Kwanzaaweihnukkah' gefeiert und das ganze Haus war mit einer bunten Mischung aus entsprechenden Arrangements geschmückt gewesen. Am Vortag hatten etwa zwanzig Leute Küche und Esszimmer belagert und gemeinsam die verschiedensten Speisen zubereitet. Familie von nah und fern und Nachbarn inklusive der einzigen Familie mit südafrikanischen Wurzeln aus dem Nachbarort, die allerdings bis zum heutigen Tage niemals Kwanzaa gefeiert hatte. Es war lustig gewesen, gemütlich und wunderschön. Alle waren dabei gewesen. Und diesmal?

„Hier, nimm.“ Trotz abwehrender Worte griff die alte Dame in ihre Schürzentasche und förderte ein paar Pfundnoten zutage, die sie ihrer wohl viel zu offensichtlich deprimierten Enkelin in die Hand zu drücken versuchte und schließlich einfach in deren Gesäßtasche stopfte. „Lenk dich ein wenig ab, kauf dir was Schönes und gib nicht wieder all dein Geld für Weihnachtsgeschenke aus. Ich möchte bitte ohnehin nichts, wie du weißt.“

„Nana …“

„Nix da!“ Die Oma gab ihr einen resoluten, wenn auch sicher ihrer eigenen Ansicht nach leichten und lieb gemeinten Klaps auf den Hintern und schob sie Richtung Haustür. „Und nun ab mit dir, du stehst mir ohnehin nur im Weg herum.“

Eine halbe Stunde später stand Patricia draußen vor der Gartentür und atmete die kalte Winterluft ein. Es hatte dann doch etwas länger gedauert, sich für den Einkauf im Dorfzentrum startklar zu machen, weil Trish beim ersten Schritt nach draußen festgestellt hatte, dass sie für *diese* Witterungsverhältnisse nicht ordentlich ausgerüstet war. Eine dickere Jacke, Schal, Mütze und Handschuhe schützten sie jetzt vor der Kälte und an ihren Füßen trug sie nun Stiefel, die an einer Gummibandkonstruktion befestigte Spikes unter der Sohle hatten. Ghrianburys diesjährig angesagtestes modisches Winter-Accessoire! Spaß beiseite, sie war dankbar, dass ihre Großmutter die Dinger noch im Flurschrank gefunden hatte, sonst wäre

Trisha schon mindestens fünf Mal hingefallen, weil an einigen Stellen unter dem Schnee fiese Eisflecken verborgen waren.

Noch beim Hinausgehen hatte sie wundersamerweise ein Netz gehabt und einen kurzen, überaus liebevollen Anruf ihrer Mutter erhalten (‚Das ist der dritte Versuch, euch zu erreichen, mein Gott, ich hab ja nun nicht den ganzen Tag Zeit, meinem Fräulein Tochter hinterher zu telefonieren!'), die schnell und wohl behalten in Oxford angekommen war. Von dort aus wollte sie den Zug nach London nehmen, weil ihr der Weihnachtsverkehr in der Hauptstadt einfach zu viel war. Gleich danach waren die Netzempfangsbalken auf ihrem Handydisplay auch wieder verschwunden, sodass ihr weiterer Kontakt zur Außenwelt wohl vorerst verwehrt blieb, bis ihre Oma das Festnetztelefon wiedergefunden hatte. Dessen Aufenthaltsort per Anruf ausfindig zu machen, hatte nichts gebracht, weil der Akku vermutlich mittlerweile leer war.

Der Weg ins Zentrum des Dorfes war nicht sehr weit, nur wesentlich beschwerlicher als sonst. Im fahlen Tageslicht sah sie erst, wie viel es wirklich geschneit hatte: Äste und Zweige der Bäume waren mit einer dicken Schicht weißen Pulvers verziert, das auch den gesamten Boden bedeckte und sie bei manchen Schritten am Straßenrand fast knöcheltief einsinken ließ. Der kleine Bach, der sich mitten durch den Ort schlängelte, war von einer glänzenden Eisschicht überzogen. Momentan fielen nur vereinzelte Flocken herab, doch was vorher vom Himmel gekommen war, hatte bereits genügt, um aus dem sonst so farbenfrohen Ghrianbury eine Winterwelt zu machen.

So lange sie sich erinnern konnte, war das Dorf eine lokale Berühmtheit aufgrund des geringen Schneefalls gewesen und ihre Oma hatte es einmal scherzhaft als ‚Karibik' von England bezeichnet. Aber hieß ‚Ghrian' nicht auch so was wie Sonne auf Irisch? Von eben dieser war allerdings gerade so gar nichts zu sehen, weswegen Trishs Laune gleich noch ein Stückchen sank. Sie war generell kein großer Freund des Winters. Tagsüber verlieh er der Welt eine Kälte, die nichts mit der Temperatur zu tun hatte. Erst wenn zur Dämmerung die Lichter angingen, speziell die, mit denen die Leute ihre Fenster und Gärten schmückten, zogen Wärme und Gemütlichkeit wieder ein.

Abgesehen vom Schnee sah das Zentrum des Ortes aus wie immer zu dieser Jahreszeit. Zwar waren Deko und Weihnachtsbeleuchtung zu sehen, letztere aber noch nicht angeschaltet bis auf ein paar Stromverschwender, die ihre Lichterketten einen Monat lang Tag und Nacht brennen ließen. In diesem Jahr waren es immerhin nur zwei Gärten.

Ansonsten gab es ein paar kleine Lädchen, inklusive einer Bäckerei und einer Metzgerei. Aus ersterer roch es verführerisch nach frischem Brot und Weihnachtsgebäck, letztere mied Patricia so gut es ging. Davon abgesehen, dass sie Vegetarierin war, fand sie den Geruch verschiedener Räucherwaren einfach widerlich.

„Hi, Ms Vanderbolt", sagte sie dennoch halblaut, als die Metzgerin sie durch die Scheibe ihres Ladens hindurch ansah.

Die Frau reagierte kaum, also hob Trish die Hand zum Gruß, was ihr Gegenüber zu einem knappen, kaum merklichen Kopfnicken veranlasste, bevor sie sich wieder einer Kundin zuwandte. Whoops, vermutlich hatte sie Patricia die Nachfrage, ob ihr Hackfleisch denn wenigstens biozertifiziert und regional war, als sie bei ihrem letzten Besuch für die ganze Familie einkaufen gegangen war, doch noch nicht verziehen.

Ein Bimmeln im Hintergrund ließ Trish sich umdrehen. Das war doch …

„Janie, Janie!!“ Patricia winkte wie wild, als sie die alte Freundin auf der gegenüberliegenden Seite entdeckte, wie sie gerade die Bäckerei verließ.

Freundin war schon fast zu viel gesagt, aber für eine Bekannte kannten sie sich einfach zu lange. Als Patricia kleiner gewesen war, hatte sie einen Großteil der Sommerferien hier im Dorf verbracht und oft mit Jane und ein paar anderen Kindern aus der Nachbarschaft gespielt. In den letzten Jahren waren ihre Besuche kürzer gewesen, aber Janie und sie chatteten alle paar Wochen miteinander, wenn auch selten ernstere Themen zur Sprache kamen.

Trisha lief über die Straße – viel zu schnell, wie sich herausstellte. Sie stolperte, fing sich wieder, rutschte trotz der Spikes an den Sohlen ein wenig zur einen Seite, dann zur anderen und schlitterte schließlich die übrigen Zentimeter bis zur Bordsteinkante. Als sie nach unten sah, wusste sie auch, warum: Einen der Schuhspikes musste sie irgendwo auf dem Weg verloren haben und der andere hing auch nur noch halb an ihrem rechten Schuh, weil das Gummi an einer Stelle gerissen war.

Über ihre eigene unfreiwillige Slapstickeinlage lachend, kletterte sie vorsichtig auf den Gehsteig und sah in Janes Gesicht. Das keinerlei Anflug von Belustigung zeigte.

„Geht es dir gut?“, erkundigte diese sich mit etwas in der Stimme, das nur ansatzweise an Besorgnis erinnerte.

„Sobald ich den Winterdienst auf Schadenersatz verklagt habe, bestimmt“, erwiderte Trish besonders trocken, weil sie die Reaktion ihres Gegenübers immer noch als Scherz auffasste.

„Vermutlich“, erwiderte Jane einfach und sah sie unverwandt an.

„Alles okay?“, fragte Patricia beklommen. „Hab … hab ich auf deine letzte Nachricht nicht geantwortet oder … O mein Gott, ist irgendetwas mit Percy oder deinen Eltern??“

Percy war Janes über alles geliebter kleiner Bruder, eine Tatsache, auf die Patricia immer ein wenig eifersüchtig gewesen war, weil sie und Dean sich so gar nicht nahestanden.

„Der Familie geht es gut, danke der Nachfrage. Und deiner hoffe ich auch?“, entgegnete Jane mit rekordverdächtig niedrigem Interesse.

Patricia nickte irritiert und wollte gerade etwas antworten, als Jane auf ihr Handgelenk blickte, an dem sich unter einem dicken Jackenärmel scheinbar eine Armbanduhr befand, und ihr dann ebenfalls zunickte. „Nun denn, man sieht sich sicherlich noch. Ich nehme an, du bleibst über die Feiertage bei deiner Großmutter?“

Wieder kam Patricia zu keiner Antwort, denn Jane sprach sofort weiter. „Ich muss dann auch los. Auf Wiedersehen.“

„Ähm … tschüss …?“ Patricia sah ihr perplex nach, als sie nach ein paar Metern in einen wartenden Wagen stieg und davonfuhr.

Was war denn in *die* gefahren? Sie musste später unbedingt noch einmal nachhaken, doch jetzt hatte sie in der Auslage der kleinen Boutique neben der Bäckerei ein Paar hübscher hellblauer und mit weißen Schneeflocken verzierter Handschuhe entdeckt, die ihrer Lieblingstante Yukiko bestimmt gefallen würden. Im Gegensatz zu ihrer Nichte liebte diese den Winter und würde begeistert sein, dass diesmal so viel Schnee in Ghrianbury lag. Die Liebe für diese Jahreszeit war ihr vermutlich bereits in die Wiege gelegt worden, da ihr Vorname je nach japanischer Schreibweise in etwa ‚Kind des Schnees‘ hieß.

Fünf Minuten später konnte Trish bereits alle Posten von der Liste in ihrem Telefon löschen. Fünf Geschenke in gefühlt fünf Minuten – yeah! Der Großteil der weihnachtlichen für die Verwandtschaft gedachten Gaben war bereits von ihren Eltern besorgt worden, weil ‚der arme, so hart arbeitende Dean ja nun wirklich nicht noch mehr belastet werden konnte‘ und ‚Patricia, obwohl sie doch wirklich genug Zeit hatte, bestimmt weder pünktlich alles zusammen haben noch das Richtige kaufen würde‘. Ja, das Vertrauen ihrer nächsten Verwandten in ihre Fähigkeiten war grenzenlos.

Eigentlich hatten sie innerhalb ihres Teils der Familie bereits vor Jahren beschlossen, sich untereinander nur noch zum Geburtstag etwas zu schenken. Es hatte drei Großfamilienfeste voller Peinlichkeit bedurft, bis Trish einfach zu jedem Anlass etwas holte, weil sie nicht noch einmal die Tuscheleien über das ‚undankbare Kind, das seinen Eltern so viel Kummer machte und ihnen dann noch nicht einmal etwas schenkte‘, ertragen konnte. Soviel zu überkommerzialisiertem Zwangsschenken. Tante Yukiko und Oma Tama hingegen bekamen immer noch ein zusätzliches Geschenk von ihr, weil sie die einzigen in der Familie waren, die sie so akzeptierten, wie sie war, und sie nicht in irgendeine bestimmte Form pressen wollten, wie ein überzuckertes, buntes Weihnachtsplätzchen.

Patricia zuckte zusammen, als das Handy in ihrer Jackentasche zu vibrieren begann und nach einem Hektischen Ausziehen ihrer Handschuhe und kurzen Blick auf das Display meldete sie sich mit einem etwas flapsigen „Was gibt’s, Mum?“. Hatten sie nicht erst vor kurzem miteinander gesprochen?

„Ich wollte euch nur wissen lassen, dass dein Dad und ich wohlbehalten in London angekommen sind“, verkündete ihre Mutter. „Kannst du mir mal deine Oma geben?“

„Da musst du es auf dem Festnetz versuchen“, gab Trisha zurück. „Ich hoffe, sie hat das mobile Teil endlich wiedergefunden und aufgeladen.“

„Also bitte, Trish!“, erwiderte ihre Mum etwas gereizt. „Langsam reicht es mit deiner Bequemlichkeit! Du kannst doch wohl dein Telefon weiterreichen!“

„Würde ich ja, wenn ich zuhause bei Oma wär“, gab Patricia in einem übertrieben liebreizenden Tonfall zurück. Langsam reichte es ihr, ständig der Kritik ihrer Eltern ausgesetzt zu sein.

Stille am anderen Ende.

„Du bist gegangen?!“, tönte es nur wenig später vorwurfsvoll durch das Handy. „Du sollst Oma doch bei den Vorbereitungen helfen! Es gibt noch so viel zu erledigen und sie ist schon alt und schafft das alles nicht mehr allein!“

„Da sagt *sie* aber was anderes!“, brummte Trisha zurück, während der Ärger immer weiter in ihr hochkochte. „Sie hat mir sogar viel Spaß in der Stadt gewünscht und mir Geld zum Shoppen mitgegeben.“

„Natürlich! Weil sie der gutmütigste Mensch ist, den es auf Erden gibt – aber das kann man doch nicht so schamlos ausnutzen!“

Patricia konnte nicht mehr an sich halten. „Sagt *die* Frau, die mich hierher karrt, ihre Hilfe und Unterstützung großspurig versprochen hat und dann wegen ihrer Arbeit verschwindet, bevor sie nur *einen* Finger für das von ihr angeblich so geliebte Fest krumm gemacht hat!“

„Patricia!“, fuhr ihre Mutter auf. „Du weißt ganz genau, dass ich das nicht gerne tue! Es tut mir im Herzen weh, nicht bei euch zu sein und so wie immer das Haus zu schmücken und alles für das Fest vorzubereiten. Wenn es anders ginge, *wär* ich bei euch. Aber das ist nun mal nicht möglich! Und mir das vorzuwerfen, um seine eigene Faulheit zu rechtfertigen, ist nicht fair!“

„Ich bin nicht faul!“, regte sich Patricia auf. „Wenn Oma sagt, dass sie mich braucht, bin ich da, aber ich lasse es nicht zu, dass du mich unter dem Deckmäntelchen des Weihnachtsfestes dazu bringst, nach deiner Pfeife zu tanzen und zu machen, was *du* möchtest! Du kannst mein Leben nicht steuern!“

„Das versuche ich doch auch gar nicht“, erwiderte ihre Mutter. „Ich weiß nicht, wie du darauf kommst.“

„Du nörgelst tagein, tagaus an mir herum, nur weil ich noch nicht weiß, was ich nach der Schule mache!“, platzte es aus Patricia heraus. „Und jetzt kritisierst du mich auch noch, weil ich angeblich zu faul bin und Oma hängenlasse – aber damit kriegst du mich nicht klein. Ich werde nie – *niemals* in deine Fußstapfen treten. Das ist *mein* Leben!“

„Patricia!“, mahnte ihre Mutter sie. „Du bist hysterisch! Beruhige dich. Und ich kritisiere dich nicht ständig, sondern versuche nur dir dabei zu helfen, den richtigen Weg zu gehen.“

„Du weißt doch überhaupt nicht, welcher der richtige für mich ist!“

„Nun ich denke, ich habe ein bisschen mehr Lebenserfahrung als meine achtzehnjährige Tochter, die ihre Nase immer nur in ihre Bücher mit Zauberern und Feen steckt. Alle, was ich tue, ist, dich in die Realität zu holen, die eben nicht nur aus Spaß besteht. Irgendwann wirst du mir das schon glauben.“

Patricia atmete stockend ein, konnte ihre Wut kaum noch im Zaum halten. „Weißt du, *was* ich glaube? Ich glaube, Dean *hat* gar keine Prüfung – der versteckt sich nur vor dir und deinen angeblichen Weisheiten!“

Sie hörte, wie ihre Mutter Luft holte, doch kam kein Wort über deren Lippen. Sie hatte sie getroffen – schlimmer, als sie es gewollt hatten. Die Reue kam postwendend, schnürte Patricia die Kehle zu und ließ ihren Magen verkrampfen. Sie war zu weit gegangen, aber nun war es zu spät, konnte nicht mehr rückgängig gemacht werden.

‚Entschuldige‘, lag ihr auf den Lippen, doch die Verbindung brach ab, bevor sie auch nur die erste Silbe hervorgebracht hatte. Aufgelegt. Ihre Mutter hatte aufgelegt, ohne ein weiteres Wort zu sagen, und das war noch nie zuvor passiert! Ein kleiner Teil in ihr merkte an, dass es ja auch am miesen Empfang liegen könne – überzeugen konnte er sie jedoch nicht.

Patricia schluckte schwer, starrte das Display ihres Handys mit einem Knoten im Magen an. Ein Balken war zu sehen. Was sollte sie jetzt tun? Noch mal anrufen? Ihr Daumen schwebte über dem grünen Telefonhörer. Würde ihre Mum überhaupt rangehen? Und warum musste *sie* sich entschuldigen, wenn die Dinge, die sie von ihren Eltern so oft an den Kopf geknallt bekam, meist nicht weniger schlimm waren? Sie hatte von denen auch noch nie eine Entschuldigung gehört. Zumindest konnte sie sich nicht daran erinnern.

Trish atmete tief durch, schüttelte den Kopf und steckte ihr Telefon in ihre Jackentasche. Sie musste erst einmal etwas Abstand zu diesem unangenehmen Gespräch gewinnen, sich genau überlegen, wie sie weiter vorgehen wollte. Am besten war es, sich bei Oma Tama auszusprechen und Rat einzuholen. Ihre Nana hatte schon so oft Streitigkeiten zwischen Mutter und Enkelin geschlichtet und war darin ein richtiger Spezialist – meist sehr neutral und hilfreich für beide Seiten. Ja, zu ihr nach Hause zu gehen, war eine gute Idee.

Tief in Gedanken über ihr wunderbar ‚harmonisches' Familienleben versunken, wäre Trisha beinahe in eine Person hineingerannt, die urplötzlich vor ihr auftauchte. Der Ort war noch recht leer – Hauptverkehrszeiten auf Bürgersteig und Straße waren unter der Woche entweder am frühen Morgen oder späten Nachmittag. Dazwischen gab es ein paar Eltern, die mit ihren Kleinkindern unterwegs waren oder ältere Herrschaften, die sich im Café tummelten oder direkt am Gartenzaun miteinander unterhielten. Vermutlich war der ältere Mann, der sie ein wenig verschreckt ansah, gerade auf dem Weg zu einem ebensolchen Treffen oder auf dem Rückweg.

Der Grund, aus dem er sich mit einem „Ach, *das* ist es nur!“ verlegen an dem unter einer dicken Mütze verborgenen Haar kratzte, war allerdings nicht Trishs Unaufmerksamkeit, sondern eine Autoalarmanlage, deren nerviges Tuten ihr erst jetzt auffiel.

„Wozu er *hier* eine Alarmanlage braucht, wird wohl eins der ungelösten Rätsel der Menschheit bleiben“, murmelte Trish und schenkte dem Mann vor sich ein schiefes Lächeln. „Wahrscheinlich sieht er zu oft ‚Inspector Barnaby‘.“

Der Alte bedachte sie mit einem leicht verwirrten Blick.

„Na, Sie wissen schon, DCI Barnaby, der immer den Eindruck erweckt, dass Orte wie diese im Süden Englands permanent von Verbrechen heimgesucht werden … nein?“

Ihr Gegenüber schüttelte langsam den Kopf und sie musterte ihn kurz. Obwohl er eindeutig schon mindestens achtzig Jahre alt war, wirkte er weder allzu gebrechlich noch senil. Die hellen Augen unter den weißgrauen, buschigen Augenbrauen funkelten aufgeweckt und er machte auch keinen geistig verwirrten Eindruck. Wahrscheinlich war er nur kein großer Fernsehfan.

„Okay, sind ja nicht alle solche Bingewatcher wie ich“, lenkte sie ein.

„Binge …?“ Er zog die Brauen zusammen und seine Augen verengten sich ein wenig in dem Bemühen, sie zu verstehen.

„Ach nichts“, winkte sie ab, doch der alte Mann nickte nachdrücklich.

„Doch, bitte, erklär mir diesen Begriff.“ Aus seinem offenen Gesicht sprach lebhaftes Interesse.

„Na, wenn man ganz viele Folgen einer Serie hintereinander weg schaut, dann heißt das ‚Bingewatchen‘.“

Er nickte bedächtig. „Fern… sehen, ich verstehe.“ Er kratzte sich dieses Mal am Kinn, das von weiß-grauen Bartstoppeln geziert wurde. „Wenn man also … ganz viele Bücher auf einmal liest … dann wäre das Binge*reading*?“

„Ähm …“, nun war es an Patricia, verwirrt zu sein. „Ich nehme an … ja, schon, bestimmt.“ Darüber hatte sie noch nie nachgedacht. Dabei gehörte gerade das – nach Ansicht ihrer Eltern – zu ihren vielen Lastern.

„Und das dort vorne ist demzufolge … ‚Bingehupen‘?“ Ein kleines, unglaublich sympathisches Lächeln umspielte seine Lippen und Trish lachte.

„Das klingt logisch, wenn ich auch nicht glaube, dass das schon mal irgendjemand gebraucht hat“, erwiderte sie. „Herzlichen Glückwunsch zu Ihrem Neologismus.“

„Neuschöpfung eines Wortes … das gefällt mir.“ Er nickte zufrieden.

Ein kurzes Schweigen entstand und Patricia war auch bereits am Ende ihrer Small-Talk-Fähigkeiten. Auch wenn sie den Opa sehr nett fand und sich nicht wirklich unwohl in seiner Gegenwart fühlte, war ihr nicht danach, ihre Bekanntschaft noch auszuweiten. Einfach so weggehen konnte sie allerdings auch nicht. Vielleicht sollte sie es wie Jane machen und sich unter einem Vorwand verabschieden – natürlich auf höflichere Art und Weise. Sie holte Luft und nahm dann aus dem Augenwinkel eine Bewegung wahr. Nach einer ganzen Weile kam endlich Mr Jones – seines Zeichens Besitzer des bestimmt ebenso betagten Oldtimers, der die dörfliche Stille mit seinem Alarmton störte – langsam aus seinem Gemischtwarenladen geschlurft, um sich des lautstarken Problems ebenso langsam anzunehmen.

„Gestern Nacht hätte mir eines dieser mordlüsternen Blechgefährte beinahe den Garaus gemacht", begann Trishs jüngst-älteste Bekanntschaft erneut und deutete auf einen vorbeifahrenden SUV. „Gott sei Dank war es nicht so eines wie jenes, sondern ein kleineres seiner Art, ich denke, blau oder grün. Da hätte selbst mein Ast mich nicht zu schützen vermocht. Wieso baut man solch ein riesiges Teufelsding überhaupt?"

Die Alarmanlage verstummte endlich und Mr Jones bewegte sich im selben Schneckentempo zurück in sein Geschäft.

„Das … das ist für Leute, die eigentlich gar nicht Auto fahren *können*. Damit *ihnen* bei einem Unfall nichts passiert", sagte Patricia abwesend und vergaß ganz, Anteilnahme zu zeigen, weil ihr ein erschreckender Gedanke gekommen war.

Wie groß war wohl die Chance, dass bei derart leeren Straßen, in so einem kleinen Kaff ein anderer Wagen als der ihrer Mutter eben dieses ‚mordlüsterne Blechgefährt' gewesen sein mochte? Bis jetzt hatte sie angenommen, dass die Person im Schneegestöber ihre Nana gewesen war, auch wenn es ihr hätte zu denken geben sollen, dass der Vorfall anschließend gar nicht mehr von dieser angesprochen worden war. Weil es ihn so nie gegeben hatte.

Was sie im Nachhinein für den Krückstock ihrer Oma gehalten hatte, musste besagter Ast des Alten gewesen sein. Warum auch immer er den dabei gehabt hatte. So arm, dass er sich keinen Gehstock leisten konnte, sah er mit seinem langen Wintermantel und den recht neu erscheinenden gefütterten Stiefeln eigentlich nicht aus, aber das mochte natürlich täuschen. Aber wieso lief ein alter, etwas verloren wirkender Mann wie er überhaupt mutterseelenallein in der Dunkelheit auf einer verschneiten Straße herum?

„Wohnen Sie schon lange hier?“, fragte sie in der Hoffnung, eine Antwort auf die eigentliche, unausgesprochene Frage in ihrem Innern zu bekommen. Nicht dass er doch geistig verwirrt war und sich hierher verlaufen hatte.

„Länger als du sicherlich“, gab er mit einem verschmitzten Lächeln zurück.

„Das ist nicht schwer, denn ich wohne gar nicht hier“, gab sie zurück und ein enttäuschter Ausdruck huschte über sein Gesicht.

„Wie schade. Dann nehme ich an, du befindest dich aufgrund der anstehenden Feierlichkeiten hier?“

„Ähm … ja …“, erwiderte sie zögerlich, weil ihre Großstadt-Seite sie drängte, das Gespräch jetzt und hier abzubrechen. Seltsame oder gar gefährliche Leute gab es selbstverständlich nicht nur in London, – Sympathiegefühl hin oder her – auch wenn der Mann vor ihr aussah, als könne ihn bereits ein zu starker Nieser umhauen und

Ghrianburys Verbrechensstatistik sich auf aus Vorgärten geklaute Gartenzwerge beschränkte.

„Verzeih meine Neugierde“, ruderte er zurück, wohl weil er ihr Zögern bemerkt hatte. „Es geht mich ja nun auch wirklich nichts an.“

Das stimmte, dennoch fühlte Patricia, dass sein Bedauern echt war und bekam sofort ein schlechtes Gewissen, zu dem es eigentlich gar keinen Anlass gab. Ihr Handy vibrierte in der Hosentasche und sie zog es mit einer kurzen Entschuldigung heraus, doch die erhaltene Nachricht bezog sich nur auf ihr bald aufgebrauchtes Guthaben und so steckte sie es enttäuscht wieder weg.

„Ah, ein intelligentes Telefon!“, rief der alte Mann begeistert und strahlte sie an.

„Intelligent … na ja, mehr oder weniger, wie man es nimmt“, sagte Patricia. „Solange es nicht Kaffee kochen kann, hält sich meine Begeisterung doch in Grenzen.“

„Kaffee kochen, wie lustig. Wie eine dieser Maschinen, in die man alles hineingibt, sie dann in das Steckloch in der Wand stöpselt, woraufhin sie die Arbeit des Hausmädchens erledigt.“

Trish bemühte sich redlich, ihn nicht allzu verwirrt anzustarren. Viel Kontakt zu anderen Menschen, die vertraut mit dem neuesten technischen Firlefanz waren, hatte er wohl nicht. Aber immerhin hatte er ein Hausmädchen und war nicht vollkommen auf sich gestellt. Möglicherweise war es aber auch einfach nur trockener Humor, den sie ja gewöhnt sein sollte.

„Ich … mache das immer selbst … in einer Tasse … schnickschnackfrei …“, erklärte sie knapp.

„Selbstredend, selbstredend." Er nickte bedächtig, so als würde er all diese Informationen wie ein Schwamm aufsaugen. Der arme alte Mann. Er meinte das alles doch ernst. Bestimmt hatte er keine Verwandten, die ihn regelmäßig besuchten, und war furchtbar einsam. Ein weiterer Grund, der es Trish schwer machte, sich endgültig zu verabschieden. Bedienstete konnten einem Familie und Freunde halt nicht ersetzen.

„Verzeih die Frage: Die Wählscheibe des intelligenten Telefons befindet sich gleich einem Bild auf der leuchtenden Oberfläche, nicht wahr? Wie ist das bei einem … diesem Kasten mit der Schrift und den Bildern, die man per Knopfdruck hervorrufen kann? Gibt es die auch mit einer im Gerät integrierten … Schreibscheibe?"

„Reden wir von einem … PC?"

„Ja! Ja!", erwiderte der Alte erfreut und seine Augen leuchteten, dann schüttelte er kurz den Kopf. „Aber nun verzeih wirklich, du hast sicherlich andere Dinge zu tun, als einem Greis in dieser Kälte die Zeit zu vertreiben. Ich habe dich lange genug aufgehalten. Weis mir bitte nur noch kurz den Weg zum … Laden, in dem es die eben besprochenen Dinge käuflich zu erwerben gibt."

Trish wies mit der Hand an ihm vorbei. „Einfach dort über die Straße zur Metzgerei und dann drei Läden weiter nach links. Aber seien Sie bitte vorsichtig, die Straße ist echt glatt."

„Hab Dank und noch einen wundervollen Tag in der Stadt – fernab des Waldes!", erwiderte er überschwänglich, legte ihr kurz großväterlich eine Hand auf die Schulter und machte sich auf den Weg.

Trish sah ihm zunächst irritiert und schließlich ein wenig bekümmert nach. Hätte sie ihn begleiten sollen? Sie fühlte eine Mischung aus Erleichterung und Besorgnis, folgte ihm noch mit den Augen, bis er im Eingang von *Floyds Elektrofachwarengeschäft* verschwunden war und machte sich dann nebst ihrer Geschenkbeute auf den Weg zurück zu Oma Tama.

Monströs

Ein neuer Rekord. Guiness-Buch-verdächtig. In der nächsten Ausgabe garantiert dabei und niemals wieder herausgenommen, da ungebrochen. Der Streit mit ihrer bis dato ältesten lebenden Verwandten („Aber ich sage Dir doch, Ur-Ur-Großmutter Yoshiko-Cecilia ist immer noch am Leben und mindestens 200 Jahre alt!“, pflegte ihre Oma bei solcherlei Äußerungen immer anzumerken) hatte eine Anlaufzeit von genau 1,372 Minuten. Natürlich stoppte das niemand, aber Patricia war sicher, dass sie recht hatte. In der Sekunde, in der sie zurück ins Haus gekommen und ihre Großmutter in der warmen und nach verschiedenen Gewürzen und Kräutern duftenden Küche vorgefunden hatte, war noch alles in Ordnung gewesen. Perfekte vorweihnachtliche Stimmung.

Es hatte nur eines Anrufs ihrer Mutter bedurft und der Streit war da gewesen. Von happy-peppy-feiertäglicher-Glückseligkeit zu *Boom!* Neutralität und Verständnis für die Enkelin waren von den Tränen ihrer Tochter hinfort gewischt worden – schließlich weinte diese sonst nie. Seine eigene Mutter zum Heulen zu bringen war anscheinend in Oma Tamas Welt ein Verbrechen, das seinesgleichen erst suchen musste. Vorwürfe und eine Standpauke, die es in sich gehabt hatte, waren auf Trish niedergeprasselt, hatten schließlich das Fass zum Überlaufen gebracht und sie zu einem Mittel der Konfliktbewältigung greifen lassen, das sie nur sehr selten anwandte: Flucht.

Erst als sie aufgewühlt zur Haustür hinausgestürmt und kopflos in den angrenzenden Wald gelaufen war, hatte sich der Knoten in ihrer Brust gelöst und die Wut langsam wieder gelegt. Irgendwann – wenn sie ehrlich war, wusste sie nicht genau, wie viel Zeit vergangen war und welche Strecke sie zurückgelegt hatte – hatte sie angehalten, sich außer Atem an einen kahlen Baumstamm gelehnt und die frische Winterluft eingeatmet.

Seltsam, wie kalt es hier war. Auf ihrem Weg zurück zum Haus ihrer Großmutter war es um die null Grad und fast absolut windstill gewesen. Jetzt allerdings hinterließ ihr stoßweise gehender Atem weißen Qualm in der silberblauen Winterluft und klirrende Kälte drang durch ihre zu dünne Kleidung bis in ihre Knochen. Nicht auf die schöne Art, mit der eiskaltes Wasser den Körper im heißen Sommer abkühlte; er stach durch den zarten Stoff ihres langärmeligen Hemdes, als wäre es gar nicht vorhanden, und ließ sie erzittern. Wie unglaublich schlau, ohne Jacke, Mütze oder Handschuhe loszulaufen – lediglich der lange Schal baumelte um ihren Hals und wurde sofort mehrfach darum und um den Kopf gewickelt, um wenigstens ein wenig Wärme im Körper zu halten.

Es war vermutlich das Beste, wieder zurückzulaufen. Schmollen konnte sie auch im Warmen. Sie stieß sich vom Baumstamm ab und lief in die Richtung los, aus der sie gekommen war. Zumindest nahm sie das an, sah sich aber nach ein paar Metern irritiert um. Sie konnte sich gar nicht an diese kleine Felsgruppe zu ihrer Linken erinnern … eigentlich konnte sie sich überhaupt nicht entsinnen, jemals eine solche Formation hier gesehen zu haben, auch wenn es recht eigenartig erschien, weil sie diesen Wald von klein auf kannte. Sollte sie tatsächlich einen ganz neuen Weg …

Ein dumpfes Grollen im ansonsten recht stillen Wald ließ sie innehalten und sich erschrocken in alle Richtungen umsehen. Ihr Atem wurde wieder schneller und sie drückte sich an die Felswand, um im nächsten Moment über sich selbst den Kopf zu schütteln. Jetzt fing sie schon an, Gespenster zu sehen, beziehungsweise zu hören, dabei war das sicherlich nur ihr Magen gewesen, weil sie seit dem Frühstück nichts mehr zu sich genommen hatte.

Mit einem verächtlichen Schnauben machte sie erneut ein paar Schritte vorwärts, bis sie ein weiteres, diesmal schon viel näheres Grollen hörte, das garantiert nicht von ihrem Bauch kam und sie an den Felsen zurückweichen ließ, als würde der auch nur in irgendeiner Form Schutz bieten. Vermutlich war irgendwo in der Nähe ein hungriger, herumstreunender Hund, denn diese trieben sich in dieser ländlichen Gegend des Öfteren herum. Sie mochte Hunde eigentlich, allerdings nicht, wenn sie hungrig knurrten und sie allein und schutzlos war *und* ihr plötzlich nur noch Schauergeschichten über diese Tiere einfielen.

Patricia sah sich nach einer möglichen Waffe um, fand aber nichts in unmittelbarer Reichweite. Sie griff in ihre Hosentasche und holte ihr Handy heraus. Natürlich hatte sie hier draußen mal wieder keinen Empfang, aber eventuell konnte sie das Tier mit der integrierten Taschenlampe oder einem schrillen Klingelton verschrecken. Ihr war egal, wie unwahrscheinlich die Erfolgschancen waren – sie war verzweifelt!

Oft hatte sie sich gefragt, wieso Menschen in Filmen angesichts drohender Gefahr nicht einfach wegliefen – jetzt schienen sich ihre eigenen Knie in Gummi und ihre Beine in Pudding verwandelt zu haben, sodass sie kaum noch aufrecht stehen konnte. Dann wiederum war es auch nicht gerade schlau, vor einem Raubtier weglaufen zu wollen und seinen Jagdtrieb damit erst recht anzuheizen. Unzählige Minuten verbrachte sie so, den kalten Stein im Rücken, lauschend, Ausschau haltend und sich für ihre Schwäche verfluchend.

Nichts geschah. Kein Grollen mehr, nichts. Doch es war eben dieses ‚Nichts', das weitere Knoten in ihren Gedärmen entstehen ließ. Nicht einmal mehr der Wind raschelte durch die kahlen Zweige der Bäume. Es war, als würde der Wald zusammen mit ihr den Atem anhalten.

Schließlich schloss sie kurz die Augen und versuchte sich trotz aufgestellter Nackenhaare und eines furchtbar unguten Gefühls in der Magengegend davon zu überzeugen, dass sie sich alles nur einbildete. Doch genau in diesem Augenblick prallte etwas direkt über ihr dumpf auf dem Stein auf, gefolgt von einem grässlichen Klacken und Kratzen, so als würden Säbel über den Felsen gezogen werden.

Patricia schloss kurz die Augen – eine weitere Reaktion, die sie im Angesicht der Gefahr nie verstanden hatte, denn das Thema ‚alles bloß Einbildung' hatte sie soeben abgehakt – dann öffnete sie diese mit zusammengebissenen Zähnen und hob den Kopf, um über sich zu blicken.

Nichts war zu sehen. Nichts, bis auf ein paar strohige Grasbüschel, die dort oben gewachsen waren und … länger wurden?! Mit sich entsetzt weitenden Augen begriff sie, dass das kein Gestrüpp war, sondern verfilztes Fell, das zu einem riesigen Kopf gehörte, mit spitzen Hörnern an den Seiten und unheilvollen gelb leuchtenden Augen, die sie hasserfüllt anstarrten. Die Erkenntnis, dass es sich keinesfalls um einen Hund handelte, brachte auch keine Erleichterung, aber wieder Leben in Patricia erstarrte Glieder. Sie hielt das Handy und die grelle Taschenlampe an der Rückseite schräg nach oben, sodass das Monstrum über ihr geblendet wurde und mit einem wütenden Grollen die Augen zukniff.

Ohne weiter nachzudenken, rannte Patricia los. Querfeldein, mitten durch den Wald. Zweige peitschten ihr ins Gesicht, dornige Äste rissen an ihrer Kleidung, doch sie spürte es kaum, während ihre Füße über den schneebedeckten Boden flogen, und nahm es maximal als Ansporn, noch schneller zu laufen, Haken zu schlagen, *alles* zu tun, um sich in Sicherheit zu bringen. Hoffte, betete, dass das Monster sich abschütteln ließ und keine Gruppe von Freunden hatte, die am anderen Ende des Waldes auf sie warteten.

Leicht machte es ihr die Bestie nicht. Sie spürte den Waldboden erbeben, vermutlich immer dann, wenn deren massiver Körper nach einem Sprung wieder aufsetzte, und jedes Mal, wenn das Beben heftiger zu werden schien, raste Patricia in eine andere Richtung. Vielleicht war das Monster ja faul und gar nicht so hungrig und gab bald auf …? Was in *jedem* Fall bald aufgab, war Patricias Körper. Sport war so gar nicht ihr Ding und selbst das Adrenalin, das durch ihren Körper pumpte, ließ sie ihre brennenden Lungen und ihre schwindenden Kräfte deutlich spüren.

Lange würde sie dieses Tempo nicht mehr durchhalten. Sie musste dringend einen Ausweg finden oder Hilfe, *irgendjemand, bitte*! Doch sie brauchte ihre Luft, um weiterzurennen, konnte jetzt auf keinen Fall anhalten und rufen.

Folgte das Monster ihr überhaupt noch? Schon seit ein paar Sekunden hatte das Donnern seiner Pranken nachgelassen und irrsinnige Hoffnung machte sich in ihr breit. Sollte sie es abgehängt haben? Sollte das Glück ihr hold sein und Mitleid mit einer armen, kleinen Schulabgängerin haben, die Putzen bei der Oma plötzlich ganz toll und alles andere als langweilig fand?

Etwas zischte über ihr durch die Luft und landete mit einem grässlichen Krachen in einer Reihe morscher, umgestürzter Bäume. Patricia blieb wie angewurzelt stehen und starrte das an, was sich da vor ihr erhob, mit einem wütenden Knurren das verfilzte, weißgraue Fell schüttelte und sie dann aus seinen gelben Augen anstarrte, das mit spitzen Zähnen versehene Maul zu einem bösartigen Grinsen verzogen.

‚Lauf!! Renn weg!!', schrie ihr ihre innere Stimme zu, doch sie konnte sich nicht bewegen, war starr vor Schreck und darüber hinaus völlig mit ihren Kräften am Ende.

Bis jetzt hatte sie sich nicht getraut, sich umzudrehen und so stand ihr Verfolger ihr zum ersten Mal in seiner vollen Größe und Abscheulichkeit gegenüber: Er war mindestens zwei Meter groß, hatte schmuddelig-weißgraues Fell, einen runden Kopf mit diesen schrecklich glühenden Augen, zu einem Bogen gedrehte Hörner mit spitzen, nach vorne zeigenden Enden und scharfe Reißzähne an den Seiten seines Mauls. Getoppt wurde sein Erscheinungsbild von scharfen Klauen an den Vorderpfoten und Hufen an den Hinterbeinen, die es jetzt wie ein wütender, zweibeiniger Stier über den Boden trieb, als nähme es Anlauf.

Na, super! Das war es dann wohl. Von ‚junger Frau, die mittlerweile nichts anderes wollte als ein besinnliches, dramafreies und gerne auch langweiliges und mit vielen nervigen Vorbereitungen verbundenes Weihnachtsfest im Kreise ihrer meistens-Lieben zu verbringen‘ zu ‚betrauerte, aber sicher bald vergessene wie-war-nochmal-ihr-Name?‘. Das war nicht fair. Das war einfach nicht fair! Nicht so! Nicht hier!

Patricia schrie. Innerlich. Heroisch. Zurückhaltend. *Und* äußerlich. So laut und schrill, dass das Monster sich kurzzeitig die … Ohren oder was auch immer diese Zotteln am Rande seines verfilzten Kopffells waren … zuhielt?? Das musste sie sich wohl eingebildet haben, denn im nächsten Moment schossen die zwei mit langen, messerscharfen Klauen behafteten Pranken so heftig durch die Luft, dass sie ein zischendes Geräusch verursachten, ähnlich dem eines schnell geführten Dolches, und dann setzte das Untier zu einem weiteren Sprung an, würde sie unter seinem schweren Körper zermalmen und das, was von ihr übrig war, buchstäblich in der Luft zerreißen.

Wieder schnitten die rasiermesserscharfen Klauen vor ihr durch die Luft. Patricia schloss die Augen und fügte sich in das Unausweichliche.

Zorniges Grollen und Keuchen ertönte und Patricia wagte es, ein Auge einen Spalt zu öffnen, dann folgte das zweite, weil das Gesicht des Monsters nicht unmittelbar vor ihr war, ihr seinen sicherlich widerlich stinkenden Atem ins Gesicht hauchend. Im Gegenteil – es hatte sich abgewandt und zog und zerrte am Gestrüpp zwischen den halbmorschen Baumleichen hinter sich, in dem sich offenbar sein zotteliges Fell verfangen hatte.

Hoffnung durchflutete Patricia und ohne auch nur einen weitere Sekundenbruchteil des Zögerns warf sie sich herum, mobilisierte noch einmal alle möglichen Kraftreserven und rannte los, weiter in den Wald hinein, in der unsinnigen Hoffnung, ihrem schrecklichen Schicksal doch noch zu entkommen. Das Monster sandte ihr ein wütendes Grollen hinterher und zu ihrem Leidwesen dauerte es nicht lange, bis es mit seinen donnernden Hufen wieder die Verfolgung aufnahm.

Ihr Herz schlug so heftig in ihrer Brust, dass sie meinte, es müsse jeden Augenblick zerspringen und sicherlich war es auch nur noch eine Frage der Zeit, bis ihre Lunge kollabierte. Nicht einmal das Adrenalin vermochte es mehr, die Schmerzen in ihren überstrapazierten Gliedmaßen zu überdecken, und mit jeder Sekunde, die sie mittlerweile nur noch weiterstolperte, schwand ihre neu aufgekeimte Hoffnung dahin und sie war kurz davor, sich einfach fallen zu lassen, dem Monster zu ergeben und auf ein schnelles Ende zu hoffen.

Ihr Fuß blieb an einer hochstehenden Wurzel hängen und ließ sie stolpern und schließlich der Länge nach hinschlagen. Mit fast der gesamten Vorderseite ihres Körpers auf dem Waldboden, fühlte sie die Schwingungen im

Boden nun noch viel deutlicher und das Knurren kam mit jedem Atemzug näher. Sie würde es nicht schaffen. Dennoch erhob sie sich und war kurz darauf mehr als dankbar dafür, weil sie in der Ferne etwas wahrnahm, das nach einer Art Bogen aussah.

Natürlich! Der Torbogen, der vorne am Weg zum alten Rosewood Anwesen stand. Es war zerfallen, eine Ruine mit kaum mehr einem bewohnbaren Raum – soweit sie informiert war – gleichwohl versprach es ihr in ihrer Verzweiflung einen Hauch von Sicherheit und ihr war egal, wie klein diese Möglichkeit war.

Mit einem Stöhnen und den zusätzlichen Schmerz in ihrem Knöchel ignorierend, rappelte sie sich auf und stolperte nach etwa hundert Metern durch die einen Spalt weit geöffnete eiserne Tür hindurch, den Weg zur Ruine entlang. Möglicherweise hatte sie hier Handyempfang und konnte sich so lange verstecken, bis Hilfe kam. Im Laufen griff sie in ihre Hosentasche, doch so sehr sie auch suchte, sie konnte das Mobiltelefon nicht finden. Ein erneuter Schwall Verzweiflung überkam sie, dennoch bewegte sie sich weiter vorwärts, auf das große steinerne Gebäude vor sich zu.

In solch gutem Zustand hatte sie es gar nicht in Erinnerung – obgleich sie es bisher immer nur vom Weiten gesehen hatte. Hatte jemand das alte Gemäuer etwa gekauft und erste Restaurationen vorgenommen? Wer auch immer es war, sie würde dieser Person ewig dankbar sein, denn zumindest die Eingangstür, zu der eine breite Treppe hinaufführte, war intakt – auch wenn niemand auf ihr verzweifeltes Klopfen hin reagierte. Klar, selbst ein Restaurator würde abends nach getaner Arbeit in sein warmes

Zuhause zurückkehren und die Nacht nicht in einem zugigen Gebäude verbringen.

Hoffnungsvoll drückte sie die riesige Messingklinke herunter und gab ein erleichtertes Keuchen von sich, als diese nach- und den Blick auf eine durch Öllampen an den Seiten beleuchtete, fast nobel aussehende Eingangshalle freigab. Hastig schloss sie die Tür wieder hinter sich, presste sich mit dem Rücken dagegen und lauschte. Vermutlich war das eine sehr dumme Idee und gleich würden sich scharfe Klauen durch das dicke Holz hindurch in ihren Körper schlagen, also rückte sie ein Stück davon ab, drehte sich um und stemmte beide Hände dagegen. Klar, so würde sie einem schweren Eindringling auf jeden Fall Zutritt verwehren können!

Hastig sah sie sich um und fand in einer seitlichen Halterung einen schweren Riegel, den sie mit etwas Mühe löste und dann in die Vorrichtung auf der anderen Seite neben der Tür bugsierte. Hoffentlich hielt das Ding und hoffentlich hatte der Restaurator oder jemand anderes aus seinem Team (denn allein konnte man wohl kaum solche Wunder vollbringen) hier drinnen ein Telefon oder einen Laptop vergessen – irgendetwas, das ihr die Verbindung zur Außenwelt ermöglichte, bevor ihr Verfolger einen Weg hier rein fand. Die Bestie, deren gänsehauterregendes Grollen in der Ferne weiterhin die abendliche Stille zerriss und Patricia davon abhielt, sich kurz auf einem antiken Stuhl ein Stück von ihr entfernt auszuruhen. Sie musste weiter, weiter. Der Alptraum war noch lange nicht zu Ende.

„Hallo?“, rief sie halblaut, aus Angst, das Monstrum könne sie von draußen hören. „Hallo?“

Sie humpelte durch die große Halle und dann nach kurzem Zögern durch eine halboffene Flügeltür zu ihrer Linken, nachdem niemand auf ihr Anklopfen reagiert hatte.

„Hören Sie, mein Name ist Patricia Robbins-Saito“, sprach sie weiter in die anhaltende Stille hinein, „und es tut mir leid, dass ich so einfach hier hereinplatze, aber ich … ich hatte draußen … ein wenig Ärger und … ähm, ihre Tür ist doch recht robust oder? So Yeti-erprobt vorzugsweise?“

Keine Antwort. Vermutlich hatten die Restauratoren oder Techniker lediglich vergessen, die Lampen zu löschen – im Flur und hier. Der Kamin war aus und der Raum ungemütlich kalt, wenn auch weniger schlimm als draußen und erst jetzt merkte sie wieder, wie entsetzlich sie eigentlich fror. Ihre unfreiwillige sportliche Betätigung hatte sie davor bewahrt, zu einem Eisklumpen zu erstarren, doch der Schweiß, der ihr nun aus allen Poren rann, legte sich wie eine kühlende Schicht auf ihre Haut und ließ sie in ihrem Hemd zittern.

Sie war kurz versucht, ihre Hände an einer der Wandlampen zu wärmen, überlegte es sich aber schnell anders. Bei ihrem Glück würde sie sich daran verbrennen, die mit Sicherheit antiken Leuchtmittel herunterreißen, das ganze Anwesen in Brand setzen und den Rest ihres Lebens dafür bezahlen; das Geld ihrer Eltern für Gerichtskosten verbraten, alle an den Rand des Ruins treiben und sich selbst schließlich aus Zahlungsunfähigkeit ins Gefängnis begeben müssen. Jeez, seit wann war sie denn eine solche Schwarzseherin?

„Hallo?!“, rief sie erneut.

Wieder keine Antwort. Sie verließ das Kaminzimmer, durchquerte die Halle und suchte in anderen, düsteren, nicht abgeschlossenen Zimmern nach einem Lebenszeichen, doch weder in der riesigen Küche noch in dem ebenfalls äußerst geräumigen Speisezimmer konnte sie jemanden entdecken, es sei denn er oder sie versteckte(n) sich in den zahlreichen dunklen Ecken. Es musste Nachmittag sein, denn draußen fing es an zu dämmern und durch die großen Fenster des Anwesens fiel nur wenig Licht herein. Gott sei Dank konnte sie auch das Monster nicht erspähen. Hoffentlich hatte es aufgegeben und war wieder in seine Höhle oder auf seinen Planeten zurückgekehrt – Hauptsache ganz weit weg.

Trish entschloss sich dazu, nicht auch noch die Treppe hinauf in das obere Stockwerk zu gehen. Sicherlich konnte man ihre Anwesenheit auch jetzt bereits als Hausfriedensbruch bezeichnen, aber man musste es ja nicht übertreiben. Nachher hatte sich jemand oben zu einer kleinen Ruhepause zurückgezogen und würde einen Herzinfarkt bekommen, wenn sie urplötzlich in dessen Schlafzimmer stand. Auch wenn sie nicht wirklich daran glaubte, ging sie wieder zurück in das Kaminzimmer und setzte sich auf das alte, an den Rändern zerschlissene Sofa und massierte ihren Knöchel. Er schien nicht doll geschwollen zu sein, also hatte sie wohl doch ein wenig Glück im Unglück.

Was sollte sie denn jetzt tun? Allein traute sie sich nicht wieder hinaus, allerdings konnte sie ihrer Oma von hier aus auch nicht einmal sagen, wo sie sich aufhielt und diese würde sich garantiert wahnsinnige Sorgen machen – Streit hin oder her. Der würde vermutlich nachher ohnehin kein Thema mehr sein. Im Gegensatz zu Trish, deren Temperament manchmal mit ihr durchging, war ihre Nana besonnener, aber sie beide nicht der Typ Mensch, der jemandem lange böse sein konnte.

Wenn sie ganz viel Glück hatte, – und ihrer Ansicht nach schuldete ihr das Schicksal so einiges nach diesem Erlebnis eben – würde der Besitzer/Restaurator/wer-auch-immer-aber-hoffentlich-netter-und-hilfsbereiter Mensch doch noch einmal an diesem Tag zurückkommen. Bestimmt hatte diese Person ein Auto und würde es ihr nicht abschlagen, sie kurz heimzufahren oder ihr zumindest mal sein Handy zu leihen.

Trish stand kurz auf und zog die alten, langen Vorhänge vor den beiden hohen Fenstern zu, falls das Monster doch draußen herumschlich und herauszufinden versuchte, wo sie sich befand. Den Gedanken, dass es sie eventuell auch erschnüffeln konnte, schob sie ganz schnell wieder von sich. Anschließend kehrte sie zur Couch zurück und griff nach dem Buch, das auf einem kleinen Beistelltischchen lag.

Alessandro Volta – eine Biographie stand auf dem Einband. Toll – das einzig sichtbare Buch und dann war es quasi für ihren Bruder. Physik war so gar nicht ihr Ding, aber selbst der langweiligste Text war besser, als einfach nur herumzusitzen und zu warten, also schlug sie die erste Seite auf und begann zu lesen.

Es ist ein Märchen entsprungen

Das Biest war zurück! Es sprang Patricia direkt in den Weg, fletschte die Zähne und knurrte so bedrohlich, dass sie ein jämmerliches Wimmern von sich gab, während sie vor ihm zurückwich. Obwohl sie vollkommen erschöpft war, nahm sie noch einmal all ihre Kraft zusammen und warf sich herum … um von einer hohen, unüberwindbaren Mauer zurückzuprallen. Für ein paar Sekunden setzte ihr Herzschlag aus und alles Blut wich aus ihrem Gesicht. Keine Fluchtmöglichkeit. Keine Rettung. Es war vorbei.

Sie fühlte, wie das Monster näher kam, spürte seine Wärme, seinen heißen Atem im Nacken, hörte das dumpfe Grollen, das aus seiner Kehle emporstieg. Umdrehen konnte sie sich dennoch nicht. Stattdessen schloss sie die Augen, wartete auf den furchtbaren Schmerz, den das Untier ihr sicherlich gleich zufügen würde. Ein weiteres Wimmern kam über ihre Lippen, als die Pranke des Tiers auf ihre Schulter traf. Schmerzen fühlte sie allerdings keine. Dafür war die Berührung viel zu sanft. Komisch. Es fühlte sich fast so an, als hätte die Bestie ihr die Pfote nur auf die Schulter *gelegt* und … rüttele jetzt daran. Einmal. Zweimal. Beim dritten Mal wurde sie schon gröber.

Patricia nahm all ihren Mut zusammen und warf sich herum. Die Hand, die sie dabei abwehrend vorstreckte, klatschte gegen ein Gesicht und der Mann, der sich anscheinend gerade noch über sie gebeugt hatte, fuhr erschrocken zurück. Patricia stockte der Atem. Sie war nicht im Wald, sondern immer noch auf dem alten schlossartigen Landgut, lag dort auf der Couch und hatte wohl gerade den Eigentümer ihrer Zufluchtsstätte geohrfeigt.

Der sah sie mit einem Ausdruck vollkommener Fassungslosigkeit aus großen Augen an und hielt sich die Wange.

Patricia bewegte die Lippen, brachte aber genauso wenig ein Wort heraus wie der Fremde, der, wie ihr langsam wiederkehrender Verstand ihr verriet, kaum älter als sie selbst sein konnte. Es war ein junges, ebenmäßiges Gesicht, in das sie starrte. Darüber konnte auch nicht der verwegene Dreitagebart hinwegtäuschen. Vielleicht war das nur ein Angestellter und nicht der Hausbesitzer – oder eher dessen Sohn, denn der elegante seidige Hausmantel, den er über dunklen Hosen und hellem Hemd trug, war wohl kaum Bestandteil einer Bedienstetenuniform.

„Was …", brachte er nun doch hervor. Das war es aber auch schon. Stattdessen glitten seine Augen über ihre Gestalt, irritiert und ein bisschen empört.

Schnell! Sie musste etwas sagen, ihm ihr unerlaubtes Eindringen in sein Zuhause erklären!

„Da … da war ein M…“ Sie brach ab. ‚Monster‘ konnte sie ja wohl schlecht sagen. Das würde er ihr mit Sicherheit nicht glauben, auch wenn es der Wahrheit entsprach. „,… olf“, versuchte sie sich zu retten.

Die Brauen des jungen Mannes wanderten auf seinen dunkelblonden, leicht gelockten Haaransatz zu. „Molf?“, wiederholte er blinzelnd. „Was soll das sein?“

„Ein … ein sehr großer Wolf“, erklärte sie und schüttelte innerlich über sich selbst den Kopf. Das wurde ja immer schlimmer!

Die Stirn ihres Gegenübers glättete sich etwas und einer seiner Mundwinkel zuckte ein wenig nach oben. „Wofür soll das ‚M‘ herhalten? Maximal?“

„Ja“, stimmte sie ihm zu und erhob sich von der Couch, „maximaler Wolf. Genau das bedeutet es.“

Der Mann kreuzte die Arme vor der Brust, nickte nachdenklich und musterte sie noch einmal. Dieses Mal so genau, dass ihre ohnehin schon roten Wangen gleich noch heißer wurden. „Heißt das, du bist vor einem wilden Tier davongelaufen und hast dich hier vor ihm versteckt?“

„Ja, ganz genau“, blieb sie bei ihrer Halbwahrheit. „Ich bin keine Einbrecherin oder so – nur jemand, der aus Panik gegen ein paar Gesetze wie Hausfriedensbruch verstoßen hat.“

„Und den Hausbesitzer tätlich angegangen ist“, fügte ihr Gegenüber schmunzelnd hinzu.

Sie schloss kurz die Augen und stieß ein tiefes Seufzen aus. „Hören Sie, das alles tut mir wahnsinnig leid und ist mir furchtbar peinlich, aber ich … ich war verzweifelt und wusste nicht …“

„Alles gut“, unterbrach ihr erzwungener Gastgeber sie und hob in einer beruhigenden Geste die Hände. „Ich glaube dir. Und da ich der Meinung bin, dass es eines jeden Menschen Pflicht ist, seinem Nächsten in der Not zu helfen, hast du von mir nichts zu befürchten.“

Sie hielt etwas atemlos inne, konnte ihr Glück kaum fassen. „Ja?“

„Ja.“ Die Lippen des Mannes verzogen sich zu einem Lächeln, das es in sich hatte. Weiße Zähne, blitzende blaue Augen und furchtbar sympathische Lachfältchen um diese herum machten Patricia mit einem Mal klar, dass sie nicht nur einen glücklicherweise sehr verständnisvollen und netten, sondern auch noch einen unverschämt gutaussehenden jungen Mann vor sich hatte. Erneut stockte ihr der Atem und sie wusste nicht, was sie sagen oder gar tun sollte.

Schlimm war das nicht, denn der Hausbesitzer (war er das tatsächlich?) übernahm ein weiteres Mal die bislang recht zähe Gesprächsführung.

„Mein Name ist Balian Lennox, Besitzer des Rosewood Anwesens, in das du dich ganz klammheimlich geschlichen hast“, stellte er sich vor und streckte die Hand in ihre Richtung aus.

Patricia griff zögernd zu, doch anstatt ihre Hand, die er mit recht kühlen Fingern umfasst hatte, zu schütteln, neigte der Beau seinen Kopf und berührte ihren Handrücken hauchzart mit seinen Lippen, die leuchtend blauen Augen dabei die ganze Zeit auf ihr Gesicht gerichtet. Möglicherweise hatte sie ja damals im Unterricht was falsch verstanden, aber *deutete* man den Handkuss nicht nur *an*? Nicht, dass sie sich beschwerte.

„Und mit wem habe ich die Ehre?“, fragte er mit seidig weicher Stimme, nachdem er ihre Finger sanft aus seinen hatte gleiten lassen. Sein anhaltendes Schmunzeln verriet, dass er sich seiner Wirkung auf sie nur allzu deutlich bewusst war.

„Pa… Patricia Robbins-Saito“, stammelte sie und wischte sich dabei unauffällig über ihren immer noch kribbelnden Handrücken. Nicht weil ihr seine Berührung unangenehm gewesen war, sondern weil sich der Kontakt mit seinen Lippen erstaunlich intensiv angefühlt hatte.

„Du wohnst in Ghrianbury?“, fragte er interessiert, anstatt sie nun darum zu bitten, endlich sein Haus zu verlassen, wie es wohl jeder andere mit einem ungewollten Eindringling wie ihr getan hätte.

„Meine Großmutter“, verbesserte sie rasch. „Ich bin nur zum Weihnachtsfest hier wie jedes Jahr. Die ganze Familie kommt und sorgt für ein heilloses Chaos.“

Himmel! Warum erzählte sie ihm das? Immerhin besaß er den Anstand weiterhin einen interessierten Eindruck zu machen und sogar verständnisvoll zu nicken.

„Eher Stress als Besinnlichkeit“, setzte sie mit einem verkrampften Lachen hinzu. „Aber das kennen Sie ja sicherlich …“

Sie sah sich kurz um und ihr Lächeln erstarb sogleich, da in dem Raum, in dem sie sich befand, jeglicher Weihnachtsschmuck fehlte. Wenn sie kurz nachdachte, konnte sie sich auch nicht daran erinnern, im Rest des Hauses irgendetwas gesehen zu haben, dass an Weihnachten erinnerte.

„Meine Familie hat nie sonderlich viel Wert auf das Feiern großer Feste gelegt“, erwiderte Mr Lennox mit einem Schulterzucken und wandte sich von ihr ab. Mit hinter dem Rücken verschränkten Armen lief er zu dem riesigen Ölgemälde, das über dem Kamin hing – in dem nun endlich ein Feuer brannte. *Deswegen* war ihr wohl nicht mehr so kalt.

Patricia folgte dem jungen Mann zögernd, betrachtete nun ebenfalls das Gemälde, das eine Familie in vornehmen Gewändern aus dem – ihrer Meinung nach – viktorianischen Zeitalter zeigte: Eine schöne blonde Frau mit ihrem nicht minder gutaussehenden Mann und zwischen ihnen zwei blond gelockte Kinder. Das Geschlecht der beiden war schwer zu erkennen, weil sie noch sehr klein waren und einander ähnelnde Kleider aus Rüschen und Samt trugen.

„Sind das Ihre Vorfahren?“, fragte Patricia, weil sie ihren Rausschmiss gern noch weiter hinauszögern wollte und eine gewisse Ähnlichkeit der Familie zu ihrem Gastgeber feststellen konnte.

Der junge Mann antwortete nicht sofort, starrte stattdessen noch ein paar Herzschläge lang das Gemälde an und in seinen Augen machte sich ein Hauch von Melancholie bemerkbar. Schließlich nickte er und seufzte leise.

„Meine Familie existiert schon seit sehr langer Zeit und sie war noch nie besonders … wie soll ich sagen … kontaktfreudig“, erklärte er. „Sie hat sich die meiste Zeit auf dieses Anwesen zurückgezogen und die Menschen in ihrem Umfeld gemieden. Auch noch als ich geboren wurde.“

Patricia runzelte verwirrt die Stirn. „Dieses Anwesen?“, wiederholte sie. „Aber … hier lebt doch schon seit Ewigkeiten keiner mehr.“

Mr Lennox hielt inne, runzelte die Stirn. „Habe ich *dieses* gesagt?“

Sie nickte.

„Ich meinte eigentlich unser Gut in der Nähe von Cheltenham“, verbesserte er sich mit einem etwas verkrampft wirkenden Lachen. „Wahrscheinlich liegt das daran, dass sich die Häuser so ähneln.“

Wow! Seine Familie besaß gleich *zwei* von diesen Palästen?! Wie reich war dieser Kerl?

„Wahrscheinlich“, stimmte sie ihm etwas eingeschüchtert zu. „Und jetzt lebt ihr hier – oder?“

Er nickte. „Viel Besuch für mich gab es allerdings bisher auch hier nicht. Du bist der erste.“

Er sah sie von der Seite an und sein Lächeln war zurück, sorgte für ein leichtes Flattern in ihrem Bauch. Grundgütiger! So war sie doch sonst nicht!

„Ich muss zugeben, dass ich tatsächlich erst annahm, du seist ein Einbrecher“, gestand er. „Ein sehr hübscher, aber jemand, der nichts Gutes im Sinn hat.“

Sein Kompliment ließ ein weiteres Mal Hitze in Patricias Gesicht schießen und sie senkte verlegen den Blick.

„Aber da du nicht bewaffnet zu sein schienst und auch sonst keinen gefährlichen Eindruck machtest, habe ich dich noch ein bisschen schlafen lassen“, fuhr er fort. „Bis du dann angefangen hast, zu zucken und zu wimmern.“

„Oh“, kam es ihr peinlich berührt über die Lippen, „das war nur wegen des M…“ Sie stockte.

„Molfs?“, half er ihr und gab ein belustigtes Glucksen von sich, das auch ein Lächeln auf Patricias Lippen zauberte.

„Ja, genau“, stimmte sie ihm zu. „Ich hab von ihm geträumt. Er wollte sich auf mich stürzen, wie vorhin im Wald. Es war … furchtbar.“ Ein kalter Schauer rann ihren Rücken hinunter, als sie an die Begegnung mit diesem schrecklichen Untier dachte. „Und damit meine ich nicht den Traum.“

Mr Lennox’ Gesichtsausdruck wurde ernst, fast bedrückt. „Du hast da draußen in der Tat etwas gesehen – nicht wahr?“, fragte er sanft.

Sie nickte beklommen. „Und ich glaube eigentlich nicht, dass es wirklich ein Wolf war“, gestand sie.

„Was dann?“ Er sah sie eindringlich an und da war etwas in seinen Augen, das ihr sagte, dass er ihr glauben würde, ganz gleich, was sie erzählte. Dennoch konnte sie das Wort nicht aussprechen, hob stattdessen die Schultern.

„Ich weiß nur, dass es gefährlich war, und mir etwas antun wollte“, setzte sie leise hinzu.

„Vielleicht wollte es dir aber auch nur Angst einjagen“, schlug ihr Gesprächspartner seltsamerweise als Erklärung vor, „weil du in seinen Lebensraum eingedrungen bist.“

„Ich kann ja nicht wissen, dass … *so was* in der Nähe von Ghrianbury lebt!“, verteidigte sich Patricia ganz automatisch. „Ich glaube, ich bin die erste, die ein solches Tier hier jemals gesichtet hat!“

Mr Lennox betrachtete sie nachdenklich und seine Augen wurden ein wenig schmaler. „Wie sah es denn aus?“

Patricia schluckte schwer. Konnte sie ihm das Monster beschreiben oder lief sie dann Gefahr, gleich danach in eine Irrenanstalt eingeliefert zu werden?

Der junge Hausherr sah sie immer noch erwartungsvoll an und da war etwas in seinem Blick, dass sie dazu bewog, sich zu räuspern und die Wahrheit zu erzählen.

„Es war riesig und hatte weißes, langes Fell", brachte sie zunächst nur leise hervor. „Und … es hatte Hörner oben am Schädel … Krallen an den Pfoten und lange spitze Reißzähne …"

„Ein Yeti?", schlug Mr Lennox zu ihrer Überraschung vollkommen ernsthaft vor.

Sie schüttelte den Kopf. „Viel gruseliger und gefährlicher! Aber es war, glaube ich, schon eine Art Schnee… monster?"

„Klingt ja wie einem Märchen entsprungen", merkte der Hausherr schmunzelnd an und Patricias Herz sank. Er nahm sie nicht ernst.

„Aber du bist nicht die erste, die von der Sichtung eines solchen Wesens berichtet", fügte er hinzu und schon fühlte sie sich wieder besser.

„Bin ich nicht?", fragte sie hoffnungsvoll.

Ihr Gastgeber verschränkte die Hände hinter dem Rücken und sah nach oben, die sonst recht glatte Stirn in grüblerische Falten gelegt. „Nun … soweit ich mich erinnere, ging schon vor langer Zeit mal die gruselige Geschichte um, dass in den Wäldern vor Ghrianbury ein yetiähnliches Monster sein Unwesen treibe und all diejenigen fräße, die sich allein und unvorsichtig durch diese Gegend bewegten."

„Und vor wie langer Zeit war das genau?", hakte Patricia interessiert nach.

Dieses Mal hob ihr Gegenüber allerdings die Schultern. „Keine Ahnung – und ich weiß noch nicht einmal genau, wo ich es gelesen habe. Wahrscheinlich in unserer Bibliothek."

Patricia starrte den jungen Mann mit großen Augen an. „Bibliothek?", hauchte sie.

Ein Schmunzeln zupfte an seinen Lippen. „Hab ich hier etwa einen Büchernarren vor mir?"

Sie nickte begeistert. „Ich liebe es, zu lesen, wenn ich nicht muss."

Er gab ein leises Lachen von sich und nickte hinüber zur Flügeltür des Saales. „Lust auf einen kleinen Rundgang durch das Anwesen, mit anschließender Einkehr in eben jener sagenumwobenen Bibliothek?", fragte er mit einem verschmitzten Funkeln in den ausdrucksstarken Augen.

„Liebend gern!", platzte es viel zu schnell aus ihr heraus und sie folgte dem Mann überaus willig zur Tür.

Was zum Himmel tat sie hier eigentlich?! Lief einem Wildfremden treudoof hinterher, ohne sich Gedanken darüber zu machen, dass er möglicherweise nur nett tat und sie ohne Probleme irgendwo einsperren oder gar dahinmeucheln konnte. Niemand würde sie hier hören und wenn man sie später suchte, kam man sicherlich nicht gleich auf die Idee, das in dem alten Herrenhaus zu tun, schließlich wusste kaum jemand im Dorf, dass dieses restauriert worden und wieder bewohnt war. Ihre morbiden Fantasien brachten Patricia zumindest soweit zur Vernunft, dass sie sich auf der breiten mit wunderschönen Ornamenten verzierten Treppe in der Vorhalle räusperte und ihren Gastgeber dazu zwang, sich zu ihr umzudrehen.

„Mr Lennox …", begann sie.

„Balian und du, *bitte*“, unterbrach er sie mit diesem unwiderstehlichen Lächeln, das sie fast über die nächste Treppenstufe stolpern ließ. Bloß nicht schon wieder ein verknackster Fuß, denn ihrer hatte endlich aufgehört zu schmerzen.

„O… okay. Balian … gibt es hier eventuell irgendwo ein Telefon?“, brachte sie ihre Frage endlich zu Ende. „Ich hab mein Handy leider auf der Flucht verloren.“

Ihr Gastgeber blieb auf dem nächsten Treppenabsatz stehen und bedachte sie mit einem betroffenen Blick. „Es tut mir sehr leid, aber dieses Haus wird erst nach und nach modernisiert. Etwas Derartiges gibt es hier noch nicht, weil wir erst vor vier Wochen zurückgekehrt sind und erst dann feststellen konnten, was noch alles zu machen ist.“

„Oh“, war alles, was Patricia dazu einfiel.

„Keine Sorge“, versuchte er sie zu trösten, während sie gemeinsam weiter die Treppe hinaufgingen, „es ist noch nicht allzu spät und du bist sicherlich schnell genug zuhause, um deiner Familie keine Sorgen zu bereiten.“

„Meiner Oma – sie wohnt nicht weit von hier“, verbesserte sie ihn und wunderte sich, warum seine Worte sie derart schnell beruhigten. Er konnte sie ja auch anlügen und üble Dinge für sie planen, aber irgendwie vertraute sie ihm. Seine Augen waren so warm, sein Gesicht offen und ehrlich. Sie fühlte sich erstaunlich wohl in seiner Gegenwart, *wollte* unbedingt noch mehr Zeit mit ihm verbringen, ihn richtig kennenlernen.

„Der Rest meiner Familie reist, wie gesagt, erst zu den Feiertagen an“, fügte sie hinzu, während sie sich neugierig in dem langen, mit einem dicken weinroten Teppich versehenen Flur umsah, den sie betreten hatten. Weitere alte Gemälde von Familienangehörigen, aber auch Landschaftsmalereien zierten hier die Wände. „Meine Eltern, meine anderen Großeltern, meine Tante und deren Kinder … mein Bruder … ach nee, der kommt ja dieses Jahr wahrscheinlich nicht."

Balian sah sie aufmerksam an, hob eine Augenbraue. „Warum wird der Bruder zuletzt genannt?", hakte er spitzfindig nach. „Wo er doch einer der nächsten Verwandten ist."

Patricia wich seinem forschenden Blick rasch aus, betrachtete stattdessen das nächste Bild zu ihrer Linken, das einen adligen Mann auf einem edlen Pferd zeigte.

„Wir … kommen momentan nicht sonderlich gut miteinander aus", murmelte sie in ihren nicht vorhandenen Bart. „Aber ich hab auch gerade nicht das Bedürfnis darüber zu sprechen." Schon gar nicht mit einem Wildfremden!

„Verstehe ich", lenkte Balian sofort ein und etwas in seiner Stimme veranlasste sie dazu, sich ihm wieder zuzuwenden. Er sah nicht mehr ganz so entspannt aus wie zuvor. Eher ein wenig bedrückt.

„Familienbande sind so eine Sache für sich", setzte er hinzu.

Er hatte ‚wir' gesagt, fiel Patricia jetzt ein. ‚… weil *wir* erst vor vier Wochen zurückgekehrt sind.' Das hieß dann wohl, dass er doch nicht allein in diesem riesigen Haus lebte. Vermutlich war er mit seinen Eltern hergekommen und spielte sich nur vor ihr als der Hausherr auf. Oder womöglich mit seiner Frau …? Manche Menschen heirateten ja recht jung und nicht jeder trug einen Ehering.

Einen solchen konnte sie nämlich nicht an seinen Fingern entdecken.

„Ich würde gern sagen, dass mein Leben sehr viel schöner und entspannter war, als meine Eltern noch lebten“, fuhr er fort, während er schon wieder weiterlief, „aber dann würde ich lügen.“

Shit! Falsch gelegen! Gut, dass sie ihre Gedanken nicht ausgesprochen hatte. Sie würde gar nicht erst weiter fragen.

„Wir hatten einige Differenzen – insbesondere bezüglich der nervigen Tradition der Abschottung“, offenbarte er ihr weiter. „Ich hab die … Leere des Hauses, diese aufgezwungene Einsamkeit immer gehasst.“

„Kann ich verstehen, bei der Größe des Anwesens“, merkte sie an.

Balian blieb vor einer Flügeltür aus strukturiertem Milchglas stehen und bedachte sie mit einem milden Lächeln. „Du hast ja keine Ahnung“, murmelte er und öffnete diese.

Kalter Wind schlug ihr entgegen und Schnee wirbelte in den Flur. Balian schien das allerdings nichts auszumachen, denn er trat sogar hinaus ins Freie, auf den riesigen Balkon, der sich hinter der Tür verborgen hatte.

Patricia fröstelte, dennoch folgte sie ihrem Gastgeber und war im nächsten Moment sehr froh darüber, denn der Anblick, der sich ihr bot, war wunderschön. Vor ihr eröffnete sich der riesige schneebedeckte Garten des Anwesens. *Garten* war wahrscheinlich gar nicht der richtige Ausdruck, denn Patricia konnte nirgendwo eine Begrenzung ausmachen – weder Mauer noch Zaun – was wohl hieß, dass der See und das kleine Wäldchen, die sich hinter dem stillgelegten Springbrunnen und dem Rosengärtchen auftaten, ebenfalls zu Balians Besitz gehörten und – war das da hinten ein Gewächshaus?

„Das Haus an sich hat eine Wohnfläche von über 1200 Quadratmetern und das Gelände drumherum umfasst ungefähr zehn Hektar Land inklusive eigenem See, Gewächshaus und Wäldchen“, ließ Balian sie wissen, ohne dabei prahlerisch zu wirken. „Und unser Landgut in Cheltenham ist baugleich. Als Kind habe ich das zeitweise genossen, obwohl es nicht so schön ist, seine Abenteuer draußen und im Inneren des ‚Schlosses‘ die meiste Zeit allein zu bestreiten, aber …“

Patricia sah ihn aufmerksam an, Balian sprach jedoch nicht weiter. Seine Augen verengten sich, während er auf einen Punkt in der Ferne starrte. Einen Punkt, der sich bewegte, wie sie feststellte, als sie seinem Blick folgte. Da kam jemand aus dem Wäldchen durch den Schnee gestapft – direkt auf das Haus zu. War das … eine Frau?

„Lass uns wieder reingehen“, schlug Balian rasch vor und überließ ihr die Entscheidung erst gar nicht, weil er sie sogleich vor sich her ins Innere des Hauses schob.

Patricia blinzelte verwirrt, während er hastig die Flügeltür hinter ihnen schloss, die Kälte wieder aussperrte. Was war denn auf einmal los?

„Wer war das?“, konnte sie sich nicht verkneifen, zu fragen. „Und sollten wir sie nicht vor dem Untier warnen?“

„Nein, ach, niemand Wichtiges“, winkte Balian ab, ergriff ihren Arm und führte sie zu ihrem großen Erstaunen wieder auf die Treppe zu, die sie gerade erst erklommen hatten. „Mir ist nur gerade aufgefallen, dass es doch schon recht spät ist. Du solltest wirklich besser nach Hause gehen.“

Seine letzten Worte verschlugen Patricia zumindest für ein paar Sekunden die Sprache. Sie brachte es aber auch nicht über sich, sich aus dem mittlerweile recht festen Griff des jungen Mannes zu befreien und ihn zur Rede zu stellen.

„Heißt das, die Bibliotheksbesichtigung fällt ins Wasser?“, fragte sie stattdessen.

„Vielleicht können wir das ein anderes Mal nachholen“, murmelte er, während er sie in die große Eingangshalle führte. Seine plötzliche Eile war mehr als merkwürdig, aber immerhin wollte er sie wiedersehen und seltsamerweise freute sie sich darüber.

„Das Haus läuft ja nicht weg“, setzte er hinzu, während er etwas Wolliges von der Garderobe nahm und Patricia in die Arme drückte. Einen dicken Poncho, wie sie feststellte, als sie es aufrollte.

„Wir wollen ja nicht, dass du dir da draußen den Tod holst“, erklärte er seine Gabe. „Außerdem musst du dann auf jeden Fall wiederkommen.“

„Danke“, erwiderte sie und zog sich den wärmenden, wunderbar weichen Poncho über den Kopf.

„Immer gern“, lächelte er und zuckte heftig zusammen, als irgendwo weiter hinten laut eine Tür ins Schloss fiel. Eiligst öffnete er daraufhin die schwere Eingangstür, aber als er versuchte Patricia hinauszuschieben, wand sie sich aus seinem Griff und machte rasch einen Schritt zurück.

„Was ist mit dem Yeti-Monster?“, fiel ihr urplötzlich ein und ihr Magen verknotete sich sofort. Seine angenehme Gesellschaft hatte sie erneut vollkommen vergessen lassen, weshalb sie ursprünglich hergekommen war. Sie fühlte sich sicher mit ihm – obwohl auch er in einem Kampf mit dem Monster höchstwahrscheinlich den Kürzeren ziehen würde.

Balian sah angespannt hinüber zu einer der vielen Türen, die in die Halle führten, und fuhr sich nervös mit einer Hand durch das kurze, aber recht lockige Haar in seinem Nacken.

„Ich denke nicht, dass es so was tatsächlich gibt“, sagte er mit einem Mal. „Und Wölfe gibt es in England ja auch schon seit einer Weile nicht mehr – genauso wenig wie Bären. Alle ausgerottet. Wahrscheinlich war es nur ein wildgewordener Hund oder ein Mensch, der sich verkleidet hat, um Fremde zu erschrecken. Was auch immer – es ist jetzt sicherlich weg und du kannst getrost nach Hause gehen.“

Er schenkte ihr ein Lächeln, das dieses Mal jedoch sehr verkrampft wirkte, und wies hinaus ins Schneetreiben.

„Aber vorhin hast du doch noch gesagt …“, begann sie, wurde jedoch sogleich von ihm ungeduldig unterbrochen.

„Das sind doch nur erfundene Gruselgeschichten gewesen. In dieser Gegend ist schon seit Ewigkeiten nichts Schlimmes mehr passiert.“

„Doch! Mir vorhin!“, hielt sie aufgebracht dagegen. „Ich hab mir das nicht eingebildet!“

„Das will ich auch gar nicht behaupten“, lenkte er ein, warf einen unsicheren Blick nach hinten und packte sie unerwartet an den Schultern.

Patricia riss erschrocken die Augen auf, weil sein Gesicht dem ihren sehr nahe kam – so nahe, dass sie seinen Atem auf den Lippen fühlen konnte.

„Bitte vertrau mir!“, brachte er in einen sanft drängenden Tonfall heraus. „Was auch immer dich im Wald bedroht hat – es ist nicht mehr da! Und wie du sagtest: Das Haus deiner Großmutter ist nicht weit entfernt.“

Etwas atemlos starrte sie in seine ozeanblauen Augen, fühlte sich für einen Moment fast von ihnen gefangen. Es war absurd, aber sie glaubte ihm, wurde ganz ruhig und nickte schließlich.

„Aha!“, ertönte eine laute Stimme hinter ihnen und sie beide zuckten erschrocken zusammen. „Hast du also doch noch den Weg nach Hause gefunden!“

Balian schloss mit einem frustrierten Seufzen die Augen und als er sich zu der Sprecherin umwandte, gab er den Blick auf eine junge, blondgelockte Frau frei, die ihn überaus verärgert und mit in die Hüften gestemmten Händen anfunkelte.

Patricia war sich sicher, dass dies die Person war, die aus dem Wäldchen gekommen war, waren auf ihrem langen Mantel und den hohen Stiefeln, die sie trug, doch immer noch Spuren von Schnee zu erkennen. Auch ihre Wangen waren von der Kälte draußen ganz rosig – oder war eher die Wut, die aus ihren Augen sprach, die Ursache dafür? Oh nein, er war doch verheiratet oder zumindest in einer festen Beziehung! War ja klar.

„Du warst viel zu lange weg!“, fauchte sie Balian an und kam näher, musterte dabei Patricia überaus kritisch. „Ich hab mir Sorgen gemacht!“

Balian gab ein Prusten von sich. „Als ob!“

Die junge und überaus schöne Frau ignorierte seine Bemerkung einfach, starrte weiterhin Patricia unverwandt an. „Dabei war das anscheinend gar nicht nötig, weil du dich hier im Schloss mit einer Fremden vergnügt hast …“

„Wir haben uns nicht vergnügt!“, platzte es aus Patricia heraus und sie fühlte, dass sie schon wieder rot anlief. „Also zumindest nicht, wie Sie denken … ich würde nie …“

Die Frau hob die Brauen und irgendetwas an ihrem Gesicht kam Patricia vertraut vor. „Was denke ich denn?“, erkundigte sie sich in einem belustigten Tonfall.

„Also … ich … das …“ Verdammt! Wo waren nur all ihre Worte hin?

„Patricia ist vor einem Ungetüm geflohen, das sie im Wald angegriffen hat“, erklärte Balian an ihrer Stelle. „Sie hat sich hier vor ihm versteckt und ist vor Erschöpfung eingeschlafen. Ich fand sie im großen Saal.“

„Ungetüm, ja?“, hakte die Frau nach und sah Balian sichtbar amüsiert an.

„Wir haben noch nicht herausgefunden, was genau es war“, setzte der hinzu. „Aber das wird sich sicherlich bald aufklären.“

„So, so“, erwiderte die Frau und wandte sich wieder Patricia zu – dieses Mal mit einem strahlenden Lächeln, das Trish schon öfter an diesem Tag gesehen hatte und endlich für Klarheit in ihrem Kopf sorgte: Sie musste Balians Schwester sein! Natürlich! Die gleiche Kopfform, die gleiche Nase und das gleiche Lächeln. Nur die Augen waren anders, denn ihre besaßen ein helles Grün und die Wimpern waren noch länger als die ihres Bruders. Dann war er womöglich doch nicht vergeben. Trish hätte sich selbst dafür ohrfeigen können, dass sie jetzt tatsächlich an so etwas dachte.

„Nun – ich freue mich, dass du Balian in meiner Abwesenheit ein wenig unterhalten hast, vom Hausfriedensbruch mal abgesehen“, sagte die junge Frau mit verhaltener Freundlichkeit, „aber, wie es mit allen schönen Dingen im Leben ist, muss auch dieses kleine Abenteuer jetzt zu Ende gehen. Und du warst ja ohnehin schon auf dem Weg nach draußen.“

„Hast du deine Höflichkeit draußen vor der Tür stehenlassen, Davina?“, brummte Balian, obwohl Patricia bereits einen Fuß über die Schwelle setzte.

„Ja, genau, Bruderherz“, gab seine Schwester bissig zurück. „Sie hat sich dort zu deiner Intelligenz und Vorsicht gesellt. Die drei feiern jetzt ein rauschendes Fest und stoßen auf unsere vermurkste Zukunft an!“

„So eine Schande, dass sie deine Unleidlichkeit und deine schlechten Manieren nicht auch noch eingeladen haben“, stichelte Balian zurück und Davinas übertriebenes Lächeln begann langsam zu bröckeln.

„Die haben sich schon so auf das Zusammensein mit *dir* gefreut, dass sie alle anderen Termine für heute gestrichen haben“, konterte sie und sah dann Patricia wieder an. „Du bist ja immer noch da!“

„Ich wollte mich nur verabschieden“, brachte diese zu ihrer eigenen Überraschung ohne weiteres Stottern heraus.

„Wie herzig!“, kommentierte Davina, bedachte sie noch einmal mit einem abfälligen Blick und wandte sich dann um. „Macht schnell – ich hab Hunger und keine Lust heute allein zu essen!“ Damit verschwand sie auch schon durch die nächste Tür, die sie zuvor schwungvoll aufstieß.

Balian verdrehte die Augen. „Du siehst: Du bist nicht die einzige mit Familienproblemen“, sagte er zu Patricia, konnte jedoch schon wieder über das Benehmen seiner Schwester schmunzeln.

„Ich glaube gegen deine Schwester ist mein Bruder ein Engelchen“, gab Patricia zurück und brachte Balian damit sogar zum Lachen.

„Ja, da hast du sicherlich recht“, seufzte er. Seine Augen fanden die ihren und die Wärme in ihnen ließ Patricias Herz stolpern.

„Na, dann gehe ich wohl mal lieber“, brachte sie mit einem verlegenen Lächeln hervor, konnte sich jedoch noch nicht dazu überwinden, sich umzudrehen. Irgendwie wollte sie Balian noch nicht verlassen. Noch nie in ihrem Leben zuvor hatte sie einen Menschen getroffen, der so interessant war wie er, von dem sie sich derart angezogen fühlte. Sie wollte mehr über ihn wissen, das ganze Schloss sehen, in sein Leben eintauchen, seine Geheimnisse erkunden – denn dass er die hatte, war offensichtlich. Aber vor allen Dingen wollte sie mehr Zeit in seiner Nähe verbringen, weil sie sich dort irgendwie … wohlfühlte. Auch wenn sie ihn kaum kannte.

„Ja …“, kam ihm etwas spät über die Lippen. „Es hat mich sehr gefreut, dich kennenzulernen, Patricia.“

„Du kannst mich Trish nennen“, bot sie an, ohne zu wissen warum. „*Bitte* nenn mich Trish, ich mag die Langform nicht so. Also, natürlich nur für den Fall, dass wir uns mal wieder begegnen – was ja wahrscheinlich spätestens passiert, wenn ich das hier zurückbringe.“ Sie zupfte an dem Poncho und lachte unbeholfen.

„Ich merk’s mir“, versprach er mit diesem unwiderstehlichen Lächeln, das ihr erneut die Sprache verschlug.

Anstatt noch etwas zu sagen, hob sie linkisch die Hand zum Abschiedsgruß und lief rasch die breite Treppe hinab. Was zur Hölle war nur in sie gefahren?! Ein so gut aussehender, reicher Mann interessierte sich ganz gewiss nicht für eine Durchschnittsperson wie sie!

„Trish!“, hörte sie ihn im nächsten Moment nach ihr rufen und wandte sich eilends zu ihm um. Da stand er im Eingang, mit seinem edlen Hausmantel und strahlte sie an. „Falls du mal wieder durch den Wald läufst und Schutz vor dem gruseligen Getier darin suchst – ich würde mich freuen, wenn deine Wahl dabei auf diese kleine Hütte fällt. Ich lasse dich auch ohne den Poncho rein.“

„Ich merk’s mir“, stahl sie ihm einfach seine zuvor gesprochenen Worte, wandte sich um und machte sich endlich auf den Nachhauseweg. Sehr viel beschwingter als zuvor und mit einem Lächeln auf den Lippen, das sie noch eine ganze Weile begleitete.

Lasst uns kalt und herzlos sein

Patricia fühlte sich seltsam, als sie am nächsten Tag erwachte. Nicht wie sonst, wenn sie zu lange geschlafen hatte, sondern eher unausgeschlafen und verspannt, obwohl sie sicherlich zehn Stunden Schlaf hinter sich hatte. Im Grunde war das ja auch verständlich nach all dem, was sie gestern erlebt hatte – und wenn sie sich recht erinnerte, war sie in der Nacht sogar ein paar Mal aus einem Albtraum aufgeschreckt – aber sie hasste es, nicht im Lot mit sich selbst zu sein.

Möglicherweise konnte das ja durch eine heiße Dusche und ein gemütliches Frühstück mit ihrer Oma geändert werden. Kurzerhand kletterte sie etwas steif aus dem Bett – untrainiert um sein Leben rennen zu müssen, war augenscheinlich Gift für die Muskulatur – und begab sich ins Badezimmer. Die Dusche tat gut und war belebend, dennoch wollte sich ihre Verspannung nicht vollkommen legen und ihre Gedanken wanderten immer wieder zu der Begegnung mit dem Monster zurück, sorgten für ein flaues Gefühl in ihrem Bauch, das sie nur mit Mühe wieder verdrängen konnte. Da half es auch nicht, dass ihr Monstererlebnis zu der Bekanntschaft mit Balian Lennox geführt hatte, obwohl auch die Erinnerungen daran für Regungen in ihrem Bauch sorgten – wenngleich diese deutlich positiver Natur waren.

„Aha – ist der Langschläfer auch endlich wach geworden“, begrüßte Oma Tama sie ungewöhnlich kühl, als sie nur wenig später in die Küche trat und sich dort etwas plump am Frühstückstisch niederließ. „Guten Morgen!“

„Morgen“, murmelte Patricia stirnrunzelnd und nahm sich einen der beiden Pancakes, die ihre Nana seltsamerweise nicht wie sonst für sie warmgehalten hatte.

„Ich hätte mich sehr gefreut, wenn du heut mal früher aus den Federn gekrochen wärst“, wurde sie kritisiert – nicht streng, aber dass diese Kritik überhaupt kam, war ungewöhnlich.

Oma Tama war ein von Grund auf gutherziger und geduldiger Mensch, dem es meist nichts ausmachte, sich auf die Lebensgewohnheiten seiner Enkelkinder einzustellen, wenn diese zu Besuch waren – was es unglaublich leicht machte, mit ihr gut auszukommen. Nicht so heute und am gestrigen Abend hatte sie sich auch schon so komisch verhalten, hatte sich gar keine Sorgen gemacht, weil Patricia nach dem Streit mit ihr so lange weggeblieben war, und sich, anstatt ihr Gesellschaft beim späten Abendessen zu leisten, vor den Fernseher gesetzt. Trish hatte gehofft, dass heute wieder alles beim Alten sein würde – aber Pustekuchen. War sie etwa immer noch über den Streit mit ihrer Tochter wütend?

Oma Tama seufzte nun tief und schwer und wandte sich von ihr ab, anstatt sich zu ihr zu setzen.

„Ich will ja nicht wie deine Mutter klingen", sagte sie, als sie mit der Kaffeekanne wiederkam und Patricias Tasse füllte, „aber du könntest wirklich langsam mal ein bisschen mehr Aktivität zeigen, mir mehr unter die Arme greifen. Und das könntest du am besten, indem du morgens früher aufstehst. Dann können wir zusammen einen Tagesplan erstellen."

„Pagespan?", wiederholte Trish mit vollem Mund und bedachte ihre Großmutter mit einem perplexen Blinzeln. Seit wann arbeitete Oma Tama nach einem genauen Plan? Das waren ja ganz neue Allüren!

„Ach Kind, erst runterschlucken – dann reden!", mahnte ihre Oma sie und sie tat wie geheißen.

„Seit wann brauchen wir genaue Zeitpläne, um das Weihnachtsfest zu gestalten?", brachte sie nun verständlich heraus.

„Nicht nur für das Weihnachtsfest, sondern generell", merkte Oma Tama an. „Ich finde, ein bisschen Struktur könnte auch dir gut tun."

Patricia konnte nicht glauben, was sie da hörte, und ganz langsam begann Wut in ihrem Inneren zu schwelen.

„Hast du noch mal mit Mum telefoniert?", fragte sie misstrauisch. Beim Herunterkommen hatte sie gesehen, dass das Mobilteil jetzt wieder in seiner Basisstation auf dem kleinen Tischchen im Flur stand.

„Nein." Ihre Großmutter machte tatsächlich den Eindruck, als würde ihre Nachfrage sie überraschen. „Wie kommst du darauf?"

„Weil du in der Tat fast genauso klingst wie sie", brummte Trish und biss verärgert in ihren kalten Pancake.

Der wollte partout nicht so wundervoll schmecken wie sonst.

„Das mag daran liegen, dass sie meine Tochter ist“, erwiderte Oma Tama und lächelte – zum ersten Mal an diesem vermaledeiten Morgen. „Ich meine es doch nicht böse, sondern war nur enttäuscht, dass ich allein meinen Tag beginnen und frühstücken musste, wo ich doch meine liebe Enkelin hier habe.“

‚Du hättest ja warten können wie sonst auch‘, lag Patricia auf der Zunge, doch sie verkniff es sich, weil es selbst in ihren Ohren etwas zu selbstsüchtig klang. Oma Tama wurde halt nicht jünger und es war gut möglich, dass die Festvorbereitungen sie zum ersten Mal in ihrem Leben stressten und überbelasteten.

„Tut mir leid“, brachte Trish schließlich heraus. „Ich verspreche dir, dass es morgen nicht so ist und du von morgens bis abends meine volle Unterstützung hast.“

„Das freut mich sehr“, strahlte ihre Großmutter, legte eine Hand auf ihre Schulter und drückte diese kurz.

Auch wenn diese etwas förmlichere Zuneigungsbekundung Patricia etwas überraschte, freute sie sich darüber, denn es gab für sie kaum etwas Schlimmeres als mit ihrer Oma verstritten zu sein. Vielleicht war jetzt auch wieder genügend Frieden eingekehrt, um endlich über ihre monströse Begegnung im Wald, das Rosewood Anwesen und das Geschwisterpaar Lennox zu sprechen. Wenn sie sich vorsichtig ausdrückte, das Monster eher als wildes Tier schilderte, würde Oma Tama ihr sicherlich glauben und womöglich wissen, was noch im Nachhinein zu tun war. Doch diese war mit ihren Anliegen noch nicht fertig.

„Es wäre aber ganz toll, wenn du auch heute schon für mich ein paar Sachen erledigst", fügte ihre Großmutter jetzt an und legte eine Einkaufsliste vor ihr auf den Tisch, auf der ganz oben ‚Weihnachtsschmuck' stand. „Kannst du mir nach dem Essen bitte diese Dinge im Dorfzentrum besorgen?"

„Ja, klar, aber … Weihnachtsschmuck?", hakte Trish verwirrt nach. „Davon haben wir doch mehr als ge…"

„Schnickschnack", wurde sie resolut unterbrochen, „einen Teil von dem altmodischen Kram habe ich ja schon hier unten und der Rest kann dieses Jahr auf dem Dachboden verstauben. Ich brauche frischen Wind im Haus."

Patricia betrachtete stirnrunzelnd die Liste und hob dann die Schultern. „Okay … ich nehme dann dein Auto und …"

„Auf keinen Fall!", wurde sie streng unterbrochen. „Für den kurzen Weg wird mir kein Benzin verschwendet. Du bist jung und sportlich – du schaffst das auch so. Es sind ja keine allzu schweren Sachen dabei."

Patricia öffnete den Mund, fand jedoch kein Gegenargument außer ‚aber sonst hast du mir das immer erlaubt, wenn ich gefragt habe' und das konnte sie bei der miesen Laune ihrer Großmutter auf keinen Fall benutzen. Also griff sie nach ihrer Kaffeetasse, trank einen Schluck und … hätte das Getränk fast wieder ausgespuckt. Es war eiskalt und wenn sie eines nicht leiden konnte, war das kalter Kaffee.

„Morgen ist er wieder warm", versprach ihre Großmutter, tätschelte mit einem milden Lächeln noch einmal ihre Schulter und verschwand anschließend aus der Küche.

Patricia schluckte den Kaffee mit Mühe herunter und erhob sich verärgert. Der Appetit auf den Rest ihres Pancakes war ihr vergangen und so wie Oma Tama heute drauf war, war es wohl besser, wenn sie möglichst schnell das Haus verließ, um die gewünschten Sachen zu besorgen. Außerdem gab es im Zentrum ein paar nette Cafés, in denen sie ein *warmes* Frühstück zu sich nehmen konnte.

Etwa anderthalb Stunden später hatte sich Patricias Laune erheblich gebessert. Mit einem leckeren Latte Macchiato und einem schmackhaften warmen Bagel im Bauch sah die Welt trotz der sich stetig erhöhenden Schneemassen und der eisigen Kälte draußen auf den Straßen gleich viel schöner aus. Die Bedienung schien zwar ebenfalls nicht gerade bester Stimmung zu sein und überschlug sich nicht vor Freundlichkeit, aber solange ihr Frühstückswunsch erfüllt wurde, scherte Trish ihr miesepetriges Gesicht nur wenig.

Es war das weiße Ungetüm, das im nächsten Moment durch die Tür stolperte, welches sie erschrocken zusammenzucken und ihren entspannten Zustand innerhalb von Sekunden in extreme Alarmbereitschaft wandelte. Ein paar polternde Herzschläge lang glaubte sie das Ungeheuer von gestern vor sich zu haben – dann registrierte sie, dass es sehr viel kleiner war und sowohl Zottelfell als auch Yetigesicht nur aus Kunststoff waren. Auf der Brust prangte ein Schild mit dem Spruch: *Ist es zu kalt, wird auch der Yeti ohne Kaffee nicht alt.* Werbung. Das war nur ein armer Mensch in Verkleidung.

„Sorry, Babs“, kam es gedämpft durch die Maske des Yetis, der sich nun auf die Bedienung hinter dem Tresen zubewegte, „ich halte das da draußen nicht länger aus! Der Arschkälte ist so ein Kunststofffell nicht gewachsen!“

„Aber hier drinnen brauche ich dich nicht!“, beschwerte sich die Angesprochene. „Ich bezahle dich dafür, dass …“

„… ich draußen erfriere?!“ Der Yeti griff nach seinem Kopf und ‚enthauptete‘ sich etwas umständlich. Patricia war überrascht, nun in ein ihr nicht unbekanntes Gesicht zu blicken. Das war Frederic oder besser Freddy, ein weiterer ehemaliger Nachbar ihrer Großmutter, mit dem sie als Kind öfter gespielt hatte.

„Deine Schicht endet erst in einer Stunde“, blieb Babs, die Caféinhaberin, streng. „Wenn du nicht durchhältst, ist unser Geschäft hinfällig.“

„WAS?!“, fuhr Freddy auf und machte einen bedrohlichen Schritt auf die Frau zu. „Spinnst du?! Ich arbeite schon seit drei Stunden! Das hast du mir gefälligst zu zahlen!“

Babs, die sich von seinem Auftreten überhaupt nicht einschüchtern ließ, kreuzte die Arme vor der Brust und sah ihn mit hochgezogenen Brauen an.

„Ach ja?“, fragte sie provokant. „Ich kann mich nicht daran erinnern, dass ich dir irgendwas unterschrieben habe, das mich verpflichtet, dir auch nur *einen* Penny zu zahlen. War es nicht eher so, dass du zu ehrenamtlicher Arbeit angetreten bist? Ich kann mich nur ganz schwammig erinnern, aber so in einer Stunde wird mein Gedächtnis bestimmt wieder besser funktionieren. Dann wissen wir genau, ob du bezahlt werden wolltest oder nicht.“

Patricia war ob dieser Bemerkung ähnlich perplex wie Freddy, dem erst einmal nichts weiter einfiel, als empört nach Luft zu schnappen. Aber auch Sekunden danach brach er nicht in den von Trish erwarteten und aus ihrer Sicht vollkommen gerechtfertigten Wutanfall aus, sondern presste die Lippen zusammen, setzte seinen Yetikopf wieder auf und verließ den Laden mit schweren Schritten.

„Sie wissen schon, dass das nicht rechtens ist?", konnte sich Patricia nicht verkneifen, in Richtung der Bedienung anzumerken.

Babs rümpfte verärgert die Nase. „Und du weißt schon, dass dich das nichts angeht?"

Das war es mit der Entspannung. Erneut wallte Ärger in Trish auf. Was war nur heute mit den Leuten los? War nett und sozial zu sein plötzlich out? Und das nur wenige Tage vor Weihnachten? Sie stopfte sich den kleinen Rest ihres Bagels in den Mund, spülte ihn mit dem letzten Schluck Kaffee hinunter und legte ein paar Pfund auf den Tisch, bevor sie sich erhob und den Laden ohne ein Wort des Abschieds verließ. Eigentlich hatte ihr ein ‚Auf Nimmerwiedersehen!' auf der Zunge gelegen, aber die Befürchtung, dass der arme Freddy auch dafür den Ärger bekam und eventuell heute wirklich kein Geld mehr sah, ließ sie stumm bleiben.

Der Yeti stand wieder draußen vor dem Laden, wo sie ihn auch bei ihrem Eintreffen vorgefunden hatte, und versuchte Vorbeigehende auf das Café und seine „wunderbaren, das Innere wärmenden Speisen und Getränke" aufmerksam zu machen. Dabei hüpfte er auf der Stelle herum und schlang sich immer wieder die Arme um die Körpermitte, um nicht zu sehr zu frieren.

„Willst du dir das echt noch weiter antun?", wandte sich Patricia an ihn, während sie den Reißverschluss ihrer Jacke zuzog und sich auch noch die Kapuze hochschlug. Heute war es eindeutig noch kälter als am Vortag.

Freddy wandte sich zu ihr um und da sie seine Augen durch den Sehschlitz im Hals nicht erkennen konnte, blickte sie in die toten Plastikaugen des Yetis. Die Maske war gut, das musste man ihr lassen. Fast lebensecht.

„Ich brauche die Kohle, okay?", brummte Freddy dumpf. „Meine Freundin und ich wollen nächstes Jahr nach Australien und dafür benötigt man ein bisschen Erspartes. Und du hast ja Babs gerade gehört."

„Gibt's denn hier keinen anderen Job mit netteren Geschäftsführern?", erkundigte sich Patricia, als der Yeti sich schon wieder abwenden wollte.

„Gibt's für dich vor Weihnachten so wenig zu tun, dass du dich in das Leben anderer einmischen musst?", knurrte ihr ehemaliger Freund überraschend angriffslustig zurück.

Trish wusste nicht, was sie darauf sagen sollte. Sie hatte es doch nur gut gemeint, aber anscheinend ging momentan in der Tat so etwas wie ein ‚Schlechte-Laune-Virus' um. Kein Wunder, dass Ghrianbury mittlerweile sogar Monster anlockte. Ihre Augen wanderten über Freddys so echt wirkende Verkleidung. Hm … hatte nicht auch Balian Lennox gesagt, dass ‚ihr' Monster womöglich ein Mensch in Verkleidung gewesen sein könnte? Das war ein derart beruhigender Gedanke, dass Patricia sich trotz Freddys ablehnender Haltung ihr gegenüber noch einmal an ihn wandte.

„Freddy – sag mal, hast *du* das Kostüm besorgt oder Babs?“

„Hä?“, vernahm sie seine genervte Stimme, nachdem er seinen Kopf in ihre Richtung geneigt hatte. „Was’n das für ’ne Frage? Wir haben bald Weihnachten – nicht Fasching. Was sollte man da mit so einem Kostüm anfangen?“

„Kannst du mir der alten Kindertage wegen nicht wenigstens diese kleine Frage beantworten?“, erwiderte sie nun auch schon etwas strenger.

Ein lautes Seufzen tönte aus dem Kostüm. „Klar war ich das. Das Miststück ist doch viel zu faul, um selbst nach Cirencester zu fahren.“

„Und gab es da noch andere Monsterkostüme?“, hakte Trish rasch nach.

„Logo. Ist ja ein großer Kostümladen gewesen. Die sahen aber teilweise sehr viel echter und gruseliger aus als das hier. Babs wollte nicht, dass ich kleine Kinder verschrecke, weil gestresste Mütter mit Kleinkindern gerade zu ihren besten Kunden gehören – sonst hätte ich mir ein noch fieseres Teil geholt.“

Erleichterung machte sich in ihrer Brust breit und brachte sie sogar dazu, ihr Gegenüber anzulächeln und sich zu bedanken, bevor sie zu ihrer Einkaufstour aufbrach. Das musste es gewesen sein – das Monster war nicht echt gewesen, sondern nur ein Streich von ein paar dummen Jungen! Wie hatte sie nur darauf hereinfallen können? Sie war doch viel zu alt, um noch an Monster oder Ähnliches zu glauben. Wahrscheinlich lag es daran, dass es so überraschend passiert war und der oder die Täter sich auf allen Vieren bewegt hatten, um alles möglichst realistisch rüberzubringen. Sicherlich blieb sie auch nicht das einzige Opfer. Wahrscheinlich war es sogar besser, Anzeige bei der Polizei gegen Unbekannt zu erstatten – wenn sie heute noch die Zeit dafür fand.

Sehr viel beschwingter als zuvor betrat Patricia zehn Minuten später *Henning's Haushaltswaren-und Deko-Shop* – in Ghrianbury *die* Anlaufstelle, wenn man ein Fest feiern wollte und hübsche Dinge zum Schmücken der Räume brauchte. Dass der Laden ungewöhnlich leer geräumt war, fiel ihr erst auf, als sie sich kurz umgesehen hatte. Selbst in den Schaufenstern war kaum noch Weihnachtskram zu finden, sondern nur die üblichen Gebrauchsgegenstände des Alltags.

„Was kann ich für Sie tun?", riss Mr Hennings tiefe Stimme sie aus ihrer Irritation und sie wandte sich rasch zu ihm um. Das Lächeln erstarb jedoch gleich wieder auf ihren Lippen, weil der sonst so nette, warmherzige Mann, sie mit ernstem, beinahe kühlem Gesichtsausdruck betrachtete. Eigentlich hätte es ihr gleich komisch vorkommen müssen, dass er sie nicht mit seinem üblichen liebevoll gemeinten *Darling* angesprochen hatte.

„Ich … äh … ich bräuchte Weihnachtschmuck", stammelte sie. „Aber wie es aussieht, ist der wohl dieses Jahr schon ausverkauft."

„Nein", gab der Mann ruhig zurück. „Ich konnte dieses kitschige Zeug nicht länger ertragen, dieses Blinken und Glitzern …" Er schüttelte sich. „Ein Laden sollte zweckmäßig sein. Und jetzt, wo das ganze Zeug weg ist, spare ich zusätzlich eine Menge Strom."

„A-aber … Weihnachten kommt doch erst in ein paar Tagen“, merkte Patricia völlig baff an. Sie war ja nun nicht gerade der größte Weihnachtsfan, aber die geschmückten Läden und Straßen hatte sie immer gemocht.

„Und dann ist es auch wieder vorbei“, setzte Mr Henning hinzu. „Ein paar Lichter hier und dort reichen aus. Man muss ja nicht gleich so ein riesiges Tamtam darum machen. Die Stadt hat das auch eingesehen und die Weihnachtsdeko schon heute Morgen ordentlich reduziert.“

Sie schien so in Gedanken versunken gewesen zu sein, dass ihr das noch gar nicht aufgefallen war, aber zu dieser Tageszeit waren zumindest die meisten Lichter ja ohnehin noch ausgeschaltet.

„Keiner erträgt das Geleuchte auf Dauer“, fuhr Mr Henning fort, „und es lenkt einen auch zu sehr von der Arbeit ab, lässt einen langsamer und ineffektiver werden. Unsere Lebenszeit ist begrenzt, da sollte man sie nicht mit ständigem Feiern verbrauchen.“

Patricias Kehle hatte sich zugeschnürt und ihre Weihnachtsabneigung verwandelte sich innerhalb von Sekunden in große Weihnachtsliebe. Die Weihnachtsdeko auf der Hauptstraße wurde reduziert?! Das konnte doch nicht wahr sein! So weit kam es noch, dass irgendwelche Hirnis von der Regierung den Menschen in Ghrianbury das Weihnachtsfest verdarben. Vermutlich waren sie auch daran schuld, dass die Leute plötzlich so schlecht gelaunt, so kalt waren. Womöglich hatten sie irgendwas ins Trinkwasser gemischt, was deren Wesen veränderte. Oder Mr Henning war heute auch nur mit dem falschen Bein aufgestanden und würde morgen schon wieder der Alte sein.

„Kann ich dir eventuell ein Kochtopfset schmackhaft machen?“, riss der Mann sie aus ihren Überlegungen und wies auf einen Stapel Kartons, in denen sich eben jene Objekte befanden. „Oder einen Rauchmelder? Die haben wir gerade im Angebot und wir wissen ja, wie schnell so ein Festtagsbraten ein ganzes Haus abfackeln lassen kann.“

„Nein, danke!“, stieß Patricia rasch aus und bewegte sich schon wieder rückwärts auf den Ausgang zu. „Vielleicht ein anderes Mal.“

Damit befand sie sich wieder in der winterlichen Kälte, eilte kopfschüttelnd durch das Schneegestöber, das schon wieder ihre Sicht einschränkte. Was jetzt? Wo sollte sie die Lichterkette auf ihrer Liste herbekommen, wo die Christbaumkugeln? Ihre Augen blieben an dem Elektrofachgeschäft auf der gegenüberliegenden Seite hängen. Letzteres würde sie dort sicherlich nicht finden, aber eine Lichterkette gegebenenfalls schon und ein neues Handy brauchte sie ja auch …

Sie wartete, bis das nächste Auto an ihr vorbei war, und eilte dann hinüber, rutschte dabei ein paar Mal weg, blieb jedoch auf den Beinen, bis sie den Laden erreicht hatte. Sie wollte schon hineingehen, als sie feststellte, dass vor dem Schaufenster ein alter Mann stand. War das …? Aber ja! Der nette Opa von gestern! Sie konnte ja wohl schlecht an ihm vorbeieilen, ohne zuvor ein Wort mit ihm zu wechseln!

Vorsichtig näherte sie sich ihm – wer wusste schon wie schreckhaft er war – und räusperte sich, weil er sie immer noch nicht wahrnahm.

„Hallo!“, grüßte sie ihn mit einem strahlenden Lächeln und war sehr erleichtert, als er dieses überaus warm erwiderte. Sein ganzes Gesicht erhellte sich, während er sie kurz musterte, und wenn er sehr viel jünger gewesen wäre, wäre sie unter Garantie errötet. Komisch … irgendwie kam ihr dieses breite, überaus charmante Lächeln sogar bekannt vor – und ganz bestimmt nicht durch das kurze Gespräch, das sie gestern geführt hatten.

„Was für eine Freude, dich heute schon wiederzusehen!“, sagte er nun überschwänglich und seine graublauen Augen funkelten lebhaft. „Wie geht es dir? Den Heimweg gut überstanden?“

Sie runzelte die Stirn, nickte dabei aber bereits. „Der Weg vom Stadtzentrum nach Hause ist ja nicht so weit. Und Sie hat es wieder zur modernen Technik verschlagen?“, fragte sie mit einem Blick zum Schaufenster hin.

„Ja, ich … brauche hiermit ein wenig Hilfe“, gestand er und hob seine Hand, in der er eine Laptoptasche hielt.

„Ist das …“, begann sie, weil sie das Gefühl hatte, dass diese nicht leer war.

„Ein Laptop – ja“, freute er sich und Trish war baff. Der Schritt zum eigenen PC war ganz schön mutig für einen Mann seines Alters, der von Technik eigentlich keine Ahnung hatte.

„Laptop – so ein sinnvolles Wort“, setzte er jetzt erfreut hinzu. „Da weiß man gleich, wo man das Gerät abzustellen hat.“

Er lachte und Trish stimmte mit ein. Der Opa war aber auch einfach *zu* niedlich.

„Was für ein Problem gibt es denn damit?“, wollte sie wissen. Möglicherweise konnte *sie* ihm ja auch helfen, dann musste er kein Geld dafür ausgeben.

„Er geht nicht.“

Sie hob die Brauen. „Aber … ist der PC nicht ganz neu?“

„Doch, aber er ist ja auch nicht kaputt.“

Jetzt war sie wirklich verwirrt. „Sicher?“

Der Alte nickte. „Er braucht nur Strom, damit sich sein … Akkumulator auflädt.“

„War denn kein Kabel dabei?“

„Im PC schon – aber das Haus kam ohne.“ Er lachte wieder und dieses Mal klang das Lachen nicht nur vertraut, sondern ließ auch noch einen kleinen Schauer ihren Rücken hinunterrieseln. Wie gestern. Bei Balian.

Patricias Augen weiteten sich. Balian! Das Haus ohne Strom! Die altmodische, gewählte Art zu sprechen! Die Ähnlichkeit des Lächelns und Lachens!

„Sind Sie ein Lennox?!“, stieß sie etwas atemlos aus und der Alte zuckte minimal zusammen, machte einen ertappten Eindruck.

„Woher weißt du das?“, fragte er schließlich und sah sich dabei um, als wolle er keine Zuhörer haben.

„Sie … sie sehen ihm ähnlich“, stellte Patricia fest. Kopfform, Augen, Nase, Mund … Er hatte sogar mehr Ähnlichkeit mit Balian als dessen Schwester. „Balian, meine ich.“

„Er ist mein Enkel“, gestand der Alte nun wieder lächelnd. „Ich wollte mich dir nicht aufdrängen, deswegen habe ich nicht gleich etwas gesagt – aber er hat mir von deinem Besuch gestern auf dem Anwesen erzählt.“

„Oh – hat er das?“ Jetzt geschah es doch noch: Sie lief rot an und ihr Herz begann schneller zu schlagen.

Der Opa nickte. „Was hat mich verraten?“

„Das Lachen“, gab sie ohne Umschweife bekannt. „Seines klingt genauso.“

Der Alte bedachte sie mit einem warmen Blick und streckte dann die Hand vor. „Edwin Lennox“, stellte er sich vor und Trish ergriff die behandschuhten Finger des Mannes, nur um erneut mit einem – dieses Mal nur angedeuteten – Handkuss überrascht zu werden. Wie der Opa, so der Enkel. Sie waren sich also nicht nur äußerlich sehr ähnlich.

„Patricia Robbins-Saito“, erwiderte sie schmunzelnd.

„Ein interessanter Name. Japanisch?“

Sie nickte.

„Und es freut mich sehr, dass der Grund für die gute Laune meines Enkels am gestrigen Tag derselbe war wie für die meinige“, verkündete er und sorgte mit diesen Worten gleich für noch mehr Hitze in ihrem Gesicht und das ihr bereits vertraute Flattern in ihrem Bauch. „Du hast uns beiden sehr gut getan.“

Sie senkte rasch den Blick, hob kurz die Schultern und winkte ab. „Das … also … ich … Sie beide waren ja auch sehr nett zu *mir*. Balian hat mir Unterschlupf geboten, weil ich etwas im Wald gesehen hatte, was vermutlich nur ein dummer Jungenstreich gewesen ist, mir aber wahnsinnig Angst gemacht hat.“

„Angst hat immer eine Berechtigung und wir helfen gern, wo wir können“, erwiderte Opa Lennox. „Was natürlich nicht heißt, dass du uns nicht auch besuchen kannst, wenn du *nicht* in Not bist. Balian würde sich sehr freuen. Er … hat noch nicht sehr viele Kontakte hier."

„Seit wann sind Sie drei denn hier?", hakte Patricia etwas zu neugierig nach. Balians Angaben waren doch recht vage gewesen.

Der Alte nahm es ihr aber nicht krumm, antwortete sogar ganz offen auf ihre Frage: „Seit ungefähr einem Monat. Wir waren lange im … Ausland. Auf einer abgelegenen Insel fernab der modernen Zivilisation mit einer sehr geringen Einwohnerzahl. Ich dachte, dass es für meine Enkelkinder das Beste sei, wenn sie nach dem Tod ihres Vaters eine kleine … Auszeit haben. Sie hatten schon den schrecklichen Unfalltod ihrer Mutter zehn Jahre zuvor nur schwer verkraftet und vermissten ihren Vater schmerzlich. Leider hat ihnen die Auszeit nicht so gut getan, wie ich es mir erhoffte. Wie dem auch sei – wir sind jetzt wieder zurück auf dem alten Familienanwesen, dessen Instandsetzung schon vor unserem Eintreffen fast abgeschlossen war, und versuchen dort miteinander ins Reine zu kommen, einen neuen Start ins Leben zu wagen. Deswegen würden wir uns über deinen Besucht wirklich sehr freuen."

„Davina auch?", rutschte es Patricia heraus und der Anflug von Ärger in Opa Lennox' Gesicht ließ sie ihre unbedacht gesprochenen Worte fast wieder bereuen.

Doch die Verärgerung schien nicht ihr gegolten zu haben, denn er seufzte nun frustriert und schüttelte den Kopf. „Sie ist ein schwieriges Mädchen", gestand er. „Hat sie dich sehr erschreckt?"

„Nein, nicht wirklich. Sie war nur nicht sonderlich nett."

„Sie ist psychisch nicht ganz stabil“, brachte der Alte bedrückt heraus. „Auch Balian und ich haben oft unter ihren Wutausbrüchen und Stimmungsschwankungen zu leiden. Aber sie ist nicht gefährlich, obwohl sie sich große Mühe gibt, das alle glauben zu lassen. Bitte lass dich nicht von ihr davon abhalten, uns in Rosewood aufzusuchen.“

„Nein, ganz bestimmt nicht“, versicherte sie ihm, obgleich sie sich eingestehen musste, dass Davina schon ein wenig gruselig war.

„Belästigt die junge Dame Sie da etwa, Mr Lennox?!“, ertönte eine strenge Stimme von der Ladentür her und Trish stellte erst in diesem Augenblick fest, dass diese geöffnet war und Mr Floyd, der Besitzer, sie beide sehr missgestimmt betrachtete.

„Nein, ganz im Gegenteil“, erwiderte der Alte sofort. „Ich habe mich ganz wundervoll mit ihr unterhalten.“

„Ich frage ja nur, weil Sie nun schon eine Weile vor meinem Laden stehen und nicht wie sonst hereinkommen“, erklärte sich der andere Mann. „Meine Kunden liegen mir sehr am Herzen.“

Wohl eher das Geld dieser Kunden – aber das dachte sich Patricia lieber nur, denn leider war dieser Laden der einzige, der neue, aber auch gebrauchte und deswegen billigere Handys führte und da sie ihres bei der gestrigen Hetzjagd durch den Wald verloren hatte …

„Kommen Sie doch rein!“, forderte der Ladeneigentümer Opa Lennox mit einem überfreundlichen Lächeln auf und trat einen Schritt zur Seite, sodass der Mann seiner Aufforderung gleich nachkommen konnte. Das Lächeln verschwand, als auch Patricia an ihm vorbeilief.

„Ich bin auch Kundin", ermahnte sie ihn.

Er musterte sie, während er die Tür schloss. „Guck-Kundin oder zahlende Kundin?", hakte er kritisch nach. *Noch* so ein freundlicher Geselle. Aber Mr Floyd war auch zuvor schon nicht gerade durch seine Liebenswürdigkeit aufgefallen.

„Zahlend", kam es aus Mr Lennox Richtung, bevor Trish antworten konnte. „Denn was immer die junge Dame sich aussucht, werde *ich* mit Freude entlöhnen."

Patricia öffnet den Mund, um sich gegen diese Großzügigkeit auszusprechen, doch der Ladenbesitzer war schneller. „Oh – na das ändert natürlich alles! Was soll es denn sein?"

„Ich brauche nur ein Handy und eine Lebaracard, aber das kann ich auch selbst bezahlen", erwiderte sie, während sie bereits zu dem Glaskasten mit den gebrauchten Mobiltelefonen lief. „Kümmern Sie sich doch bitte erst einmal um Mr Lennox."

Mr Floyd sah zu dem Genannten hinüber, bewegte sich aber erst zu ihm, als der Alte nach kurzem Zögern zustimmend nickte. Patricia atmete erleichtert auf und sah sich gründlich im Laden um, bevor sie sich frustriert den Handys zuwandte. Auch hier gab es keine Lichterketten. Oma Tama würde sehr enttäuscht sein.

Ein gebrauchtes Handy zu finden, das noch einigermaßen neu und funktionstüchtig war, war wiederum nicht allzu schwer und so machte sie sich nach ungefähr einer Viertelstunde mit selbigem auf den Weg zum Ladenbesitzer. Mr Floyd reagierte nicht gleich auf sie. Wahrscheinlich hatte er gar nicht mitbekommen, dass sie bezahlen wollte, denn er konzentrierte sich derart intensiv auf das, was Opa Lennox ihm gerade erzählte, dass er seine Umwelt vollkommen zu vergessen schien.

Patricia blieb nichts anderes übrig, als sich den beiden zu nähern und auf diese Weise auf sich aufmerksam zu machen.

„... sonst platzt das Geschäft“, vernahm sie noch den letzten Rest, des soeben über Opa Lennox’ Lippen gekommenen Satzes.

„Ich werde mir die größte Mühe geben, Sie und all ihre Lieben zufriedenzustellen“, versprach Mr Floyd überschwänglich und wandte sich Trisha mit einem unangenehm liebreizenden Lächeln zu. „Soll es das sein?“ Er wies auf das Handy in ihrer Hand.

Sie nickte und folgte ihm zur Kasse, wo er etwas eingab und dann einen Preis verlangte, der sie irritiert blinzeln ließ: „Zwei Pfund, bitte!“

„Da stand aber Fünfzehn dran“, erinnerte sie sich.

„Ach, das waren noch die alten Preise“, winkte der sonst als furchtbar geizig geltende Mann ab. „Ich bekomme noch heute Nachmittag neue Ware rein und wollte die alten Dinger ohnehin wegschmeißen.“ Er warf einen flüchtigen Blick in Mr Lennox’ Richtung, bevor seine hellbraunen Augen sich wieder auf ihr Gesicht richteten. „Willst du’s geschenkt haben?“

„Nein!“, entfuhr es ihr sofort und sie kramte rasch ihr Portemonnaie hervor, bevor der Mann den zuvor genannten Preis noch weiter herunterschraubte, um sich bei seinem anderen Kunden beliebt zu machen. „Ich bräuchte aber auch noch eine Lebaracard.“

„Die gibt's gratis dazu", gab sich Mr Floyd generös, holte die Karte flugs aus einem Schubfach unter der Kasse und legte sie auf das Handy. „Bitteschön."

Patricia war für einen Moment erstarrt. Sie mochte es nicht, von Menschen, die sie kaum kannte, auf solche Weise verwöhnt zu werden, schließlich wollte sie niemandem etwas schuldig sein.

„Hat Mr Lennox Ihnen gesagt, dass Sie das tun sollen?", raunte sie dem Ladenbesitzer zu, als sie sich vorbeugte, um ihm das Geld in die Hand zu drücken. Zwei Pfund – was für ein Witz!

„Ich weiß nicht, worauf Sie hinauswollen, junge Dame", erwiderte der Ladenbesitzer lächelnd, doch in seinen Augen war eine stumme Warnung zu erkennen, die nur eines besagte: Verdirb mir nicht mein Geschäft! „Heute ist einfach nur Ihr Glückstag."

Patricia kniff ihre Lippen zusammen, schluckte ihren Ärger hinunter und nahm ihre ‚Schätze' widerwillig an sich. Eigentlich war sie so verärgert, dass sie den Laden am liebsten wortlos verlassen hätte. Doch ein Blick in Mr Lennox' Richtung genügte, um dieses Vorhaben sofort fallenzulassen. Der alte Mann sah sie so liebevoll und treuherzig an, dass sie ihm einfach nicht böse sein konnte. Statt gleich zu gehen, gesellte sie sich zu ihm.

„Danke", brachte sie nun sogar hervor, „aber das wäre wirklich nicht nötig gewesen."

„Viele Dinge sind nicht nötig", gab er mit leuchtenden Augen zurück, „aber wir freuen uns trotzdem darüber. Und was gibt es Schöneres als anderen Menschen eine Freude zu machen."

Tja, gegen eine solche Argumentation anzukommen, war einfach nicht möglich.

„Kann ich Sie vielleicht als kleines Dankeschön nach Hause bringen?“, bot sie aus einem Impuls heraus an und in ihrem Hinterkopf regte sich auch ganz kurz der Gedanke, dann Balian eventuell wiedersehen zu können. Wie egoistisch!

„Oh, das ist sehr lieb“, erwiderte der Alte, „aber ich werde wohl noch einige Stunden hier im Laden bleiben müssen, bis der Akkumulator aufgeladen ist. Aber wenn du Balian in der Tat bald einen Besuch abstatten würdest, würde ich mich sehr freuen. Das wäre ein viel besserer Dank als eine Begleitung nach Haus.“

Ihr Herz machte schon wieder einen kleinen Hüpfer und sie konnte den jungen Mann fast wieder bildlich vor sich sehen. Die funkelnden blauen Augen, das ebenmäßige Gesicht … sein Lächeln.

„Das mache ich“, versprach sie, obwohl sie gar nicht wusste, ob sie so kurz vor Weihnachten noch einmal Zeit dafür hatte.

„Er wird sich freuen“, lächelte Opa Lennox. „Ich wünsche dir noch einen wundervollen Heimweg durch das Winterwunderland!“

„Ebenso!“, gab sie strahlend zurück und hatte mit einem Mal wieder richtig gute Laune.

(K)ein Weihnachtsmärchen

Nach etlichen anderen Besorgungen machte sich Patricia mit zahlreichen Tüten bepackt auf den Heimweg, aber es war ja ‚nicht viel' und dazu ‚brauchte man kein Auto'. Wirklich grummelig war sie deswegen jedoch nicht, ganz im Gegenteil. Sie konnte nichts dagegen tun: Obwohl das besorgniserregend unterkühlte Verhalten der Einwohner Ghrianburys ein sehr viel wichtigeres Thema war, das eigentlich einer gründlichen Untersuchung bedurfte, war sie auf ihrem nun damit beschäftigt, sich an ihre Begegnung mit Balian Lennox zurückzuerinnern. Zu ihrem großen Bedauern tat sie das auch noch mit einem Lächeln und dem Hintergedanken, ihn möglichst bald aufzusuchen. Schließlich hatte sein Großvater sie ja eingeladen und sie auch noch wissen lassen, dass Balian ihre Begegnung ausgesprochen gut getan hatte.

Sein Gesicht vor ihrem inneren Auge auftauchen zu lassen war erschreckend einfach und ging zudem mit einem leichten Flattern in ihrem Bauch einher, das im Grunde eine ganz deutliche Sprache sprach: Sie hatte sich in den jungen Mann verknallt. Nur ein kleines bisschen – aber das war eigentlich auch schon zu viel, bedachte man, dass sie noch nicht sonderlich viel Zeit miteinander verbracht hatten. Zugegebenermaßen sah er umwerfend aus, aber normalerweise war sie nicht der Typ Mädchen, der einen Jungen wegen seines Äußeren anhimmelte. Für sie hatte bisher immer eher das Wesen eines Menschen gezählt und daran hatte sich auch dieses Mal nichts geändert (zumindest konnte sie sich das erfolgreich einreden). Seine Attraktivität spielte zwar in diesem Fall wohl auch eine Rolle, aber wenn sie genauer darüber nachdachte, war es eher seine Ausstrahlung, die sie nervös gemacht und ihr Herz hatte höher schlagen lassen. Dieses Mysteriöse, das ihm aus allen Poren drang … und dieser verspielte Charme … das lebhafte Funkeln in seinen Augen … Zudem waren sie irgendwie sofort auf einer Wellenlänge gewesen und das passierte Patricia nur äußerst selten.

Aber wer wusste schon, ob sich die nächste Begegnung genauso anfühlte? Womöglich war dann alles ganz anders und jedweder Funke zwischen ihnen erloschen. Musste sie nicht schon allein deswegen zurück zum Anwesen kehren? Um sich selbst klarzumachen, dass sie sich geirrt hatte und an Balian Lennox unter Umständen nichts Besonderes war?

Patricia hatte nun das Haus ihrer Großmutter erreicht, öffnete mit dem Fuß die kleine Gartentür und betrat das Grundstück. Jedoch lief sie nicht gleich auf die Haustür zu, denn es klang so, als würde jemand durch den Hintergarten stapfen, sich schnaufend einen Weg durch den dort mittlerweile einen halben Meter tiefen Schnee bahnen. Was machte ihre Oma denn im Garten? Hatte sie sich etwa dazu entschieden, die schöne Außendeko ebenfalls zu verändern und tat dies jetzt auch noch ganz allein?

Patricia stellte die Einkäufe auf der Treppe zum Eingang ab und umrundete eiligst das Haus. Zu ihrem Erstaunen war dort von ihrer Oma nichts zu sehen. Der Garten war menschenleer und der im Licht der tief stehenden Sonne glitzernde Schnee unberührt.

Ein kalter Schauer rann Patricia den Rücken hinunter, als das Schnaufen erneut ertönte. Es kam aus dem Waldstück, das fast an den Garten grenzte und klang nun gar nicht mehr nach ihrer Nana. Wenn sie ehrlich war, klang es noch nicht einmal menschlich.

‚Ganz ruhig', sprach Patricia sich selbst zu. ‚Das wird wahrscheinlich nur ein Wildschwein oder ein Reh sein, das nach Futter sucht. Du hast dir doch selbst eingestanden, dass die Sache mit dem Monster bestimmt nur ein dummer Streich von ein paar fiesen gelangweilten Dorfbewohnern gewesen ist. Rück jetzt nicht wieder von dieser Idee ab!'

Sie straffte die Schultern und presste die Lippen fest aufeinander, bevor sie sich entschlossen durch den Schnee kämpfte. Am Gartenzaun hielt sie inne, verengte die Augen und starrte angestrengt in die Dunkelheit des Waldes. Da! Eine Bewegung!

Ihre Hand fuhr in die Innenseite ihrer Jacke, kramte hastig ihr neues Handy hervor. Wenn das schon wieder diese Vollidioten waren, die es einfach nicht lassen konnten, arme Menschen zu Tode zu erschrecken, konnten die ihr blaues Wunder erleben. Waren sie erst einmal auf ihr Handy gebannt, konnte man sicherlich ganz schnell herausfinden, wer sie waren, und Anzeige gegen sie erstatten.

Patricia zoomte die dunkle Gestalt im Wald heran und erstarrte. Ihr wurde heiß und kalt zur selben Zeit und ihr Herz sprang ihr bis in die Kehle. Zwei gelb glühende Augen hatten sich auf sie gerichtet, starr und mordlustig. Dennoch drückte sie ab und als der Blitz das Wäldchen kurz erhellte, konnte sie sehen, was sie zuvor nicht hatte wahrhaben wollen: Das Monster war zurück und es war mit Sicherheit echt, denn jetzt duckte es sich mit einem erzürnten Brüllen, kniff die Augen zusammen und schlug mit einer Pfote in die Luft, als könne es damit das grelle Licht vertreiben. Das erstarb auch schon in der nächsten Sekunde und Patricia warf sich herum, rannte so schnell sie konnte zum Hauseingang.

Hinter ihr brüllte das Monster erneut und sie meinte schon wieder seine Pranken und Hufe über den Boden donnern zu hören. Wenn kein Wunder geschah, würde es sie gleich erwischen, denn sie konnte niemals rechtzeitig die Tür aufschließen! Zu Patricias großer Überraschung öffnete sich diese jedoch in dem Moment, in dem sie die kleine Treppe erreichte und ihre Oma sah etwas verstört hinaus.

„Patricia, was …“, begann sie, kam aber nicht weiter, weil diese einen Satz über die Einkäufe machte, ihre Großmutter an den Schultern ins Innere des Hauses schob und die Tür hinter sich zuschlug. Ihre Finger zitterten, während sie die Sicherheitsschlösser zudrehte und dann den Arm ihrer Oma ergriff, um mit ihr zusammen von der Tür zurückzutreten. Gleich. Gleich würde es passieren. Das Untier würde sich gegen die Tür werfen, diese mit seinen Krallen bearbeiten und dabei weiter laut brüllen.

„Patricia – was ist denn in dich gefahren?!“, kam es ihrer Großmutter nun doch noch über die Lippen.

„Sch-sch“, machte sie nur, ohne den Blick von der Tür abwenden zu können. Doch auch in den nächsten Sekunden, die verstrichen, geschah nichts. Komisch.

„Du verhältst dich äußerst seltsam“, merkte ihre Oma an. Patricia sah sie aus dem Augenwinkel den Kopf schütteln und dann zurück ins Wohnzimmer laufen.

„Warte! Nein!“, protestierte Trish und folgte ihr rasch, sah ängstlich hinüber zur gläsernen Terrassentür und dem breiten Fenster, das daran anschloss. Von Glas ließ sich das Monster ganz bestimmt nicht aufhalten und wenn es nicht gegen die Eingangstür sprang, konnte das nur heißen, dass es versuchte, auf anderem Wege ins Haus zu kommen.

„Bleib von den Fenstern weg!“, kommandierte sie und schlich sich dabei selbst ganz vorsichtig an diese heran, spähte mit hämmerndem Herzschlag hinaus in den Garten.

„Kind, geht es dir nicht gut?“, vernahm sie die besorgte Stimme ihrer Oma hinter sich und natürlich gesellte sich die alte Frau zu ihr, studierte besorgt ihre Gesichtszüge. „Hast du Fieber?“

„Nein!“, zischte Patricia und schob die Hand ihrer Oma zurück, mit der sie wohl ihre Stirn hatte befühlen wollen. „Da draußen ist ein … wildes Tier!“

„Wo?“ Die Augen ihrer Oma verengten sich und sie schob ihre Brille ein Stück nach oben. „Ich sehe nichts.“

„Wahrscheinlich versteckt es sich“, überlegte Patricia und versuchte um die Ecke zu spähen, was ihr selbstverständlich nicht gelang – zumindest nicht, ohne das Fenster zu öffnen.

„Was soll es denn gewesen sein?“, erkundigte sich ihre Großmutter. „Ein Wildschwein?“

„Nein – etwas viel Gefährlicheres“, erwiderte Patricia mit bebender Stimme.

Ein dumpfes Grollen ertönte aus der Ferne und ihr Magen verdrehte sich. „Hast du das gehört?“, raunte sie ihrer Oma verängstigt zu.

„Das Brummen? Das ist doch nur Ted von gegenüber mit seinem Mofa“, winkte ihre Nana ab.

Patricia schüttelte panisch den Kopf. Was genug war, war genug. Ihre Finger zitterten immer noch, als sie mit dem Handy, an das sie sich die ganze Zeit geklammert hatte, bei der ortsansässigen Polizeidienststelle anrief.

„Kind, was tust du denn da?!“, rief ihre Oma entsetzt, doch sie konnte nicht mehr eingreifen, da der diensthabende Constable in der nächsten Sekunde ans Telefon ging.

Selbstverständlich meldete Patricia keinen Vorfall mit einem Monster, sondern einen Hausfriedensbruch, weil sie genau wusste, dass die Beamten andernfalls nicht kommen würden, weil sie das Ganze für einen schlechten Scherz hielten. Sie mussten das Monster selbst sehen, um etwas dagegen zu unternehmen, und das würden sie, wenn sie rechtzeitig hier auftauchten. Bis dahin mussten ihre Oma und sie allein klarkommen.

Ghrianbury war kein großer Ort. In etwa zwei Stunden konnte man einmal alles ablaufen. Umso erstaunlicher war es, dass die beiden Constables, die schließlich an die Tür klopften, ganze fünfundzwanzig Minuten für den Weg zu ihrem Haus gebraucht hatten. Gut, Oma Tamas

Cottage lag am Stadtrand, aber auch die Polizei hier verfügte über Sirenen an ihren Autos, um die wenigen, ihnen entgegenkommenden Fahrzeuge notfalls zur Seite scheuchen zu können, und diese Einsatzwagen hatten sicherlich auch genügend PS, um schneller als zwanzig Kilometer pro Stunde fahren zu können.

Obwohl das Monster sich in dieser Zeit des bangen Wartens still verhalten hatte, war es die schlimmste knappe halbe Stunde gewesen, die Patricia jemals erlebt hatte. Jedes Geräusch von draußen hatte sie zusammenzucken lassen und ihren Puls beschleunigt und es war eine reine Tortur gewesen, ihrer Großmutter die ganze Zeit über hinterherzulaufen, um zu verhindern, dass diese bei ihren alltäglichen Arbeiten zu viel, das Monster eventuell reizenden Krach machte. Zudem war ihre Nana wegen des Anrufs bei der Polizei sehr wütend auf sie und belehrte sie fortwährend über die Konsequenzen ihres Handelns, die nicht nur sie selbst, sondern schlimmstenfalls auch den ganzen Rest ihrer Familie treffen konnten.

Aus diesem Grund war Patricia auch zutiefst erleichtert und alles andere als verärgert, als die Polizisten, die sie zuvor noch nie gesehen hatte, endlich auftauchten. Zumindest für die ersten Minuten.

„Ms …“, der Constable, der direkt vor ihr stand, sah mit angestrengt zusammengezogenen Brauen auf die Notiz in seiner Hand, „… Robbinsailto …?“

„Robbins-Saito“, verbesserte Patricia und warf einen nervösen Blick an den Polizisten vorbei in den Vordergarten. Sie zuckte erschrocken zurück, jedoch nicht, weil sie das Monster draußen entdeckt hatte, sondern weil der

Constable ihr plötzlich die Einkaufstüten entgegenhielt, die sie bisher nicht reinzuholen gewagt hatte.

„Ich denke, das sind Ihre, oder?“, fragte er mit ernstem Gesichtsausdruck.

Patricia nickte stumm.

„Das ist PC O’Malley“, er wies mit dem Daumen über die Schulter auf seinen Begleiter, während sie die Tüten an sich nahm und in den Flur stellte, „und ich bin PC Richards. Sie sind die Eigentümerin des Hauses?“

Okay, die mussten wirklich neu hier sein. „Nein, das Haus gehört meiner Oma, Tama Saito. Ich bin hier nur zu Besuch.“

„Und die Besitzerin selbst ist zu Hause oder informiert?“

Patricia schüttelte zunächst den Kopf, dann nickte sie ein wenig genervt. Ihre Nana hatte beim Klingeln kurz vom oberen Stockwerk herabgeschielt, sich aber sofort in ihr Zimmer verzogen, als sie die Beamten gesehen hatte. Sie wollte nichts mit der für sie peinlichen und heiklen Angelegenheit zu tun haben.

„Also, Sie haben wegen eines Einbruchs angerufen?“, fuhr der Constable fort.

„Hausfriedensbruch“, korrigierte sie ihn erneut und bemerkte augenblicklich die Enttäuschung, die in die Gesichter der beiden Männer einkehrte. Sie hatten sich wohl erhofft, mal etwas Aufregendes zu erleben, denn richtige Verbrechen waren in dem Dörfchen eine Rarität. Wahrscheinlich würden sie nur allzu bald bereuen, eine solche Hoffnung jemals gehegt zu haben.

„Und wer genau hat den Frieden Ihres Hauses gebrochen, Miss Robbiesailsto?“, fragte der hintere Polizist grinsend, ein rothaariger, junger Mann mit rundem Gesicht und einer sehr kindlichen Ausstrahlung. „Ist das eigentlich ein Künstlername? Na, wo segelt der kleine Robbie denn hin?“ Ihm war anzusehen, dass er sich für unglaublich witzig hielt. Das Lachen würde ihm schon noch vergehen.

Sein Kollege biss sich auf die Unterlippe, hielt ihm seinen Notizblock hin und tippte mit seinem Kugelschreiber auf Patricias mittlerweile korrigierten Namen und PC O'Malley zuckte verdrossen die Schultern.

„Ich … also, das ist schwer zu erklären“, erwiderte Patricia, ohne darauf einzugehen. Über Witze bezüglich ihres Namens regte sie sich schon lange nicht mehr auf. Stattdessen musterte die beiden gründlich. Sie trugen die üblichen Schlagstöcke bei sich, aber auch zwei Schusswaffen. Wunderbar, dann konnte sie mutig sein. „Ich zeige es Ihnen wohl besser.“

Sie riss ihre Jacke vom Kleiderhaken, die Oma Tama dort erst kurz zuvor aufgehängt hatte, und schob sich an den beiden Männern vorbei. Ihr Herz schlug nun schon wieder schneller und ihre Sinne richteten sich auf die Umgebung aus. Noch immer war das Monster weder zu sehen noch zu hören und bedauerlicherweise waren im Schnee auch nur ihre eigenen Fußspuren zu erkennen. Allem Anschein nach hatte sie sich zuvor geirrt und es war ihr gar nicht bis zum Haus gefolgt.

„Wo geht's hin?“, konnte sie den älteren der Polizisten, PC Richards, fragen hören und bemerkte jetzt erst, dass sie selbst stehengeblieben war.

„In den Hintergarten“, sagte sie rasch und lief wieder los.

„Dann ist es wohl eher ein Haus*garten*bruch", konnte sie den anderen Beamten leise vernehmen und beide lachten verhalten. Super! Sie war an zwei echte Witzbolde geraten.

Hinter dem Haus blieb Patricia wieder stehen und ihr Magen verkrampfte sich. Auch hier sprachen die Spuren eine eindeutige Sprache: *Ein* Mensch war zum Gartenzaun gelaufen und dann von dort wieder zurück zum Haus. Keine Pranken- und Hufabdrücke, keine breite Kluft im Schnee, die bewies, dass sich ein großes Tier in ihrem Garten befunden hatte. Auch der Zaun machte von Weitem nicht den Eindruck, als sei er beschädigt worden. Nichtsdestotrotz lief Patricia in ihrer Verzweiflung in dessen Richtung. Was sollte sie den Polizisten jetzt erzählen? Dass sie vor einem Schreckgespenst davongerannt war?

Ihre Augen blieben an etwas Grauweißem haften, das an einer der Latten hing und vom Wind ein wenig in Bewegung gebracht wurde. Eilends bewegte sie sich darauf zu und stellte erfreut fest, dass es tatsächlich das war, was sie vermutet hatte: ein Stück Fell aus dem Pelz des Monsters. Und hinter dem Zaun sah sie auch endlich die erhofften Spuren im Schnee. Sie zupfte das Fell vom Holz, wandte sich um und hielt es Constable Richards präsentierend hin.

Der Mann runzelte die Stirn und sah sie fragend an. „Ihnen wurden die Schafe gestohlen?"

„Nein!", stieß sie sofort aus. „Das ist nicht von einem Schaf, sondern von einem anderen Tier – einem gefährlichen Raubtier!"

Die Falten auf der Stirn des Polizisten wurden noch tiefer. „Und *das* hat Ihre Schafe gefressen?“

„Wir haben keine Schafe!“, entfuhr es Patricia ungeduldig. „Hatten wir noch nie!“

„Aber was ist denn dann das Problem?“

Sie starrte ihn mit großen Augen an, konnte diese Begriffsstutzigkeit nicht fassen. „Das Raubtier! Hier, wenn Sie sich das mal ansehen würden, das sind seine Spuren!“

Der andere Constable trat nun auch näher, warf einen kurzen Blick auf die großen Vertiefungen im Boden, auf die Trish anklagend deutete und nahm ihr anschließend das Stück Fell aus der Hand, um es genauer zu betrachten. „Also … das hier soll von einem Tier sein, das bei Ihnen Hausfriedensbruch begangen hat?“

„Jaaa … so ungefähr könnte man es ausdrücken“, bemühte sie sich dem Mann entgegenzukommen. „Aber es hat mich schon mal verfolgt, als ich gestern im Wald spazieren war. Es hat mich dort angegriffen und wenn ich nicht im alten Rosewood Anwesen Schutz gefunden hätte, hätte es mich wahrscheinlich … gebissen oder Schlimmeres.“

„Schlimmeres?“

„Sie meint bestimmt, dass es sie getötet hätte“, half Richards seinem Kollegen und wandte sich dann wieder an Patricia. „Also geht es hier nicht wirklich um Hausfriedensbruch, sondern um den Angriff eines Tieres?“

Patricia zögerte, doch schließlich nickte sie.

Die beiden Männer sahen sich an und der ältere seufzte leise. „Eine Falschmeldung kann ganz schön teuer werden“, belehrte er sie.

„Ich war in Panik“, verteidigte sie sich prompt. „Da kann es schon passieren, dass man Dinge verwechselt. Wichtig ist doch nur, dass Sie jetzt da sind und sich um das Tier kümmern! Wer weiß, wen es als nächstes angreift.“

„Ich weiß nicht“, überlegte der Constable zu ihrem Entsetzen und sah PC O’Malley an. „Ist das nicht eher was fürs Forstamt?“

„Sieht mir ja sehr nach Wildschweinspuren aus“, bestätigte sein Partner deutlich gelangweilt und nun gar nicht mehr zu Scherzen aufgelegt. „Die suchen doch nur Futter und wühlen dabei immer den Boden auf, sodass es aussieht, als wäre ein mittelgroßer Bagger am Werk gewesen. Sowas sehe ich jeden zweiten Tag irgendwo hier in der Umgebung. Sie sind bestimmt aus der Großstadt oder?“

„Das Tier hat mich angegriffen und bis hierher verfolgt!“, beharrte Patricia. „Es ist *äußerst* gefährlich und wenn nicht sofort etwas getan wird, wird noch ein Unglück passieren! Meine Oma ist sehr viel langsamer als ich und wenn es noch mal in unseren Garten kommt …“

„Ich glaub nicht, dass es im Garten war“, wurde sie von O’Malley unterbrochen. „Der Zaun hat es abgehalten und hier sah es ja auch eher nach unberührtem Winterwonderland aus, bevor wir durch den meterhohen Schnee stapfen mussten, um Schaffell zu begutachten.“

Sein Kollege nickte. „War vielleicht auch nur ein herumstreunender Hund, der nach Futter gesucht hat, die buddeln ja auch ganz gerne. Der Hund meiner Tante Marsha beispielsweise –“

„Es war kein Hund!“, entfuhr es Patricia erregt. „Und ja – es wollte etwas fressen: *Mich*!“

Wieder wurden vielsagende Blicke gewechselt. „Wie sah es denn aus?“, fragte der ältere Constable mit einem Seufzen und zog betont langsam erneut seinen Notizblock aus der Tasche. Na endlich! Wurde auch Zeit, dass die beiden ihre Arbeit machten!

„Warten Sie – ich hab ein Foto gemacht“, fiel Trisha ein und sie kramte ihr Handy hervor, rief ihre Galerie auf und … hielt inne. Das Bild war vollkommen verwackelt und alles, was man erkennen konnte, waren zwei runde gelbe Augen, die auch gut als Scheinwerfer eines Autos durchgehen konnten.

PC Richards hatte sich ein Stück weit zu ihr hinübergelehnt und wies mit seinem Stift auf das Bild. „Was genau sehen wir uns da an?“

„Eigentlich das Tier, aber es ist total verschwommen und verwackelt“, erwiderte sie zerknirscht. „Es hat genau dort gesessen und mich angeknurrt.“

Sie wies auf den recht lichten Waldrand, in dem sich selbstverständlich gerade gar nichts tat. Fast fühlte es sich so an, als hätte sich das Monster absichtlich versteckt, um sie vor den Polizisten lächerlich zu machen. Aber so schnell gab sie nicht auf.

„Dann müssen wir es wohl doch auf die altmodische Art machen“, merkte der andere Constable jetzt an.

Patricia nickte sofort und steckte das Handy frustriert weg. „Es war weiß, mit ein bisschen grau und sehr groß, mit zottigem Fell und … gelben Augen“, versuchte sie möglichst genau zu schildern, was sie gesehen hatte, obwohl ihr bewusst war, dass nichts davon sehr glaubhaft klang. „Es hatte …“

„Wildschwein!“, unterbrach O’Malley sie triumphierend und sah dabei Richards an.

„Gut möglich“, erwiderte dieser mit einem Nicken.

„Es war kein Wildschwein!“, hielt Patricia dagegen. „Es war weiß!“

„Albinismus. So was kommt in fast jeder Spezies vor“, belehrte PC O’Malley sie.

„Und hatte gelbe Augen!“

„Haben die nicht generell gelbliche Augen?“

„Nee – eher rötliche“, wusste der Kollege.

„Und lange Reißzähne, Krallen an den Pfoten und Hufe an den Hinterbeinen!“, wurde Trisha nun schon etwas lauter.

Sie hatte sich wohl zu sehr ereifert, denn die beiden Polizisten sahen sie echauffiert an und sagten erst einmal nichts mehr.

„Ich weiß, das klingt alles vollkommen verrückt“, lenkte Patricia rasch ein, „aber … es sah nun mal so aus. Vielleicht ist es ja eine unbekannte Spezies, die aus einem … Zoo oder Labor ausgebrochen ist – aber das Tier ist mit Sicherheit sehr gefährlich!“

Die Polizisten reagierten noch für ein paar weitere Augenblicke mit Stille auf ihre Worte, dann räusperte sich der jüngere und wandte sich seinem Kollegen zu. „Weißt du, an was mich das erinnert?“

Richards runzelte nur die Stirn.

„An diesen Fall, den wir letztes Jahr zu Weihnachten hatten“, fuhr O’Malley fort.

„Was genau meinst du?“ Der Ältere machte immer noch einen etwas verwirrten Eindruck, während Patricias Herz bereits etwas schneller schlug. Es hatte schon mal ein ähnliches Vorkommnis gegeben?

„Die Sache mit dem seltsamen Wesen im Garten von Ms Hatcher“, wurde sein Kollege genauer. „Dieses aggressive Rentier mit den Hauern?“

Nun leuchtete der Schalk in den Augen des Älteren auf und Patricias Herz sank. Man machte sich über sie lustig.

„Jaa!“, entfuhr es Constable Richards mit gespielter Erkenntnis. „Das war ja außer Rand und Band, wollte immer nur Blut saugen!“

„Ohne den Ninja-Weihnachtsmann wären wir nie Herr der Lage geworden“, grinste PC O'Malley und sein Kollege prustete nun ganz offen los. „Und jetzt soll das Tier sogar ganz vorn an seiner Kutsche laufen – neben Rudolph.“

„Noch schlimmer war ja der Osterhase, der sich in Pete's Bar besoffen und dann Kinder auf der Straße angepöbelt hat“, gackerte Richards. „Der hat erst pariert, als wir ihm angedroht haben, ihm die Eier wegzunehmen.“

Die beiden Männer brachen in schallendes Gelächter aus, während Patricia die Fingernägel in ihre Handflächen trieb und die Zähne fest zusammenbeißen musste, um nicht laut loszuschreien.

„Das ist nicht witzig!“, presste sie schließlich zwischen den Zähnen hervor, als sich die Polizisten wieder beruhigt hatten.

„Nein, das ist es wirklich nicht“, stimmte Richards ihr ernsthaft zu, während er sich die Lachtränen aus den Augenwinkeln wischte. „Aber du solltest uns lieber dankbar sein, dass wir die ganze Sache mit Humor nehmen und dir keine fette Strafe aufbrummen, weil du uns so durch den Kakao gezogen hast. Ihr jungen Leute von heute mit euren Streichen …"

Er schüttelte verständnislos den Kopf. „Ihr habt ja keine Ahnung, was euch so ein Spaß kosten könnte. Aber es ist fast Weihnachten – und da wollen wir mal gnädig sein, weil momentan auch nicht viel für uns zu tun ist."

Patricia starrte ihn fassungslos an. „Aber …", begann sie, wurde aber von dem rasch erhobenen Zeigefinger des Mannes ausgebremst.

„Treib es nicht auf die Spitze! Es gibt sicherlich in deinem Freundes- und Familienkreis einige Menschen, die du mit diesem Weihnachtsmärchen noch erschrecken kannst, aber wir drei …", er machte eine kreisende Bewegung mit dem Finger, „… sind damit durch, klar?"

Patricia schluckte schwer und brachte nur mit Mühe ein leises „Klar" heraus.

PC O'Malley machte einen Schritt auf sie zu und reichte ihr das Fellbüschel. „Hier", grinste er, „gib das mal dem Schaf zurück – sonst friert es noch bei der Affenkälte."

Sein Kollege gab ein belustigtes Glucksen von sich, dann machten sich die beiden auf den Weg zurück zu ihrem Wagen. Patricia hingegen konnte sich einige Minuten lang nicht bewegen, starrte perplex die Rücken der Männer an, bis sie nicht mehr zu sehen waren, und schüttelte dabei mehrmals den Kopf. Das konnte doch alles nicht wahr sein! Gut – ihre Geschichte klang nicht sonderlich glaubwürdig, aber die beiden hätten wenigstens mal kurz in den Wald gehen können, um dort nach Spuren zu suchen. War die Polizei nicht dazu da, die Bürger des Dorfes zu beschützen? Ganz gleich, was für eine Geschichte sie erzählten?

Sie starrte erneut in die Dunkelheit des Waldes und ein leichter Schauer rann ihren Rücken hinunter. Zwar war dort weiterhin nichts zu sehen, aber sie fühlte sich irgendwie beobachtet.

„Patricia?“ Die Stimme ihrer Großmutter ließ sie heftig zusammenzucken und sich rasch zu ihr herumdrehen. „Kommst du dann jetzt mal rein?“

Der Tonfall war nicht streng, dennoch wusste sie sofort, dass sie sich jetzt erneut eine Standpauke anhören müssen würde – vermutlich über den Missbrauch von Drogen und die Folgen des daraus resultierenden Verhaltens. Da sie aber die Nacht nicht im Garten verbringen wollte – schon gar nicht, solange das Monster immer noch hier draußen herumlief – fügte sie sich ihrem Schicksal und stapfte missgelaunt auf die geöffnete Terrassentür zu. Sie würde das schon durchstehen und anschließend einen Plan entwickeln, wie sie doch noch dafür sorgen konnte, der Bedrohung durch das Monster ein Ende zu setzen. Irgendetwas würde ihr schon einfallen.

Vom Internet da komm' ich her ...

Frust und Angst waren keine gute Mischung. Zumindest keine, um wieder zur Ruhe zu kommen und ihrem Verstand den Raum zu geben, den er brauchte, um eine Lösung für ihr Problem zu finden.

Nachdem Patricia sich fast eine Stunde von ihrer Großmutter hatte zutexten lassen, ohne ein Wort zu den Vorwürfen und Belehrungen zu sagen, und ihr dabei vor allem die Strenge und Gefühlskälte ihrer Großmutter ein weiteres Mal aufgestoßen waren, hatte sie sich eiligst auf ihr Zimmer verzogen und die Tür hinter sich sogar abgeschlossen. Ein paar Mal aus vollstem Halse in ihr Kissen zu schreien, hatte zwar ihre Wut größtenteils verpuffen lassen, jedoch nicht die anderen beiden Gefühle verscheucht. Wie auch? Das Monster war noch irgendwo da draußen und nicht nur eine Bedrohung für sie, sondern auch für ihre Familie, ach was, eigentlich für die ganze Stadt. Nur würde ihr niemand, den sie bat, ihr zu helfen, glauben und sie lief höchstens Gefahr, in eine Irrenanstalt eingewiesen zu werden, sobald sie ihre ungeheuerliche Geschichte zum Besten gab. Auch wenn Weihnachten nicht gerade ihr Lieblingsfest war – sie hatte bestimmt keine Lust, die Feiertage in einer solchen Institution zu verbringen, so monstersicher diese auch sein mochte.

Sie atmete einmal tief durch und setzte sich danach auf, rieb sich die Schläfen, um ihr Gehirn dazu anzuregen, eine Lösung für ihr Problem zu finden. Was sie brauchte, um Hilfe zu bekommen, waren Beweise für die Existenz der Bestie. Ihr Handyfoto war zwar nicht zu gebrauchen, aber wer sagte denn, dass sie tatsächlich die einzige war, die das Monster bisher gesehen hatte? Möglicherweise gab es noch andere Augenzeugen, die genauso verzweifelt wie sie waren, weil niemand ihnen glauben wollte. Und unter Umständen hatten die bessere Fotos oder Ideen, wie sie zusammen gegen das Monster vorgehen konnten.

Patricia zog entschlossen ihr neu erstandenes Smartphone aus ihrer Hosentasche und verband sich mit dem Internet. Anscheinend war es trotz seines gebrauchten Zustandes fitter als ihr altes, denn der Browser öffnete sich ohne jegliche Verzögerung.

„Na, dann mal los!“, versuchte sie sich selbst zu motivieren. Bereits auf die simple Eingabe ‚Monstersichtungen‘ konnte man einige Links finden, die sie eiligst aufrief. Bedauerlicherweise entpuppten sich die meisten davon als Fakes. Ein Artikel über die Sichtung von fünf angsteinflößenden Kreaturen, ließ ihr Herz für einen kurzen Moment schneller schlagen, da eine davon in der Tat in England aufgetaucht war. Doch abgesehen davon, dass sie im entfernten Surrey gesichtet worden war, schien das Tier nur eine riesenhafte Katze zu sein, die so gar nicht nach ‚ihrem‘ Monster aussah.

Nach ungefähr zwei Stunden angestrengter Recherche wollte Patricia ihr Smartphone schon frustriert durchs

Zimmer feuern und hätte es sicherlich auch getan, wenn ihr Blick nicht auf einen weiteren Link gefallen wäre. Er hob sich insofern von den anderen ab, dass er in seiner Überschrift den Leser direkt ansprach: *Probleme mit Unerklärlichem? Monster gesichtet? Fluchgeplagt? Wir helfen dir!*

„Soomp", las Patrica den Namen der Domain vor, nachdem sie den Link angeklickt hatte. Ihre Augen flogen über den Begrüßungstext. ‚Seriöses Unternehmen' … blablabla … ‚langjährige Erfahrung' … blablabla … ‚Parapsychologische Ausbildung' … sollte sie tatsächlich Glück haben? War nicht allein der Gedanke an einen seriösen, parapsychologischen Verein vollkommen absurd? Wer waren diese Soomps? Durchgeknallte ‚Supernatural'-Fans? Ja okay, sie liebte diese Serie auch sehr, aber Freizeit-Deans und -Sams dann aufgrund eines realen Problems zu kontaktieren, klang einfach zu irre.

Sie biss sich auf die Lippen und scrollte noch etwas durch die Seite. Viel gab es allerdings nicht zu entdecken, denn sie war recht spartanisch gehalten. Vermutlich steckte hinter dem ‚wir' eine einzelne Person, ein nerdiger Mystery-Fan mit zu viel Zeit, zu wenig Sinnvollem zu tun und keiner Ahnung von ansprechendem Webdesign. Natürlich konnte sie noch weiter suchen, aber standen die Chancen, auf jemanden zu treffen, der ihr wahrhaftig helfen konnte, nicht bei jeder Möglichkeit 50/50? Wenn es doch nur eine unabhängige Bewertungsseite für solcherlei Dinge gäbe … hatte sie das gerade wirklich gedacht?

Fest stand, dass, wenn dieser Link noch am weitesten oben in der Suchliste war, er verhältnismäßig oft angeklickt worden war, denn aufgrund der minimalistischen Aufmachung der Seite konnte man nicht davon ausgehen, dass da jemand viel Geld hatte, um sich einen Platz in den oberen Rängen zu *kaufen*.

Sie suchte dennoch ein bisschen herum, kehrte aber schnell wieder zur Seite von Soomp zurück und drückte auf das kleine Telefonzeichen neben den Kontaktdaten. Das Gute an einer Prepaid-Karte war, dass sie selbst im Fall von Scharlatanen, die sie Gott weiß wohin umleiten wollten, nur ein paar Euro verlieren würde.

Nach dem vierten Klingeln nahm schließlich jemand ab. „Sopecta ManSimappara?“, tönte es ihr atemlos entgegen, darauf folgte ein kleines Lachen. „O Mann, sorry! Ich … puuuuh, lass mich kurz zu Atem … kommen.“

Ein paar Sekunden war es still, dann meldete sich die Stimme etwas ruhiger: „S.O.o.M.P, Special Protector Manja Simmons am Apparat – wie können wir dir helfen? Ach Mist, der neue Slogan sollte doch heißen: ‚Wir *können* dir helfen!‘. Was findest du denn besser?“

Trish runzelte ob des Redeschwalls die Stirn, was ihre Gesprächspartnerin natürlich nicht sehen konnte. „Ähm … beides irgendwie?“

„Klingt das zweite eher arrogant oder souverän und vielversprechend? Ach, du meine Güte! Entschuldige bitte vielmals, du hast ja nun bestimmt nicht angerufen, um mit mir Marketingstrategien zu besprechen, sondern weil du ein SnP hast, nicht wahr? Ich sag einfach mal du – darf ich ‚du‘ sagen? Du klingst nicht älter als ich und wir duzen uns hier ohnehin alle. Berufskrankheit, denn wer würde bei einer Séance den Geist siezen, hm?“

Die Stimme am anderen Ende klang selbst noch ziemlich jung, auf keinen Fall älter als zwanzig.

„Ich bin achtzehn …“, erwiderte Patricia auf die erste Frage und war zwischen Belustigung über und Misstrauen ob der Quirligkeit Manjas hin- und hergerissen.

„Ah okay, kein Schülerrabatt, aber wenn du studierst“, plapperte diese währenddessen munter weiter, „dann kommst du in den Genuss des Studentenrabattes, was wir selbstverständlich auch später noch in Ruhe besprechen können. Wo bin ich nur mit meinen Gedanken? Immer ein Schritt nach dem anderen, Manja!“ Ein tiefes Durchatmen war zu vernehmen. „Vielleicht möchtest du mir dein SnP jetzt erst einmal kurz schildern, ja?“

„Mein SnP?“

„O sorry, ich werde wohl nie lernen, dass natürlich nicht jeder gleich unsere Abkürzungen kennen kann. Macht der Gewohnheit und so weiter: SnP steht für ‚supernaturales Problem‘.“

„Und wofür steht Soomp? Supernaturales …“

„Oh, es heißt S.O.o.M.P. – alles einzeln“, merkte Manja an, „und steht für ‚Secret Organisation of Magic Protection‘. Das sind wir.“

„Ah okay, das habe ich aus der Seite nicht so ganz ersehen können … “

„O Mann, ja, sorry. Sie ist noch im Neuaufbau und da habe ich wahrscheinlich den ausgeschriebenen Namen aus Versehen gelöscht. So ist das, wenn man Mädchen für alles ist, aber egal, denn auch diese Homepageversion hat dich dennoch bewogen, dich an uns zu wenden, ha! Das heißt, sie war ansprechend. Das werde ich gerne weitergeben. Die Seite habe nämlich ich gemacht", freute sich Manja.

„Bernie war ja damals erst total dagegen, aber 'Bernie', hab ich gesagt, ‚man muss mit der Zeit gehen. Die Kids heutzutage suchen Adressen und Organisationen mal eben online an PCs oder ihren Smartphones heraus – wie du früher in den Gelben Seiten – und auch alle jenseits der Zwanzig und meist unterhalb der Achtzig' – auch wenn wir da diese süße alte Dame hatten, die mit ihren fünfundneunzig Jahren mehr über das Internet wusste als ich. Leider hat sie sich dadurch auch ihr kleines TtP eingehandelt, weil sie unbedingt auf einer Auktion im Darknet dieses im wahrsten Sinne des Wortes verfluchte Kästchen ersteigern musste."

„TtP … ist das eine STD?" Trish hoffte inständig, dass sie sich irrte, denn sich mit sexuell übertragbaren Krankheiten von Greisinnen zu beschäftigten, war dann doch etwas zu viel für sie.

Manja lachte. „O mein Gott, nein! Es bedeutet ‚teiltransparentes Problem' und dabei handelt es sich um eine meist objektgebundene, sich semi-materialisierende Einheit."

„Ein Geist?", fragte Patricia entsetzt.

„Nicht unbedingt – aber nun kommen wir doch endlich mal zu dir. Es tut mir leid, wenn ich so viel plappere, aber ich habe schlecht geschlafen und etwa zehn Tassen Kaffee getrunken, die jetzt alle auf einmal zu wirken scheinen." Sie lachte kurz und schien abzuwarten.

„Ja, also … ähm …", begann Trish nicht gerade sehr geistreich. Ihre Lage tatsächlich jemandem zu schildern, war dann doch etwas schwieriger als gedacht – speziell nachdem die beiden ach so witzigen Dorfpolizisten ihr ebenso wenig Glauben geschenkt hatten wie ihre eigene Großmutter.

„Einfach erst mal ausspucken, wir setzen es dann gemeinsam zusammen“, forderte Manja sie auf. „Hat meine Mama immer gesagt.“

Trish holte tief Luft. „Okay, also ich habe etwas gesehen, bereits zweimal …“

„Geisterhaft oder körperlich?“, unterbrach Manja sie kurz.

„Ooh, *sehr* real, wenn du das meinst. Ich konnte den Boden unter mir erbeben spüren *und* hören, als es mich kreuz und quer durch den Wald von Ghrianbury gejagt hat.“

„Gejagt?“, hakte Manja sofort nach. „Gab es einen Anlass, wie zum Beispiel, dass du seine Ruhe gestört oder ihm etwas weggenommen hast oder dergleichen?“

„Nein, es hat sich einfach so dazu entschlossen, mich zu einem kleinen vorweihnachtlichen Dauerlauf herauszufordern.“

„Verstehe, verstehe“, murmelte Manja, an der der Sarkasmus offensichtlich vollkommen vorbeiging. „Warte, ich … ich muss das nur kurz“, ein lautes Klappern und Scheppern, gefolgt von einigen halblauten Flüchen ertönte und Patricia hielt das Telefon ein Stück von ihrem Ohr weg.

„Alles okay, alles okay, alles unter Kontrolle!“, rief Manja nach ein paar Sekunden und Trish legte das Handy vorsichtig wieder ans Ohr.

„Notizbereit“, ließ Manja sie wissen. „Weiter im Text. Wie sah dein Verfolger denn aus? War er groß? Raubtierhaft? War es ein Werwolf??“

Klang Manja etwa *hoffnungsvoll*??

„O bitte sag, dass es ein Werwolf war!“, fügte sie doch tatsächlich noch hinzu.

„Wenn Werwölfe aussehen wie Yetis mit gelben Augen und Hörnern am Kopf, dann vielleicht.“

„Nein, dann eher nicht“, erwiderte die Special Protector zu enttäuscht für Trishs Geschmack. „So, wie du es beschreibst, klingt es in der Tat eher nach einem Yeti und das ist ja auch spannend, speziell, weil die meisten Sichtungen rund um Nepal stattfanden. In Nordamerika gibt es den Bigfoot, aber dessen Fell ist eher bräunlich und du rufst ja aus England an, wie ich an der Nummer sehen kann. Aufregend, aufregend, auch wenn du natürlich auch nicht für meine Unterhaltung sorgen sollst, sondern Hilfe benötigst. Ist die Gegend, in der du wohnst, denn für Sichtungen solcher Wesen bekannt? Hat noch jemand anderes das Wesen gesehen?“

„Ich bin hier nur zu Besuch und bis jetzt hat mir keiner geglaubt, aber … angeblich gab es schon vor einigen Jahren Sichtungen eines Monsters, aber ich weiß nicht so genau, ob das der Wahrheit entspricht. Jemand meinte, er hätte es irgendwo gehört, aber es könne auch in einem Buch gestanden haben und ob dieses wissenschaftlicher oder fiktiver Natur ist, konnte ich ihn leider nicht mehr fragen.“

„Oh“, machte Manja betreten, „ist diese Person … mein herzliches Beileid.“

„Was?“, fragte Patricia verwirrt. „Nein, wir kamen nur nicht mehr dazu, aber ich könnte es eventuell noch mal versuchen.“ Und dies gleich mit ihrem nächsten Besuch des Lennoxschen Anwesens verbinden.

„Das wäre gut. Je mehr Infos du vor Ort über dieses ungewöhnliche Wesen sammelst, desto besser!“

„Und was tue ich, falls mir die Person doch nicht weiterhelfen kann?“

„Am besten nichts, was dich in Gefahr bringt, denn ich gehe mal davon aus, dass dieses Tier nicht umsonst als ‚Monster‘ betitelt wurde.“

„Aber ich kann einfach nicht untätig herumsitzen, solange da dieses Viech draußen herumturnt und Gott weiß was anstellen kann. Hier leben eine Menge Menschen.“

Manja schien zu überlegen. „Raus in den Wald solltest du auf keinen Fall allein … Du könntest aber versuchen, an die Stadtchroniken zu kommen. Unter Umständen steht dort etwas über die Sichtungen des Monsters drin.“

„Also im Rathaus? Okay, ich kann‘s versuchen, aber ob ich da so kurz vor den Feiertagen noch einen Termin bekomme …“

„Dort oder im Museum, wenn es ganz alte Schinken sind“, ließ Manja sie an ihren Überlegungen teilhaben.

„Aber ein Museum wird mich doch nicht einfach an seine Schätze heranlassen“, wandte Patricia ein.

„Damit hast du wahrscheinlich recht“, seufzte Manja. „Und dieses Mal können wir sicherlich nicht auf die Hilfe von Schneeweißchen und Rosenrot hoffen.“

„Wie bitte?!“, entfuhr es Patricia entgeistert und ihre mühsam errungene Hoffnung fing an zu bröckeln. Na toll! Schon wieder jemand, der sie nur auf den Arm nahm! War ja klar, dass sie nicht wirklich auf Hilfe traf, sondern auf einen kleinen miesen Troll hereinfiel. Vermutlich hörten Manjas Freunde über Lautsprecher mit und lachten sich im Hintergrund gerade schlapp.

„Bitte nicht auflegen!“, rief Manja, als sie im Begriff war, genau das zu tun. „Ich meine das vollkommen ernst – was natürlich niemand weiß, der meinen letzten Fall nicht kennt!“

„Letzten Fall?“, wiederholte Patricia irritiert. „Der hatte was mit Märchengestalten zu tun?“

„Ganz genau!“, freute sich ihre Gesprächspartnerin. „Davon kann ich dir gerne mal mehr erzählen, war ganz schön abgefahren, auch wenn sich die Wölfe leider nicht als Werwölfe herausstellten. Aber man kann ja nicht alles haben. Was nun also das mit deinen Recherchen angeht: Vielleicht kannst du die Sachen in der Tat schon zusammentragen, bevor ich ankomme, das würde uns ein bisschen Zeit sparen …“

„Das heißt, du kommst wirklich her?“, fragte Patricia hoffnungsvoll.

„Ja klar, das ist doch der Sinn unseres Gespräches, oder?“

„Stimmt … ich denke, ich bin …“

„Einfach erleichtert, dass dir jemand glaubt?“, half Manja. „Du, das ist ganz normal. Die Leute glauben nicht an Übersinnliches und alles, was theoretisch gar nicht mit ihrem begrenzten Wissen erklärt werden *kann*, wird dann in irgendeine halbwegs passende Schublade gepresst oder sonst wie gedeckelt, weil andernfalls ihr ganzes Weltbild zusammenbrechen würde. Mal ein wenig über den Tellerrand hinauszuschauen, ist nicht gern gesehen. Klar hat es die GDW speziell in der heutigen Zeit viel leichter, weil sie online Gruppen von Gleichgesinnten finden können, ohne von ihrem Sessel aufzustehen, aber mit der Masse kommen auch wieder neue Probleme auf und es gibt so viele Idioten, die die GDW permanent diskreditieren, indem sie schlecht gephotoshoppte Bilder verbreiten oder ganze Videos faken, nur um ein paar Likes zu bekommen … ach, entschuldige, da kann ich mich so in Rage reden, aber ich könnte es vermutlich, je nach Zugverbindung, schaffen, in spätestens achtundvierzig Stunden bei dir unten zu sein."

„Okay, was ist die GDW und wieso unten?"

„Ach so, ja. Gemeinschaft der Wissenden, also derer, die Kenntnis vom Übernatürlichen haben und dieses nicht verleugnen. Und von mir aus gesehen ist unten Ghrianbury. Hast du doch vorhin erwähnt. Während wir geredet haben, habe ich schon mal Zugverbindungen und das Wetter bei euch gecheckt. Winterwonderland, was?"

Offensichtlich war Multitasking kein Fremdwort für die junge Frau.

„Total", bestätigte Patricia, „und auch das ist komisch, weil es hier recht selten doll schneit. Man kann schon froh sein, wenn die Bäume und Straßen zu Weihnachten leicht *bestäubt* sind."

„Ahaa, das muss ich mir auch aufschreiben! Gibt es sonst noch was Ungewöhnliches?"

Patricia biss sich kurz auf die Lippen, weil sie nicht wusste, wie sie das Folgende in Worte fassen sollte, ohne dass es zu lapidar klang. Andererseits war sie von einem Schneemonster verfolgt worden und ihre Kriterien für das Normale hatten sich seither deutlich verschoben.

„So unwichtig es auch erscheinen mag“, ermunterte Manja sie, also erzählte Patricia von der seltsamen Gefühlskälte und Unfreundlichkeit der Einwohner sowie dem Rosewood Anwesen, das eigentlich schon seit Jahren leer gestanden hatte und sehr baufällig gewesen, jetzt aber in neuem Glanz erstrahlt war, spielte dies aber gleich wieder mit logischen Erklärungen herunter. Vermutlich war sie kein wertvolles Mitglied der GDW.

„Verstehe, verstehe“, murmelte Manja erneut, dann ertönte ein Geräusch, als würde jemand mit der flachen Hand auf einen Tisch oder Ähnliches schlagen.

„Nun gut, dann brauche ich noch deine genaue Adresse und werde mich melden, sobald ich in den Zug beziehungsweise Bus ein- und dann auch wieder aussteige. Hoffen wir mal, dass ich das auch *kann*, und es nicht so ein Geisterzug des Verderbens ist“, witzelte sie, räusperte sich aber verlegen, weil Patricia nur ein nervöses, fast hysterisches Lachen von sich gab.

„Sorry, alter Special Protector-Witz. Na gut, so alt ist er nicht. Eigentlich hat er gerade erst das Licht der Welt erblickt.“

„Wie ist das denn mit Kosten? Wie hoch ist der Stundensatz bei so einem … Geisterjägerstundenhonorar – ohne Studentenrabatt?“

„Oh, dafür nimmt S.O.o.M.P. kein Honorar, es fallen lediglich Kosten für Fahrt, Kost und Logis an“, konnte Manja sie beruhigen. „Ich weiß, das haben wir so nicht mehr auf unserer Seite, aber seitdem haben wir auch weniger Witzbolde, die sich melden. Wie dem auch sei, ich habe da ein Ferienzimmer im Ort gefunden, nicht teuer, O’Brien’s, und die haben auch noch was frei. Der tatsächliche Preis richtet sich danach, wie lange ich bleibe. Aber mit Studentenrabatt – ich trage dich jetzt einfach mal als eine solche ein – dürfte es nicht so teuer werden und wir akzeptieren auch zinsfreie, monatliche Ratenzahlungen ab fünfzehn Pfund."

Das klang ja durchaus machbar.

Manja verabschiedete sich und dann saß Patricia wieder allein mit sich und ihren Gedanken auf ihrem Bett. Sie seufzte, ließ sich rücklings auf ihr Bett fallen und starrte die Decke an. Richtig gut fühlte sie sich immer noch nicht und sie konnte die nächsten beiden Tage nicht einfach nur vor Angst zuhause bleiben und nichts tun, bis diese Manja kam.

Da war er wieder! Sprang unaufgefordert in ihren Fokus: Balian Lennox. Doch dieses Mal hatte es einen anderen Auslöser als außer Kontrolle geratene Teenagerhormone. *Er* hatte ihr die Geschichte mit dem Monster geglaubt! Zumindest zu Anfang. Und nicht nur das – er hatte ihr sogar schon gestern helfen und sie zur Bibliothek führen wollen, wie sie ja auch schon Manja berichtet hatte. Wenn sie möglichst schnell und unkompliziert an die Berichte über die vorherigen Vorfälle mit dem Monster herankommen wollte, dann über ihn. Und er half ihr ganz bestimmt, wenn sie ihn darum bat.

Patricia war sich ganz sicher und fasste einen Entschluss: Sie würde sich morgen früh das Auto ihrer Oma ausborgen und dieses Mal zum Rosewood Anwesen *fahren*. Ihrer Meinung nach reduzierte das die Gefahr, erneut auf das Monster zu stoßen, erheblich. Wenn sie Glück hatte, war Balian zuhause und sie konnte ihn noch einmal zu allem befragen, um anschließend gemeinsam mit ihm endlich die Bibliothek in seinem Haus aufzusuchen. Ja, das war ein guter Plan. Balian Lennox würde ihr helfen und dieser schöne Gedanke ließ sie dann doch endlich recht schnell einschlafen.

Geschwisterhiebe

Als Patricia ihre Großmutter am folgenden Vormittag endlich dazu gebracht hatte, ihr doch noch das Auto zu borgen (es war kaum eine halbe Stunde her), war das eigentlich mit dem Gedanken geschehen, sich in dessen Innerem sicherer zu fühlen. Die letzte Monstersichtung am Vortag hatte ihr zu sehr zugesetzt, um sich zu Fuß auf den Weg zum Rosewood Anwesen zu machen, auch wenn es noch früh und taghell war. Was sie bei der Wahl ihres Fortbewegungsmittels nicht bedacht hatte, war, dass es über Nacht noch weiter geschneit hatte, und da der Räumdienst ihres Dorfes der Schneemassen kaum noch Herr wurde, geriet das Autofahren zu einem kleinen Abenteuer. Es war gar nicht so einfach, ein Tempo zu finden, durch das man weder hin und her schlenkerte noch sich irgendwo festfuhr, und das hektische Auf und Ab der Scheibenwischer, die ihr die Sicht nicht annähernd so gut freihielten, wie sie sich erhofft hatte, machte sie zusätzlich nervös.

Fast bereute sie ihre Entscheidung schon wieder, denn wenn sie ehrlich war, konnte sie sich kaum vorstellen, dass die alte Ente ihrer Oma einem Angriff des riesigen Schneemonsters standhalten würde. Viel wahrscheinlicher war es, dass sie in der alten Karre zerquetscht wurde wie ein Sandwich im Sandwichmaker und das Ungetüm am

Ende ihre Überreste mühselig herausschlürfen musste. Igitt! Sie schüttelte sich bei dieser Vorstellung und der Wagen machte gleich ein paar schaurige Schlingerbewegungen, die ihre Herzfrequenz auf Hochtouren brachten.

„Konzentrier dich, Trish!“, mahnte sie sich selbst. „Lange kann es nicht mehr dauern und du willst deine Nana ganz bestimmt nicht noch mehr verstimmen, indem du ihr Auto zu Schrott fährst!“

Oma Tamas Verhalten ihr gegenüber hatte sich im Vergleich zum Vortag nicht verbessert. Wenn sie ehrlich war, war es sogar noch schlimmer geworden, weil die Frau kaum noch zum Lächeln fähig war und sich gar nicht darum scherte, dass ihr Haus mit den wenigen Lichtern, die noch die Fenster zierten, karg und langweilig aussah. Auch hatte sie das Menü für die Feiertage radikal zusammengestrichen („Die Menschen in reichen Länder sind ohnehin zu fett!“) und war kurz vor Trishas Abfahrt dabei gewesen, auf einer Liste die Verwandten einzukringeln, die sie eventuell noch ausladen konnte („Ich muss ja nicht die ganze Bagage durchfüttern und bespaßen! Die kommen doch eh nur, weil ihnen langweilig ist und sie zu faul sind, ein eigenes Fest auszurichten!“).

Hätte am Abend zuvor nicht das Telefonat mit Manja stattgefunden, wäre Patricia wahrscheinlich mittlerweile verzweifelt – oder hätte den Notarzt für ihre Oma gerufen und sich ein weiteres Mal vor Mitarbeitern einer staatlichen Dienststelle lächerlich gemacht. Durch die Soomp-… nein, S.O.o.M.P-Agentin wusste sie nun aber, dass die merkwürdig kalten, sehr unweihnachtlichen Verhaltensweisen der Leute höchstwahrscheinlich mit dem Auftauchen des Schneemonsters zu tun hatten. Komplett irre, aber diese absurde Erklärung war besser, als die Möglichkeit, dass sich ihre geliebte Nana durch eine altersbedingte Erkrankung innerhalb von wenigen Tagen in einen vollkommen anderen, furchtbar kalten Menschen verwandelt hatte.

Ein spitzer Schrei drang aus Patricias Kehle, als sich vor ihr plötzlich ein dunkler Schatten im Schneegestöber auftat und sie stieg auf die Bremse. Zu ruckartig, denn der Wagen schlingerte dieses Mal nicht nur, sondern begann sich zu drehen. Einen dreifachen Axel legte Ernie, wie die alte Ente von ihrer Oma getauft worden war, hin, bevor sie mit einem dumpfen Rumsen von einem Schneeberg gestoppt wurde. Patricia stieß keuchend die Luft aus, die sie ganz automatisch angehalten hatte, und versuchte sich zu orientieren, indem sie hektisch zu allen Seiten aus den Fenstern sah. Da war wieder der Schatten, doch es war nicht die zottelige Monströsität, wie sie gedacht hatte, sondern das große Tor am Eingang zum Rosewood Anwesen. Sie war da!

Trisha schloss kurz die Augen und atmete tief durch die Nase ein, um sich wieder zu beruhigen. Ihre Hand zitterte ein wenig, als sie nach dem Autoschlüssel griff und versuchte den Wagen zu starten. Die Ente gab ein unangenehmes mechanisches Geräusch von sich, dann regte sich nichts mehr. Super! Ihre Großmutter würde sie ermorden – wenn das nicht schon vorher vom Monster erledigt wurde.

Patricia schüttelte den schrecklichen Gedanken rasch wieder ab, griff nach ihrer Tasche und kletterte aus dem Auto. Von der Yeti-Bestie war augenblicklich nichts zu hören und zu sehen und das letzte Mal, als sie hier gewesen war, hatte diese sie nicht auf das Rosewood Anwesen verfolgt – was wohl hieß, dass sie dort sicher war. Wahrscheinlich sogar sicherer als im Auto.

Entschlossen stapfte sie auf das Tor zu und wie bei ihrem letzten Besuch war dieses glücklicherweise nicht verschlossen. Sie schob sich durch die eisernen Flügeltüren hindurch und zog sich ihre Kapuze tiefer ins Gesicht, weil der Wind unangenehm in ihre Wangen stach. Tapfer bahnte sie sich ihren Weg durch den tiefen Schnee hinüber zum stattlichen, schlossartigen Haupthaus. Je näher dieses rückte, desto größer wurde ihre Aufregung. Die Fenster im unteren Geschoss waren erleuchtet, somit war wohl in der Tat jemand daheim, und immerhin gab es in dem Haus ja mittlerweile sogar zwei Menschen, die sie sehr gern wiedersehen wollte: Opa Lennox und Balian. Allerdings war es eher der Gedanke an letzteren, der ihr Herz zum Hüpfen brachte.

‚Ganz ruhig', sprach sie sich selbst innerlich zu. ‚Es ist auch durchaus möglich, dass Davina dir die Tür öffnet und dann hast du eher das Problem, gar nicht erst eingelassen zu werden.'

Patricias Magen zog sich unangenehm zusammen, dennoch erklomm sie rasch die breite Treppe, die hinauf zur imposanten, aus dunklem Holz geschnitzten Eingangstür führte. Dieses Mal betätigte sie jedoch lieber den Messingklopfer in Form einer Löwenpranke, anstatt ungebeten hineinzugehen. Der Hall, den dieser im Inneren des Hauses erzeugte, hatte etwas sehr Gruseliges an sich und Trisha trat automatisch einen Schritt zurück, wartete mit angehaltenem Atem auf weitere Geräusche aus dem Inneren. Schritte. Ja, da bewegte sich jemand auf die Tür zu. Ihre Anspannung wuchs, als die Klinke heruntergedrückt und die Tür geöffnet wurde, und entlud sich schließlich in einem doppelten Salto Mortale ihres Herzens, denn es waren Balians wunderschöne blaue Augen, in die sie sah und die bei ihrem Anblick sofort erfreut aufleuchteten.

„Patricia!“, stieß er überrascht aus und öffnete die Tür gleich weiter, enthüllte ihr, dass er dieses Mal nicht seinen edlen Tagesmantel trug, sondern Jeans und ein dunkelblaues langärmeliges Shirt mit Knopfleiste – welches ihm leider ebenfalls ausgesprochen gut stand und sehr viel besser zum verwegenen Dreitagebart passte.

„Hi!“, brachte sie mit einem verlegenen Lächeln hervor und dann fehlten ihr auch schon wieder die Worte, weil sie wegen des recht eng anliegenden Shirts gerade feststellte, dass er körperlich ziemlich gut in Form war. Shirt – Poncho – Verdammt! Den hatte sie natürlich zuhause liegenlassen.

Balian schien ihre Einsilbigkeit nicht zu stören, denn er trat mit einer auffordernden Geste und den Worten „Komm doch rein, du frierst dich da draußen ja noch zu Tode!“ zur Seite.

Trisha folgte seiner Aufforderung und klopfte sich in der großen Eingangshalle erst einmal den Schnee von Jacke, Hose und Schuhen. Sie wollte sich Balian wieder zuwenden, doch ihr Blick blieb an einem Mann hängen, der gerade in einer der offenstehenden Türen erschien. Das war doch Daniel Floyd, der Sohn des Elektroladenbesitzers! Was machte *der* denn hier?

„Komm doch mit ins Kaminzimmer“, forderte Balian sie auf und wies hinüber zu dem Mann. „Ich muss nur kurz noch ein paar Dinge mit Mr Floyd klären und dann habe ich gleich Zeit für dich."

Patricia nickte stumm und lief auf seine Geste hin ihm voran auf den anderen Mann zu, dessen ungnädiger Blick in ihre Richtung ihr nicht entging. Er wagte es sogar, minimal den Kopf zu schütteln, als sie an ihm vorbeiging. Allem Anschein nach hatte auch ihn die Unfreundlichkeitskrankheit befallen – im Gegensatz zu Balian, der ihr im Kaminzimmer nicht nur galant aus der Jacke half und ihr den dicken, von ihrer Oma gehäkelten Schal abnahm, sondern ihr auch sofort einen wärmenden Tee anbot, der bereits in einer Kanne auf dem kleinen Tisch vor dem altertümlichen Sofa stand. Neben dem Laptop, den Opa Lennox gekauft hatte. Leider war der alte Mann selbst nicht anwesend.

Patricia ließ sich auf der Couch nieder und gab sich alle Mühe, bei den beiden Männern, die nun leise miteinander sprachen, den Eindruck zu erwecken, als sei sie keinesfalls an deren Konversation interessiert. Leider verstand sie nur ein paar wenige Satzfetzen, während sie den Tee in ihre Tasse plätschern ließ.

„… modernste Geräte benutzen … Solarzellen auf dem Dach … Stromleitungen zum Dorf …", vernahm sie aus Mr Floyds Richtung und erst in diesem Moment fiel ihr ein, dass er Elektriker und seine Firma die einzige im Dorf war, die Dienste im Bereich der Stromversorgung anbot. Dementsprechend teuer war es, diesen Mann zu engagieren, und die klugen Dorfbewohner ließen meist jemanden von außerhalb anreisen, weil selbst die Anfahrt die Wucherpreise von Floyds Firma nicht toppen konnte.

Balian schien das nicht zu wissen, denn er lauschte den Worten seines Gesprächspartners interessiert, nickte sogar ein paar Mal und schüttelte schließlich dessen Hand. Verdammt! Patricia musste unbedingt mit ihm reden, wenn sie verhindern wollte, dass der junge Mann von diesem Halsabschneider vollkommen ausgesaugt wurde. Bedauerlicherweise blieb es nicht nur beim Handschlag. Balian lief hinüber zu einer Kommode aus Eichenholz, holte dort etwas aus einem Kästchen und drückte es anschließend Mr Floyd in die gierig geöffneten Flossen. Das Glitzern des Objekts machte es eindeutig: Es waren eine oder sogar mehrere Goldmünzen gewesen. Wer bezahlte denn heutzutage noch mit so was? Und das auch noch im Voraus?!

Mr Floyd hatte Balian zumindest sehr glücklich gemacht, denn seine Augen leuchteten und ein breites Grinsen zierte sein Gesicht, als er die Münzen rasch in der Innenseite seiner Jacke verschwinden ließ.

„Es ist mir eine Freude, mit Ihnen Geschäfte zu machen“, verkündete er fröhlich.

„Ebenso“, gab Balian knapp zurück und wies bereits zur Ausgangstür.

„Miss Saito“, verabschiedete sich Mr Floyd mit einer angedeuteten Verbeugung in Patricias Richtung, dabei wohl vergessend, dass ihr Nachname nicht der ihrer Oma war. Deswegen hatte sie auch nur ein irritiertes Stirnrunzeln für ihn übrig.

Balian schenkte ihr ein entschuldigendes Lächeln und begleitete als der Gentleman, der er war, seinen anderen Gast zur Haustür, sodass Trisha für einen kurzen Moment allein war.

Ihre Aufregung hatte sich noch nicht ganz gelegt und so versuchte sie sich zur Ruhe zu bringen, indem sie sich kurz in dem ihr nicht unbekannten Raum umsah. Viel Neues gab es nicht zu entdecken und so wanderte ihr Blick schnell wieder zurück zum Couchtisch, auf dem immer noch der geöffnete Laptop stand. Der Bildschirm zeigte die Aufnahme eines weißen Sandstrandes mit Palmen und türkisfarbenem Wasser. Bei der Kälte draußen ein mehr als willkommener Anblick – vor allem, da das Foto laut Überschrift auch noch einen Ort zeigte, der ganz oben auf der Liste von Patricias Reisezielen für die Zukunft stand: Die Malediven. Anscheinend war sie nicht die einzige, die ab und an von Urlauben auf traumhaften Südseeinseln träumte.

„Entschuldige", riss Balians angenehme Stimme sie aus ihren Gedanken, „aber es war wirklich dringend notwendig, dieses Geschäft zu einem Abschluss zu bringen – zumindest wenn der Computer nicht ständig zum Aufladen in die Stadt gebracht werden soll."

„Oh – ich bin ja auch unangemeldet hier aufgetaucht", erwiderte Patricia sofort, „dein Großvater meinte nur, ich könnte jeder Zeit herkommen und …"

„Das kannst du auch", kam Balian ihr entgegen. „Ich wollte damit nicht sagen, dass du gestört hast. Auf keinen Fall! Ich freue mich sehr über deinen Besuch."

Bei so viel Offenheit lief sie gleich wieder rot an und wandte rasch ihren Blick ab, sah sich stattdessen kurz um. „Wo ist eigentlich dein Großvater? Ich würde ihm sehr gern guten Tag sagen."

„Oh, er war müde und hat sich hingelegt", ließ Balian sie wissen und blieb neben ihr am Sofa stehen.

„Wie schade“, sprach sie aus, was sie wirklich dachte. „Wir haben uns jetzt schon zweimal in der Stadt getroffen und nett unterhalten.“

Ein warmes Lächeln zeigte sich auf Balians ebenmäßigem Gesicht. „Das hat er mir erzählt“, gab er zurück. „Vielleicht wacht er ja noch auf, solange du da bist, und kommt dann runter.“

„Das wäre schön“, erwiderte sie und versank schon wieder in Balians Augen. So blau. So faszinierend. Warum nur fühlte sie sich immer sofort zu ihm hingezogen, sobald er in ihrer Nähe war? Rasch sah sie wieder weg, starrte auf den Bildschirm des Laptops und räusperte sich.

„Will dein Großvater verreisen?“, versuchte sie ein belangloses Gespräch anzufangen, weil ihr partout nicht einfallen wollte, warum sie noch gleich hergekommen war. Wie peinlich war das denn?!

„Nein, das …“ Er trat näher, ließ sich nun doch neben ihr auf der Couch nieder – nicht so dicht, dass es aufdringlich war, aber es genügte, um Patricias Puls zu beschleunigen. „*Ich* hab die Seite geöffnet. Palmen und Sandstrände lassen mich die Kälte draußen besser vergessen.“

„Verstehe ich“, murmelte Patricia, die sich die größte Mühe gab, trotz seiner plötzlichen Nähe ruhig zu bleiben, weiterhin ganz normal zu atmen und den Tumult in ihrem unteren Bauchbereich zu ignorieren. Warum zur Hölle musste der Kerl auch noch so verdammt gut riechen? Und damit meinte sie nicht nur das dezente Aftershave, das an ihre Nase drang.

„Kommt ihr nicht sogar von einer Insel?“, fragte sie, weil ihr wieder einfiel, was Opa Lennox ihr bei ihrem letzten Zusammentreffen erzählt hatte.

„Insel?“, wiederholte Balian und nun sah sie ihn doch wieder an, registrierte, dass sich seine Stirn kurz kräuselte, bevor ihm klar wurde, wovon sie sprach. „Oh – ja. Aber das war keine traumhafte Südseeinsel, sondern eher eine im Norden. Da war es kalt und ungemütlich.“

„Kanada?“, hakte sie nach.

„Noch weiter nördlich“, gab er bekannt und sah nun selbst wieder zum PC. „*So* was wäre mir sehr viel lieber gewesen. Wärme. Strände. Wellen. Mal etwas vom Rest der Welt sehen …“

Die Sehnsucht in seinen Augen war Patricia nur allzu vertraut. Fernweh. Der Wunsch, die Welt zu erkunden, bevor der Ernst des Lebens begann. Endlich mal raus aus dem vertrauten Umfeld zu kommen, Neues und dabei auch sich selbst zu entdecken.

„Das wollte ich schon immer“, setzte er mit einem kleinen Seufzen hinzu.

„Ich auch“, entwischte es ihr, ohne nachzudenken, und Balian bedachte sie mit einem überraschten Hochziehen der Augenbrauen.

„Ja?“

Sie nickte.

„Ich hätte gedacht, dass ein Mädchen wie du schon eine ganze Menge von der Welt gesehen hat.“

Sie gab ein leises Lachen von sich. „Weil ich nicht europäisch aussehe?“

Seine Brauen wanderten nun aufeinander zu und seine Augen verengten sich. „Nein. Weil du offen und mutig und zudem wie eine Person wirkst, die ihrem Herzen folgt und tut, was sie für richtig hält. Ich kann mir nicht vorstellen, dass man dich aufhalten kann, wenn du ein Ziel vor Augen hast, oder gar zu etwas zwingen, was du nicht willst."

Trisha lachte erneut, wurde jedoch schnell wieder ernst. „Danke. Das … ist das Netteste, was ich in letzter Zeit gehört habe – aber ich weiß ganz ehrlich nicht, ob du damit richtig liegst."

„Ich schon", sagte er voller Überzeugung. „Und ich war bisher immer recht gut darin, Menschen einzuschätzen."

„Hm", sie musterte ihn kurz, weil a) ihre Befangenheit endlich verschwunden war und b) sie ihn einfach gerne ansah, „und was sagst du, wenn ich dir verrate, dass ich schon seit einer ganzen Weile kein richtiges Ziel vor Augen habe und überhaupt nicht weiß, wie meine nahe Zukunft aussehen soll? Sehr zum Leidwesen meiner Eltern übrigens."

„Dann sage ich, dass das meiner Aussage nicht widerspricht und es vollkommen normal ist, wenn man mal für eine Weile auf der Stelle tritt", gab er lächelnd zurück. „Übereilt Entscheidungen zu fällen, ist nicht weise und noch schlimmer ist es, sich von anderen in sein Leben reinreden zu lassen und dann Dinge zu tun, die man nie tun wollte."

Sie sah ihn aufmerksam an, erkannte eine Spur von Melancholie in seinen Augen. „Sprichst du von dir?"

Er seufzte tief. „Wie ich dir bei unserem letzten Gespräch schon sagte: Meine Familie ist in meinem Leben sehr präsent, um nicht zu sagen dominant."

Anscheinend war sie nicht die Einzige, der man in die Lebensplanung reinquatschte. Nur schien Balian noch sehr viel stärker darunter zu leiden als sie.

„Aber du bist jung. Du kannst das noch ändern“, versuchte sie ihn aufzumuntern.

Nun war er es, der ein leises, jedoch sehr viel trauriges Lachen von sich gab. „Da bin ich mir nicht so sicher.“ Er sah nicht mehr sie an. Stattdessen wanderte sein Blick langsam durch den großen Raum. „Das alles hier … das Haus … meine Familie … unsere gemeinsame Geschichte … das lässt sich nicht so leicht abschütteln.“

„Hast du es denn schon einmal versucht?“, hakte sie vorsichtig nach.

„O ja – glaub mir, das ist nicht gut ausgegangen.“ Er sah kurz nach unten, schien mit seinen Erinnerungen zu kämpfen. Doch als er sie wieder ansah, war sein Lächeln zurück, obgleich es etwas gezwungen wirkte. „Aber ich will dich nicht mit Geschichten aus meiner Vergangenheit langweilen, denn deswegen bist du bestimmt nicht hergekommen.“

„Nein, ich …“ Sie zögerte, denn eigentlich war ihr Drang, mehr über Balian zu erfahren, sehr groß, aber wenn er so gar nicht darüber sprechen wollte … „Mir sind in den letzten Tagen ein paar sehr merkwürdige Dinge passiert und da du mich das letzte Mal, als wir uns sahen, nicht ausgelacht hast, dachte ich, du könntest mir unter Umständen helfen.“

Balians Gesichtsausdruck hatte sich schnell gewandelt, von freundlich-zugewandt zu sorgenvoll-angespannt. „Ist dir das Monster wieder begegnet?“, kam ihm sofort über die Lippen.

„Ja!“, stieß Patricia erleichtert aus und ergriff instinktiv seine Hand. Fast wäre sie wieder zurückgezuckt, denn diese war ungewöhnlich kühl.

„Wo war es?“, hakte er besorgt nach und seine Finger schlossen sich fest um ihre, sandten einen leichten Schauer durch ihren Körper.

„Direkt vor dem Haus meiner Oma.“

„So nah an der Stadt?“ Balian schien überrascht.

„Sie wohnt dicht am Waldrand und es kam auch nicht auf unser Grundstück, aber … du glaubst mir, oder?“ Sie sah ihn eindringlich an. „Dass dort etwas war, das nicht normal ist. Ein gefährliches Tier. Eine Bestie.“

Balian senkte den Blick und entzog ihr seine Hand, um aufzustehen, und Patricia tat es ihm nach, mit einem unangenehmen Gefühl in der Brust.

„Du sagtest, ich sei nicht die erste, die von einer solchen Sichtung berichtet hat“, erinnerte sie ihn mit etwas zittriger Stimme, weil sie befürchtete, dass er nun wieder einen Rückzieher machte – wie das letzte Mal. „Deswegen bin ich hergekommen. Die Polizei hat mir nicht geglaubt und …“

Balian fuhr so ruckartig zu ihr herum, dass Trish erschrocken einen Schritt zurück machte. „Du hast die Polizei verständigt?!“

„Ja, ich hatte Angst, dass es uns doch noch angreift, versucht in das Haus einzudringen“, verteidigte sie ihr Handeln. „Jeder andere hätte an meiner Stelle dasselbe getan.“

„Trish, alles, was du damit erreichst, ist, dass die Leute über dich lachen oder dich gar für verrückt halten“, mahnte er sie. „Und je mehr du auf deiner Geschichte beharrst, desto weniger wird man dir glauben."

„Aber *du* glaubst mir", schloss sie. „Warum?"

Er wich ihrem forschenden Blick aus. „Das sagte ich doch schon: Ich habe etwas darüber gelesen."

Das war nicht die ganze Wahrheit. Patricia erkannte es in seiner Körperhaltung, der Unfähigkeit, ihr in die Augen zu sehen. Und eigentlich konnte das nur eines bedeuten: Balian hatte das Monster selbst schon einmal gesehen. Er *wusste*, dass es existierte. Wahrscheinlich sprach er aus Erfahrung, wenn er behauptete, dass niemand ihr glauben würde. Deswegen blieb er bei der Geschichte mit den Einträgen in den Büchern. Aber möglicherweise konnte sie ihn ja noch dazu bringen, es vor ihr einzugestehen. Ihn an ihrer Seite zu haben und gemeinsam gegen das Monster zu kämpfen, war eine so wundervolle Vorstellung, dass ihr Herz schon wieder schneller schlug.

„Wo hast du es gelesen?", hakte sie nach. „In eurer Bibliothek hier, richtig? Das sagtest du doch bei meinem letzten Besuch."

Er zögerte sichtbar, nickte dann aber.

„Könntest du mir die Eintragungen eventuell jetzt zeigen? Sie könnten mir weiterhelfen."

„Helfen wobei?", fragte er sichtbar beunruhigt.

„Mehr über das Tier zu erfahren."

„Und dann? Willst du es selbst jagen gehen?"

„Nein! Selbstverständlich nicht!", entfuhr es Trish entsetzt. „Ich … ich weiß auch noch nicht, was ich dann tue, aber … ich *muss* das lesen. Und vorgestern wolltest du mich doch zur Bibliothek führen."

Dieses Mal reagierte Balian nicht sofort, presste die Lippen zusammen und sah mit mahlendem Kiefer hinüber zur Tür.

„Bitte!", stieß sie aus und trat wieder an ihn heran, sah ihn flehentlich an. „Ich weiß nicht, was ich sonst tun soll, und ich hab solche Angst um meine Großmutter und den Rest meiner Familie, der bald anreisen wird. Vielleicht steht in den Büchern ja drin, wie man das Tier vertreiben kann. Immerhin war es ja für lange Zeit verschwunden."

Balian schluckte schwer, doch schließlich brachte er ein Nicken zustande, das Patricia fast dazu bewog, ihm vor Freude um den Hals zu fallen.

„Komm mit", forderte er sie auf und lief ihr voran auf die Tür des Kaminzimmers zu, um ihr diese dann galant aufzuhalten. „Aber ich kann dir nicht versprechen, dass es dir hilft. Die Berichte waren nur knapp gefasst und ich kann mich nicht daran erinnern, dass dort stand, wie und warum das Monster verschwand."

„Das ist egal", erwiderte Patricia mit größerem Optimismus, als sie in Wahrheit empfand. „Hauptsache wir finden irgendetwas, das mir sagt, dass ich nicht verrückt bin."

Balian sah sie über die Schulter an, während sie durch die Vorhalle auf die Treppe zuliefen. „Du bist nicht verrückt", sagte er sanft. „Irgendetwas läuft da im Wald herum und es ist sicherlich nicht ungefährlich."

„Heißt das, du hast es auch schon gesehen?", konnte Patricia sich nicht verkneifen zu fragen. Hatte sie sich das nur eingebildet oder war Balian tatsächlich kaum merklich zusammengezuckt?

„Nein“, erwiderte er dieses Mal, ohne sie dabei anzusehen, „nicht direkt, aber ich hab Spuren im Schnee gesehen, die ein Mensch niemals hätte hinterlassen können. Große Spuren von … Pranken.“ Nun sah er sie doch kurz an, mit einem minimalen Lächeln auf den Lippen.

„Würdest du das auch vor der Polizei bezeugen?“, entwischte es Trisha etwas unbedacht.

Balian blieb ruckartig mitten auf der Treppe stehen und sie lief fast in ihn hinein, konnte gerade mal eine Hand breit von seinem Rücken entfernt abstoppen.

„Und mich komplett lächerlich machen?“, fragte er in ihren Augen etwas zu gereizt und wandte sich ihr zu. „Auf keinen Fall! Außerdem … Tiere sind selten so bösartig, wie man anfangs denkt.“

„Es hat mich angegriffen“, erinnerte ihn Patricia.

„Aber es hat dich nicht verletzt.“

Sie runzelte die Stirn. „Weil ich schnell genug war! Ich konnte ihm entkommen. Zweimal!“

„Zweimal? Hast du nicht gesagt, dass es das letzte Mal euer Grundstück gar nicht betreten hat?“, hakte Balian nach und hob nachdrücklich eine Augenbraue. Dass sein Gesicht dabei dem ihren noch näher kam und sie seinen Atem auf den Lippen fühlen konnte, brachte sie etwas aus dem Konzept.

„Ja …“, gab sie zögerlich zurück. „Was genau willst du damit sagen?“

Er zog sich wieder zurück, hob etwas unschlüssig die Schultern. „Dieses Tier – ich nenne es mal nicht Monster, weil ich auch nicht glaube, dass es wahrlich eines ist – könnte viel ungefährlicher sein, als es den Anschein erweckt. Möglicherweise war es bei eurer ersten Begegnung nur gereizt, weil du es bei irgendetwas gestört hast. Unter Umständen hatte es sogar selbst Angst und hat sich nur verteidigt."

Patricia holte tief Luft, um ihm vehement zu widersprechen, doch Balian ließ sie nicht zu Wort kommen.

„Die Dinge sind oft ganz anders, als sie anfangs aussehen", äußerte er nun schon etwas sanfter. „Das habe ich mittlerweile gelernt und in einer angespannten Situation panisch zu reagieren, hektisch zu werden, kann meist viel größeren Schaden anrichten, als man denkt. Wenn zum Beispiel irgendwo ein zahmer Schneeleopard ausgebrochen wäre – würdest du dann wollen, dass die Leute losziehen und ihn erschießen? Denn das würde passieren, wenn du zu großen Wirbel verursachst und die Menschen dir auch noch glauben. Und wenn der Stein erst ins Rollen gebracht wurde, kann man ihn nur schwer aufhalten."

Nun waren die Worte weg, Patricias Kopf leer gefegt. Nein, so ganz richtig war das nicht, denn ihr Verstand war im Grunde aktiver denn je, weil er sich das Szenario, das Balian ihr da schilderte, nur allzu deutlich ausmalte. Sie war immer schon ein Tierfreund gewesen und nicht nur Vegetarierin, sondern auch schon des Öfteren aktiv an Protestmärschen gegen Tierversuche oder andere Tierquälereien beteiligt gewesen. Warum hatte sie zuvor nicht darüber nachgedacht, welche Konsequenzen es haben konnte, wenn die Polizei ihr doch noch glaubte?

Ganz gleich, welch seltsames Tier ihr den Schrecken ihres Lebens beschert hatte – die Polizisten hätten es mit Sicherheit getötet, denn auf den ersten Blick wirkte es unglaublich gefährlich. Dennoch war es ein wenig seltsam, dass Balian die mögliche Gefährlichkeit des Tieres ständig neu einordnete.

„Ich muss zugeben, dass ich darüber gar nicht nachgedacht habe“, brachte sie letztendlich doch noch heraus.

„Das sollte auch kein Vorwurf sein“, lenkte Balian prompt ein, „nur ein Hinweis, achtsam zu sein, solange alles, was wir wissen, noch so vage ist.“

„Kann ich die Bücher trotzdem sehen?“, fragte Trisha vorsichtig.

„Natürlich“, gab Balian ihr sogleich nach und setzte seinen Weg die Treppe hinauf fort.

„Einfach nur, um einen Beleg dafür zu haben, dass ich nicht spinne“, fügte sie hinzu. „Nur für mich.“

„Du spinnst nicht“, erwiderte er und konnte schon wieder lächeln, warm und zugeneigt. Ungewollt breitete sich in ihrem Inneren ein angenehmes Kribbeln aus. „Aber wenn schnöde Bücher dir besser helfen können als meine Worte, bringe ich dich gern zu ihnen.“

Sie lachte leise und richtete den Blick wieder nach vorne in den Flur, den sie soeben betraten. Womöglich erreichten sie dieses Mal ja tatsächlich ihr Ziel.

„Glaubst du wirklich, dass dieses Tier im Wald nicht so böse ist, wie ich bisher angenommen habe?“, fragte Trisha nachdenklich, als sie ein paar Sekunden lang stumm nebeneinander hergegangen waren.

„Nun, ich bin der Meinung, dass man niemanden nach seinem Äußeren oder seinem ersten Auftreten beurteilen sollte“, antwortete Balian. „Meist sieht man anfangs nur einen minimalen Teil des Ganzen. Vieles könnte ganz anders sein, als man denkt. Meiner Familie zum Beispiel wurden früher schlimme Dinge nachgesagt und weil die

Leute sie glaubten, hat sie sich aus der Gesellschaft, in der wir lebten, zurückgezogen – und damit wiederum nur weitere schlimme Gerüchte erzeugt, die uns noch weiter in die Isolation getrieben haben."

Patricia nickte verständnisvoll. „Es ist schwer, aus einem solchen Teufelskreis wieder auszubrechen."

„Das ist es", stimmte er ihr traurig zu, „vor allem, wenn die eigene Familie den Fehler in ihrem Verhalten nicht begreift und es nicht wagt, etwas zu ändern, sich sogar gegen dich stellt, wenn du es versuchst."

„Wie deine Schwester?"

Balian nickte. „Aber meine Eltern waren auch nicht anders. Sie lebt nur das aus, was ihr beigebracht wurde."

„Dein Großvater ist doch aber anders", fiel Patricia ein. „Ich hab ihn jetzt schon zweimal in der Stadt getroffen und er verhielt sich mir und auch anderen Menschen gegenüber offen und freundlich."

„Wir waren lange Zeit weg", erwiderte Balian und öffnete die Flügeltüren des Raumes, den sie gerade erreicht hatten. „Kaum jemand in der Stadt weiß, wer er ist, wenn er es ihnen nicht persönlich sagt. Und selbst dann werden sich die Leute nicht so schnell an die alten Geschichten erinnern. Das ist ein Vorteil. Eine Möglichkeit, endlich einen anderen Weg einzuschlagen."

Patricia wollte ihm zustimmen, doch sie traten nun zusammen in die Bibliothek und der Anblick verschlug ihr die Sprache. Unzählige Regale aus dunklem, kunstvoll geschnitztem Holz zierten die Wände und reichten fast bis zur Decke und sie waren von oben bis unten mit Büchern vollgestopft. Trishas Herz öffnete sich ganz weit und sie hob die Hände vor den Mund, stieß einen verzückten Laut aus, während sie sich mit großen Augen umsah.

Das hier war ein Traum für einen Büchernarren wie sie, denn der Raum besaß nicht nur Lesestoff für Jahrzehnte, sondern auch einen knisternden Kamin, zwei alte Ohrensessel und einen Schaukelstuhl. Es gab eine Rollleiter, mit der man an jedes Buch herankam, selbst wenn es ganz oben in einem der Regale stand, den Boden zierte ein kostbar aussehender Perserteppich und das einzige, von schweren Brokatvorhängen gesäumte Fenster bot einen atemberaubenden Blick hinaus in die verschneite Winterlandschaft des ‚Gartens'.

„Deinem Freudenlaut nach zu urteilen, gefällt dir wohl, was du siehst", merkte Balian schmunzelnd an.

„Eure Bibliothek ist wunderschön", hauchte Patricia. Ihr Blick blieb an einem kleinen Tischchen zwischen den Sesseln hängen, auf dem eine Teekanne nebst einer Tasse sowie ein Teller mit einem Rest Keks zu finden waren. „Und wird allem Anschein nach auch gern von euch genutzt."

„Ja, viele andere Möglichkeiten, sich zu beschäftigen, gibt es hier zu dieser Jahreszeit auch nicht", erwiderte Balian und schlenderte auf eines der Regale zu. „Die moderne Technik hat sich in dieses Haus noch nicht so richtig eingefunden – und allein Pool, Tischtennis oder diverse Brettspiele zu spielen, macht nicht viel Sinn."

„Wenn es tolle Bücher zu lesen gibt, kann mir alles andere auch gestohlen bleiben", verkündete Patricia und gesellte sich wieder an seine Seite, fragte sich jedoch innerlich, wo die anderen Beschäftigungsmöglichkeiten wohl zu finden waren. Vielleicht gab es in diesem riesigen Haus ja sogar einen eigens dafür angelegten Freizeitraum – neben Musikzimmer und Atelier zur kreativen Lebensgestaltung.

Balian sah sie jetzt an. Lange und mit diesem Lächeln, das ihre Knie immer weich werden ließ. Auch jetzt schon wieder.

„In Büchern liegt die Seele aller gewesenen Zeit", sprach er so sanft und andächtig aus, dass Patricia ein wohliger Schauer den Rücken hinunterlief und sich eine Gänsehaut auf ihren Armen ausbreitete.

„Das ist wunderschön", flüsterte sie.

„Leider nicht von mir, sondern von Thomas Carlyle", gab er zu. „Er war ein schottischer Essayist und Historiker, hatte aber eine sehr … wie soll ich sagen … bedenkliche Einstellung in Bezug auf Sklaverei und Menschen mit dunkler Hautfarbe."

„Oh."

„Ja." Balian seufzte und betrachtete wieder das Regal vor sich. „Seine Worte über Literatur sind trotzdem wahr und ich muss gestehen, dass Bücher für mich immer ausgesprochen wichtig waren. Ich kann hinaus in die Welt sehen, ohne mich vom Platz zu bewegen."

Patricia nickte selig. „Erfahrungen sammeln, die andere gemacht haben."

„Viele verschiedene Leben leben."

„Andere Menschen sein."

„Helden."

„Verbrecher."

„Sogar Tiere."

Sie mussten beide lachen und ganz langsam begriff Patricia, warum sie sich so schnell in den jungen Mann neben ihr verguckt hatte, warum sie sich von ihm so sehr angezogen fühlte: Er war ein Seelenverwandter. Jemand, der dachte und fühlte wie sie. Und so jemandem war sie zuvor noch nie begegnet.

„Hast du die alle gelesen?“, fragte sie rasch mit einem Fingerzeig auf die Bücher in den Regalen, weil sie sich schon wieder viel zu lange in die Augen sahen und es sie noch nicht einmal mehr nervös machte.

„Nein“, erwiderte er. „Viele, aber nicht alle. Das würde *Jahre* dauern und so alt bin ich noch nicht.“

„Wie alt bist du denn?“, konnte sich Trisha nicht verkneifen zu fragen.

Balian schmunzelte. „Zweiundzwanzig Lenze und jetzt sag nicht, ich sehe älter aus – dann bin ich tödlich beleidigt.“

Sie schüttelte den Kopf. „Ich hätte dich sogar eher auf mein Alter geschätzt.“

„Darf man eine junge, emanzipierte Frau in der Moderne danach fragen?“ Balians blaue Augen funkelten amüsiert, aber sie konnte auch ein ehrliches Interesse darin finden.

„Selbstverständlich“, erwiderte sie. „Man muss nur danach gekonnt lügen können und so was sagen wie ‚Du siehst jünger aus, obwohl deine Weisheit und Intelligenz deinem Alter weit voraus sind.‘ Es gibt allerdings auch einige Mädchen in meinem Alter, die gern älter geschätzt werden, weil sie, wenn man sie für jünger hält, mit weniger Respekt behandelt werden und auch Probleme haben, in Clubs hereinzukommen oder Alkohol zu kaufen.“

„Und wie ist es bei dir?“

„Ich freue mich, wenn du sagst, dass ich meinem Alter entsprechend aussehe. Das mit der Weisheit und so kann aber auf jeden Fall hinzugesetzt werden.“ Sie grinste ihn breit an und er gab ein leises Lachen von sich.

„Also?“ Seine Brauen wanderten auffordernd nach oben.

„Ich bin achtzehn.“

Balian setzte eine ernste Miene auf und nickte. „Das hätte ich auch geschätzt – obgleich ich hinzufügen muss, dass du intellektuell und emotional den meisten Jungen und Mädchen deines Alters haushoch überlegen bist.“

Sie sahen sich beide ernst an, bis Patricia nicht mehr an sich halten konnte und losprustete. Balian fiel in ihr Lachen mit ein und die vielen Fältchen, die dabei um seine Augen herum entstanden, waren einfach nur bezaubernd.

„Das Schöne daran ist, dass es noch nicht einmal gelogen ist“, setzte er hinzu und stoppte damit ruckartig ihren Lachanfall. Stattdessen schoss ihr wieder einmal das Blut ins Gesicht. Langsam wurde das mehr als lästig.

„Ach wo“, winkte sie rasch ab und wich seinem zugeneigten Blick rasch aus, betrachtete stattdessen wieder die Bücher vor ihr im Regal. „Jules Verne“, stellte sie fest, bevor er ihr weiter schmeicheln und ihre Verlegenheit vergrößern konnte, und strich sanft über den Rücken des alten Buches.

„Den mag ich sehr – vor allem das hier“, verkündete Balian mit hörbarer Begeisterung und griff nach dem Buch neben ihrem, sodass sich ihre Finger berührten. Seine waren immer noch kalt und dennoch wanderte prickelnde Wärme durch ihre Hand, den Arm hinauf, direkt in ihre Brust.

In achtzig Tagen um die Welt stand in altmodischer Schrift auf dem Einband.

„Als Kind habe ich mir fest vorgenommen, irgendwann einmal dieselbe Reise zu machen“, fuhr Balian lächelnd fort. „All die Orte selbst zu erkunden, die Phileas Fogg in dem Roman aufsuchte.“

„Und heute willst du das nicht mehr?“, hakte Trisha nach.

„Heute will ich viel *mehr* sehen“, gestand er ihr mit einem Lachen und funkelnden Augen. „Die Pyramiden von Gizeh, die Chinesische Mauer, das Kolosseum in Rom, das Taj Mahal in Indien, die Inka-Stadt Machu Picchu in Peru … Ich will den Eiffelturm in Paris und das Empire State Building in New York erklimmen, durch die Rocky Mountains wandern und in Australien durch das Outback reiten.“

‚Ich auch! Ich auch!‘, schrie eine kleine Stimme in Patricias Innerem und sie musste die Lippen fest zusammenpressen, um nicht auch laut Balians Begeisterung für die Fremde zu teilen. Nicht dass er das Gefühl bekam, sie wolle ihn dazu bringen, sie zu einer solchen Reise einzuladen.

„Eine Floßfahrt auf dem Amazonas wäre auch nicht schlecht …“, überlegte er.

„… oder eine Safaritour in Afrika“, setzte Patricia nun doch hinzu.

„Die Aurora borealis in Island mit eigenen Augen sehen“, fügte Balian verträumt an.

„Oder auf den Seychellen mit den Wasserschildkröten tauchen“, seufzte Trisha.

„Ein schöner Traum“, äußerte Balian nun schon etwas trauriger.

Patricia sah ihn stirnrunzelnd an. „Das muss es ja nicht bleiben. Ich finde, du solltest deinen Träumen folgen. Ich meine …“, sie sah sich demonstrativ in der wunderschönen Bibliothek um, „… an Geld mangelt es doch nicht, nicht wahr? Du hast ja vorhin sogar mit Goldmünzen bezahlt …“

„Das ist nicht das Problem“, erwiderte der junge Mann und in sein Gesicht schlich sich ein leicht gequälter Ausdruck. „Ich kann hier einfach nicht weg.“

„Du sagtest vorhin, du hättest es schon einmal versucht und es sei nicht gut ausgegangen“, fiel ihr jetzt wieder ein. „Wann war denn das?“

Balian senkte den Blick, hob kurz die Schultern. „Ich kann mich nicht mehr erinnern.“

„*So* lange ist das her? Vielleicht ist die Situation ja jetzt eine andere und dieses Mal hast du Glück und alles wird gut.“

Ein leises, trauriges Lachen drang aus seiner Kehle. „Das kann ich mir kaum vorstellen.“

Patricia öffnete den Mund, um ihm weiter Mut zu machen, zu raten, sich nicht von *einem* Misserfolg den großen Traum von einer Weltreise zerstören zu lassen, doch sie kam nicht dazu, auch nur ein Wort davon auszusprechen.

„Was zur Hölle tust du da?!“, tönte eine Frauenstimme laut durch den Raum und sie beide fuhren erschrocken herum, als hätten sie gerade etwas Verbotenes getan.

Davinas Gesichtsausdruck nach zu urteilen, glaubte zumindest sie, dass es tatsächlich so war. „Wie kannst du es wagen, schon wieder eine Fremde nicht nur in unser Haus, sondern sogar in unsere Bibliothek zu lassen?!"

„Sie ist keine Fremde, sondern eine Freundin", knurrte Balian zurück, der sich recht schnell von seinem Schrecken erholt hatte.

Seine Schwester stieß ein lautes, unechtes Lachen aus. „Als ob! Du hast keine Freunde! Niemand hält es länger als fünf Minuten mit dir in einem Raum aus!"

„Sie schon!"

„Ja, weil du dich verstellst!" Davinas Augen blitzten vor Wut. „Wenn sie wüsste, wie du wirklich bist, würde sie ihre Beine in die Hand nehmen und so weit weg von dir rennen, wie sie nur kann!"

„Schließe nicht von dir selbst auf andere, liebes Schwesterlein!", schnauzte Balian zurück. „Trisha ist mein Gast und kann so lange bleiben, wie sie möchte – finde dich damit ab!"

Die Genannte fühlte sich derweil überhaupt nicht mehr wohl in ihrer Haut. Davinas Wut war beinahe körperlich zu spüren und sie fühlte ganz genau, wie auch Balians Zorn wuchs, er allmählich seine Beherrschung verlor. Sie wollte nicht der Mittelpunkt eines geschwisterlichen Zwistes werden, wusste sie doch ganz genau, wie unschön diese oft werden konnten. Auch für Unbeteiligte.

„Das hier ist aber nicht *dein* Haus, sondern *unseres*!", tobte Davina weiter. „Du kannst nicht einfach allein entscheiden, wer herkommt oder nicht!"

„Doch – wie du siehst kann ich das!“, schoss Balian zurück. „Ich kann auf jeden Fall allein entscheiden, wen ich in mein Leben lasse!“

„Deine Entscheidungen betreffen aber nicht nur dich, sondern auch mich!“, fauchte Davina und zu Patricias Erstaunen zitterte nicht nur ihre Stimme dabei – in ihre Augen stand auch ein Hauch von Angst geschrieben. „Es mag sein, dass *du* dich nicht mehr daran erinnern kannst, aber *ich* weiß noch ganz genau, was beim letzten Mal passiert ist, als du Fremde in dieses Haus gelassen hast!“

Balian war erstarrt. Er sagte nichts mehr, sah seine Schwester nur aufgewühlt und schwer atmend an. Ihre Worte hatten gesessen und Patricia wurde innerlich von dem Drang, ganz schnell das Haus zu verlassen, und einem gefährlichen Bedürfnis, das Unausgesprochene zu erfahren, zerrissen.

„Das war etwas anderes“, brachte Balian schließlich doch noch sehr viel leiser und mit zitternder Stimme hervor. Davina hatte ihn verletzt, etwas in ihm wachgerüttelt, das ihm weh tat – sehr. Patricia konnte es in seinen Augen, in seiner Körperhaltung erkennen, fühlte es fast selbst.

Ihr Unbehagen wuchs weiter an, so sehr, dass sie sich schließlich doch dazu entschied, aus dieser schrecklichen Situation zu fliehen und damit auch den Grund für den Streit aus dem Haus und vor allem aus Davinas Sichtweite zu entfernen.

„Es … es ist schon spät“, stammelte sie und bewegte sich rückwärts auf die Tür zu. „Meine Großmutter wartet sicherlich schon mit dem Essen auf mich. Ich kann ja ein anderes Mal wiederkommen.“

„Das ist nicht nötig“, erwiderte Balians Schwester mit einem falschen Lächeln, während er selbst einen furchtbar enttäuschten Eindruck machte.

„Du bist hier immer willkommen“, stellte er sich gegen seine Blutsverwandte und folgte Patricia zur Tür.

„Balian!“, warnte Davina ihn, doch er reagierte nicht auf sie, sah Trisha bedauernd an.

„Hätte ich gewusst, dass sie so schnell zurück ist, wäre ich vorsichtiger gewesen“, raunte er ihr zu. „Es tut mir unendlich leid!“

„Lass sie jetzt gehen!“, beklagte sich Davina weiter aus dem Hintergrund. Sehen konnte Patricia sie nicht mehr, weil Balian nicht nur kräftiger war, sondern seine Schwester auch um einen Kopf überragte.

„Schon gut“, wisperte sie und schenkte ihm ein mildes Lächeln. „Ich verkrafte das. Lass mich gehen und klär mit deiner Schwester, was immer auch zu klären ist.“

„Was flüstert ihr da?!“ Die Furie kam eindeutig näher und Patricia zog sich lieber weiter zurück.

„Sehe ich dich wieder?“, stieß Balian hoffnungsvoll aus.

Patricia zögerte nicht einen Moment. „Natürlich!“, gab sie fast tonlos zurück, damit Davina es nicht hörte.

Balians Gesicht erhellte sich, dann wandte er sich zu seiner Schwester um und Patricia eilte durch den Flur auf die Treppe zu. Sie musste hier raus. Ganz schnell!

Schwarze Schafe

Es war die eisige Kälte des Winters, die Patricia ihre eilige Flucht aus dem Haus ganz schnell bereuen ließ. Sie hatte sich zwar noch Mantel, Schal und Tasche aus dem Kaminzimmer geholt, aber weder den Schal ordentlich um ihren Hals gebunden noch ihren Mantel geschlossen. Der Wind stach somit durch ihren Pullover, ließ sie erzittern und ihre Nachlässigkeit eilig korrigieren.

Während sie den Reißverschluss zuzog, konnte sie es sich nicht verkneifen, zurück zum Haus zu sehen, zu den erleuchteten Fenstern und dem rauchenden Kamin. Dort war es zwar warm, jedoch nicht länger heimelig. Als sie die Vorhalle durchquert hatte, hatte sie Balian und Davina immer noch streiten gehört. Sie hatten sich angeschrien und es waren sogar Gegenstände zu Boden gegangen, sodass Patricia eher aus dem Haus gerannt als gegangen war. Jetzt war sie weit genug davon entfernt, um nichts mehr zu hören – oder die beiden hatten endlich aufgehört. Schlimmeres wollte sie nicht annehmen.

Sie zuckte zusammen, als sie durch das Schneetreiben erkannte, wie sich die Haustür öffnete und jemand hinaustürmte. Nur in Jeans und dünnem Hemd. Balian sah sie nicht, schien so aufgewühlt zu sein, dass er nichts und niemanden mehr wahrnahm, und eilte am Haus entlang, um schließlich dahinter zu verschwinden. War er verrückt geworden? In dieser Kälte würde er sich ohne einen Wintermantel noch den Tod holen!

Trisha wartete. Sicherlich würde seine Schwester jede Sekunde ebenfalls aus dem Haus kommen, denn so war das nun mal unter Geschwistern: Selbst wenn man sich furchtbar stritt, machte man sich dennoch Sorgen um das Wohl des anderen, sorgte dafür, dass ihm nichts zustieß. An der Haustür regte sich jedoch nichts. Nicht nach zwei Minuten, auch nicht nach fünf. Patricia hatte extra auf die Uhr ihres Handys gesehen und steckte es nun kopfschüttelnd weg.

Warum kümmerte sich denn niemand um Balian? Opa Lennox musste den Streit doch gehört haben. Er war zu laut gewesen, um darüber hinweg zu schlafen. Warum sah er nicht wenigstens nach seinem Enkel? Eventuell sprach er ja auch gerade mit Davina, beruhigte sie und wollte erst später nach Balian sehen, weil er keine Ahnung hatte, dass sein Enkel ohne Schutz vor der Kälte in den Garten gelaufen war.

Patricias Füße setzten sich von ganz allein in Bewegung. Es war klug gewesen, aus dem Streit der Geschwister herauszugehen, aber jetzt war es das Richtige, nach Balian zu sehen.

Es war nicht schwer zu erkennen, in welche Richtung der junge Mann gelaufen war, denn der fortwährend fallende Schnee verdeckte alle Spuren, die älter als zehn Minuten waren, und somit waren seine die einzigen, die augenblicklich noch zu erkennen waren. Sie führten Trisha an dem beeindruckenden Springbrunnen und dem Rosengarten vorbei, weiter weg vom Haus … Etwas atemlos verharrte sie. Vor ihr tat sich ein gläsernes Gebäude auf, durch dessen beschlagene Scheiben man die Umrisse vieler grüner Objekte erkennen konnte. Das Gewächshaus, das sie vorgestern vom Balkon aus gesehen hatte. Natürlich! Das erklärte, warum Balian sich nicht weiter um warme Kleidung gekümmert hatte. Dieser Ort war von Anfang an sein Ziel gewesen.

Patricia biss nachdenklich auf ihrer Unterlippe herum. Sorgen um Balians Gesundheit musste sie sich jetzt nicht mehr machen. Zumindest nicht um seine körperliche. Aber war nicht auch seine schlechte seelische Verfassung Grund genug, noch einmal nach ihm zu sehen, bevor sie ging? Sie stimmte sich selbst mit einem Nicken zu und setzte entschlossen ihren Weg fort.

Feuchte, erdig riechend Wärme schlug ihr entgegen, als sie die Tür des Gewächshauses öffnete und hinein ins blühende Paradies trat. In dem Glaskasten, der größer war als der gesamte untere Bereich von Oma Tamas Haus, befanden sich die unterschiedlichsten Pflanzen: Palmen, Oliven- und Zitrusbäume, Farne, Orchideen, Hibiskusbüsche und viele mehr. Nach der Kälte draußen war dies der Himmel auf Erden und für einen kurzen Moment vergaß Patricia, warum sie hergekommen war, genoss nur den Anblick der bunten Vielfalt und die angenehme Wärme.

Erst nach einer kleinen Weile taten sich die ersten Fragen in ihrem Verstand auf. Dieser vielfältige Pflanzentraum konnte nicht erst entstanden sein, seit Balian und seine Familie zurück waren – schließlich sollte das erst vier Wochen her sein. Aber wer hatte sich in der Abwesenheit der Lennox' darum gekümmert, die Pflanzen gehegt und gepflegt? Und warum hatte nie jemand etwas davon mitbekommen? Das Rosewood Anwesen war im Dorf seit jeher nur als baufällige Ruine bekannt gewesen, das niemand kaufen wollte. Zudem war es unmöglich, dass im Winter von ganz allein eine derartige Wärme entstand, aber eine Stromversorgung existierte laut Balians eigener Aussage noch nicht, was hieß, dass die Temperaturen eigentlich gar nicht bestehen durften. Es sei denn, es gab auf dem Dach bereits die von Mr Floyd vorhin benannten Solarzellen und das Gewächshaus war somit das einzige modernisierte ‚Gebäude'. Schwer vorstellbar …

Ein Geräusch im hinteren Bereich des Gewächshauses erinnerte Patricia daran, dass sie nicht allein war und sich um jemanden zu kümmern hatte, der ihr mittlerweile sehr ans Herz gewachsen war. Sie folgte dem Weg aus Rindenmulch und zuckte heftig zusammen, als ein bunter Vogel dicht über ihren Kopf hinwegflog, um sogleich wieder im üppigen Grün der Pflanzen zu verschwinden. Anscheinend hatte man das Südseefeeling hier nicht nur mit der Vegetation herstellen wollen. Wer hatte die Tiere – denn dass es noch weitere gab, war nun auch an verschiedenen Lauten zu hören – nur die ganze Zeit über versorgt?

Hinter einer sanften Biegung des Weges fand sie eine Art kleiner Terrasse mit romantischer Marmorbank vor, auf der sich Balian niedergelassen hatte. Er saß vornübergebeugt, die Ellenbogen auf die Knie gestützt und das Gesicht in den Händen vergraben. Oje – er weinte doch nicht etwa?!

Patricia blieb stehen und räusperte sich vorsichtig. Das Geräusch genügte, um Balian aufsehen und gleich darauf überrascht aufspringen zu lassen.

„Was machst du denn noch hier?!", entfuhr es ihm mit einer Mischung aus Freude und Sorge, die Patricia dazu bewog, mutig auf ihn zuzugehen.

„Ich hab dich aus dem Haus laufen sehen und konnte nicht gehen, ohne mich zu vergewissern, dass mit dir alles in Ordnung ist", antwortete sie und musterte ihn besorgt. Er war blasser als zuvor und, wenn sie sich nicht täuschte, zitterte er ganz leicht – trotz der schwülen Wärme im Gewächshaus. „Aber anscheinend ist das nicht der Fall."

Balian wandte sich rasch von ihr ab, entfernte sich sogar ein paar Schritte von ihr.

„Kann ich irgendwas für dich tun?", fragte Trisha, während sie den Abstand zwischen ihnen langsam wieder verringerte und dabei ihren Mantel öffnete. Hier war es aber auch verflucht warm!

Seine Schultern senkten sich, bevor er sich zu ihr umdrehte und ihr ein trauriges Lächeln schenkte. „Du kannst mir nicht helfen", ließ er sie wissen. „Niemand kann das."

Die Verzweiflung, die in Balians Augen zu finden war, erschütterte Patricia und schnürte ihre Brust zusammen. Sie machte einen großen Schritt auf ihn zu, schüttelte dabei den Kopf. „Sag so etwas nicht. Für jedes Problem gibt es eine Lösung."

„Für meines nicht", wollte er sich nicht trösten lassen. „Ich hatte es für eine Weile verdrängen können, dachte, ich könne die Dinge ändern, aber … dieses Leben … es zerstört mich. Und ich kann ihm nicht entfliehen. Ich bin an dieses Haus, an diese Familie gebunden und werde niemals etwas daran ändern können."

„Natürlich kannst du etwas daran ändern!", widersprach Patricia ihm resolut. „Du musst nicht hierbleiben und dir jeden Tag das Gezeter deiner Schwester anhören. Du hast einen freien Willen und kannst …"

„Das habe ich *nicht*!", fuhr er sie an und Trisha zuckte heftig zusammen. Solch ein Auftreten war sie von ihm nicht gewohnt und es schockierte sie.

Balian schien sein Verhalten jedoch sofort zu bereuen, denn er schloss die Augen und atmete tief durch, bevor er sie voller Reue ansah.

„Entschuldige", sagte er leise. „Ich bin sonst nicht so. Es ist nur … da sind so viele Faktoren, die du nicht kennst; Geheimnisse, von denen niemand erfahren darf – dabei würde ich sie *so* gern in die Welt hinausschreien. Ich würde dir *so* gern alle meine Facetten zeigen, denn Davina hatte recht. Du kennst mich nicht so, wie ich wirklich bin."

„Wäre es denn so schlimm, mich einzuweihen?", fragte Patricia leise und ihr Herz schlug dabei gleich etwas schneller. „Ich würde nie jemandem etwas davon erzählen. Du kannst mir vertrauen. Jeder meiner Freunde würde bezeugen, wie verschwiegen ich bin."

Balian presste die Lippen zusammen, seine Wangenmuskeln zuckten und für einen kurzen Moment glaubte Trisha, dass er sich ihr tatsächlich öffnen würde, doch dann schüttelte er resigniert den Kopf. „Es geht nicht. Manche Dinge kann man niemandem sagen."

Patricia trat wieder näher an ihn heran, sah ihm fest in die Augen. „Gut", sagte sie. „Aber vielleicht kannst du trotzdem über das reden, was dich belastet, ohne dabei ein Geheimnis preiszugeben. Unter Umständen hilft es ja schon, um das Gefühl loszuwerden, dass einen das eigene

Leben zerdrückt. Erzähl mir von deiner Schwester. Was lässt euch immer derart in Streit geraten?“

Balian zog seine Lippen ein, biss kurz darauf herum und gab schließlich ein leises Seufzen von sich. „Wir hassen einander“, gestand er frustriert. „Das fasst es ganz gut zusammen.“

Er lachte unecht, doch Trisha ließ sich davon nicht irritieren. Wenn sie ihm helfen wollte, musste sie am Ball bleiben. „War das schon immer so?“, hakte sie nach.

Er dachte kurz nach, schüttelte dann den Kopf. „Nein. Wir haben miteinander konkurriert, solange ich denken kann, denn uns trennen nur knapp drei Jahre, aber der Hass kam erst später. Die Dinge änderten sich bereits, als meine Mutter bei einem Unfall starb. Ich war damals erst zwölf und eine Zeit lang, gab mir meine Schwester sogar einen gewissen Halt, ersetzte mir die Mutter. Ich weiß, es ist kaum zu glauben, aber sie hat auch eine fürsorgliche, liebevolle Seite. *Sie* hat für mich dieses wundervolle Gewächshaus erschaffen, um mir eine Möglichkeit zu geben, mich in meine Fantasien zu flüchten und meine Trauer wenigstens für eine gewisse Zeit hinter mir zu lassen.“

Er gab ein trauriges Lachen von sich. „Ich denke, dass die Mutterrolle sie letztendlich überforderte, der kleiner Bruder ihr zur Last wurde. Und mit dem Tod meines Vaters zehn Jahre später eskalierte alles.“

Seine Worte genügten ihr, um zu wissen, worum es ging. „Sie gibt dir die Schuld daran.“ Es war keine Frage, sondern eine Feststellung. „Warum?“

„Weil ich es damals, als er schon krank war, nicht mehr an seinem Sterbebett aushielt und weglief, zwei Nächte im Wald verbrachte, ganz für mich allein. Er lebte noch ein paar Stunden, als ich zurückkam, aber sie … sie schrie mich an, behauptete, er habe sich Sorgen um mich gemacht und zu sehr aufgeregt."

„Wahrscheinlich kam sie nicht damit klar, dass er starb", gab Patricia leise von sich. „Wenn die Gefühle überhandnehmen, neigt man oft dazu, andere für sein Unglück verantwortlich zu machen."

Balian gab ein missbilligendes Schnaufen von sich. „Sie war schon immer so. Für sie ist die Rechnung ganz einfach: Ich bin schuld an allem Schlechten, das uns jemals zugestoßen ist. Und sie ist *immer* unschuldig und hat *immer* recht. Sie kann alles besser, macht alles besser …"

Patricia gab ein leises Seufzen von sich. „Das kommt mir sehr bekannt vor."

Balian sah sie aufmerksam an, hob eine Augenbraue. „Dein Bruder?"

Sie zögerte. „Weniger mein Bruder als meine Eltern. Er stänkert zwar manchmal auch ein bisschen herum, aber gegen die Gespräche mit meinen Eltern sind das nur harmlose Neckereien. Ich will damit nicht sagen, dass die Vorwürfe, die ich zu hören bekomme, vergleichbar mit dem sind, was Davina dir an den Kopf knallt, aber … es tut auch weh."

„Entschuldige, aber was gibt es an jemandem wie dir auszusetzen?", erkundigte sich Balian stirnrunzelnd. „Ich kann mir nicht vorstellen, dass du lieblos mit deinen Eltern umgehst."

„Darum geht es nicht", erwiderte Trisha. „Ich … ich bin das schwarze Schaf der Familie. Die, um die sich immer alle Sorgen machen müssen – und nicht erst seit ich die Schule abgeschlossen und nicht sofort den Rest meines Lebens geplant habe. Dabei lebe ich mein Leben nur nicht so, wie sie es sich für mich wünschen."

„Wie sollst du es denn leben?"

„So wie sie – oder wie mein Bruder."

„Was heißt das?"

„Strebsam und ehrgeizig sein. Sehr gute Leistungen bringen. Hart arbeiten. Nicht von Dingen träumen, die nicht in greifbarer Nähe sind. Niemals lange zögern. Gleich nach der Schule studieren oder eine Ausbildung machen. Viel Geld verdienen, eine Familie gründen und immer wissen, was als Nächstes zu tun ist."

„Und was willst *du*?"

Patricia konnte zunächst nichts darauf sagen, denn er war der erste Mensch, der, seit sie ihren Schulabschluss hatte, ernsthaft danach fragte.

„Ich … ich weiß nicht", gestand sie schließlich und plötzlich waren da Balians Worte von vorhin in ihrem Kopf; sein Bedürfnis, die Welt zu sehen, frei von allen Zwängen zu sein. „Ich glaube, ich will dasselbe wie du. Raus aus meinem alten Leben und die Welt für mich erobern; nicht ständig an die Zukunft denken und stattdessen den Moment leben und genießen."

„Aber dann weißt du doch, was du willst", erwiderte Balian mit einem sanften Lächeln.

„Ja", gab sie etwas atemlos zu. „Es würde nur nicht meinen Eltern gefallen."

„Muss es das?"

Sie hob die Schultern. „Du kennst das ja mit den Familienbanden. Und dann ist da noch dieses Gefühl, tatsächlich eine Versagerin zu sein, wenn ich meinen Träumen folge, anstatt wie mein Bruder zu werden."

„Hm – wenn du mich fragst, geht es da eher um Konkurrenz als um echte Versagensängste“, merkte Balian an. „Bevor es so übel zwischen mir und Davina wurde, gingen unsere Streitereien auch eher darum, besser zu sein als der andere und wenn ich ehrlich bin, hatte ich nie eine Chance gegen sie.“

„Sag so etwas nicht“, erwiderte Trish. „Meist sieht man sich selbst viel strenger als die anderen.“

„Nein, ich kann mir das mittlerweile eingestehen, weil es keine Rolle mehr spielt“, erklärte Balian. „Sie *war* mir immer voraus. Bis auf dieses *eine Mal*, an dem ich schneller und besser als sie war – und das quält sie bis heute. Ihr Hass auf mich hat also, wie du siehst, mehrere Ursachen.“

„Und deiner auf sie?“, hakte Trisha behutsam nach.

Er senkte den Blick, kniff die Lippen zusammen, sodass sie schon glaubte, nichts mehr von ihm zu hören, doch er überraschte sie. „Sie hat mir etwas angetan, worunter ich bis heute zu leiden habe, und ich … ich werde ihr das nie verzeihen!“

Die letzten Worte hatte er mit solcher Bitterkeit ausgesprochen, dass Patricia ein kalter Schauer den Rücken hinunterlief. Bisher war sie immer davon ausgegangen, dass man jeden Riss in der Beziehung zu einem engen Familienmitglied kitten konnte, aber Balians Gesichtsausdruck erzeugte einen Hauch von Zweifel an dieser Einstellung.

„Genauso wenig, wie sie mir verzeihen wird“, setzte er hinzu.

„Und wenn ihr mal miteinander sprecht?“, schlug Trish vorsichtig vor. „Ganz in Ruhe, ohne hochkochende Emotionen?“

Balian gab einen Laut der Belustigung von sich. „Wir brauchen uns nur anzusehen und die Emotionen platzen heraus.“

„Aber könnte nicht euer Großvater vermitteln?“, überlegte Patricia weiter, weil sie ihm unbedingt helfen wollte. Seine Worte hatten ihr so gut getan und sie wünschte sich aus tiefstem Herzen, dass sie ein ähnliches Gefühl bei ihm erzeugen konnte. „Eine neutrale Person kann so manches bewirken.“

Balian schüttelte den Kopf. „Er ist nicht neutral.“

„Nicht?“ Patricia war überrascht. „Ich kann mir nicht vorstellen, dass er nicht euer Bestes will und …“

„Er will *mein* Bestes“, unterbrach Balian sie und schlang beide Arme um seinen Körper, so als würde er frieren. „Er ist *immer* auf meiner Seite.“

Patricia blinzelte perplex. Gut – Opa Lennox hatte auch bei ihr nicht unbedingt positiv über Davina gesprochen, aber sie hatte angenommen, dass dies eher seiner Sorge um seine Enkelin entsprungen war und nicht, weil er sie tatsächlich weniger liebte als Balian.

„Hier gibt es niemanden, der uns dabei helfen kann, wieder zueinander zu finden“, setzte er müde hinzu und ein leichtes Zittern lief durch seinen Körper. Fror er wirklich? Hier, in dieser Wärme?

„Und wenn *ich* das tue?“, schlug Patricia vor, ohne weiter darüber nachzudenken.

Balian hob die Brauen. „Du?“

Sie nickte.

„Du hast schon bemerkt, dass Davina dich als Störenfried empfindet und jedes Mal sofort rausschmeißen will, sobald sie dich sieht, oder?“, erkundigte er sich.

„Ja, weil ich bisher immer unangemeldet kam“, klammerte Trish sich weiter an ihre Idee, obgleich auch sie sich nicht sonderlich wohl damit fühlte. Aber momentan fiel ihr einfach nicht Besseres ein. „Möglicherweise reagiert sie ganz anders, wenn ich mich ankündige und bewusst das Gespräch mit ihr suche.“

„Ich halte das für keine gute Idee“, gab Balian zurück und wankte dabei ein wenig zur Seite.

„Alles okay?“ Patricia musterte ihn besorgt. Er war mittlerweile so blass wie nie zuvor, was die dunklen Ringe unter seinen Augen nur noch mehr betonte.

„Ja, ich … ich hab mich heute wohl zu wenig ausgeruht“, erwiderte er und schloss kurz die Augen, atmete einmal tief durch. Da war wieder das Zittern und Patricia konnte nicht anders – sie griff nach einer seiner Hände und erschauerte. Waren diese zuvor schon kalt gewesen, fühlten sie sich jetzt wie Eisblöcke an.

„Ach du Schande – du bist ja vollkommen durchgefroren!“, stieß sie entsetzt aus. „Du musst unbedingt zurück ins Haus, vor den Kamin!“

„Nein, das ist manchmal so bei mir“, wehrte er sich prompt gegen ihren Vorschlag. „Das wird gleich besser. Kein Grund, sich Sorgen zu machen – und erst recht keiner, um zurück in die Reichweite dieser Banshee zu kehren.“

Er versuchte sich an einem Lächeln, das ihm nicht wirklich glückte, und Patricia konnte nicht mehr an sich halten. Mit einer Mischung aus Sorge und Mitgefühl ergriff sie auch seine andere Hand, schloss beide in die ihrigen ein und führte sie an ihre Lippen. Ganz vorsichtig hauchte sie ihren warmen Atem auf seine Finger, die Augen auf sein Gesicht gerichtet, in dem sich erst Erstaunen und dann eine Mischung aus Rührung und Dankbarkeit zeigte. Wärme glühte nun zumindest schon mal in seinen Augen auf … und noch etwas anderes, das prompt ihren Puls beschleunigte und die Schmetterlinge in ihrem Bauch aus ihrem leichten Schlaf weckte.

„Du bist *so* ein guter Mensch“, wisperte Balian bewegt. „*So* warm …“ Er entzog ihr eine Hand, berührte damit ganz zart ihre Wange, streichelte sie, während sein Gesicht sich ihrem näherte.

Patricias Herz machte ein paar Saltos, ihr Blick glitt zu seinen Lippen und plötzlich war er da, der Drang ihn zu küssen, zu fühlen, ob diese so weich waren, wie sie aussahen. Nur noch wenige Millimeter … Sie hielt den Atem an, ihre Lider senkten sich … gleich würde es passieren … Patricia wartete mit hämmerndem Herzschlag. Eine Sekunde, zwei, drei …

Irritiert schlug sie die Augen wieder auf und bemerkte erstaunt, dass Balian die seinen geschlossen hatte. Nein, *geschlossen* war nicht das richtige Wort – er kniff sie zusammen, als hätte er Schmerzen und erst in diesem Moment fiel ihr auf, dass sich sein Körper zurück bewegte. Nicht bewusst – er hatte eindeutig die Kontrolle darüber verloren.

Trisha, die immer noch eine seiner Hände festhielt, packte geistesgegenwärtig seinen anderen Arm und versuchte ihn damit vor einem Sturz zu bewahren, doch Balian war schwer. Sie wurde unweigerlich von ihm nach vorn gezogen und obgleich der junge Mann sich bemühte, sein Gleichgewicht zurückzuerlangen, taumelte er rückwärts zur Seite und stürzte in den nächsten Busch. Patricia fiel fast auf ihn, konnte sich aber gerade noch so fangen, indem sie ihn einfach losließ und mit den Armen in der Luft ruderte.

„Balian!“, stieß sie entsetzt aus und ging vor ihm in die Hocke, half ihm dabei, sich zumindest wieder aufzusetzen.

„Schon … schon gut“, brachte er etwas schwerfällig heraus, kniff aber erneut die Augen zu, vermutlich auch, um gegen den Schwindel anzukämpfen, der ihn befallen haben musste.

„Gar nichts ist gut“, gab Trish aufgewühlt zurück. „Du brauchst Hilfe.“

„Die bekommt er auch!“, ertönte eine Frauenstimme hinter ihr und Patricia fuhr erschrocken herum.

Da war sie wieder: Davina. Die Furie, die Balian so quälte. Es fiel Trish wirklich schwer, sie nicht wütend anzufunkeln, und eigentlich tat sie es auch nur nicht, weil sich im Gesicht der jungen Frau eindeutig Sorge um ihren Bruder zeigte.

Davina sagte nichts weiter, sondern trat an Balian heran und ergriff trotz dessen schwächlicher Gegenwehr seinen Oberarm. Ihr auffordernder Blick genügte Trish, um seinen anderen Arm zu packen und ihn gemeinsam mit seiner Schwester auf die Beine zu bringen. Balian hatte keine Kraft mehr, seinen Körper zu tragen, was es unheimlich erschwerte, ihn zusammen mit Davina zumindest zur Bank zu bringen und ihm dann dabei zu helfen, sich dort hinzulegen.

„Du solltest jetzt endlich gehen“, wandte sich Davina an Patricia – nicht mit der üblichen Abfälligkeit, sondern eher in einem drängenden, fast bittenden Tonfall.

Dennoch konnte Trish ihrer Bitte nicht nachkommen. Ihre Sorge um Balian war zu groß, auch wenn er nun die Augen geschlossen hatte und kurz davor zu sein schien, einzuschlafen. Schmerzen hatte er augenscheinlich nicht mehr.

„Wenn du weiterhin hierbleibst, machst du alles noch schlimmer“, setzte seine Schwester hinzu, packte Trish kurzerhand an den Schultern und drehte sie herum. Erst jetzt bemerkte diese, dass es hier einen weiteren Ausgang gab, auf den sie nun gegen ihren Willen zugeschoben wurde.

„Aber Balian …“, begann sie und versuchte vergeblich, sich wieder umzudrehen oder zur Seite auszuweichen, denn der Griff um ihre Schultern war erstaunlich fest.

„Ich weiß, was zu tun ist, und kümmere mich schon um ihn“, versprach die junge Hausherrin. „Es ist alles nicht so dramatisch, wie es auf den ersten Blick erscheint.“

„Was … was hat er denn?“, stammelte Patricia betroffen, während Davina sie bereits aus dem Gewächshaus bugsierte. Sie konnten Balian doch jetzt nicht allein lassen! Ihre Angst um den jungen Mann machte es Trish nun doch möglich, sich wenigstens umzudrehen. Davina packte sie allerdings blitzschnell am Arm, als sie an ihr vorbei wollte.

„Er ist krank!“, erklärte die junge Frau knapp und Trisha meinte erneut einen Hauch von Besorgnis aus ihrer Stimme herauszuhören.

„Aber dann können wir doch erst recht nicht gehen!“, sträubte sie sich und wehrte sich abermals gegen Davinas Schraubstockgriff. Vergeblich, denn die Hausherrin war unglaublich stark. „Wir müssen einen Arzt holen!“

„Alles, was er jetzt braucht, ist Ruhe“, erwiderte Davina streng. „Wenn du willst, dass es ihm wieder gut geht, *musst* du gehen. Sofort!“

Ihre grünen Augen bohrten sich in Patricias, es war jedoch nicht der fordernde Ton, der sie dazu bewog, ihren Widerstand aufzugeben, sondern die nun auch wieder in Davinas Augen zu findende Sorge um Balian.

„Er darf sich nicht aufregen“, wurde seine Schwester etwas genauer. „Und das tut er, solange du da bist. Wenn er schläft, erholt er sich, kommt wieder zu Kräften. Ich werde gleich zurückgehen und über seinen Schlaf wachen – aber vorerst begleite ich dich zum Tor.“

Patricia gab einen verärgerten Laut von sich. „Um sicherzugehen, dass ich auch wirklich verschwinde?“

„Ja“, gab die junge Frau ganz offen zu. „Ich meine es ernst: Du bist momentan nicht gut für meinen Bruder – und wir lassen es mal dahingestellt, ob das nicht auch generell der Fall ist – deswegen müssen wir einen möglichst großen Abstand zwischen dich und ihn bringen. Und ja, ich weiß, bisher habe ich nicht den Eindruck erweckt, als würde mich sein Wohl sonderlich scheren, aber wir sind Familie und die hält in der Not zusammen!“

Zum ersten Mal, seit sie ihr begegnet war, betrachtete Trish Davinas Gesicht etwas genauer und stellte zwei mehr oder minder erstaunliche Dinge fest: Erstens sahen sich Balian und sie ähnlicher, als sie gedacht hatte, und zweitens liebte die junge Frau ihren Bruder aus tiefstem

Herzen – ganz gleich wie grausam sie sich ihm gegenüber verhalten mochte. Trish konnte es sehen und fühlen. Wie sagte man doch so schön? Liebe und Hass lagen oft nahe beieinander.

„Na, gut“, gab sie schließlich zurück. „Ich gehe. Für heute. Aber ich komme wieder.“

Davina musterte sie kurz, jedoch seltsamerweise nicht mit der üblichen Verärgerung. „Das habe ich mir fast gedacht.“

„Keine Drohung?“ Patricia hob erstaunt die Brauen.

„Inwiefern?“, fragte Balians Schwester zurück. „Wenn ich vorhätte, dich umzubringen, wäre es dumm, das anzukündigen.“

Patricia gab ein Lachen von sich, obwohl sie nicht ganz sicher war, ob Davina tatsächlich scherzte. Aber zumindest grinste auch diese und wies anschließend voraus, hinüber zum Tor, das man von ihrer Position aus bereits sehen konnte.

„Ich dachte eher an so was wie: Dann rufe ich die Polizei oder ich befördere dich mit einem Tritt in den Hintern vor die Tür“, verriet Trish ihrer ungewollten Begleiterin, während sie gemeinsam losliefen.

„Polizei – ts“, gab diese mit einem geringschätzigen Gesichtsausdruck zurück. „Wer braucht denn die? Meine Familie regelt ihre Angelegenheiten immer selbst. Die Idee mit dem Tritt in den Hintern finde ich allerdings ganz reizvoll.“

„Aber bitte nicht zu fest“, verlangte Trish scherzhaft. „Ich muss darauf noch für eine ganze Weile bei der Familienfeier sitzen. Außerdem mag ich keine blauen Flecken.“

Davina musste lachen, was sie wohl *beide* überraschte, denn gleich darauf runzelte die schöne Frau ihre Stirn und musterte sie ein weiteres Mal. „Hm“, gab sie von sich. „Ich verstehe langsam, was Balian an dir so fasziniert.“

Holla! Das waren ja ganz neue Töne!

„Was nicht heißt, dass ich dich nun gern bei uns im Haus empfange“, setzte Davina rasch hinzu. „Aber du bist anders als die meisten Menschen.“

„Inwiefern?“, hakte Trish nach. Irgendwie konnte sie mit Davinas Komplimenten nicht richtig umgehen, obwohl sie eindeutig ehrlich gemeint waren.

„Offener … mutiger … unterhaltsamer.“

„Und wie viele andere Menschen habt ihr bisher kennengelernt, seit ihr wieder hier seid?“

„Nicht allzu viele. Aber es hat genügt, um meine Haltung gegenüber den Bewohnern Ghrianburys zu festigen. Das bringt mich zu dem Punkt, den ich ohnehin ansprechen wollte: Wie vielen Menschen im Dorf hast du bereits von Rosewood und uns erzählt?“

Die Frage kam so überraschend, dass Patricia einen Moment brauchte, um zu antworten. „Niemandem“, sagte sie der Wahrheit entsprechend. Manja war ja keine Dorfbewohnerin.

Davinas Augen verengten sich. Sie schien ihr das nicht ganz abzunehmen, bedrängte sie aber nicht weiter.

„Dann belass es bitte auch dabei“, forderte sie stattdessen. „Es ist noch nicht die richtige Zeit, um diese Leute mehr über uns wissen zu lassen. Insbesondere weil es Balian nicht so gut geht.“

„Okay“, gab Trish ihr mit einem Schulterzucken nach. „Ich sehe darin zwar keinen Sinn, weil euer Großvater so oft in der Stadt ist und die Leute allein dadurch von euch erfahren, aber wenn du es dir wünschst …“

„Bitte was?“, kam es Davina perplex über die Lippen.

Oje! Hatte sie da etwa ein Geheimnis ausgeplaudert?

„So oft war das gar nicht“, ruderte sie sofort zurück. „Ich hab ihn nur zweimal dort getroffen, wahrscheinlich zufällig genau an den beiden Tagen, an denen er *mal* da war und …“

„Heißt das, *du* hast uns gar nicht das PC-Dings gebracht?“, unterbrach Davina sie aufgeregt. „Er hat es selbst besorgt, richtig?!“

„Ich … das …“ Patricia brachte keinen ordentlichen Satz mehr zusammen und war sehr froh, nun auch endlich bei der eisernen Tür angekommen zu sein. So konnte sie notfalls die Flucht ergreifen. Das Auto ihrer Grandma war mit nur wenigen Schritten zu erreichen.

„Dieser …“ Davina biss sich auf die Lippen und schloss die Augen. Ihre Nasenflügel blähten sich ein paar Mal auf und ließen sie wie einen wütenden Stier aussehen, dann schien sie die Kontrolle über ihre Gefühlswelt zurückerlangt zu haben.

„Es ist besser, wenn du jetzt möglichst schnell von hier verschwindest“, verkündete sie mit einem sehr gekünstelt wirkenden Lächeln. „Du siehst ja, welche Unruhe du in unser sensibles Familiengefüge gebracht hast!“

„Weil ich deinen Großvater in Dorfzentrum getroffen habe?“, konnte Trisha sich nicht verkneifen zu fragen. „Das hatte ich ja nicht geplant!“

„Nein, weil du störst!“, stieß Davina nun doch wieder mit zornig funkelnden Augen aus. „Du bringst alles durcheinander und ich darf dann wieder die Scherben auffegen, dafür sorgen, dass Balian nicht vollkommen durchdreht. Er ist nicht nur körperlich krank, sondern auch seelisch! Du könntest ihn niemals auffangen, wenn ihm der Boden unter den Füßen wegrutscht. Und das *wird* er!"

Patricia sah die junge Frau schockiert an. Was erzählte sie denn da? Balian sollte geisteskrank sein? Wenn das auf jemanden zutraf, dann wohl am ehesten auf sie selbst und hatte Opa Lennox nicht sogar etwas Derartiges angedeutet?

„Geh und komm nie wieder!", befahl Davina und wies dabei nachdrücklich auf die Straße. „So ist es für uns alle am besten!"

Zu nicken und danach tatsächlich der Forderung nachzukommen, war schwer, aber Patricia tat es – Balian zuliebe. Wer wusste schon, was seine Schwester ihm antat, wenn sie zornig zu ihm zurückkehrte. Er war geschwächt und konnte sich nicht verteidigen und wenn er sich noch mehr aufregte … nein, das wollte sie sich gar nicht erst vorstellen. Besser war es, Davina in dem Glauben zu lassen, dass sie gesiegt hatte und sich dann an einem anderen Tag wieder hinter ihrem Rücken ins Haus zu schleichen.

Sie *musste* das tun – konnte sich nicht von ihm abwenden und ihn seinem Schicksal überlassen, nur weil Davina ihr Angst einjagte. Balian mochte körperlich krank sein, aber er hatte es nicht verdient, von seiner Schwester gefangen gehalten und ständig drangsaliert zu werden. Vielleicht konnten sie gemeinsam mit Opa Lennox einen Ausweg finden, die Verrückte in eine Klinik einweisen oder erst einmal irgendwohin fliehen, wo sie ihn nicht so schnell finden würde. Ihnen würde schon etwas einfallen und zur Not gab es da ja auch noch diese Manja. Sie war zwar nur für Übersinnliches zuständig, aber eventuell konnte sie auch dabei helfen, dieses irdische Problem zu lösen.

Sankt Williams

Es war eine Katastrophe! Eine, die sie hätte absehen können, nachdem sie mit dem Auto ihrer Großmutter vor dem Rosewood Anwesen diese Schlitterpartie hingelegt hatte, denn wie hatte Oma Tama einmal so schön gesagt?

„Ernie ist sehr sensibel. Wenn man ihn nicht feinfühlig behandelt, kann er schon mal streiken."

Ernies Sensibilität hatte sie schon bei früheren Besuchen kennengelernt. Nur hatte sie diese am heutigen Tag und vor allem nach ihrem Zusammentreffen mit Balian vollkommen vergessen. Und nun saß sie hier im Auto bei gefühlt minus hundert Grad und starrte, nachdem sie ungefähr zehn Mal versucht hatte den Motor zu starten, blicklos, jedoch mit Tränen in den Augen ins Leere, während ihr Atem die Innenseite der Windschutzscheibe immer mehr beschlug.

Zurück zum Haus konnte sie auf keinen Fall. Davina würde sie sonst eigenhändig erwürgen. Aber aussteigen und nach Hause laufen kam auch nicht in Frage. Nicht solange das Yeti-Monster noch frei in der Gegend herumlief – denn anders als Balian zuletzt glaubte sie nicht wirklich daran, dass dieses Tier harmloser war, als es auf sie gewirkt hatte. Somit war nur noch eine Option offen: Sie musste Williams' Abschleppdienst anrufen, der auf

Meilen der einzige in dieser Region war, und würde damit ihr letztes Erspartes zum Fenster rauswerfen. Für Manja musste sie dann ihr Konto überziehen.

All das war tatsächlich zum Heulen und dass sie es dennoch nicht tat, war nur ihrem Gedanken geschuldet, dass alles sehr viel unangenehmer für sie werden würde, wenn Oma Tama von ihrem kleinen Problem erfuhr. Ihre alte Nana hätte sicherlich keinen Aufstand gemacht und sich eher um das Wohl ihrer Enkelin gesorgt, aber die veränderte … Sie wollte das lieber nicht austesten und kramte entschlossen ihr Handy aus der Tasche. Weiter kam sie nicht, denn selbstverständlich gab es hier keinen Internetempfang, was hieß, dass sie augenblicklich nicht an die Nummer des Abschleppdienstes herankam. Shit!

Trish biss fest die Zähne zusammen, um nicht doch noch loszuheulen, und ließ stattdessen ihre kleinen grauen Zellen zur Höchstform auflaufen. Oben auf dem Display zeigten drei kleine Balken an, dass sie zumindest eine Sattelitenverbindung zum Telefonieren hatte.

Sie schluckte rasch ihren Stolz hinunter und wählte die Nummer ihrer Mutter an. Es dauerte nicht lange, bis diese sich mit einem alles andere als freundlichen „Woher haben Sie diese Nummer?“ meldete.

„Ich bin’s, Mum“, sagte Trish rasch. „Ich hab mein Handy verloren und musste mir ein neues inklusive SIM-Karte kaufen und jetzt sitze ich hier gerade mit einer Freundin vor deren Haus und ihr Bruder hat gerade angerufen, weil er mit dem Wagen hängengeblieben ist …“

„Warum erzählst du mir das alles?“, erkundigte sich ihre Mutter irritiert. „Trish, du weißt doch, dass ich möglichst flott durcharbeiten muss, damit dein Dad und ich noch rechtzeitig zum Fest bei euch sind und …"

„Ich brauche die Nummer von Mr Williams", unterbrach Patricia sie rasch. „Wir haben hier extrem miesen Empfang und kommen nicht ins Netz, um sie uns selbst zu besorgen, und ich konnte mich daran erinnern, dass wir letztes Jahr auch von ihm abgeschleppt wurden. Möglicherweise hast du sie ja abgespeichert."

„Könnt ihr nicht ins Telefonbuch gucken?", fragte ihre Mum gestresst.

Trish gab ein belustigtes Grunzen von sich. „Wer hat denn heute noch *so was*?"

„Viele Menschen."

„Ja – viele *alte* Menschen vielleicht."

„Patricia!"

„Sorry, Mum, aber Freddy brauch den Abschlepper bei der Kälte echt dringend. Es ist draußen auf der Landstraße arschkalt!"

Ein Seufzen. „Warte einen Moment", erlöste ihre Mutter sie von ihrer Anspannung. „Ich sehe nach."

Es raschelte und knackte unangenehm im Telefon, sodass Patricia gezwungen war, dieses von sich wegzuhalten, um keinen Hörschaden zu riskieren.

„Hast du was zum Schreiben?", drang die Stimme ihrer Mutter nach ein paar Sekunden wieder durch das Gerät.

Shit. Schreiben. Trish sah sich hektisch um, doch im Auto lag nichts Brauchbares. Ihr Blick richtete sich auf die beschlagene Frontscheibe. „Ja, hab ich", verkündete sie schnell und schrieb die Nummer kurzerhand mit dem Finger aufs kalte Glas.

„Danke dir!“, rief sie noch in den Hörer und legte rasch auf, ohne sich zu verabschieden, um anschließend die durch ihren Atem schnell wieder verschwindende Nummer in das Tastaturfeld ihres Handys einzugeben. Es dauerte nicht lange, bis sich ein Mann mit tiefer Stimme meldete und sie ihm in aller Eile ihr Problem schildern konnte.

„Das Rosewood Anwesen sagen Sie?“, wiederholte er. „Sie haben Glück – ich bin gerade auf dem Weg zu meiner Schwiegermutter und dadurch nicht allzu weit von Ihnen entfernt. Ich könnte so in zehn Minuten da sein.“

„Das wäre fantastisch!“, freute sich Patricia und konnte nur wenig später mit sehr viel besserer Stimmung als zuvor auflegen. Jetzt musste der gute Mann ihr später nur noch sagen, dass der Schaden am Auto eine Kleinigkeit war und der Tag war gerettet. Dann hatte sie auch endlich Zeit, ihre Erlebnisse im Lennoxschen Haus zu verdauen.

Sie warf einen Blick in den Rückspiegel, in dem immer noch das Tor zu sehen war. Balian tat ihr unendlich leid und ihr Vorhaben, ihm zu helfen, würde sie trotz der heranrückenden Weihnachtstage nicht auf die lange Bank schieben. Sie *musste* etwas tun. Monster hin oder her.

Anscheinend hatte sie das zu laut gedacht, denn genau in diesem Augenblick meinte sie einen dunklen Schatten am Tor vorbeihuschen zu sehen. Den Schatten von etwas Großem! Ihre Brust zog sich zusammen und ihr Herz donnerte sofort heftig gegen ihre Rippen. Hektisch sah sie sich um, doch es war so gut wie unmöglich im anhaltenden Schneegestöber etwas deutlich zu erkennen. Womöglich hatten ihre Sinne ihr ja auch einen Streich gespielt, schließlich wirbelte der Wind die Schneeflocken immer wieder in die verschiedensten Richtungen, erschuf damit sekundenlang die ulkigsten Formen in der Luft.

„Bitte, bitte, lass es nicht das Monster sein!“, wisperte Trish. Sie bewegte sich kaum noch, hoffte dadurch nicht entdeckt zu werden. Schließlich waren auch die Lichtverhältnisse draußen schlecht, weil bald die Dämmerung einsetzte. Normalerweise ärgerte sie sich über die verkürzten Tage in den Wintermonaten, aber gerade jetzt war sie recht froh darüber. Es sei denn, das Monster konnte im Dunkeln sehen – wie viele Raubtiere. Und war es nicht sogar immer erst zur Dämmerung aufgetaucht? Sie erschauerte und zuckte gleich darauf heftig zusammen, weil das Handy in ihrer Hand plötzlich zu vibrieren begann. Gott sei Dank stellte sie grundsätzlich den Klingelton aus, wenn sie unterwegs war!

„Ja“, keuchte sie angespannt ins Telefon.

„Trish, bist du in Schwierigkeiten?“, vernahm sie die Stimme ihrer Mutter und irgendwie brachte diese gleich etwas mehr Ruhe in ihr Inneres. „Du hast so unvermittelt aufgelegt und ohnehin den Eindruck gemacht, als wäre etwas nicht in Ordnung.“

Die feinen Antennen einer Mutter. Irgendwie bewundernswert.

„Nein, bei mir ist alles okay“, beruhigte sie ihre Mum schnell, während sie weiterhin mit Argusaugen die Umgebung überprüfte. Keine gruseligen Bewegungen mehr. Keine gelben Augen, die sie beobachteten. Wahrscheinlich war nur eine Ladung Schnee von einem der Bäume gestürzt.

„Ich frage nur, weil …“ Ein leises Seufzen war zu hören. „Ich hab gerade mit deiner Oma telefoniert und sie hat mir von der Sache mit dem Monster und den Polizisten erzählt."

„Ich *nehme* keine Drogen, Mum", nahm Trisha ihr die nächste Frage vorweg. „Ich bin nur auf den Streich von ein paar Jugendlichen hereingefallen – das ist alles."

Sie konnte hören, wie ihre Mutter erleichtert ausatmete. „Da fällt mir gleich ein ganzes Gebirge vom Herzen! Ich war in großer Sorge, weil ich das mit den Drogen ja immer so lapidar daher sage und du eventuell den Ernst in meinen Nachfragen nicht herausgehört hast. Es geraten so viele ziellose Jugendliche auf die falsche Bahn und wenn man zu spät eingreift, kann man als Eltern oft nichts mehr machen."

„*Meine* Droge sind Bücher, Mum – mehr nicht", erwiderte Patricia sanfter als sonst. Zum ersten Mal seit langer Zeit war sie froh ihre Mutter in ein längeres, wenn auch nicht sonderlich erfreuliches Gespräch verstricken zu können. Zwar wusste sie, dass sie trotzdem allein war und ihre Mutter ihr bei einem Angriff des Monsters nicht helfen konnte, aber sie *fühlte* sich zumindest nicht allein.

Sie zuckte heftig zusammen, als sie aus dem Augenwinkel erneut eine Bewegung in ihrer Nähe wahrnahm – dieses Mal im Wald, auf der Beifahrerseite.

„Ich hätte nie gedacht, dass ich das mal sage", äußerte ihre Mutter, „aber du weißt gar nicht, wie froh ich darüber bin! Und wenn Oma momentan ein bisschen gereizt rüberkommt – nimm ihr das nicht krumm. Sie macht sich sicherlich auch nur Sorgen um dich."

„Hm-hm", machte Trish. Zu mehr war sie nicht fähig, weil sie mit angstvoll aufgerissenen Augen in den Wald starrte und ihr Herz dabei Rekordarbeit leistete. Noch konnte sie nichts Genaues erkennen, aber der Wald mit all seinen vom Schnee bedeckten Bäumen und Büschen machte es unglaublich schwer, Details wie zum Beispiel ein weißes Fell oder Hörner herauszufiltern. Das Vieh konnte überall stecken – wenn es denn überhaupt da war.

„Liebes", sprach ihre Mutter weiter, „falls du dir Sorgen wegen unseres letzten Streits machst … Ich wollte dir nur sagen: Es ist alles vergeben und vergessen. Schließlich ist ja bald Weihnachten und ich habe keine Lust, die Feiertage auch noch streitend zu verbringen."

„Ich auch nicht", gab Patricia ganz leise zurück.

„Gut, dann lege ich jetzt auf und wir sehen uns hoffentlich zu Weihnachten", wollte sich ihre Mutter verabschieden.

„Warte, Mum!", stieß Trisha panisch aus. „Können wir nicht noch ein bisschen telefonieren?"

„Ach Schatz, du weißt doch, wie viel Dad und ich zu tun haben", erwiderte ihre Mutter sanft, aber nachdrücklich. „Und wie schon gesagt, wir wollen *unbedingt* zum Fest zurück sein."

„Okay", brachte Patricia kläglich heraus und umklammerte dabei ihr Handy mit beiden Händen, als ob sie damit ihre Mutter festhalten und den Abschied verhindern könnte.

„Eins versprich mir aber noch", fügte ihre Mum an. „Lass Oma Tama nicht mehr so oft allein mit allem. Sie wird immer älter und braucht deine Hilfe vermutlich mehr, als du glaubst."

„Versprochen", gab Trish zurück.

Es folgte noch eine kurze Verabschiedung, dann war das Gespräch beendet.

Ängstlich spähte Patricia durch das beschlagene Seitenfenster in den Wald, hoffte und betete, dass sich dort nichts mehr bewegte. Vergebens. Einer der vermeintlichen größeren Büsche schüttelte wie auf ein geheimes Stichwort hin den Schnee ab, schien noch weiter anzuwachsen und drehte sich anschließend zu ihr herum.

Trish stockte der Atem, als sie nun schon zum dritten Mal innerhalb weniger Tage in ein gelbes Paar Raubtieraugen blickte. Ihr Herz hämmerte fast schmerzhaft gegen ihren Brustkorb und sie zitterte am ganzen Leib.

Noch bewegte sich das Monster nicht weiter auf sie zu, fixierte sie nur. Es sah genauso schrecklich aus, wie sie es in Erinnerung hatte: Zottiges Fell, ein riesiges Maul, aus dem die langen Reißzähne unten und oben herausragten, und Hörner, mit denen es sicherlich ohne Probleme einige Menschen aufspießen konnte – oder Scheiben von Autos durchschlagen. Sie war erledigt. Sobald das Biest sich in Bewegung setzte, war sie so gut wie tot. Das Auto war nicht aus Panzerstahl und wenn das Tier aufs Dach sprang … Sandwichmaker war die richtige bildliche Beschreibung gewesen.

Trish überlegte kurz, die Polizei anzurufen, verwarf den Gedanken aber sofort wieder, weil diese garantiert nicht mehr rechtzeitig hier auftauchen würde – wenn sie überhaupt kamen. Schließlich war ja niemand bereit, ihr zu glauben. Ihr Blick huschte zum Rückspiegel. Das Tor des Rosewood Anwesens konnte sie unter Umständen noch erreichen, aber dann …

Ihre Augen fanden zurück zum Monster und ihr wurde schlecht. Es hatte sich eindeutig ein paar Schritte vorwärts bewegt und sein langer Schwanz peitschte nun auf den Boden, wirbelte Schneemassen in die Luft, bevor es sich duckte. Vorbei. Sie war tot, hatte nicht einmal mehr Zeit, aus dem Auto zu springen und zum Tor zu laufen. Dennoch wich sie zurück, presste sich an die Tür und tastete blind nach dem Türöffner.

Seltsamerweise erstarrte die Bestie jetzt, richtete sich wieder auf und wandte den riesigen Schädel nach links.

Es dauerte einen Moment bis das Brummen, das auch an Trishas Gehör drang, von ihrem Gehirn verarbeitet wurde und zur richtigen Schlussfolgerung führte: Ein Auto! Es näherte sich ihrem! Und als auch sie zur Seite sah, konnte sie bereits das Licht großer Scheinwerfer durch den dichten Schneefall erkennen. Sie sah angespannt zurück zum Monster und bemerkte, dass dieses auch wieder sie anstarrte. Fast wirkte es ein wenig verärgert und für einen kurzen Augenblick glaubte Trish, dass es sie nichtsdestotrotz angreifen würde – doch dann warf es sich ruckartig herum und verschwand mit schnellen Sprüngen in der weißen Winterwelt.

Patricias Herz vollführte gleich mehrere Freudenhüpfer hintereinander und der Schwall Erleichterung, der sie überkam, ließ sie ein leises Lachen ausstoßen und gleichzeitig zwei einzelne Tränen ihre Wangen hinunterlaufen. Gerettet! Sie war dem sicheren Tod erneut von der Schippe gesprungen, war dem Untier entkommen! Die Frage war nur, wie oft ihr das Glück jetzt noch hold sein würde. Auf Dauer konnte das wohl kaum gut gehen.

Der Abschleppwagen fuhr an ihr vorbei und wendete auf der glücklicherweise recht breiten Straße, um anschließend direkt vor ihr zu halten. Nur eine halbe Minute später stieg ein rundlicher, weißbärtiger Mann aus dem

Auto, der sie mit seinen roten Wangen und dem breiten Grinsen nebst freundlich funkelnden Augen sofort an den Weihnachtsmann erinnerte – obgleich er eigentlich erst in den Vierzigern sein durfte.

„Mr Williams – ab heute sind Sie für mich ein Heiliger!“, stieß Patricia aus, nachdem sie mit immer noch recht weichen Beinen umständlich aus dem Auto geklettert war, und meinte das vollkommen ernst. Es fiel ihr sogar ausgesprochen schwer, ihrem Retter nicht auf der Stelle um den Hals zu fallen.

Der kräftige Mann gab ein polterndes Lachen von sich. „Sankt Williams. Das gefällt mir. Sollte ich vielleicht als neue Werbung an meinen Wagen schreiben. Insbesondere zu Weihnachten.“

„Machen Sie bloß nicht den Weihnachtsmann eifersüchtig“, scherzte Trish, um darüber hinwegzutäuschen, wie aufgewühlt sie immer noch war.

„Ich werde mich hüten“, lachte Mr Williams, während er näher an Oma Tamas Ente herantrat und diese kurz beäugte. „Na, wir zwei kennen uns doch.“ Er tätschelte fast liebevoll das Dach des Autos, bevor er sich Trish zuwandte. „Dann bist du Ms Saitos Enkelin. Wir haben uns sicherlich schon mal gesehen, oder?“

Trish nickte rasch. Sie hatte zwar am Telefon absichtlich den Nachnamen ihres Vaters benutzt, aber da ihre Tarnung jetzt ohnehin aufgeflogen war, machte es keinen Sinn mehr, sich irgendwelche Lügengeschichten auszudenken.

„Können wir das hier eventuell unter uns lassen?“, fragte sie zaghaft. „Meine Oma ist gerade ein bisschen schräg drauf und ich möchte vor Weihnachten nicht mit ihr streiten. Sie hat mir ihr Auto nur unter der Bedingung geborgt, dass ich ganz behutsam damit umgehe und …“

„Mach dir keine Sorgen“, lenkte Mr Williams ein, bevor sie ihre Bitte ausformuliert hatte. „Ich nehme dich jetzt mit zur Werkstatt nach Ablington und gucke mir das Auto dort an, weil ich bei diesem Schneesturm nicht vor Ort arbeiten kann. Aber ich wette, dass es wieder nur die Batterie ist und dann ist Ernie schnell wieder fit – und es wird dich auch nicht allzu viel kosten. Alles in allem also kein Grund, deine Oma da mit reinzuziehen.“

Er zwinkerte ihr verschwörerisch zu und Trish konnte dieses Mal nicht mehr an sich halten: Sie umarmte den Mann kurz und stieß ein etwas atemloses, aber überglückliches „Danke!“ aus.

„Kein Problem“, erwiderte Mr Williams vergnügt, „und wenn ich ehrlich bin, schulde ich eigentlich *dir* einen Gefallen, denn du ersparst mir eine anstrengende Einkaufstour mit meiner Schwiegermutter.“

Er lachte erneut laut auf und öffnete dabei die Beifahrertür seines Abschleppwagens. „Und jetzt ab mit dir ins Warme! Sonst erfrierst du hier draußen noch – und bei meiner Arbeit stehst du mir eh nur im Weg herum.“

Patricia kam seiner Aufforderung nur allzu gern nach, denn obwohl das Monster davongelaufen war, traute sie dem Frieden noch nicht so wirklich.

Im Inneren des Wagens war es kuschelig warm und Patricia merkte jetzt erst, wie durchgefroren sie war, schlang die Arme um ihren Körper und versuchte damit ihr Zittern wieder unter Kontrolle zu bringen. Ihre Augen wanderten zurück zum Wald, dorthin, wo das Monster zuletzt gesessen hatte. Bäume, Büsche und Schnee – das war alles, was dort im Augenblick vorzufinden war. Warum war es wohl mit dem Auftauchen des Abschleppwagens verschwunden? Es war doch groß und muskelbepackt, bewaffnet mit langen Reißzähnen und Krallen an den Pfoten. Und dann die Hörner! Auch so ein Abschleppwagen hätte dem nichts entgegenzusetzen und erst recht nicht ein nicht mehr ganz so junger, dicker Mann wie Mr Williams. Das Untier hatte auf sie auch keinen ängstlichen Eindruck gemacht, sondern eher einen wütenden.

Patricia kratzte sich nachdenklich am Hinterkopf. Womöglich wollte es nicht von einer anderen Person gesehen werden, denn wenn es mehrere Augenzeugen gab, würde man diesen wahrscheinlich irgendwann doch noch glauben und Jagd auf die Bestie machen. Aber … konnte ein Tier derart strategisch denken? Es konnte doch nicht wissen, welche Konsequenzen seiner Entdeckung folgen würden. Es sei denn, es hatte schon einmal schlechte Erfahrungen damit gemacht. Möglicherweise damals bei den ersten Sichtungen – über die Trisha ja immer noch nichts hatte lesen können. Verdammt!

Ein mechanisches Summen, Brummen und Rumpeln verriet ihr, dass die Ente soeben auf den Abschlepper gehoben wurde. Danach dauerte es nur noch wenige Minuten, bis sich die Tür der Fahrerseite öffnete und Mr Williams in den Wagen stieg.

„So!“, verkündete er fröhlich, zog sich die Handschuhe aus und nahm die Mütze vom Kopf, bevor er Trish breit angrinste. „Dann woll’n wir mal!“

Der Motor seines Wagens sprang auf der Stelle an, aber erst, als sich das Gefährt auch wahrhaftig in Bewegung setzte, wagte es Patricia, erleichtert aufzuatmen und sich zu entspannen.

„Jetzt verrate mir doch mal, was dich bei *diesen* Witterungsverhältnissen dazu bringt, raus zum alten Rosewood Anwesen zu fahren“, erkundigte sich ihr Retter nach ein paar Minuten des Schweigens zwischen ihnen, in denen nur das quietschende Auf und Ab der Scheibenwischer und das leise Dudeln des Autoradios zu hören gewesen waren.

„Oh, ich …“ Sie zögerte, weil sie noch deutlich Davinas Bitte um Diskretion in ihrem Kopf hören konnte. „Ich bin wohl irgendwo falsch abgebogen und dort liegen geblieben.“

„Und du hast nicht versuchst, im Haus mal zu fragen, ob dir jemand Starthilfe geben kann?“

„Ich dachte, da wohnt schon seit Ewigkeiten keiner mehr“, stellte sie sich unwissend.

„Jetzt schon“, stellte Mr Williams klar. „Das ganze Anwesen soll wunderbar auf Vordermann gebracht worden sein.“

„Ach!“ Sie machte große Augen.

Mr Williams nickte nachdrücklich. „Ganz ehrlich – im Dorf und auch bei mir in Ablington hat niemand mitbekommen, dass an dem Haus gewerkelt wurde“, überraschte er sie. „Wir waren vollkommen perplex, als wir hörten, dass da jetzt wieder Leute leben. Aber die müssen schon eine ganze Weile vorher mit den Bauarbeiten begonnen haben. Das Haus soll jetzt wieder ein richtiger Prunkbau sein.“

Patricia runzelte irritiert die Stirn. „Aber sind denn keine Baufahrzeuge durch Ghrianbury gefahren?“

Er schüttelte den Kopf. „Nicht, dass ich wüsste. Allerdings muss man das auch nicht unbedingt, um zum Anwesen zu kommen. Es gibt auch eine Route ums Dorf herum, durch den Wald."

Ja, das machte Sinn. Die Lennox' waren so kontaktscheu, dass sie bestimmt dafür gesorgt hatten, dass niemand die Bauarbeiten bemerkte; wenn man den Lärm, der bei Arbeiten am Haus entstand, auch eigentlich recht weit hören konnte. Dann wiederum waren viele Leute im Ort ja so kalt gegenüber ihren Mitmenschen geworden, dass es sie vermutlich einfach nicht interessiert hatte.

„Waren Sie selbst kürzlich schon mal dort?", wollte Patricia wissen.

„Nein", gab der nette Mann bekannt, „aber Daniel Floyd und ich sind alte Schulfreunde und treffen uns ein- bis zweimal im Monat, um zusammen was trinken zu gehen. Und er hat regen Kontakt zu den beiden Herren des Hauses, Mr Lennox Junior und Senior. Die lassen sich von ihm und seinem Vater ordentlich das Geld aus der Tasche ziehen, sag ich dir. Fast tun sie mir leid."

„Wieso nur fast?", hakte Trish stirnrunzelnd nach.

„Weil die Geld wie Heu haben. Die zahlen sogar mit echten antiken Goldmünzen!"

Patricia gab sich große Mühe, ein möglichst überraschtes Gesicht zu machen. „Nicht im Ernst!", stieß sie aus, fragte sich innerlich jedoch schon, warum weder Balian noch sein Großvater Zugang zu modernen Geldmitteln hatte. Sie waren zuvor lediglich ausgewandert und hatten dabei nicht den Planeten verlassen.

„Doch", bestätigte Williams. „Wenn du mich fragst, ist das mehr als seltsam, aber jeder hat ja so seine Spleens."

„Wie sind die beiden sonst so?“, horchte Trisha ihren Retter weiter aus.

„Wohl ganz nett. Es soll auch noch eine Schwester geben, die hat Daniel aber bisher noch nicht getroffen – was wohl auch besser ist, weil die Hausherren ihn beide vor der Dame gewarnt haben. Sie soll geistig nicht ganz stabil sein.“ Er zuckte die Schultern. „Passt ja zum Ruf der Familie.“

Seine letzten Worte ließen Patricia aufhorchen. „Zum Ruf der Familie?“, wiederholte sie.

Mr Williams antwortete nicht sofort auf ihr Nachbohren, schien einen Moment mit sich zu kämpfen.

„Ich bin eigentlich nicht so für Klatsch und Tratsch zu haben, aber bei dir mach ich ’ne Ausnahme“, sagte er schließlich. „Also: Ich war, nachdem Daniel mir von den Lennox’ erzählt hatte, ein bisschen neugierig und hab versucht herauszufinden, wer die sind und woher sie kommen, weil sie ja so plötzlich hier aufgetaucht sind. ‚Welcher Irre kauft schon so ein altes, extrem renovierungsbedürftiges Anwesen?, hab ich mir gedacht.“

Er sah sie vielsagend an und sie nickte rasch, damit er fortfuhr.

„Pustekuchen – die haben das nicht gekauft, sondern es hat ihnen schon immer gehört!“

Bis hierher hatte Balian sie also nicht angelogen. Sie war mehr als erleichtert.

„Ernsthaft?“, blieb sie weiterhin in der Rolle der Unwissenden und machte ganz große Augen.

„Ja! Die Lennox’ gehören zu einem alten Adelsgeschlecht, das auf Charles Lennox, den ersten Duke of Richmond zurückgeht, der ein unehelicher Sohn König

Karls II war“, fuhr Mr Williams fort. „In dieser Blutlinie gab es viele Bastarde, die sich oft zumindest den Familiennamen erkämpften und dadurch tatsächlich in höhere Kreise aufstiegen. Einer dieser Grafen, George Lennox, erbaute schließlich im siebzehnten Jahrhundert das Rosewood Anwesen und zog mit seiner Familie dort ein.“

„Aber was ist daran *so* verwerflich, dass gleich die ganze Familie einen schlechten Ruf erhält?“

„Nichts. *Das* war ja auch nicht das Problem, sondern dass sich die Familie vom Rest der Welt sehr abschottete, dabei aber trotzdem nach Macht strebte. Sie waren so reich, dass sie jeden, der politische Ambitionen hatte, kaufen konnten, und das taten sie auch. Der ganze Landstrich um Ghrianbury und einige andere Dörfer wie Ablington herum gehörte ihnen. Sie bestimmten die Politik und den Markt und beuteten die Bevölkerung aus, ohne dabei viel in der Öffentlichkeit gesehen zu werden, sich in die Gemeinschaft einzubringen, ein Ohr für die Sorgen der Armen zu haben.“

„Aber es waren doch sicherlich nicht alle in der Familie so“, brachte Patricia ein, der diese Geschichte so gar nicht mehr gefiel.

Mr Williams hob erneut die Schultern. „Soweit ich weiß, ließ der Einfluss der Familie im Laufe der Jahrhunderte deutlich nach. Reich blieben sie immer.“

„Und warum ist dann das Rosewood Anwesen so verkommen und ewig unbewohnt gewesen?“

„Es gab irgendwann einen Zwist mit anderen entfernten adligen Verwandten, die die Lennox’ angeblich über Nacht vertrieben, aber sie haben ihr Land nie verkauft. Es hielt sich sogar das Gerücht, dass jeder Erbe durch irgendwelche Klauseln dazu verpflichtet war, das Anwesen und sämtliche dazu gehörende Flächen zu behalten, es niemals zu verkaufen. Drin gewohnt hat allerdings zuletzt jemand Anfang des 20. Jahrhunderts."

„Das ist über hundert Jahre her!", stieß Patricia verblüfft aus.

„Ich weiß, dass es vor Kurzem mal hieß, einer der Erben wolle das Grundstück jetzt doch endlich mal loswerden", setzte Williams hinzu, „aber wie du siehst, hat er es sich dann doch anders überlegt und seine anderen Verwandten einziehen lassen."

„Ach – es war keiner von den beiden männlichen Lennox', die jetzt dort leben?", erkundigte sich Trisha erstaunt.

Mr Williams bewegte den Kopf abwägend von einer Seite zur anderen. „Nach dem, was ich gelesen habe, lebte der Nachfahre seit seiner Geburt in New York – und Daniel meinte, Balian und Edwin Lennox seien durch und durch Engländer."

O ja – das waren sie. Merkwürdig, dass Balian nie etwas von seinem Verwandten in den USA erzählt hatte. Das war doch *die* Möglichkeit, endlich ein anderes Leben zu führen: einfach den Kontakt zu diesem Menschen zu suchen und sich von ihm helfen lassen. Sie musste das unbedingt ansprechen, wenn sie wieder bei ihm war. Das machte seine Lage doch alles andere als aussichtslos.

„Sie haben sich wirklich eine ganze Menge über die Leute angelesen", stellte sie fest. „Hatte das einen bestimmten Grund?"

Er presste die Lippen zusammen und seine Augen wurden etwas schmaler. „Nun … ich muss gestehen, dass ich leider zu den Menschen gehöre, die ein wenig abergläubisch sind, und in letzter Zeit sind einfach zu viele Dinge in dichter Abfolge passiert: Der Zusammensturz der alten Mine, der Einzug der Lennox', der extreme Schneefall hier, gepaart mit dieser schrecklichen Kälte und …" Er sprach nicht weiter, druckste kurz herum und Trishs Herz schlug sogleich schneller.

„Was noch?", drängte sie ihn. „Sie können es mir sagen, egal, wie unsinnig es klingt. Ich lache Sie nicht aus."

„Du bist doch sicherlich auch schon in der Innenstadt von Ghrianbury gewesen, oder?", überraschte er sie mit einer Frage statt einer Antwort.

Sie nickte.

„Ist dir da irgendwas aufgefallen?"

Patricia schluckte schwer. Jetzt bloß nichts herauspicken, was zu irre klang und er eventuell gar nicht meinte. „Na ja, ich kann mich auch irren, aber irgendwie wirken die Leute dort … verändert."

„Genau *das* meine ich", stimmte Mr Williams ihr zu ihrer großen Erleichterung zu. „Plötzlich sind alle unfreundlicher und kühler und das kurz vor Weihnachten. Sogar der Weihnachtsschmuck scheint jeden Tag weniger zu werden – dabei ist das Dorf doch überall für seine wunderschöne Deko bekannt."

„Stattdessen denken alle nur noch daran, Geld zu verdienen und möglichst keine Zeit zu verschwenden", setzte Patricia hinzu. „Woran meinen Sie liegt das?"

„Keine Ahnung, ich bin nur froh, dass du das auch bemerkt hast. Das Ding ist, immer wenn Daniel und ich uns in Ghrianbury getroffen haben oder ich dort geschäftlich zu tun hatte und danach nach Hause fuhr, hatte ich das Gefühl, als würde etwas an mir saugen, mir etwas entziehen und wenn ich endlich zuhause *war*, ging es mir gleich besser."

„Und was genau war es, das Ihnen Ihrer Meinung nach entzogen wurde?", hakte Trisha beunruhigt nach.

„Energie, denke ich, aber ich kann das nicht genau sagen. Beim nächsten Mal achte ich mal ein bisschen besser drauf. Geht es dir nicht so?"

Sie dachte kurz darüber nach und schüttelte dann den Kopf. „Möglicherweise sind nur bestimmte Menschen betroffen", schlug sie vor.

„Oder du bist gegen das, was auch immer da in der Luft liegt, immun."

„Möglich", murmelte sie und sah hinaus in die weiße Winterwelt. Wenn die Menschen in Ablington nicht von der Stimmungsveränderung betroffen waren, konnte diese nicht mit der Kälte und dem Schnee zu tun haben, wie sie insgeheim spekuliert hatte, denn die gab es auch dort – wenn auch in geringerem Maße. Das Schneemonster jedoch hielt sich eindeutig ausschließlich in der Nähe *ihres* Dorfes auf.

„Ich fahre jetzt, wie ich schon sagte, erst einmal zur Werkstatt", verkündete Mr Williams in einem beruhigenden Tonfall. „Dort bist du bis auf weiteres vor unfreundlichen Menschen und Energiefressern sicher."

Er lachte polternd und Patricias Mundwinkel zuckten ein Stück nach oben.

„Wahrscheinlich ist das ohnehin nur eine vorübergehende Sache", fuhr er fort, ihr Trost zuzusprechen, „und spätestens zu Weihnachten ist alles wieder im Lot. Wer kann sich schon dem Sog dieses Festes entziehen?"

„Es wäre schön, wenn Sie recht hätten“, seufzte Trish. „Meine Oma gehört nämlich auch zu den Leuten, die sich nicht zum Positiven verändert haben.“

Mr Williams machte ein betroffenes Gesicht. „Das hätte ich jetzt nicht gedacht.“ Er schüttelte den Kopf, sah sie mitleidig an und legte dann eine Hand auf ihre Schulter.

„Das wird wieder“, versprach er. „Und von mir hört sie bezüglich des Autos kein Wort. Hab ich ja versprochen. Wir machen das ganz schnell wieder flott und dann warst du halt nur länger Weihnachtsgeschenke kaufen. Wie klingt das?“

„Gut“, erwiderte sie und brachte nun sogar ein optimistisches Lächeln zustande. Der Mann gab sich solche Mühe, sie zu trösten, da konnte sie ihn nicht hängen lassen, obwohl sie spürte, dass ihr Problem sicherlich nicht so leicht verschwinden würde, wie er glaubte. Aber was schadete es schon, ein klein wenig mehr Optimismus in ihrem Herzen aufzubewahren.

In Omas Stübelein

Als Patricia am nächsten Morgen nach einem relativ ereignislosen Resttag die Oma Tamasche Küche betrat, erstaunten sie zwei Dinge: Zum einen beschwerte sich ihre Nana laut bei jemandem, den sie zuerst nur von hinten sehen konnte. Zum anderen stellte sich der Gesprächspartner bei näherer Betrachtung als eine junge, ihr unbekannte Frau heraus, die der Großmutter gegenüber am Küchentisch saß und eine … nein, *keine* Tasse dampfenden Tees in der Hand hielt. Wie unüblich, wo ihre Oma doch sonst immer jeden – vom Nachbarn bis zum Postboten – auf ein Tässchen hereinbat.

„Hi", sagte Patricia und trat näher heran, um den Gast kritisch zu beäugen.

„Trish?", fragte die junge Frau sofort und stand auf. Sie war etwa einen halben Kopf kleiner als sie selbst, hatte einen dunkleren Teint, braune Augen und Haare, die in einem dunklen Aubergine gefärbt waren und von einigen pinken Strähnchen durchzogen wurden. Etwas an ihr kam Patricia bekannt vor, doch sie konnte es nicht genau einordnen und ohne Kaffee arbeitete ihr Hirn ja bekannterweise so schnell wie ein kaputtes Uhrwerk. Manja konnte es ja wohl noch nicht sein. Die hatte sich erst für morgen angekündigt.

„Ah, da *ist* sie ja!“, empfing ihre Oma Patricia mit hochgezogenen Augenbrauen. „Genau das meinte ich: Nie ist sie pünktlich, auch wenn sie hoch und heilig versprochen hat, sich ab jetzt früher aus den Federn zu erheben und mit anzupacken! Trifft Verabredungen, gibt wildfremden Menschen meine Adresse und lässt sich dann tagelang nicht blicken.“

„Ich war gestern doch nur ein paar Stunden weg …“, verteidigte sich ihre Enkelin sofort – Moment mal! Hatte ihre Nana etwa *ihretwegen* herumlamentiert?? Bei jemandem, den Trish nicht einmal kannte, über sie gelästert?!

„Sie hat mich ja noch gar nicht erwartet, ich sollte erst morgen ankommen, nicht wahr?“, mischte sich die fremde junge Frau ein. „Da es sich doch noch einrichten ließ, hab ich mal wieder einen früheren Zug genommen, weil ich es gar nicht erwarten konnte, das Schneem…“, sie bremste sich gerade noch rechtzeitig, „… schneemäßige Wunder hier im sonst so sonnigen Ghrianbury zu erleben.“

Ihr Gesicht verzog sich kurz zu einer schuldbewussten Grimasse, als sie sich wieder Patricia zuwandte. „Tut mir leid, ich hätte es dir ja gesagt, aber du hast nicht auf meine Anrufe reagiert und es war einfach saukalt draußen. Mein Zimmer in der Pension ist nämlich erst um drei fertig.“

„Ja, so ist sie“, warf die Oma ein und Trish starrte sie mit offenem Mund an. Ihr Zustand wurde eindeutig immer schlimmer!

„Hey, du hast ja auch Strähnchen“, freute sich die junge Frau und deutete auf die roten Strähnen, die Trishs ansonsten pechschwarzes Haar durchzogen.

„Ähm, ja“, erwiderte diese mit einem schiefen Lächeln, weil sie der Themensprung irritierte. „Und sorry, ich muss mal wieder keinen Empfang gehabt haben … “

Fing diese Macke jetzt auch schon bei ihrem neuen Handy an oder litt es womöglich an der gleichen ‚Krankheit‘ wie die Dorfbewohner und selektierte ihre Anrufe? Wie dem auch sein mochte – inzwischen verstanden auch ihre müden grauen Zellen, wen sie da vor sich hatten.

„Verstehe, verstehe“, sagte die junge Frau nachdenklich, zog einen Notizblick hervor und schrieb etwas auf. „Und geht das schon lange so? Oder erst seit …“ Sie zwinkerte ein wenig, was Oma Tama von ihrer Position aus nicht sehen konnte und sich ohnehin gerade darüber ausließ, ‚wie schön es war, noch auf junge Menschen zu treffen, die Papier und Stift kannten und nicht nur diesen neumodischen Schnickschnack‘.

„Das besprechen wir besser in meinem Zimmer“, sagte Trish schnell und der Gast nickte.

„Natürlich!“, entfuhr es Oma Tama verärgert. „Jetzt gleich wieder verschwinden, *das* hat man gerne! Nur zum Essen und Schlafen heimkommen. Zustände sind das, nein, nein.“ Damit wandte sie sich ab und verschwand kurz darauf im Wohnzimmer.

Manja bemerkte wohl Trishas Blick, denn sie ging ein paar Schritte auf sie zu, legte ihr eine Hand auf den Arm und sah sie mitfühlend an.

„Sie ist sonst anders, was?“

Trish nickte betrübt. „Neben meiner Tante der einzige Mensch aus meiner Familie, der mich wirklich versteht. Dass sie jetzt so ist …“

„Das tut weh, klar, aber hey, Special Protector Manja von der S.O.o.M.P hat noch jeden wieder normal gemacht. Manchmal normaler als gewollt, hihi“. Ihr Lachen erstarb und sie wurde wieder ernst. „Das war jetzt keine vertrauenerweckende Eigenwerbung, aber ich schwöre, es war wider Erwarten doch nicht so schlimm, wie alle gedacht hatten, und mittlerweile hat sich Ms Larrington auch daran gewöhnt, dass der Kobold, der ihr ständig Streiche gespielt hat, ihr Mann ist und sie sind immer noch glücklich verheiratet.“

„Aaaah, jaaaa“, machte Patricia mit gespielter Überzeugung und sah hinüber zur Wohnzimmertür mit Milchglassscheibe, hinter der ihre Oma hin- und herlief, beständig halblaut vor sich hinmurmelnd.

„Vielleicht ziehen wir uns jetzt, deinem Vorschlag folgend, zurück und gehen danach ein wenig die Umgebung erkunden“, sagte Manja, „damit ich mir von allem ein eigenes Bild machen kann. Was meinst du?“

Patricia nickte und deutete die Treppe hinauf, dann nahm sie zwei Gläser aus einem der Küchenschränke und eine Wasserflasche aus dem Kühlschrank und folgte Manja, die mit einem schwer aussehenden Rucksack und einer weiteren Tasche beladen, bereits neugierig die Bilder an der Wand neben dem Treppenaufgang betrachtete. Familienfotos, die Trish sich nicht gerne ansah, weil sie im Gegensatz zu ihrer Nana, die einfach mit jedem klarkam, mit kaum einer dieser Personen mehr gemeinsam hatte als die Übereinstimmungen in der DNA.

Oben im Zimmer angekommen, reichte sie Manja ein Glas Wasser und bot ihr ein paar Kekse an, die diese dankend annahm.

„Die riechen lustig – ist das Hasch?“, fragte Manja grinsend und Trish lachte.

„Nein, Guarana, mit Kardamom und Schokolade – wenn ich mal keinen Kaffee da habe.“

„Gut, Trish, denn wir brauchen einen klaren Kopf.“

„Du hast es dir echt gemerkt“, bemerkte diese und die Special Protector nickte nachdrücklich. Als Patricia ihren Namen und ihre momentane Adresse genannt hatte, hatte sie zunächst ‚Trish‘, dann aber schnell, der Vollständigkeit halber, ihren ganzen Namen angegeben und ihn sicherlich mit der üblichen Abscheu ausgesprochen.

„Klar hab ich mir das mit der Abkürzung gemerkt“, äußerte Manja jetzt fröhlich. „Der Name ist ja *so* wichtig für das Wohlbefinden eines jeden Menschen. Bei mir ist da ja nicht viel zu machen: ‚Man, Mannie, Ja … alles komisch. Aber was soll *ich* mich beschweren, ich meine, manchmal frage ich mich, was zum Beispiel Hunde denken, wenn sie hören, was wir ihnen für Namen geben. Die haben ja ganz eigene Versionen, aber die können wir stimmlich nicht nachahmen. Ich hab es mal versucht, denn es gibt da dieses Forschungsfeld der Canisonomastik, auf dem ich mich unbedingt weiterbilden will, aber der berühmteste Wissenschaftler hat sich leider vor Beendigung seines Hauptwerkes einem Rudel Werwölfe angeschlossen und zieht nun durch die Wälder der Welt. So sagt man. Und das, ohne mich vorher aufzusuchen und mir meine erste Werwolfbegegnung zu ermöglichen! Hat man Worte? Ehrlich, als ich *das* gelesen habe, war ich bitter enttäuscht und habe sogar eine Zeitlang sein Bild von meiner Pinnwand genommen.“

„Cani … Ono … was?“, stellte Trish nur eine der tausend Fragen, die ihr im Kopf herumschwirrten, bevor sie sich drei kleine Kekse auf einmal in den Mund schob, auch wenn Manja einen sicherlich wach*quatschen* konnte. Etwas sagte Trish, dass deren Redefreudigkeit nicht ausschließlich von Koffein hervorgerufen wurde, sondern natürlichen Ursprungs war.

„Die Wissenschaft von der Bedeutung der Namen der Wolfsartigen“, erklärte Manja geduldig, „speziell der Vergleich derer, die wir ihnen geben, mit denen, die sie von ihrer Art erhalten. Sehr interessant ist auch, nach welchen Kriterien diese Namensgebung jeweils vonstattengeht und wusstest du, dass sie sich oft selbst später neue Namen geben, wie zum Beispiel ‚Beschützer der Straße‘, ‚Leckerlifanatiker‘ und sogar ‚Hier wache ich‘, wie auf den Schildern am Zaun? Was genau da wen beeinflusst hat, ist fraglich und … das ist ja auch so gar nicht dein Problem oder dessen Lösung zuträglich. Entschuldige, aber es ist immer so toll, mit neuen Leuten über die WIDU zu reden …“, sie sah Patricias Stirnrunzeln, „… die ‚Welt innerhalb der unseren‘. Ursprünglich wollte ich es ‚Welt jenseits der unseren‘ nennen, aber Bernie meinte, das wäre zu ungenau.“

„Dein …“

„Chef, ganz genau, und der Gründer von S.O.o.M.P., wenn der Name auch meine Idee war. Zumindest größtenteils. Beizeiten kann ich dir gerne mal alle Namensideen nennen, denn das war ein ganz schönes Hin- und Her. Aber nun wirklich zu dir und deinem Fall. Konntest du schon etwas herausfinden?“

Wieder zückte sie Papier und Stift und sah Trish erwartungsvoll an.

„Leider nein", musste diese zerknirscht zugeben. „Ich bin nicht an Balians … die ähm … die Bibliothek war … quasi verschlossen. Ja." Allein die Erwähnung seines Namens ließ ihr Herz schneller schlagen und Schmetterlinge, die irgendwann in den letzten Tagen in ihren Bauch eingezogen sein mussten, wild durcheinander flattern.

„Balian ist der Mann, in dessen dann doch nicht wie geglaubt so zerfallenes Haus du dich nach der ersten Monsterattacke gerettet hast, richtig?", hakte Manja nach und Patricia nickte zögernd.

Jetzt, da sie wusste, wie krank Balian war und wie negativ sich jedwede Aufregung auf ihn auswirkte, fühlte sie sich gar nicht mehr so wohl dabei, jemand Außenstehendem von ihm zu erzählen. Andererseits war ihr ja auch schon der Gedanke gekommen, dass Manja eventuell dabei helfen konnte, einen Ausweg für *ihn* zu finden.

„Meinst du, wir können da mal zusammen vorbeischauen?", fragte ihre neue Bekannte nun. „Oh und was haben deinen Recherchen bezüglich der Chroniken ergeben?"

„Das Rathaus hat leider bereits seit Beginn dieser Woche geschlossen", überging Patricia einfach die erste Frage, „und das Museum seit zwei Monaten wegen Restaurationsarbeiten."

„Hm, verstehe, verstehe", murmelte Manja. „Okay, im schlimmsten Fall muss ich mir da widerrechtlich Zutritt verschaffen, aber das soll nicht deine Sorge sein und gegebenenfalls haben wir ja schon vorher Glück."

„Du willst da einbrechen?!“, fragte Patricia entgeistert und Manja nickte. „Ich würde es anders nennen, aber der Zweck heiligt eben manchmal die Mittel und wenn dieses Schneewesen auch nur annähernd so gefährlich ist, wie du sagst, dann finde ich, ist das ein ziemlich guter Grund.“

Trish nickte zögerlich. Mit Einbruch hatte sie nun nicht gerechnet, aber ein kurzer Gedanke an die glühenden Augen und die scharfen Krallen an den Pranken dieses Untiers genügten, um jeden Zweifel beiseite zu schieben. Sie würde es sich nie verzeihen, wenn jemandem im Dorf – speziell ihrer Oma – etwas zustoßen sollte, nur weil sie nicht alles Mögliche getan hatte, um genau so etwas zu verhindern. Und die örtlichen Behörden hielten das alles ja nur für einen Streich und hatten ihr bereits mit Strafen gedroht, wenn sie sich wieder mit dem ‚Monsterthema‘ an sie wandte.

„Du hast da vorhin etwas von schlechtem Empfang erwähnt?“, vergewisserte sich Manja. „Ich weiß, das kommt in ländlicheren Gegenden öfter vor, aber auch manche SNWs können Interferenzen hervorrufen. Bis vor Kurzem ging man immer davon aus, dass lediglich KWs dies tun, aber ich habe bei einem Fall vor zwei Jahren den ersten Gegenbeweis angetreten, dass auch Bansheemischlinge dafür verantwortlich sein können.“

Sie nickte stolz, stutzte dann ob Trishs hochgezogener Brauen und lachte verlegen. „Passiert mir einfach immer wieder, sorry. Ich bin so an diese Abkürzungen gewöhnt, dass mir manchmal gar nicht in den Sinn kommt, dass Außenstehende womöglich gar nichts mit ihnen anfangen können.“

„Macht ja nichts“, sagte Trish und beantwortete im Anschluss die gefühlt vor einer Ewigkeit gestellte Frage: „Mein altes Handy hat hier kaum funktioniert, aber ich habe es auf meiner ersten Flucht vor dem Monster verloren und mir daher ein neues … genehmigt.“ Es war ihr immer noch unangenehm, dass Opa Lennox ihr das Telefon geschenkt hatte, aber davon musste Manja ja nichts wissen.

Die nickte und notierte etwas in ihr Buch, wobei es sie nicht zu stören schien, dass Trish sich neugierig vorbeugte und mitlas, sich dann aber zurückzog, weil sie aus den ganzen Abkürzungen kaum etwas herauslesen konnte. Manja hatte wohl echt ein Faible dafür.

„Lieber zu viel als zu wenig“, murmelte sie und sah ihr Gegenüber wieder an. „Dann wollen wir mal, was? Also, während deine Oma durchs Haus gefegt ist wie der Besen aus dem ‚Zauberlehrling‘, habe ich mir mal eure letzten Lokalanzeiger angeschaut und dort was Interessantes entdeckt. Gerade noch rechtzeitig, möchte ich meinen, weil die Zeitschriften keine fünf Minuten später in den Müll flogen.“

Sie holte ihr Handy hervor und zeigte Trish die Fotografie eines Artikels. ‚*Minenarbeiter von Geist heimgesucht!*‘ stand dort in Großbuchstaben. ‚*Der kroatische Minenarbeiter Viljo M. berichtet gar Entsetzliches von seinem letzten Einsatz …*‘

„Klingt aber nicht nach meinem Schneemonster“, sagte Trish, nachdem sie zu Ende gelesen hatte. Irgendwo hatte sie doch schon mal etwas über ein Minenunglück gehört … aber wo? Richtig, der alte Williams hatte es ihr am Vortag erzählt.

„Nein, natürlich nicht!“, stimmte Manja ihr sofort zu. „Aber ist es nicht seltsam, dass so etwas so kurz zuvor geschehen ist? Der Vorfall in der Mine geht gerade mal auf den 19. November zurück. Das sind nur rund vier Wochen. Ich meinte, aus deinen Angaben zu schließen, dass Ghrianbury nun nicht gerade das Pendant zum Buffyschen Höllenschlund ist und so etwas hier somit eher selten vorkommt. Allerdings abonniere ich euren Lokalanzeiger ja auch nicht.“

„Und ich hab bis jetzt auch noch nie da reingeschaut, glaube ich“, merkte Patricia an, obwohl sie das sicher längst hätte tun sollen.

Wo erfuhr man denn sonst am Besten von seltsamen Neuigkeiten in einem Kaff wie diesem? Ihr fiel ein, dass ein kleines Schwarz-Weiß-Foto daraus an Oma Tamas Pinnwand in der Küche hing, weil sie zu ihrer ‚Kwanzaaweihnukkah‘-Feier auch den Redakteur des Blättchens, einen guten alten Freund, eingeladen hatte. Damals, als alles noch okay und Trishas größtes Problem das Überleben eines Großfamilientreffens an sich gewesen war. In Anbetracht jüngster Ereignisse erschien ihr das nun relativ harmlos.

„Wir sollten uns auf jeden Fall mal mit dem Mann unterhalten und ein wenig in der Mine umschauen, okay?“, schlug Manja vor. „Also, wenn er überhaupt noch im Krankenhaus ist, was aber aufgrund des komplizierten Beinbruchs, den er sich laut des Artikels bei seiner Flucht zugezogen haben soll, durchaus der Fall sein könnte.“

„Wir könnten da anrufen“, überlegte Patricia, „aber ich glaube nicht, dass sie uns einfach Auskunft geben, schließlich sind wir weder mit dem Mann verwandt noch wissen wir seinen Nachnamen. Einfach nur nach ‚Viljo' oder ‚Mr M.' zu fragen, dürfte schwierig werden. Vielleicht könnten wir ja den Verfasser des Artikels kontaktieren und vorgeben, einen Bericht für unsere Schülerzeitung zu schreiben."

„Zu Weihnachten?", fragte Manja zweifelnd und Trish seufzte.

„Stimmt, aber was können wir dann machen?"

Manja antwortete nicht, sondern hustete ein paar Mal, tippte auf dem Display ihres Handys herum und hob es schließlich ans Ohr.

„St. Lewis, Rezeption, Schwester Thompson am Apparat", meldete sich eine Stimme am anderen Ende. Manja hatte vermutlich die Telefonnummer des Krankenhauses gegoogelt und nun auf Lautsprecher gestellt, sodass Trish mithören konnte. Aber was sollte das Ganze? Die würden ihr niemals auch nur *eine* Information geben. Hatte sie Trish nicht zugehört?

„Hallo", begann Manja nun mit krächzender Stimme, so als hätte sie eine schlimme Erkältung. „Mein Name ist Anja Nikolić und ich habe leider erst jetzt gehört, dass mein Onkel immer noch bei Ihnen im Krankenhaus liegt, und würde ihn gerne besuchen."

„Na, mit *der* Erkältung sollten Sie aber niemandem zu nahe kommen, Liebes", erwiderte die Krankenschwester und Trish kratzte sich am Kopf. Was bezweckte Manja mit dieser Aktion?

„Ach, ich war gestern nur lange aus, ein bisschen feiern, das ist nicht ansteckend", fuhr die junge Frau mit derart kratziger Stimme fort, dass Trish sich fast stellvertretend geräuspert hätte, ihr aber gerade noch einfiel, dass der Lautsprecher an war. „Und ich würde ihn *so* gerne sehen … Es ist doch schließlich bald Weihnachten …“

„Wie heißt ihr Onkel denn?“, fragte die Schwester.

„Viljo“, begann Manja, doch die Krankenhausangestellte machte ihr nicht die Freude, den Nachnamen einfach so preiszugeben.

„Viljo wie?“, hakte sie stattdessen nach. „Nach Vornamen kann ich nicht suchen, Liebes.“

„Mms… itsch“, krächzte Manja.

„Wie bitte?“

„Mmm… ositsch“, versuchte sie es erneut und hauchte die letzten Buchstaben nur noch so dahin.

„Liebes, das klingt ja ganz schlimm, warten Sie mal“, lenkte die Schwester endlich ein und man hörte es ein wenig klappern, so als würde sie etwas auf einer Tastatur eingeben.

„M, M, M, M, M …“, murmelte sie dabei und Trish starrte Manja mit offenem Mund an, was diese aus dem Augenwinkel heraus bemerkte und grinsend den Daumen hochreckte.

„Ah, da haben wir ihn ja: Viljo Marušić“, las die Schwester vor. „Ja, der ist noch bei uns. Da wird er sich aber über Besuch freuen, ist ja schon ein bisschen einsam hier für ihn. Bis jetzt hat ihn nur einmal kurz nach seiner Einlieferung jemand besucht.“

„Ja, ich bin ja seine einzige Verwandte in der Nähe“, fügte Manja hinzu.

„Aber wieso haben Sie ihn bis jetzt nicht besucht?“, hakte die Schwester nach, auch wenn sie das eigentlich gar nichts anging.

„Ich war verreist und schwer zu erreichen und der Rest der Familie ist in Kroatien und kann es sich nicht leisten …“, sie hustete dramatisch und die Krankenschwester hatte wohl endlich ein Einsehen.

„Gut, unsere Besuchszeiten sind täglich von 14 bis 17:30 Uhr“, verkündete sie. „Melden Sie sich einfach hier am Empfang, wenn Sie da sind. Und übrigens haben wir auch eine sehr gute HNO-Abteilung …“

Manja bedankte sich artig krächzend und unterbrach die Verbindung dann.

„Gehört so was zu deiner Grundausbildung?“, fragte Trish mit einer Mischung aus Be- und Entgeisterung.

„Ach, das lernt man so nebenbei“, lachte Manja und winkte ab. „Das hätten wir also. Meinst du, du könntest deine Oma jetzt ein wenig ablenken, damit ich schon hier im Haus ein paar Messungen vornehmen kann? Wirkt sonst bestimmt komisch auf sie, wenn ich mit piependen Geräten hier herumrenne.“

„Hast du echt so Geisterjägerzeugs wie in den Filmen?“, rutschte es Trish heraus und sie bereute die Frage sofort, weil diese auf Manja, die gewiefte Special Protector, bestimmt total naiv wirkte. Andererseits hatte sie bis jetzt ja auch noch nie in einer Situation gesteckt, in der sie die Hilfe einer Geisterjägerin benötigt hatte. Das alles war doch vollkommen verrückt. Werwölfe, Banshees, Geister, Monster … fehlten nur noch Vampire und Dämonen!

„Na klar“, beantwortete Manja ihre Frage und wies stolz auf ihren Rucksack. „Die Grundausrüstung muss immer mit. In deinem Fall überlege ich aber, ob ich doch besser das Fangnetz hätte mitnehmen sollen … na ja, unter Umständen können wir uns notfalls selbst eins knüpfen."

Ohne auf Trishs perplexen Gesichtsausdruck zu reagieren, öffnete sie das obere Fach des Rucksacks und zog ein Gerät heraus, das von der Form her an ein großes, altes Handy erinnerte. Sie schwenkte es etwas im Zimmer herum, hielt es kurz vor sich und vor Trish, woraufhin das Display jeweils ein schwaches Leuchten von sich gab, bevor sie aufstand und durch die Zimmertür in den davorliegenden Flur trat.

„Kommst du?", fragte sie über die Schulter und zuckte ein wenig zusammen, weil Trish bereits direkt hinter ihr stand und neugierig auf das Gerät blickte.

„Gott, bist du leise!", stieß Manja mit einem leisen Lachen aus und lief dann langsam den Flurbereich ab, bis Oma Tama aus ihrem Schlafzimmer geeilt kam und sie beinahe über den Haufen rannte.

„Ach, du hast noch einen Walkman, Kind? Endlich mal jemand, der nicht immer all sein Geld nur für den neumodischsten Schnickschnack verpfeffert." Nach einem kurzen Seitenblick auf ihre zähneknirschende Enkelin eilte sie mit einem Staubwedel bewaffnet ins obere Badezimmer, worin sie bereits kurze Zeit später lautstark Sachen herumzurücken begann. Hoffentlich brauchten Manjas Geräte keine absolute Stille, um adäquat zu messen.

„Super Gelegenheit, das Haus abzuchecken", freute sich die Special Protector und legte auch sofort damit los.

Trish folgte ihr gespannt und sah zu, wie sie noch ein weiteres kleines Gerät aus dem Rucksack zur Überprüfung hinzunahm, das wie eine Mischung aus einer Kinderflöte und einem Fieberthermometer für Babys aussah. Nachdem sie auch dem Keller einen kleinen Besuch abgestattet hatten, kamen sie schließlich wieder unten in der Küche an.

„Habt ihr noch eine Garage oder dergleichen?", fragte Manja, während sie eifrig etwas in ihr Buch notierte und Trish schüttelte den Kopf.

„Nein, aber meine Oma hat einen kleinen Geräteschuppen hinten im Garten."

„Da, wo du das Schneemonster gesehen hast?"

„Jup."

„Verstehe, verstehe."

„Was genau … verstehst du denn?", erkundigte sich Trish, die vor Fragen fast zerplatzte. Sie wollte alles über die Geräte wissen, Manja aber auch nicht dauernd mit Zwischenfragen nerven.

Die Special Protector ließ ihr Buch zuklappen und grinste Trish an. „Herzlichen Glückwunsch: Sie haben keinen Poltergeist!"

Trisha sah sie verblüfft an und Manja winkte mit einem Lachen ab. „Sorry, falsches Publikum. Also, weder die Messungen mit dem EMF noch dem Thermo-Hydrometer haben viel ergeben", teilte sie mit und beeilte sich dann hinzuzufügen: „Was nichts Schlechtes ist", als sie Trishs Stirnrunzeln bemerkte. „Es bedeutet nur, dass sich im Haus keine QAA befinden – keine Quellen außergewöhnlicher Aktivitäten. Zumindest keine größeren."

„Keine größeren?"

„Na, so ein bisschen was ist fast in jedem zweiten Haushalt zu finden, aber es ist meist nichts, was die Bewohner auch nur ansatzweise bemerken. Vielleicht mal ein unerklärliches Türklappern, ein kalter Hauch, auch wenn kein Fenster offen ist, und dergleichen.“

„Willst du damit sagen, dass es in fünfzig Prozent der Häuser auf der Welt spukt??“

„Ach was, *spukt*“, winkte Manja lapidar ab. „Selbst *Geister* ist oft schon zu viel gesagt. Elektromagnetische Schwankungen kleinerer oder größerer Natur eben. Du musst dir das in ungefähr so vorstellen: Jede AL hinterlässt Spuren an den Orten, an denen sie sich aufhält, seien es nun Hautpartikel oder Körperflüssigkeiten, die sie absondert oder auch Gerüche, die sie verströmt. Auf der Metaebene dann noch so Sachen, die zum Beispiel die Aura betreffen, aber das führt jetzt zu weit. Genauso ist es mit einer PL, auch wenn deren Absonderungen eben eher nur elektromagnetischer oder thermischer, beziehungsweise athermischer Natur sind. Und das, was ich dann anhand meiner Geräte ablesen kann, ist entweder eine AP oder aber auch eine PP.“

„Anatomische … Lebensform … ?“, versuchte Trish, für sich noch etwas mehr Sinn in das eben Gehörte zu bringen.

„Fast“, berichtigte Manja sie. „AL ist eine aktive Lebensform, also jemand wie du und ich oder der Hund meiner Freundin, während PL die passive Version bezeichnet, sprich eine nicht materielle. Und AP und PP stehen für ‚aktive‘ beziehungsweise ‚passive Präsenz‘, was wiederum bedeutet, dass gerade übernatürliche Aktivitäten stattfinden oder stattgefunden, sprich ihre Spuren hinterlassen haben.“

„Aktivitätenstaub quasi“, rutschte es Trish heraus und Manja nickte begeistert.

„Super! Genau so kann man es auch erklären. Oh und danke, dass du keine eigenen Abkürzungen erfindest wie ein gewisser Jemand, den ich kenne. Das würde nur zu Verwirrungen führen.“

Dann war es ja gut, dass es bis jetzt so gar keine davon gegeben hatte – doch diesen Gedanken behielt Trish lieber für sich, weil sie Manja auf gar keinen Fall verärgern wollte. Die junge Frau war ihr nicht nur bereits wahnsinnig sympathisch, auch wenn sie sich gerade erst getroffen hatten, sondern zurzeit auch die einzige, die ihr helfen konnte. Balian hatte es zwar versucht und glaubte ihr zumindest, aber mit seiner dubiosen Krankheit und der garstigen Schwester im Nacken war er Trishas Meinung nach mittlerweile eher selbst jemand, der dringend Hilfe brauchte, und kein zuverlässiger Mitstreiter. Von ihren anderen, im Kampf gegen das Monster wohl eher hinderlichen Gefühlen für Balian mal ganz abgesehen.

„… Heimatplanet an Trish?“, drang eine Stimme in ihre Gedanken und dem Ton nach zu urteilen, war es nicht das erste Mal, dass Manja sich an sie wandte. „Wollen wir los? Erst in den Garten und dann die nähere Umgebung untersuchen?“

„Klar“, sie räusperte sich verlegen und ging in den Flur, um ihre Jacke zu holen. Dieses Tagträumen bezüglich Balian musste unbedingt wieder aufhören.

„Ist es jemand, den ich kenne?“, fragte Manja, die ihr sofort gefolgt war, verschwörerisch, lachte dann auf und legte Trish entschuldigend eine Hand auf den Arm. „Wir kennen uns ja gar nicht, aber wer auch immer für diese abwechslungsreiche mimische Mischung aus Verzückung und Verwirrung verantwortlich ist, muss sehr interessant sein."

Es war sicherlich nett gemeint, trieb Trish jedoch erst recht die Röte ins Gesicht. Hoffentlich fragte Manja nicht weiter nach, denn es war nicht gut, wenn die junge Frau auf Balian traf, ohne dass Trish ihn auf diese Begegnung vorbereiten konnte. Mit ihren modernen, piependen Geräten würde sie ihn zweifellos sehr aufregen und Trish wollte auf keinen Fall, dass es ihm durch ihre Unvorsichtigkeit schlechter ging, als es ohnehin schon der Fall war.

„Memo an mich: Einfach mal die Klappe halten", murmelte Manja und hüllte sich in einen dicken Wintermantel. Glück gehabt! Damit war das Thema wohl erst einmal vom Tisch.

„Ich komme mir schlecht vor, meine Nana hier schon wieder allein zu lassen", sprach Patricia ihre neu aufwallenden Ängste aus, um die peinlich entstandene Stille zu überbrücken.

„Besteht denn die Gefahr, dass sie in unserer Abwesenheit raus geht?", wollte Manja wissen.

„Weiter als bis zum Mülleimer draußen bestimmt nicht", überlegte Trish. „Wenn meine Oma putzt, dann putzt sie und nichts kann sie davon abhalten oder ablenken. Meistens hat sie allerdings bessere Laune dabei."

„Erzähl mir noch einmal ganz genau von deinen beiden Begegnungen mit dem Wesen", forderte Manja sie nachdenklich auf und lauschte erneut Trishs Ausführungen, während diese sich noch mit Handschuhen und Mütze ausrüstete.

„Aha, dann hast du es jetzt bereits dreimal getroffen", äußerte die Special Protector am Ende ihres Berichts. „

Natürlich ist es schwer, jetzt schon mit Bestimmtheit etwas dazu zu äußern, aber meine Erfahrung sagt mir, dass das Wesen nicht daran interessiert scheint, näher als zwingend nötig an menschliche Behausungen zu kommen. Eventuell hat es etwas verfolgt und das hat es unbeabsichtigt in deine Nähe geführt."

„Im Wald *und* zufällig hinter dem Garten meiner Oma *plus* der gestrigen Sache?"

Manja zuckte die Schultern. „Möglich. Vielleicht einen freilaufenden Hund aus dem Ort, der in seinem Revier gewildert hat."

„O mein Gott, ich muss die Nachbarn warnen!", rief Patricia.

„Und was willst du denen sagen?", fragte Manja.

Trish holte tief Luft und ließ sie mit einem resignierten Schnaufen entweichen. Unvorstellbar, dass einem der süßen Fellnasen in der Nachbarschaft etwas passierte!

„Wir können ja nachher einen Zettel mit einer Wildschweinwarnung aufhängen oder so", dachte sie laut nach. Die standen hier unter Naturschutz, also würde wohl kaum jemand losrennen, um sie zu erschießen. Dann wiederum war fragwürdig, ob es überhaupt jemanden scherte, da hier ja fast überall die große Herzenskälte ausgebrochen zu sein schien.

„Soweit ich mich erinnere, fanden alle Begegnungen in der beginnenden Dämmerung und draußen statt, oder?", erkundigte Manja sich und Patricia nickte.

„Ich will ehrlich sein", fuhr die junge Frau fort. „Ich kann dir keine hundertprozentige Garantie geben, dass es dieses Verhalten beibehält, aber wir müssen Rückschlüsse aus den Fakten ziehen, die wir haben. Es ist jetzt etwa halb eins, bis zum Einsetzen der Dämmerung haben wir also noch knapp drei Stunden. Wenn es dir lieber ist, kannst du aber natürlich hier warten und wir bleiben per Handy in Kontakt. Dann kannst du auf deine Oma aufpassen – vorausgesetzt, es funktioniert wieder."

Trish klopfte zunächst ihren Mantel ab und zog das Gerät schließlich aus ihrer Jeanstasche hervor. Das Display war dunkel und reagierte erst, als sie auf den Standbyknopf drückte. O nein! Sie hatte eindeutig zu viel Kram in ihren Hosentaschen. Vermutlich hatte der Schlüssel, der sich ebenfalls darin befand, in der Enge gegen den seitlichen Button gedrückt und es so ausgeschaltet. Kaum war es hochgefahren, erschienen nacheinander Nachrichten über verpasste Anrufe sowie zwei Textmitteilungen von Manja.

„Das passiert mir auch immer wieder", sagte Manja verständnisvoll.

„Sorry", entschuldigte Trish sich zerknirscht, doch ihr Gegenüber winkte ab.

„Und, hast du dich entschieden?", hakte sie dann nach. Sie ließ Trish Zeit, ihren inneren Kampf mit sich selbst auszufechten, bis diese schließlich den Kopf schüttelte.

„Gestern bin ich ja auch erst spät hier gewesen … es ist nur … ich weiß auch nicht."

„Jetzt ist Hilfe da und das Gefühl von erster Erleichterung weicht dem der Akzeptanz, weil du dir jetzt nicht mehr einreden kannst, dass du dich womöglich doch geirrt hast?", half Manja ihr.

„Ja", sagte Trish verblüfft.

„Das ist ganz normal bei Leuten, die den Umgang mit übernatürlichen Dingen nicht gewohnt sind."

„Gibt es dafür keine Abkürzungen?“, versuchte Patricia sich an einem Witz und Manja lachte.

„Doch, klar, für den halben Satz, aber ich will dich ja nicht vollkommen verwirren.“

Damit schulterte sie ihr Gepäck und sah Trish fragend an. „Magst du ihr noch eine Nachricht dalassen, damit sie sich keine Sorgen macht?“

Trisha nickte rasch, griff zu Notizblock und Stift auf der Kommode im Flur und nur wenig später verließen sie gemeinsam das Haus.

Ihr Geisterlein kommet

Nachdem Manja Schuppen und Garten ebenfalls mit ihren Geräten abgesucht und diese genau an der Stelle, an der Trish das Ungeheuer gesichtet hatte, ausgeschlagen hatten, fielen dieser schon einmal ein paar Steine vom Herzen. Erst recht, als die Geräte im Wald, dort, wo das Ungeheuer gesessen hatte, noch viel stärker Alarm schlugen. In der Zwischenzeit hatte es weiter geschneit und so war es sehr unwahrscheinlich, noch Spuren zu entdecken, es sei denn, das Monster war erneut dort aufgetaucht. Doch Gott sei Dank konnten weder Trish noch Manja Dahingehendes sichten.

Als sie und die Special Protector kurze Zeit später in Oma Tamas Auto saßen, um sich auf den Weg zum Krankenhaus zu machen, in dem der Minenarbeiter laut des Ghrianbury Lokalanzeigers lag, tauchten ihre Zweifel allerdings wieder auf.

„Meinst du … es könnte eventuell doch alles natürliche Ursachen haben?“, grübelte Trish laut. „Zu Beginn habe ich das natürlich ohnehin angenommen, aber nachdem ich dieses Vieh immer wieder sehe, das doch etwas zu echt ist … dann wiederum können ja auch gewisse

Substanzen furchtbar real erscheinende Halluzinationen hervorrufen oder?“

„Siehst du, du tust es schon wieder“, bemerkte Manja. „Du zweifelst. Aus meiner generellen Erfahrung heraus sage ich immer: Wenn es deutlich nach einem SnP aussieht, ist es auch eins. Ich meine, du hast meine Geräte vorhin gehört. Außerdem habe ich sowohl auf dem Weg hierher als auch schon direkt nach unserem Telefonat nachgeforscht, ob es irgendwelche seltsamen Zwischenfälle nicht supernaturaler Art in Ghrianbury oder Umgebung gab, wie beispielsweise Giftgasentweichungen oder unerlaubte Ableitungen chemischer Stoffe in Gewässer oder dergleichen. Aber weder auf den regulären Seiten, noch auf denen, wo wir Wissende uns unterhalten, konnte ich etwas finden.“

„Naja, vermutlich gibt es hier in Ghrianbury und drumherum kaum solche … Wissenden, die ihr … Wissen teilen könnten“, überlegte Trish weiter.

„Und wie erklärst du dir das mit dem Schnee?“

„Klimawandel?“, versuchte Patricia es und lachte humorlos.

„Siehst du“, sagte Manja und wandte sich ihrem vibrierenden Handy zu. „Bitte entschuldige, aber das muss ich kurz lesen.“

Trish nickte und war in der nächsten Sekunde auch schon wieder in ihren mentalen Teufelskreis aus Zweifeln und Sorgen versunken. War es wirklich richtig, was sie hier machte? Manja konnte ja wer weiß wer sein. Vielleicht hatte sie das Haus in Wirklichkeit mit ihren Geräten ausspioniert und lockte sie nun davon weg, damit irgendwo wartende Komplizen es in Ruhe ausrauben konnten oder sogar noch Schlimmeres vorhatten. Und *sie* würde schuld sein. Dann wiederum war ihre Oma nicht reich und hatte auch keine großartig wertvollen Stücke in ihrem Haus herumstehen, eher Dinge von ideellem als materiellem Wert. Außerdem hätte Manja dann sicher versucht, auch die Oma aus dem Haus zu lotsen. Aber wer wusste schon, was in den Köpfen von Verbrechern vorging?

Trishs ohnehin angespanntes und durch zu viele Guaranakekse mittlerweile überwaches Hirn spann den Faden des Grauens gleich weiter, denn wer sagte ihr, dass die junge, so sympathisch wirkende Frau keine Psychopathin war? Trish konnte schon direkt ihre Verwandten auf ihrer eigenen Beerdigungsfeier hören: ‚Ja, ja, sie war ja schon immer so naiv. Sich einfach mit jemandem aus dem Internet zu verabreden und dann nicht mal aus Datinggründen, das konnte ja nur schiefgehen. Nur gut, dass Oma Tama überlebt hat, weil sie der Irren eins mit ihrer Bratpfanne übergebraten hat und die guten, fähigen Constables auch gleich zur Stelle waren.‘

„Also, normalerweise sagt man ja ‚einen Penny für deine Gedanken‘, aber ich bin grade versucht, dir fünf Pfund für deine anzubieten“, drang die amüsierte Stimme ihrer Beifahrerin in ihre Befürchtungen.

Verdammt! Wie hatte sie denn geschaut? Wie peinlich! Trish war bekannt dafür, dass ihr Gesicht oft ganze Bandbreiten an Empfindungen zeigte.

Sie straffte die Schultern und schob ihre Zweifel zur Seite. Ganz funktionierte das nicht, aber ein Blick in den Rückspiegel zeigte, dass sie wenigstens ihre Gesichtszüge wieder unter Kontrolle hatte.

„Sorry, ich … ich war nur … ja, in Gedanken“, entschuldigte sie sich und Manja nickte sofort verständnisvoll.

„Ist ja auch kein Wunder bei all dem Stress, den du gerade durchmachst. Weihnachten an sich kann ja schon an den Nerven zerren, zusätzlich noch BsA – also Begegnungen supernaturaler Art inklusive all der Sorgen um die Sicherheit deiner Familie … Dann kennst du mich ja auch kaum …“, sie lachte auf und legte Trish kurz eine Hand auf die Schulter, weil ihr wohl etwas einfiel. „Es gibt Leute, die mich erstmal für eine psychopathische Einbrecherin halten, die sich unter falschen Vorgaben an sie heranschleicht, um ihre Situation dann schamlos auszunutzen.“ Sie lachte erneut auf. „Mal im Ernst, wieso sollte ich denn dann den ganzen Aufwand inklusive Website betreiben? Da genügt doch nun wirklich eine Anzeige auf Craigslist, oder?“

Trish fiel in ihr Lachen ein, auch wenn es bei ihr wesentlich gekünstelter und fast ein wenig irre klang. War Manja jetzt etwa auch noch Gedankenleserin? Oder einfach sehr gerissen? Trish zog ihre Unterlippe zwischen die Zähne und kaute nachdenklich darauf herum. So würde das nicht funktionieren. Sie brauchte Manja oder zumindest die Hoffnung darauf, dass diese ihr helfen konnte und sie konnte ja zwischendurch bei ihrer Nana anrufen, um nach dem Rechten zu … hören.

„Du … Trish …“, meldete sich Manja erneut zu Wort und sah sie besorgt an. „Alles okay?“

‚Ich weiß gerade nicht, ob du oder das Schneemonster schlimmer sind, aber hey, alles bestens‘, dachte Trish, sagte aber laut: „Na klar, alles super.“

„Meinst du … wir können dann losfahren?“

Das Krankenhaus befand sich in Lewisham, das etwa zwanzig Minuten von Ghrianbury entfernt war. Bei normalen Wetterverhältnissen. Allerdings war weiterer Schnee gefallen und allein bis auf die Hauptstraße zu kommen, kostete sie ein weiteres Mal weitaus mehr Zeit als die üblichen zwei Minuten. Im Schleichtempo bewegten sie sich also auf den Ortsausgang zu und Trish überlegte ernsthaft, ob sie zu Fuß schneller nicht gewesen wären.

Die Landstraße, die nach Lewisham führte, sah da schon wesentlich besser aus. Auch hier hatte es geschneit, jedoch nicht annähernd so viel wie in Ghrianbury und so erreichten sie das St. Lewis-Hospital nach etwa einer Dreiviertelstunde. Es war ein großes, altes Backsteingebäude, das sicherlich schon bessere Zeiten gesehen hatte.

Die Schwester an der Rezeption musterte sie kritisch, als sie etwas unschlüssig in der großen Eingangshalle standen und sich an den verschiedenen Schildern zu orientieren versuchten.

„Hallo“, sagte Manja mit einem breiten Lächeln und nun wieder ganz heiserer Stimme. Entweder hatte sie draußen extra gehustet, damit ihre Stimme angegriffen klang oder es bahnte sich tatsächlich eine Erkältung bei ihr an. Bloß nicht! Nicht auszudenken, wenn ihre einzige Verbündete krank wurde, auch wenn Sie sich an dem dafür passendsten Ort befanden.

„Ich hatte heute Mittag angerufen, wegen meines Onkels Viljo Marušić …“

„Ah, der Geistermann“, sagte die Schwester ein wenig genervt und Trish war sicher, dass dies nicht die nette Dame vom Telefonat war.

„Wie bitte?“, hakte Manja nach.

„Oh, entschuldigen Sie, aber … es war eine harte Nachtschicht. Ihr Onkel hat uns mehrmals herangeklingelt, weil er wieder seine Albträume hatte. Manchmal denke ich doch, dass er besser auf der Geschlossenen aufgehoben wäre, aber na ja, mich fragt ja wie immer keiner. Nichts für ungut, Schätzchen.“ Sie nickte Manja zu und wandte sich wieder ihrem PC zu.

„Wo genau liegt er denn?“, zog Trish ihre Aufmerksamkeit wieder auf sie beide.

„Ach ja, Zimmer 312, mit dem linken Fahrstuhl hoch und dann den Gang rechts runter. Wird ja ’ne Freude für ihn sein, wenn endlich mal jemand mehr als drei Worte mit ihm wechseln kann. Von uns hier spricht ja leider keiner Kroatisch.“

Trishs aufgesetztes Lächeln gefror, was der Schwester aber Gott sei Dank entging, weil Manja sie rechtzeitig mit sich zog.

„Ich spreche kein Kroatisch, du vielleicht?“, fragte sie nervös. Das fing ja gut an.

„Nein“, flüsterte Manja.

„Und was machen wir, wenn er kein Wort Englisch kann?“

„Zumindest konnte er wohl das Wort ‚Geist‘, es gibt also Hoffnung“, sagte Manja leichthin, während sie auf den Fahrstuhl warteten.

„Und wenn nicht? Versuchen wir dann mit Händen und Füßen zu kommunizieren?“ Trish merkte selbst, dass ihre Stimme ein wenig ins Hysterische abrutschte, aber gleich zu Beginn auf Schwierigkeiten zu stoßen, tat ihrem ohnehin desolaten Gemütszustand nicht gut. Wenn sie hier ihre Zeit verschwendeten und in der Zwischenzeit das Schneemonster wieder auftauchte und irgendjemand weniger Glück hatte als sie, es womöglich sogar ihre Nana oder Opa Lennox oder Balian angriff – nicht auszudenken! Panisch griff Trish nach ihrem Telefon und hibbelte ungeduldig auf den Fersen auf und ab, bis Oma Tama nach dem sechsten Klingeln endlich abnahm.

„Ist das meine Enkelin, die sich vor dem Putzen drückt?", meldete sie sich, doch es klang nicht neckend, sondern eher sauer.

„Ich hatte was ganz Dringendes zu erledigen und –"

„Ja, das habe ich auch und jemand wollte mir dabei helfen, aber na ja, ich kenne es ja nicht anders."

Trish atmete tief durch und zwang sich, nicht wütend zu werden, als sie in den Lift einstieg. Ihre Oma würde bestimmt bald wieder normal werden und dann so lieb wie eh und je zu ihr sein.

„Nana, was auch immer du tust – raus musst du doch nicht, oder? Wenn es noch was einzukaufen gibt, kann ich das gerne übernehmen."

„So wie du mir beim Putzen hilfst?", giftete ihre Großmutter. „Nein danke, ich schaffe auch das alleine, wenn auch erst morgen."

„Das heißt, du bleibst heute ganz sicher drinnen, ja?"

„Da ich alles *allein* saubermachen muss, wird mir nichts anderes übrigbleiben."

Trish biss sich auf die Zunge, um nicht erleichtert auszuatmen, während sie und Manja drei Stockwerke höher durch die Fahrstuhltür in einen langen Gang traten. Sie klammerte sich an den Gedanken, dass es im Oma Tamaschen Haus am sichersten war.

„Und nun entschuldige mich, ich habe ja noch sooo viel zu tun und das *ganz allein*", fügte ihre Nana hinzu und legte auf, sodass Trishs Versprechen, ihr später zu helfen, ungehört blieb.

„Wir sind fast da", sagte Manja sanft und deutete auf das Schild, das die Zimmernummern 300 bis 320 zu ihrer Rechten auswies. Hinter dem Empfangstresen auf dieser Etage saß niemand, nur das Telefon klingelte vor sich hin. Es war fast wie in einem Gruselfilm: Nirgends war ein anderes Geräusch zu hören, auch die Seitengänge waren verwaist. Ein ungutes Gefühl beschlich Trish, doch Manja ging entschlossen auf die Tür mit der Nummer 312 zu und klopfte an. Nichts geschah. Sie klopfte noch einmal und öffnete dann einfach die Tür.

„Zdravo?", ertönte es von drinnen und ein Mann mittleren Alters sah ihnen aus einem Krankenhausbett entgegen. Beide Beine waren bis zur Hälfte der Oberschenkel eingegipst. Wie furchtbar! Sofort durchfuhr Trish eine Welle des Mitleids.

„Tko …", begann er verwirrt und sah von einer zur anderen.

„Hallo, mein Name ist Manja Simmons und das ist Trisha Robbins-Saito", stellte Manja sie beide vor und lächelte den Mann an. „Wie geht es Ihnen denn? Es tut mir leid, dass wir einfach so hereinplatzen, aber –"

„Manja", unterbrach Trish sie, weil sie den verständnislosen Blick des Mannes bemerkte. In dem ihr eigenen

Redeschwall hatte die junge Frau wohl ein wichtiges Detail vergessen.

„Ach ja“, fiel es dieser wieder ein und sie wurde etwas langsamer. „Sorry, Mr Marušić, ich hoffe, dass ich das richtig ausspreche …?“

Der Angesprochene nickte zögerlich. „Marušić, da, Viljo Marušić.“ Er legte eine Hand an seine Brust und nickte.

„Verstehen Sie unsere Sprache?“, erkundigte Manja sich.

„Die Schwester sagte doch – “, begann Trish, wurde aber sofort wieder unterbrochen.

„Schwester nix …“, er suchte nach den richtigen Worten, „gute.“ Er schüttelte den Kopf. „Nix … pomoći … hilfen“, er deutete wieder auf seine Brust und schüttelte den Kopf. Offensichtlich war Schwester Unfreundlich ein ganz reizender Zeitgenosse.

„Was …“, Mr Marušić deutete auf seine Besucherinnen.

„Wir … haben einige Fragen wegen des Vorfalls in der Mine. Verstehen Sie? Dürfen wir Ihnen ein paar Fragen stellen?“

Der Mann sah sie ein wenig abweisend an. „Novinar?“

Diesmal war es an Manja und Trish, ihn irritiert anzusehen. Er hob eine Hand und machte eine Schreibbewegung, dann legte er beide Handflächen aneinander und öffnete sie anschließend seitlich.

„Schreiben … Buch …“, murmelte Manja. „Ah, Reporter? Journalist?“

Der Mann nickte nachdrücklich und Manja schüttelte den Kopf. Wieso stieg sie nicht darauf ein? Was wollten sie ihm denn sonst erzählen? Die Wahrheit? Um ihn noch mehr zu erschrecken?

Manja hob kurz den Zeigefinger, wie, um ihm zu bedeuten, einen kurzen Moment zu warten, tippte etwas in ihr Handy ein und hielt es Mr Marušić anschließend hin. Er betrachtete es stirnrunzelnd, dann hellten sich seine Züge ein wenig auf. „High Tech", sagte er mit starkem Akzent und tippte ebenfalls etwas ein.

Trish beugte sich vor und schielte auf den kleinen Bildschirm, auf dem ein Onlineübersetzer aufgerufen worden war. Grammatikalisch waren diese ja oft recht fragwürdig, aber in ihrem Fall besser als gar nichts.

„Advokat?", fragte er laut und sah sie hoffnungsvoll an. ‚*Sie Anwälte sind?*' stand auf dem Display.

Manja schüttelte den Kopf und gab wieder etwas in den Übersetzer ein. Trish vermutete, dass sie kurz ihr Anliegen erklärte, konnte aber nichts mehr erkennen, weil diese das Gerät nun in einem anderen Winkel hielt.

Der Mann las kurz und schüttelte nachdrücklich den Kopf. „Ich dachten … nezgoda … Unfall … Advokat von Firma."

Patricia fragte sich gerade noch, wie er darauf kam, da sie so gar keine businessmäßige Kleidung trugen, da deutete er auf Manja und dann auf die Aktentasche, die sie bei ihrem Hereinkommen neben sich abgestellt hatte. Während der Autofahrt hatte sie einige ihrer Geräte aus dem Rucksack umgepackt.

„Nein, nein, nein", sagt diese abwehrend und sofort wurde das Gesicht des Mannes verschlossen.

„Novinar“, sagte er überzeugt und auch Manjas Kopfschütteln und schnell eingetippte Worte konnten ihn nicht mehr vom Gegenteil überzeugen.

Trish verstand kein Wort von dem, was er noch sagte, doch es hörte sich keinesfalls wohlwollend an. Schließlich zeigte er entschieden auf die Zimmertür und griff nach der Klingel, die seitlich neben dem Bett von der Wand hing.

„Okay, wir gehen ja schon.“ Manja hob abwehrend die Hände und trat zusammen mit Trish den Rückzug an. „Entschuldigen Sie die Störung und gute Besserung.“ Damit ergriff sie ihre Tasche und verließ zusammen mit Trish den Raum.

„Das war ja wohl nichts“, sagte diese draußen enttäuscht.

„Ach, so leicht gebe ich nicht auf.“

Optimismus schien Manjas zweiter Vorname zu sein. Sie holte eines der Geräte hervor, mit denen sie auch schon Oma Tamas Haus untersucht hatte und starrte darauf. „Okay, hätte mich auch gewundert, wenn es großartig ausgeschlagen hätte.“

„Wieso?“, erkundigte sich Trish.

„Weil ich nicht glaube, dass das, was auch immer er gesehen hat, ihm gefolgt ist. Ist so ein Gefühl.“

„Und was machen wir jetzt? Zu dieser Mine fahren?“

„Noch nicht, wir gehen noch mal rein.“

„Was?? Er hat ja nun sehr deutlich gemacht, dass er unsere Gegenwart nicht schätzt und uns nichts erzählen wird.“

„*Uns* vielleicht nicht“, sagte Manja und ein spitzbübisches Grinsen erschien auf ihrem Gesicht. Leicht unterkriegen ließ die sich wohl nicht.

„Keine Panik, ich bin auf alles vorbereitet, also auf fast alles“, sprach sie weiter, als hätte sie schon wieder Patricias Gedanken gelesen. Sie gab etwas in ihr Handy ein und war kurze Zeit später offensichtlich in einen wichtigen Chat vertieft. Ab und an murmelte sie etwas wie ‚nein‘ oder ‚das doch nicht‘ und beugte sich schließlich herunter, um ein weiteres Gerät aus ihrer Tasche hervorzuziehen, diesmal ein Tablet, auf dem sie ebenfalls sofort herumzutippen begann.

Trish sah sich unsicher auf dem Gang um, konnte jedoch noch immer niemanden entdecken. Keine Patienten, kein Personal. Hatte man den armen Mann hier oben etwa ganz allein gelassen? Immerhin hatte er ja schon angedeutet, dass zumindest eine der Schwestern nicht gerade der hilfreichen Sorte angehörte. Wie furchtbar.

Ein leises Tuten ertönte und zog Trishs Aufmerksamkeit auf das Display von Manjas Tablet. Nach ein paar Sekunden erschien dort etwas Dunkles, Wuscheliges, das sich nach einer weiteren Sekunde als Haarschopf entpuppte.

„Mann, Manja, so schnell kann ja keiner im Handbuch blättern, wie du textest“, erklang eine tiefe, angenehm klingende Stimme und das verschlafene Gesicht eines jungen Mannes mit nacktem Oberkörper füllte die Hälfte des Bildschirmes aus. „Ich bin ja immer noch der Ansicht, dass du einfach jeden Tag zehn Abkürzungen dazu erfindest.“

„Es sind doch nur fünfundsiebzig“, erwiderte sie verständnislos. „Die Polizei hat viel mehr. Und als angehender Arzt müsstest du dich doch mit Abkürzungen auskennen, Tristan. Alles eine Frage des Lernens und für die Arbeit und schnelle Kommunikation bei S.O.o.M.P. unerlässlich.“

„Soomp-Regel Nummer eins, schon klar“, erwiderte er.

„S-O-O-M-P – alles einzeln: Und außerdem haben wir keine erste Regel, sondern nur unsere Hauptregel“, verbesserte Manja ihn geduldig und schien sein Grinsen zu übersehen. Offensichtlich nahm sie ihren Beruf ernster als ihr Gegenüber.

„Also, wieso textest und facetimest du mich überhaupt um diese Uhrzeit an und jetzt auch noch per Tablet?“

„Weil mein Handy mit vielen anderen Apps voll ist. Darüber hinaus ist es jetzt bereits nach zwei Uhr am *Tag*“, ließ sie ihn grinsend wissen.

Er fuhr sich durchs Haar und nun stand es noch mehr ab. Dunkler Teint, grüne Augen und soweit Trish es erkennen konnte gute Figur. Süßer Typ. Ob das Manjas Freund war? Mann, hatte die ein Glück! Aber mit ihrem umwerfend quirligen Wesen brach sie bestimmt eh alle Herzen. Mit mehr Kroatischkenntnissen sicherlich auch das des armen Herrn Marušićs. Wieso er wohl annahm, sie seien Anwälte? Nur wegen des Aktenkoffers? Nein, er hatte so hoffnungsvoll ausgesehen. War es möglich, dass sich die Firma, für die er tätig gewesen war, nicht weiter um ihn gekümmert hatte? Hatte er überhaupt eine Krankenversicherung, die auch hier in Großbritannien galt?

„Was willst du denn?“, erkundigte Tristan sich leise und gähnte hinter vorgehaltener Hand.

„Wir brauchen deine Hilfe, zieh dir mal was über, sonst versteht Mr Marušić die Situation noch vollkommen falsch und zeigt uns wegen unsittlichen Entblößens in der Öffentlichkeit an.“

„Also *ich* bin ja *zuhause*“, brummte er. „Wo ich mich zu entspannen versuche, nach einer langen, anstrengenden Nacht in einem angeblich verfluchten Haus.“

„Du hast den Auftrag allein ausgeführt? Bist du wahnsinnig?? Was da alles passieren kann! So weit bist du noch nicht!“, regte sich Manja auf, bis er beschwichtigend eine Hand hob.

„Ich war nicht allein“, erwiderte er mit gedämpfter Stimme, „und außerdem hat ein wenig Vorrecherche ergeben, dass es sich höchstwahrscheinlich um ein paar Kinder aus der Nachbarschaft handelt, die das Abrisshaus als ihren Privatspielplatz betrachten. Genauso war es dann auch. Also Geister: null, Kinder mit Hausarrest: fünf, Genervtheit: unbezahlbar.“

Trish verkniff sich ein Lachen.

„Na gut, aber bitte warte das nächste Mal trotzdem auf mich“, merkte die Special Protector an. „Du hast ja selbst gesehen, was einem so alles passieren kann.“

Von hinten legte sich etwas um Tristans Schultern und Trish zuckte kurz zusammen, bis sie erkannte, dass es ein Arm war. Ein normaler – nicht durchsichtig oder verwest.

„Wieso arbeitest du denn schon wieder?“, begann eine hellere Stimme und eine dunkle Mähne ergoss sich auf seine Schultern, als die zugehörige Person ihm einen zarten Kuss auf den Hals gab. „Ich dachte, wir genießen noch ein bisschen unsere –“

„Hi Elli!“, begrüßte Manja die junge Frau im Hintergrund und die erstarrte mitten in der Bewegung.

„Manja?“, fragte sie perplex und richtete sich sofort wieder auf. Vermutlich war der junge Mann also nur ein Freund oder Kollege Manjas. Das – oder sie lebten in einer *sehr* offenen und toleranten Beziehung.

„Ja und das neben mir ist meine neueste Klientin: Trish. Trish, das sind Elli und Tristan, ehemalige Klienten, seitdem neue S.O.o.M.P-Tzp, also Teilzeitprotektoren und außerdem gute Freunde von mir.“

„Hi“, machte Patricia ebenso betreten wie Elli und schloss kurz die Augen. Als sie diese wieder öffnete, hatte sich der Bildwinkel verändert und zeigte nun hauptsächlich Tristans Kopf sowie die Zimmerdecke.

Manja schien die Peinlichkeit der Situation größtenteils zu entgehen, denn sie plapperte munter drauf los, erläuterte ihre Situation und bat den jungen Mann, den sie als Tristan vorgestellt hatte, ihnen als Dolmetscher zur Seite zu stehen.

„Dein Vater ist doch Kroate, nicht wahr?“, hängte sie als letzte Frage hintendran.

„Nein.“

Trish hielt entsetzt den Atem an und auch Manja machte einen verdatterten Eindruck.

„Auf seinem Pass ist er Serbe“, setzte Tristan jetzt hinzu, „aber einige unserer engsten Verwandten väterlicherseits sind Kroaten, was wohl bedeutet, dass diese ganze Abstammungsgeschichte hinten und vorne nicht stimmt. Was für euch auch nicht weiter relevant ist. Um dir die nächste Frage mal einfach abzunehmen: Ja, ich spreche sowohl serbisch als auch kroatisch, wobei ich anmerken muss, dass es da kaum große Unterschiede gibt – was für euch wohl auch nicht weiter wichtig ist. Sorry, bin einfach zu müde."

Patricia und Manja atmeten beide erleichtert auf und Tristan gab ein genuscheltes „Wartet mal kurz!" von sich.

Nun verschwand auch er aus dem Fokus der Kamera, dann flog etwas über den Bildschirm, sodass er kurzzeitig verdeckt wurde. Etwa eine Minute später wurde er in seine ursprüngliche Position zurückgedreht und zeigte nun wieder den jetzt mit einem dunkelgrünen Shirt bekleideten jungen Mann, welches seine grünen Augen noch stärker leuchten ließ. Von Elli war weiterhin nichts mehr zu sehen.

Mit dem Tablet in der Hand klopfte Manja schließlich erneut an Mr Marušićs Tür und Trish betete inständig, dass er nicht sofort nach der Schwester läutete. Sein Gesichtsausdruck war äußerst finster, aber er hielt im Greifen nach der Klingel inne, als Manja ihm, mit dem Tablet winkend und einem entschuldigenden Lächeln, das Wort für ‚Dolmetscher' nannte, auch wenn es nur entfernt so klang, wie Tristan es kurz zuvor ausgesprochen hatte.

Trish nahm an, dass dieser sich jetzt vorstellte, denn Mr Marušić hörte interessiert zu und nahm das Tablet schließlich sogar entgegen. Das Gespräch entwickelte sich langsam, aber nach und nach verschwand der mürrische Ausdruck auf dem Gesicht des Patienten und es begann eine lebhafte Diskussion, die Trish und Manja, hoffnungsvolle Blicke wechselnd, aus einigem Abstand betrachteten. Ab und an stellte Tristan eine Nachfrage an

Manja, nur um Mr Marušić anschließend alles zu übersetzen. Trish nahm an, dass sowohl Tristans sympathisches Äußeres, seine Sprachkompetenz, als auch der Fakt, dass jemand seiner Geschichte Glauben zu schenken schien, den Minenarbeiter dazu bewegte, nun doch seine Erfahrungen mit ihnen zu teilen. Zwischendurch musterte er Manja kritisch und Trish nahm an, dass Tristan ihm ein wenig von dem erzählte, was Manja beruflich machte. Hey, Hauptsache, er schmiss sie nicht raus.

Schließlich verabschiedeten sich die beiden Hauptgesprächspartner wieder voneinander und Mr Marušić gab Manja das Tablet zurück.

„Er würde sich jetzt gerne ein bisschen ausruhen", ließ Tristan sie wissen und seine Kollegin nickte. Sie und Trish bedankten sich vielmals bei Mr Marušić und verließen erneut sein Zimmer.

Wieder war der Gang draußen leer und Trish fragte sich, ob die Leute hier eventuell ebenfalls von der seltsamen ‚Krankheit' oder Wesensveränderung befallen wurden wie in Ghrianbury.

„Na, dann übersetz uns jetzt mal die ganze Geschichte", forderte Manja ihren Kollegen auf, als sie sich ein wenig von Zimmer 312 entfernt hatten, um den Mann nicht mehr zu stören.

Im Hintergrund war jetzt auch wieder die junge Frau zu erkennen, die sich einen Stuhl nahe an ihren Freund herangezogen und in der Zwischenzeit etwas frisch gemacht hatte. Obwohl sich die beiden weder berührten noch verliebte Blicke miteinander austauschten, konnte man selbst über den Bildschirm spüren, wie nah sie einander standen und was für eine Einheit sie waren. Unpassenderweise machte sich mit dieser Beobachtung ein Ziehen in Trishs Herz- und Bauchgegend bemerkbar, weil sie sofort an Balian denken musste.

„Also, Viljo war für einen gewissen George Meyers tätig, der sich ein riesiges Eisenerzvorkommen in einer alten Mine, die auf einem von ihm neu erworbenen Stück Land steht, erhofft hatte“, fing Tristan an zusammenzufassen. „Aus diesem Grund hat er ein paar Leute angeheuert, die das Eisenerz fördern sollten. Viljo meinte, dass da gar nicht so viel zu holen war, doch das hat den Boss nicht interessiert und so haben sie halt weitergearbeitet. Dann kam es eines Tages zum überraschenden Einsturz einer eigentlich schon abgestützten Wand, die den Blick auf eine weitere Mauer freilegte.“

„Was für eine Mauer?“, wollte Manja wissen. „Von Menschen erbaut?“

„Ja – eine aus Mauersteinen zusammengesetzte, mit etwas wie einem Fenster in der Mitte, aber ohne Glas, ebenfalls aus Stein.“

„Also nur eine Art Rahmen?“

„So klang es zumindest und es soll was draufgestanden haben, was Viljo nicht lesen konnte, weil es selbstverständlich nicht auf Kroatisch verfasst gewesen war. Alte, verschnörkelte Schrift. Was aber noch seltsamer war: Es wurde plötzlich eiskalt in der Mine und er fing an, irgendwas zu hören, wie ein Flüstern oder so. Seine Freunde, mit denen er zusammengearbeitet hat, sind total ausgerastet und wollten sofort alle raus, aber Viljo sagte, er habe sich nicht mehr bewegen können … ach so, ja, da war unter der Schrift noch ein Wappen mit einem Bären und einem … was war das … ich glaub’ einem Widder.

Und dieses seltsame Flüstern hat ihm dann irgendwie befohlen, das Wappen zu berühren, was er, entgegen den Warnungen seiner Freunde dann auch tat."

„Wussten die anderen denn etwas damit anzufangen?", unterbrach Trish ihn das erste Mal.

„Nein, aber Viljo denkt, sie haben das Flüstern auch gehört, auch wenn sie es hinterher natürlich geleugnet haben."

„Klar, typisch Mann", entfuhr es Trisha und sie hielt sich erschrocken die Hand vor den Mund. „Sorry", murmelte sie dann betreten, doch Manja und Elli hatten laut aufgelacht und auch Tristan grinste. „Stimmt schon. Wir müssen ja auch immer so stark für euch sein – das schwache Geschlecht."

Elli knuffte ihn in die Seite und Trish und Manja lachten noch mehr.

„Jedenfalls hat diese Stimme, die er gehört hat, ihn nachdrücklich dazu aufgefordert, das Wappen zu berühren", fuhr Tristan fort, „und als er es schließlich tat, gab es eine Art Erdbeben."

„Könnte ein blöder Zufall und ein reguläres Beben gewesen sein", wandte Manja ein. „Anfang des Jahres hat es im Süden Englands ein kurzes Erdbeben mittlerer Stärke gegeben, so ganz abwegig wäre das also gar nicht."

„Wartet mal kurz", meldete sich Elli zu Wort und schien etwas zu suchen. „Da waren zwei in diesem Jahr, eins im Februar und eins im Juni, aber ich kann nichts von November oder Dezember finden. Wo genau seid ihr noch mal?"

„Ghrianbury, Gloucs", erklärte Manja.

Elli war wieder ein paar Sekunden lang still, dann schüttelte sie den Kopf und hob kurz ihr Mobiltelefon. „Gar nichts, nicht mal über den Vorfall in der Mine."

„Gut, danke dir, weiter", forderte Manja Tristan auf und notierte sich wieder etwas.

„Okay, wo war ich? Genau, die Erde bebte und Viljo meinte auch, dass es wie eine direkte Reaktion auf das Berühren war. Wie dem auch sei, im nächsten Augenblick stürzte die neu gefundene Mauer auch gleich ein und jetzt kommt das wirklich Gruselige: Aus dem Loch kam gleißendes Licht und darin hat sich etwas bewegt."

„Eine PL", sagte Manja, doch Tristan schüttelte den Kopf.

„Das mag das Lokalblatt draus gemacht haben, weil sie ihn nicht richtig verstanden haben, aber mir hat er gerade erzählt, es wäre irgendeine riesige, definitiv *lebendige* Kreatur gewesen, mit Fell und Hörnern am Kopf, und sie hat ohrenbetäubend gebrüllt und sei dann losgestürzt, um ihn und seine Kumpels zu ihrer nächsten Mahlzeit zu machen."

Trish wurde ganz weich in den Knien. Sollte sie nicht eigentlich erleichtert sein und sich freuen, dass noch jemand dieses Wesen gesehen hatte? Nach Berichten hierzu suchte sie doch die ganze Zeit. Sie war hin und her gerissen. Am liebsten wäre sie wieder in Mr Marušićs Zimmer gestürmt, doch der Mann hatte nun wirklich genug durchgemacht. Und was hätte sie auch groß fragen sollen? ‚Hey, du hast das Schneemonster auch gesehen? Wollen wir einen Fanclub gründen und uns T-Shirts machen?'

„Siehst du, klingt doch ganz schön nach deiner Yeti-Monster-Version, oder?", wandte sich Manja an sie.

„Wir haben Yetis in England??“, fragte Tristan entgeistert und Manja schüttelte sofort den Kopf.

„Nein und wenn, dann sind Yetis auch keine Menschenfresser. Die Lepcha beispielsweise verehren ihn als Jagdgott.“

„Ja, das passt“, murmelte Trish. „Gejagt hat es mich ja.“

„Im Glauben der Lepcha sind sie aber nicht seine Beute und dein Schneemonster ist auch keiner, da bin ich mir sicher.“ Manja nickte auffordernd. „Aber wir sollten uns trotz dieser sehr brauchbaren Infos unbedingt selbst noch bei der Mine umsehen.“

„Ihr wollt in eine halb zusammengestürzte Mine kriechen?!“, entfuhr es Elli entgeistert.

„Nein, reingehen werden wir nicht. Schon gar nicht kriechen, ich vielleicht kurz – also rein*gehen*, aber das wird sich noch zeigen –“

„Du spinnst“, ließ Tristan Manja wissen und für einen Moment starrten sie und er sich wortlos an, dann zuckte sie die Schultern.

„Ja, aber was ist neu daran?“

Der junge Mann schüttelte verständnislos den Kopf. „Trish, versprich mir, dass du sie in jedem Fall davon abhältst da hineinzumarschieren, ich verlass mich auf dich“, wandte er sich an die Genannte und die nickte artig.

„Wieso hat Viljo gefragt, ob wir Anwälte sind?“, stellte sie gleich im Anschluss die Frage, die ihr nicht aus dem Kopf ging. „Hat er irgendwas dazu gesagt?“

„Offensichtlich gibt es da einen kleinen Rechtsstreit mit der Firma, für die er tätig ist, beziehungsweise war." Tristans Augen verengten sich, als er verärgert fortfuhr: „Sie haben gesagt, sie schicken jemanden, aber natürlich ist keiner gekommen. So, wie es halt läuft. Schön Arbeitskräfte aus anderen Ländern holen, die verzweifelt genug sind, schwarz für 'nen Hungerlohn zu ackern und die Landessprache nicht gut genug kennen, damit sie auch nur ja nicht aufmucken. Und wenn dann was passiert, ist plötzlich keiner zuständig und es ist vollkommen egal, ob vorher alle Sicherheitsvorschriften vonseiten des Unternehmens eingehalten wurden oder nicht, denn um dagegen anzugehen, müsste man sich einen Anwalt nehmen, den sich Viljo aber natürlich nicht leisten kann. Sie zahlen seinen Krankenhausaufenthalt, weil die Chefs sich kennen, aber das ist auch alles. Keine Lohnfortzahlung, nichts. Also haben sie ihn auf diese Etage verfrachtet, die eigentlich wegen anstehender Renovierungsarbeiten gesperrt ist."

Deswegen war hier niemand zu sehen.

„Und in seinem Zustand wird Viljo noch ein paar weitere Wochen ausfallen, was für seine dreiköpfige Familie bedeutet, für diese Zeit allein vom Gehalt seiner Frau leben zu müssen. Ende der Woche setzen sie ihn auf die Straße und dann wird er nach Hause fahren. Eineinhalb Tage lang mit zwei kaputten Beinen in Bussen, weil ein Flug für ihn unerschwinglich ist."

Deswegen hatte der arme Mann so hoffnungsvoll ausgesehen, auch wenn ihm bestimmt klar gewesen war, dass sie keine Anwälte sein *konnten*. Was für ein widerlicher Drecksverein!

„Was ist mit seinen Freunden, den anderen Arbeitern?", hakte Manja nach.

„Die haben sich schön verdünnisiert, zwei gleich nach dem Vorfall und der dritte nach einem kurzen Besuch bei Viljo.“

„Also haben ganz sicher alle überlebt?“

„Ja.“

„Okay, dann düsen wir jetzt los zur Mine und ich mach da meine Messungen“, sagte Manja und wirkte ganz aufgekratzt. Sie schien ihren Job sehr zu lieben. Vermutlich machte *Supernatural* zu spielen ja auch mehr Spaß, wenn man nicht direkt betroffen war.

„Alles Gute für euch“, sagte Elli und sah Trish aufmunternd an. „Du, wir haben auch einiges schräges Zeug durch und ohne Manja säßen wir jetzt vermutlich nicht hier.“

„Ach, iwo“, winkte die Special Protector verlegen ab.

„Du hast die Beste an der Seite, also keine Sorge“, fügte Tristan hinzu und quittierte Manjas Kommentar, dass es dafür keine Gehaltserhöhung gäbe, mit einem Grinsen. „Macht’s gut und haltet uns auf dem Laufenden!“

Damit wurde die Verbindung unterbrochen. Manja packte eilends ihren Laptop ein, schulterte ihre Tasche und sie traten den Rückweg an.

Es ist ein Zauber entsprungen

Die Mine war nicht allzu weit entfernt, wenn auch wesentlich schwerer zugänglich als gedacht. Da sie sich mitten in einem Waldgebiet nahe des Rosewood Anwesens befand und aufgrund des Vorfalls in ihr der einzige Zufahrtsweg – der natürlich ohnehin offiziell nur für Baufahrzeuge war – gesperrt war, mussten Manja und Trish ihr Auto bald stehenlassen und ein gutes Stück des Weges zu Fuß zurücklegen. Der tiefe Schnee machte dieses Unterfangen nicht gerade leichter.

Trish war hin- und hergerissen zwischen dem Wunsch, diesen Wald möglichst schnell und in jedem Fall vor Einbruch der Dunkelheit wieder zu verlassen, und dem nach schneller Aufklärung. Sie wusste noch immer nicht, wie sie sich fühlen sollte, weil jemand, der absolut nichts von ihrer Begegnung der unnatürlichen Art wusste, genau das beschrieben hatte, was auch sie gesehen hatte. Und wie wahrscheinlich war es, dass es *zwei* Wesen dieser Art gab? Oh. Mein. Gott. Der Gedanke ließ sie beinahe nervös auflachen.

Manja schien von ihrer Nervosität allerdings nichts zu bemerken, denn sie war vollauf damit beschäftigt, mit ihren Geräten die Gegend abzusuchen und immer wieder Abkürzungen vor sich hinzumurmeln, die sie mit einem Aufnahmegerät festhielt. Im starken Kontrast zu deren Reaktionslosigkeit in Oma Tamas Cottage und im Krankenhaus stimmten diese hier ein ganzes Konzert an, das immer lauter wurde, je näher sie dem Eingang der Mine kamen.

„Und? Was sagen sie so?“, wandte sich Patricia an ihre schwer beschäftigte Begleiterin.

„Wer?“, fragte diese ein wenig abwesend.

„Deine Geräte“, erwiderte Trish und trommelte dabei nervös mit behandschuhten Fingern auf ihrem Oberschenkel herum.

„Meistens piep, krrch und auch düdelü, je nach Gerät.“ Manja grinste, doch Trishs eigenes Grinsen fiel recht kläglich und verkrampft aus. Es war eiskalt, sie kam sich unnütz vor und hatte viel zu viel Zeit zum Nachdenken und sich Sorgen machen.

„Hier gibt es eine Menge Aktivitäten“, frohlockte Manja.

„Wie schön!“, kommentierte Trish mit schlecht gespielter Begeisterung.

„Hey, das ist gar nicht schlecht, denn das bringt uns sicherlich der Lösung näher“, versuchte Manja sie aufzumuntern und Trisha biss sich auf die Lippen.

Meine Güte, konnte sie sich vielleicht mal endlich besser zusammenreißen? Manja war schließlich nicht hier, um ihre Seelentrösterin zu sein, übernahm den Job aber doch hin und wieder und das war einfach unfair, denn schließlich hatte sie genug anderes zu tun. Sie war hier nicht als Freundin, sondern als Profi, – hoffentlich – nicht, dass Patricia auf diesem Gebiet irgendwelche Vergleichsmöglichkeiten oder mehr als die Aussagen von Manjas Kollegen hatte, die ja in keinem Fall geschäftsschädigend agieren würden. Okay, so kam sie nicht weiter.

„Was *genau* sagen deine Geräte denn so?“, zwang sie sich zu etwas mehr Selbstbeherrschung.

Manja antwortete nicht sofort, weil sie nacheinander zwei ihrer Messgeräte durch das Gitter des Tores hielt, mit dem der Eingang verschlossen worden war. Das Piepen und Brummen wurde noch lauter und sie stieß einen erstaunten Pfiff aus, bevor sie erneut etwas notierte und sich wieder Trish zuwandte.

„Nachdem ich an der Bushaltestelle ausgestiegen bin – also noch bevor ich dich im Haus deiner Oma aufgesucht habe – war ich kurz im Dorfzentrum, um mir dort ein erstes Bild von der Situation zu machen“, erklärte Manja mit einer Engelsgeduld. „Die Aktivitäten, die ich dort messen konnte, ähneln denen hier, nur sind sie hier viel stärker. Das wird zum einen daran liegen, dass die AL lange hier eingesperrt war und … nein, warte, sie sind nicht wirklich stärker, das beschreibt es nicht ganz … sie sind … konzentrierter. Genau. Und ja, zum anderen liegt es daran, dass es sich nicht nur um *eine* handelt … “

Trish stutzte. „Was?! Willst du mir jetzt sagen, dass tatsächlich mehrere von diesen Monstern hier herumlaufen?!“

„Ich kann dir nicht sagen, in welcher Form die anderen ALs sich zeigen oder welche sie haben“, gab Manja keine zufriedenstellende oder beruhigende Antwort. „Ich muss die Daten auch erst später in Ruhe auswerten, um Genaues sagen zu können, aber es sind eindeutig mehr als eine."

Trish schluckte. „Wie viele denn?"

„Ich denke, mindestens drei oder vier, aber das ist schwer zu sagen, weil nur zwei wirklich deutlich sind. Siehst du, hier …" Sie drehte sich so, dass Trish ebenfalls auf das Display eines der Geräte schauen konnte. „Jede Verwendung von Magie hinterlässt Spuren im Äther und zwar sehr spezielle Spuren."

„Magie??", fragte Trish entgeistert.

„Aber ja", erwiderte Manja, als sei es das Normalste der Welt. Vermutlich war es das für sie ja auch. „Das hier ist auf jeden Fall magischer Natur."

„Aber auch supernatural?"

„Das schließt sich nicht unbedingt aus", erklärte die Agentin des Übersinnlichen. „Alles Magische ist supernatural, aber nicht alles Supernaturale ist magisch."

Tausend weitere Fragen rasten durch Patricias Kopf, doch wenn sie jetzt auch nur die Hälfte davon stellte, verloren sie kostbare Zeit. Was ihr hinterher noch an Informationswünschen einfiel, konnte sie *dann* anbringen und so zwang sie sich, Manjas Ausführungen einfach weiter zu lauschen.

„Die Spuren, von denen ich sprach, sind wie eine Art Fingerabdruck des Geschöpfs, das die Magie benutzt hat. Siehst du … die hier sieht ganz anders aus als die …"

Sie wies erst auf eine violett leuchtende, gezackte und unruhig auf und ab zuckende Linie, die stark an die Aufzeichnung eines EKGs erinnerte, und danach auf eine fast gerade dunkelblaue. Daneben gab es noch einen weißen

Punkt, der immer mal wieder aufleuchtete und ein ebenfalls sehr lebhaftes hellblaues Licht auf Zick-Zack-Kurs.

„Mit der Ansicht hier sieht man es auch recht schön“, fügte Manja an. Sie drehte an einem kleinen Knopf und das Display sah nun aus wie eine Handykamera – nur dass man durch es hindurch nicht nur die Wand sah, auf die Manja das Gerät richtete, sondern auch leuchtende Streifen und Flecken, die in denselben Farben gehalten waren wie die Linien zuvor.

„Hach, ich *liebe* mein EMF!“, seufzte Manja mit vor Glückseligkeit funkelnden Augen. „Es gibt noch zwei weitere Einstellungen, aber die zeige ich dir ein anderes Mal. Man konnte auch so wunderbar sehen, wie schwach die zwei anderen magischen Spuren sind.“

„Was bedeutet das?“, wollte Trish wissen.

„Nun, ich nehme an, dass die anderen ALs die Mine schon früher wieder verlassen haben“, antwortete Manja. „*Sehr* viel früher, denn das würde – abgesehen von einer mangelhaften Begabung – ganz gut erklären, warum ihre Spuren so verwischt sind. Aber um das genau sagen zu können, muss ich da jetzt rein.“

„Auf gar keinen Fall!“, entfuhr es Patricia entsetzt. „Was ist, wenn es oder sie noch da sind?“

„Nein, dann wären die Werte anders.“

„Und wenn da drinnen was zusammenkracht … nein, das ist es nicht wert!“, beharrte Patricia.

„M-hm“, gab Manja von sich und machte sich bereits am ersten Schloss zu schaffen. „Auweia, da hätten sie es aber auch gleich ganz auflassen können“, sagte sie zufrieden, als die zwei funkelnagelneuen Schlösser nach kurzer

Zeit aufsprangen und den Weg ins Innere der Mine freigaben.

Trish sah sie mit einer Mischung aus Faszination und Entsetzen an.

„Was man so lernt." Manja zuckte grinsend die Schultern, holte zwei mittelgroße, kastenförmige Geräte aus ihrem Rucksack und reichte Trish eines davon. Funkgeräte!

„Hier drücken, um zu sprechen, ganz einfach – aber sicher kennst du die … nein?", fuhr sie fort, als Trish den Kopf schüttelte. „Macht nichts. Mach's, wie ich's dir gesagt habe, so bleiben wir in Verbindung."

Sie stopfte ihr Walkie-Talkie in ihre Jackentasche, griff erneut in den Rucksack, der einen schier unermesslichen Vorrat an technischen Geräten zu beherbergen schien – groß genug war er ja auch dafür – und brachte diesmal eine große Taschenlampe zum Vorschein, mit der sie Wände und Boden ableuchtete, bevor sie den ersten Schritt durch das Tor machte.

Trish legte ihr eine Hand auf die Schulter. „Wirklich, *bitte*! Ich will nicht, dass du da reingehst, das ist lebensgefährlich! Wenn du da verschüttet wirst … und außerdem hab ich deinen Freunden versprochen –"

„Ganz ruhig", sagte Manja und wandte sich zu ihr um. „Das ist nicht die erste Höhle oder Mine, die ich im Rahmen meiner Ermittlungen betrete. Ich bin vorsichtig und werde auch nicht zu weit reingehen. Aber schau, da und da …", sie ließ den starken Lichtstrahl zu beiden Seiten des vor ihr liegenden Ganges wandern, „… sind die neu errichteten Stützbalken und die sehen noch voll intakt aus. Ich prüfe jeden, bevor ich weitergehe, und wenn es mir zu heikel wird, dann bin ich wieder draußen. Du bleibst hier und sollte wider Erwarten etwas sein, kannst du Hilfe holen, okay?“

Ohne eine Antwort abzuwarten, setzte sie ihren Weg fort und Trish blieb mit mulmigem Gefühl zurück, starrte ängstlich auf den Lichtstrahl, der bald alles war, was sie noch im Innern erkennen konnte. Letztendlich verschwand auch dieser. Panisch drückte Trish die Sprechtaste am Funkgerät und hob es an die Lippen.

„Alles okay?“, erkundigte sie sich halblaut und Manja bejahte nach einigen Schrecksekunden.

„Ich muss noch ein bisschen weiter rein und … oh.“

„Was?“, fragte Trish sofort alarmiert.

Von Manjas Seite aus ertönte ein leises Lachen, dann wurde der Lichtstrahl ihrer Taschenlampe wieder sichtbar und schwenkte kurz hin und her, so als würde sie damit winken, als sie erneut kurzzeitig den Hauptgang passierte. „Kann ja keiner ahnen, dass sie in beiden Gängen herumgelaufen sind … ah okay, hier werden die Messungen auch gleich *noch* stärker, wie schön.“

Wieder wurde das Licht schwächer und verschwand schließlich. Trishs Finger krampften sich um das Funkgerät. Nein, so ging das nicht. Sie konnte doch nicht einfach hier draußen stehenbleiben und Manja ganz allein da drinnen lassen, wo sie auf alles Mögliche stoßen konnte. Andererseits war das Argument, dass sie bei diesem Himmelfahrtskommando dann wenigstens Hilfe holen konnte, falls der Special Protector etwas zustieß, auch unschlagbar. Und war es nicht gerade immer sie, die bei jedem Film, in dem die Helden zusammen in ein Haus, eine Höhle oder einen Kerker unter der Erde gingen, laut rief: „Seid ihr blöd?! Einer muss draußen bleiben, damit hinter euch keiner die Tür zumachen und abschließen kann! Selbst schuld, wenn ihr in die Falle geht!“

Eine gefühlte halbe Ewigkeit, die aber mit Sicherheit maximal eine halbe Minute war, verging, dann meldete sich Manja erneut. „Ich bin jetzt an der Stelle, von der Mr Marušić uns erzählt hat, und Freundchen, ist *hier* was los! Hörst du das?“

Im Hintergrund vernahm Trish das noch wildere Piepen und Brummen der ausschlagenden Geräte.

„Ja“, sagte Trish angespannt, „aber was bedeutet es genau? Weißt du schon, wie viele? Ob gut oder böse? Oder welche Form? Noch mehr Monster, Geister und Kobolde?“

„Kobolde leben gepflegter. Denen wäre das hier viel zu kalt und ungemütlich“, erwiderte Manja und machte aus dem Scherz mal wieder Ernst. Solche Wesen existierten also *ebenfalls* in der Realität. Wunderbar!

„Und Geister tauchen meist nur an dem Ort auf, an dem sie verschieden sind“, fuhr die Special Protector fort. „Tote hat es ja Gott sei Dank bei dem Unfall nicht gegeben und ich kann auch keine Anzeichen für eine Geistererscheinung finden. Was die Monstersache angeht … es gab hier eine besonders starke, aggressive Kraft und soweit ich das erkennen kann, war sie auch für den Teileinsturz des Ganges verantwortlich.“

„Also doch nur *ein* Monster?“, fragte Trish hoffnungsvoll.

„Sieht ganz danach aus“, bestätigte Manja zu ihrer großen Erleichterung. „Mit der anderen Spekulation habe ich mich allerdings geirrt – es waren sogar sechs Individuen mit verschieden starken magischen Kräften hier vor Ort. Die stärkste davon ist vermutlich unser Yeti-Untier."

„Na wunderbar!", entwischte es Trish frustriert. „Der Böse ist mal wieder der Stärkste!"

„Oh, solch eine Wertung würde ich noch nicht machen", erwiderte Manja. „Ich weiß, die meisten Leute denken bei paranormalen Erscheinungen immer gleich an etwas Böses, aber das muss nicht immer der Fall sein. PGs – Poltergeister beispielsweise – sind einfach Wesen, die Schabernack treiben, ohne jemand verletzen zu wollen. Ich sage nicht, dass es nicht passieren *kann*, aber es ist nicht ihre Intention."

„Was, denkst du, hat das *Biest* hier vor?"

„Das kann ich noch nicht genau sagen, aber es ist wütend, *sehr* wütend", ließ Manja die nicht gerade beruhigende Nachricht verlauten.

„Und dann behauptest du, es sei *nicht* böse?"

„Bist *du* gleich böse, nur weil du manchmal wütend wirst?", konterte Manja geschickt. „Lassen wir die Wertung doch wirklich erst mal weg, ja? Ich glaube, hier gab es eine Art Kampf – zumindest sind hier verschiedene Zauber entstanden, die nicht so ganz miteinander harmoniert haben. Also hatte unser Monster wahrscheinlich einen guten Grund, zornig zu werden."

Ihre Worte beschämten Trish ein wenig und sie fühlte, wie ihre Wangen sofort etwas wärmer wurden – endlich mal, ohne dass Balian dabei seine Finger im Spiel hatte. Trish sah bei dem Gedanken an ihn gleich hinüber zu dem Wanderwegschild nicht weit von ihnen entfernt, auf dem auch das Rosewood Anwesen eingezeichnet war. Wie es ihm wohl gerade ging? Hoffentlich besser. Und hoffentlich musste er nicht immer noch den ganzen Tag mit seiner Schwester herumstreiten. Wenn sie die Sache mit dem Monster aufgeklärt hatten, musste sie sich, wie geplant, auch unbedingt um die beiden Geschwister kümmern.

„O-ha!“, vernahm sie Manjas Stimme aus dem Funkgerät und zuckte sogar ein bisschen zusammen. „Was ist denn *das* Schönes hier?“

„Was hast du gefunden?“, fragte Trish aufgeregt.

„Die Überreste der Mauer und damit auch das Wappen, von dem Viljo erzählt hat. Hm … ich versuche das mal zusammenzusetzen …“

Trish vernahm scharrende und klackernde Geräusche und dann wieder Manjas Stimme: „Toll, das ist wie in einem Live-Computerspiel! Ich liebe meinen Job!“

Sie seufzte kurz, bevor sie weitersprach: „Ja – sieht echt nach Widder und Bär aus. Könntest du mal recherchieren, welche adlige Familie so ein Wappen hat? Ich hab hier unten keinen Handyempfang und eigentlich hätten wir das schon viel früher machen müssen.“

„Klar“, gab Trish zurück, hielt jedoch kurz inne, weil sie meinte, eine Art Rumpeln in der Ferne vernommen zu haben. Kam da ein LKW oder etwas Ähnliches die Straße entlang? Sie lauschte noch einen Moment, in der Angst, dass sich ein erneutes Beben in der Mine anbahnte, kramte aber, als nichts weiter zu hören war, schnell ihr Handy aus der Tasche. Zwei Balken zeigten sich auf dem Teil des Displays, das den Netzempfang symbolisierte. Nicht gerade der Hit, aber vielleicht genügte es, um ein paar Infos abzurufen. Sie gab schnell die Worte ‚Familienwappen‘, ‚Widder‘ und ‚Bär‘ ein und wartete. Lange.

„Und?“, tönte Manjas ungeduldige Stimme durch das Walkie-Talkie.

„Noch ni…“ Sie erstarrte und ließ den Sprechknopf entsetzt los. Da war das Wappen und der Name, der darunter stand, war Trish durchaus bekannt – auch wenn sie ihn erst vor Kurzem zum ersten Mal gehört hatte.

„Trish?“

Sie atmete tief durch, drückte tapfer auf den Knopf des Funkgerätes. „Es ist das Familienwappen der Lennox‘“, brachte sie mit dünner Stimme heraus.

„Wusst ich’s doch!“, stieß Manja mit einer Begeisterung aus, die Patricia überhaupt nicht teilen konnte.

Tief in ihrem Inneren hatte sich zwar auch schon der Verdacht geregt, dass Balians Familie mit den seltsamen Ereignissen um sie herum sowie dem Monster zu tun hatte, – mehr als er zugab – aber sie hatte es einfach nicht wahrhaben wollen; hatte den jungen Mann zu sehr ins Herz geschlossen, um ihn bewusst mit dem gehörnten Biest in Verbindung zu bringen.

„Es tut mir sehr leid für dich, Trish“, fuhr Manja nun fort, „weil ich weiß, dass du gewisse Gefühle für den jungen Lennox hegst, aber … eigentlich hatte ich ihn und den Rest seiner Familie von Beginn an im Verdacht. Allein schon, weil das mysteriöse Rosewood Anwesen kurz nach dem Vorfall in der Mine wieder in alter Pracht erblühte. So was ist nämlich keine Kunst, wenn Magie im Spiel ist. Das alles heißt natürlich nicht, dass Balian gleich ein Magier oder gar bösartig ist, wir müssen ihn jetzt aber *unbedingt* aufsuchen! Warte – ich speichere die magischen Fingerabdrücke noch schnell auf meinem EMF und komme danach wieder zu dir raus.“

Trish nickte, obwohl Manja es nicht sehen konnte und hielt schon wieder inne. Erneut hatte sie dieses dumpfe Geräusch gehört, nur hatte es dieses Mal eher nach einem Brummen geklungen. Ihr Herz sprang gegen ihren Brustkorb und sie wich ein Stück zurück, stieß mit dem Rücken gegen das eiserne Gitter der Mine, was nun leider ein lautes Scheppern erzeugte.

„Manja!“, raunte sie in das Funkgerät. „Kannst du bitte ganz schnell da rauskommen?! Ich glaube, wir bekommen Besuch!“

„Von wem denn? Polizei?“

„Schön wär’s!“

Nur eine halbe Sekunde später zeigte sich der Schein der Taschenlampe in der Mine und dann auch Manjas sich dunkel dahinter abzeichnende Gestalt.

„Meinst du etwa unser liebes Monster?“, fragte diese mit leichter Sorge in der Stimme durch das Funkgerät. „Ui! Ja, das könnte hinkommen – so wie die Geräte durchdrehen!“

Jetzt konnte Trish es auch hören: das beinahe hysterische Pfeifen und Piepen, das in der Mine unheimlich von den Wänden widerhallte. Jedoch war es noch lange nicht so gruselig wie das Knurren und Schnaufen, das sie nun viel zu deutlich hören konnte. Patricia sah sich hektisch um, doch sehen konnte sie das Monster noch nicht.

„Bin da!“, ließ Manja verlauten und erschien mit dem nächsten Atemzug tatsächlich neben ihr. „Wo ist es?“

Trish antwortete nicht, packte die junge Frau stattdessen am Arm und zog sie mit sich mit, in die Richtung, in der sich die Straße und somit auch das rettende Auto befanden.

„Trish, warte mal!“, stieß die Special Protector nach nur wenigen schnellen Schritten aus und wehrte sich nun auch noch gegen ihren festen Griff, was Patricia dennoch nicht davon abhielt, mit ihr weiterzueilen.

„Trish!“ Manja gelang es, sich mit einem Ruck von ihr freizumachen, sodass sie gezwungen war, doch noch stehenzubleiben. „Wenn das Monster die Signale erzeugt, laufen wir direkt darauf zu!“

Kaum hatte Manja die furchterregenden Worte ausgesprochen, hallte ein solch aggressives und lautes Brüllen durch den Wald, dass sich sämtliche Haare auf Trishas Körper aufstellten. Wäre sie eine Katze gewesen, wäre sie sicherlich mit einem Buckel und ausgefahrenen Krallen steil in die Luft gesprungen. So erstarrte sie jedoch nur, die Augen nach vorn auf das riesige Tier gerichtet, das soeben durch das Dickicht des Waldes brach und in einer Schneewolke auf dem Weg stehenblieb.

Dieses Mal war es Manja, die ihren Arm packte und sie mit sich mit zog, hinein in den Wald, querfeldein und Haken schlagend wie bei Trishas erster Flucht vor dem Ungeheuer. Es dauerte nicht lange, bis das ihr nun beinahe vertraute Trampeln und Krachen im Gehölz zu vernehmen war. Es kam näher! Es kam schon wieder viel zu schnell näher und würde sie sicher gleich erreicht haben, sie packen und in Stücke reißen! Oder Manja? O Gott! Wie hatte sie nur jemanden da mit reinziehen können?!

Geistesgegenwärtig zog sie die junge Frau während ihres wilden Querfeldeinlaufes kurz zur Seite, damit diese nicht über einen Baumstumpf stolperte. Neben dem Versuch zu überleben, war die Special Protector nämlich auch damit beschäftigt, ihre Ausrüstung in ihren Jacken-

und Hosentaschen zu verstauen, da sich der Rucksack ja immer noch auf ihrem Rücken befand – nur die Taschenlampe hielt sie noch umklammert.

Manja nickte ihr dankbar zu, dann packte sie plötzlich ihrerseits heftig Trishs Arm und bewahrte sie so vor dem Zusammenprall mit einem Baum, den diese glatt übersehen hätte, weil sie sich einen gehetzten Blick über die Schulter nicht hatte verkneifen können. So nahe wie das Brüllen klang, hätte es sie eigentlich nicht überraschen sollen, dass das Schneemonster nur noch maximal zwanzig Meter von ihnen entfernt war und beständig aufholte. Hatte das verdammte Viech trainiert??

Sie rannten weiter und Trish vernahm ein undeutliches Wort aus Manjas Richtung. „Was?“, keuchte sie zurück und Manja wiederholte: „Auto.“

Trish glaubte zu verstehen, dass sie einen Bogen schlagen wollte, um wieder ihr ursprüngliches Ziel anzuvisieren und schlug einen weiteren, größeren Haken als zuvor, dem das Monster aber sofort folgte – trotz des Dickichts, welches das Vorwärtskommen für eine solch riesige Kreatur glücklicherweise deutlich erschwerte. Andernfalls wären sie beide wahrscheinlich längst von den langen Hauern der Bestie aufgespießt worden.

Trish schlug das Herz bis zum Halse und ihre Lungen brannten. Wie lange flohen sie schon? Zehn Sekunden? Hundert Stunden? Ein absurder Gedanke kam ihr: Wenn das Monster hier war, war ihre Nana vermutlich in Sicherheit. Normalerweise hätte sie über die Ironie gelacht, doch die gleiche beinahe lähmende Erschöpfung wie damals ließ ihr dafür keine Kraft. In Filmen schafften Leute dank ihres Adrenalinstoßes angeblich fast alles; Trish hingegen fühlte, wie ihre Kräfte dennoch rapide dahinschwanden. Und das Monster kam näher und näher, setzte gerade zum tödlichen Sprung an, wie sie aus dem Augenwinkel wahrnahm …

„RUNTER!“, rief Manja ihr zu und bevor Trish wusste, wie ihr geschah, wurde sie am Arm gepackt, herumgewirbelt und bekam im nächsten Moment einen derart heftigen Stoß, dass sie nach vorne auf die Knie fiel. Keine Sekunde später zischte ein riesiger Schatten über sie hinweg, ließ Schnee auf sie herunterrieseln und ihr Herz einen Schlag lang aussetzen.

„LOS, U-TURN!!“, kommandierte Manja, zog sie wieder auf die Beine und rannte mit ihr in die entgegengesetzte Richtung.

Das Monster war wohl nicht sonderlich erfindungsreich in seiner Taktik, diesmal allerdings nur im Schnee gelandet und somit schneller als beim letzten Mal wieder auf den haarigen Beinen.

Trish wusste nicht, was mehr donnerte: das Herz in ihrer Brust oder die riesigen Pranken und Hufe ihres Verfolgers auf dem Waldboden, jetzt keine fünfzig Meter entfernt, aber das war auch egal, denn für sie war es ohnehin gleich vorbei. Ihre Lungen schmerzten unerträglich und ihr Herz würde gleich zerspringen. Wie Manja trotz ihres Rucksacks so schnell sein konnte, war ihr unbegreiflich, aber das würde sie wohl nie erfahren, denn irgendwo weiter vorne sah Trish eine kleine Lichtung in der bereits einsetzenden Dämmerung. Nicht gut für sie beide, denn wenn sie diese erreichten, hatte das Biest freie Bahn. Jedoch fehlte ihr die Luft, um Manja zu warnen und dann war da noch etwas anderes, das sie ablenkte … die Lichtung war nicht leer!

Während Trish mehr weiterstolperte als rannte, traute sie ihren Augen nicht. Was zum Henker machte der Mann da hinten am Rande der Lichtung? War das … war das etwa der alte Lennox??

„WEG! WEG! LAU-FEN SIE!“, gelang es ihr nun doch zu schreien und sie rang nach Atem. O Gott! Noch jemand, der Opfer dieses zotteligen Gruselviehs werden würde!

Der Mann sah nicht einmal zu ihr hin, sondern winkte mit beiden Armen und rief etwas, das sie nicht verstehen konnte. Schon im nächsten Moment rannte er auf das Monster zu – erstaunlich schnell für sein Alter. Aber *wieso* tat er das? Sah er so schlecht? Und war er plötzlich taub geworden? Oder einfach lebensmüde?!

„MR LENNOX! WEG DA! DAS MONSTER!“, schrie sie panisch. Gleich würde es ihn zerfetzen und sie musste später Balian erklären, wieso sein Großvater … Balian! Der Gedanke an ihn sowie das mögliche verfrühte Ableben seines Opas gaben ihr neuen Schwung und sie schlug einen Bogen, sprintete in seine Richtung los, denn die Bestie hatte nun offensichtlich ihn als nächstes Opfer auserkoren, wohl weil sie sich eine schnellere Mahlzeit davon versprach.

„MR LENNOX, BITTE!!“ Ihre Stimme hallte durch den Wald, weil das Monster nach ein paar gewaltigen Sätzen kurz innehielt und sie anstarrte. Mit dem nächsten Wimpernschlag hob es sich auf seine Hinterbeine, legte den gehörnten Kopf in den Nacken und ließ ein ohrenbetäubendes Brüllen los, bevor es langsam auf den alten Mann zustapfte.

„NEIN!“, schrie Trish und sah mit schreckgeweiteten Augen Manja an, als könne diese irgendwas tun. Und tatsächlich erblickte sie in der Hand der jungen Frau eine antik anmutende, goldene Waffe mit einem seltsam dicken Lauf, der in einer trompetenartigen Öffnung mündete. Das Ding würde das Monster vermutlich nicht einmal kitzeln, es sei denn, es befanden sich Spezialpatronen darin.

In der nächsten Sekunde erklang ein dumpfer Schuss und etwas schoss gen Himmel, das dort einen roten Funkenregen verursachte. Eine Signalpistole!

Das Yeti-Untier zuckte heftig zusammen und wich sogar ein paar Schritte zurück, die Augen voller Angst auf den glühenden Himmel über ihm gerichtet. Das war *die* Gelegenheit! Trisha spurtete erneut los, auf Opa Lennox zu, der aus welchem Grund auch immer heftig den Kopf schüttelte. Sie reagierte nicht darauf, denn sie hatten nur wenig Zeit, um den alten Mann zu packen und mit ihm zusammen ins Dickicht zu fliehen. Dort drinnen war ihre Überlebenschance zumindest ein kleines bisschen größer.

Manja schien das genauso zu sehen, denn sie streckte schon ihre freie Hand nach dem Opa Lennox aus, während die Bestie hinter ihnen erneut losbrüllte. Doch weder Manja noch Patricia konnten ihn packen, weil eine unsichtbare Kraft, sie plötzlich zu ergreifen schien, durch die Luft wirbelte und ein gutes Stück hinter ihm in den Schnee fallen ließ. Der Aufprall war nicht hart, dennoch blieb Trish die Luft weg. War das eben … Magie gewesen?

Und wenn ja, wer hatte sie ausgeführt? Doch nicht etwa …

„Verschwindet!“, rief Großvater Lennox ihnen über seine Schulter zu, als sie sich beide verwirrt aufrappelten. „Lauft zum Rosewood Anwesen!“

Patricia blinzelte verwirrt, denn es war nicht nur so, dass die Bestie die Zähne bleckend an Ort und Stelle verharrt war, sondern ihr fiel nun auch auf, dass der alte Mann ein viel glatteres Gesicht als bei ihrem letzten Zusammentreffen hatte, nun eher wie ein maximal Fünfzigjähriger aussah.

„Na los!“, schrie er sie an, fuhr aber sofort herum, weil das Monster ein paar drohende Schritte auf ihn zumachte.

Obgleich ihr Überlebensinstinkt sie drängte, seinem Befehl zu gehorchen, konnte Trish sich nicht bewegen. Wie auch?! Der Mann durfte sich nicht für sie opfern.

Manja schien wieder einer Meinung mit ihr zu sein, denn sie lud mit einem entschlossenen Gesichtsausdruck ihre ‚Waffe‘ nach – was auch besser war, denn das Untier knurrte laut, machte einen weiteren Schritt nach vorne und fletschte die Zähne, mit seinen gelben Augen nun die Special Protector fixierend. Das schien Mr Lennox Senior überhaupt nicht zu gefallen.

„Dav!“, schrie der gegen das Monster winzig klein erscheinende Mann mutig und streckte beide Arme nach vorn in die Luft, als könne er das Untier damit tatsächlich aufhalten. „Ich warne dich! Bleib, wo du bist, oder ich greife zu anderen Mitteln!“

Das Monster warf den Kopf hin und her und machte einen großen Satz auf sie zu. Was dann geschah, ließ Patricias Herzschlag ein weiteres Mal aussetzen und ihren

Atem stocken: Opa Lennox vollführte eine ruckartige schiebende Bewegung mit beiden Armen und der Schnee vor ihm schoss in einer Fontäne in die Luft – nicht nur an einer Stelle, sondern in einer Art langen Linie, die rechts und links bis ins Dickicht des Waldes reichte – und der Schnee fiel nicht wieder zu Boden, sondern gefror in der Luft, bildete in rasantem Tempo eine Mauer aus Eis, die sie komplett von dem Monster abschirmte.

Hören konnte sie es immer noch, sein furchtbares Brüllen, das fast in Kreischen überging – aber vielleicht war es auch Trish selbst, die letzteres Geräusch verursacht hatte. Klischee hin oder her – sie war schockiert und halb wahnsinnig vor Angst.

„Bewegt euch!“, rief Mr Lennox ihnen erneut über die Schulter zu. „Ich kann das nicht ewig aufrechterhalten! Lauft zwischen den beiden großen Tannen hindurch und dann immer geradeaus, dann kommt ihr zum Anwesen. Sobald ihr das Tor von Rosewood durchschritten habt, seid ihr in Sicherheit. Die Bestie kann euch dorthin nicht folgen!“

Trish wollte etwas erwidern, ihn nicht allein lassen, doch Manja packte sie am Handgelenk und zog sie mit sich mit. „Ihm passiert nichts“, sprach sie ihr zu. „Wir sind hier gefährdeter als er, glaub mir!“

Der Blick der Special Protector war so eindringlich, dass Patricia ihrem Drängen nachgab und zusammen mit ihr wieder losrannte – aber vermutlich war es auch eher das immer wütender werdende Brüllen des Monsters, das ihr plötzlich Flügel verlieh.

O du Schreckliche

Das Tor zum Rosewood Anwesen stand wie gewohnt offen und auch die Eichentür des Hauses war nicht verschlossen. Dennoch legte sich Patricias Angst und Anspannung nicht, als sie zusammen mit Manja in die große Vorhalle stürzte. Was sie gerade erlebt hatten, war einfach zu furchterregend und verwirrend gewesen und Patricias Nerven lagen blank.

„Was … was ist da draußen passiert?!“, konnte sie sich endlich an Manja wenden, weil sie ihren Atem nicht mehr zum Rennen aufsparen musste.

„Das war Zauberei!“, stieß Manja begeistert aus, stützte schwer atmend eine Hand in ihre Seite und sah sich dann neugierig in der Halle um. „Wow! Die Lennox’ sind echt reich, oder?“

„Zauberei?“, blieb Trish beim aus ihrer Sicht viel wichtigeren Thema.

„Ja. Magie, Hexerei, die Nutzung von Energie aus dem Äther, um zu gestalten und zu erschaffen“, erklärte die Special Protector, während sie eines ihrer vielen seltsamen Geräte aus ihrer Jackentasche hervorholte.

„Heißt das, Opa Lennox ist ein … Magier?“ Es fiel Trish schwer, das auszusprechen, obwohl sie bereits so viel Seltsames erlebt und von Manja noch viel Ungeheuerlicheres gehört hatte.

Ihre Begleiterin nickte fröhlich. „Aber er scheint ein guter zu sein – schließlich hat er uns gerettet. Was allerdings auch ein Trick sein könnte, um uns hierher zu lotsen und dann …“ Sie hielt inne und schüttelte sich. „Nein – gehen wir lieber davon aus, dass er ein guter ist, der nur unsere Hilfe braucht.“

„Hilfe? Hat nicht gerade *er* uns vor dem Monster gerettet?“

„Ja, schon, aber die beiden scheinen irgendwie in Verbindung miteinander zu stehen. Hat er es nicht sogar bei einer Art Namen gerufen?“

Trish schluckte schwer. Das laute „Dav!“ war ihr nicht entgangen und es war kein Kunststück, den vollen Namen davon abzuleiten, aber sie wollte einfach nicht glauben, dass Balians Schwester … Nein! Das war absurd! Sie hatte sich bestimmt verhört. Ihre Sinne hatten ihr ja auch vormachen wollen, dass Opa Lennox plötzlich gut dreißig Jahre jünger aussah.

„Inwiefern sollen sie verbunden sein?“, hakte Patricia mit Unbehagen nach.

„Das ist doch ganz klar“, erwiderte Manja, während sie die Antennen ihres Gerätes ausrichtete. „Soweit wir jetzt wissen, war das Monster tatsächlich in der Mine, die wahrscheinlich früher den Lennox’ gehörte. Wir wissen auch, dass es dort nicht allein war und es einen Kampf gab. Zudem trug die Mauer des Kerkers das Wappen der Lennox’.“

„Kerker?“

„Ja, ich denke mittlerweile, das Monster wurde vor langer Zeit dort eingesperrt, eventuell von einem der Vorfahren des alten Lennox. Und der arme Viljo hat es versehentlich befreit, was die heute noch lebenden Erben zurück zum Rosewood Anwesen brachte."

„Du meinst, sie sind hier, um das Biest wieder einzufangen und mit einem Zauber unschädlich zu machen?"

Manja nickte, während sie sich mit dem Gerät in den Händen einmal um die eigene Achse drehte. „Wenn es nicht sogar einer von ihnen *ist* …", mutmaßte sie etwas abwesend.

Da! Sie hatte sie ausgesprochen, die grausamste aller Vorstellungen. Trishs Magen verkrampfte sich.

„Komisch", murmelte die Special Protector nun, starrte stirnrunzelnd auf ihr Gerät und justierte es noch einmal, um es anschließend erneut in verschiedene Richtungen zu halten.

„Was ist?", wollte Patricia wissen. Bitte keine weiteren Horrorannahmen mehr.

„Es ist erstaunlich, aber … hier existiert keinerlei Magie", äußerte Manja. „Nicht mal ein winziges Zucken."

„Ist das nicht gut?", fragte Trish, die sich innerlich schon ein kleines bisschen darüber gefreut hatte.

„Es ist merkwürdig, weil es magiefreie Orte eigentlich nicht gibt", wurde Manja genauer. „Sie steckt in jedem Lebewesen, in jeder Pflanze, in jedem Stein, … sogar in der Luft. Selbstverständlich nur in geringfügigem Maße, welches nur Magier sich zu Nutzen machen können. Sehen oder fühlen können Normalsterbliche sie nicht, aber das Gerät hier …", sie hob den Apparat auf Augenhöhe, „erfühlt auch die minimalste Ausströmung. Wenn es diese nicht anzeigen kann, stimmt was nicht, denn das heißt, dass jedwede magische Kraft von einer anderen Macht so weggedrückt oder blockiert wird, dass sie von niemandem mehr genutzt werden kann. Selbst eine mächtige Hexe oder ein begabter Zauberer können hier in diesem Haus nichts mehr ausrichten."

„Dann ist das ganze Haus eine Art Schutzraum vor Magie?", fragte Trish verdattert.

Manja sah schräg nach oben, zog nachdenklich die Brauen zusammen und nickte schließlich. „Ja, so könnte man es ausdrücken. Ich weiß allerdings noch nicht, ob es tatsächlich das ganze Gebäude oder nur diese Halle betrifft."

Sie wollte sich schon auf die Treppe zubewegen, doch Patricia hielt sie rasch am Arm fest. „Warte!" Sie räusperte sich. „Balian!", rief sie laut und ihre Stimme hallte von den hohen Wänden wider. „Balian, bist du zuhause?"

„Ja, ist eigentlich keine schlechte Idee, den Eigentümer erst zu fragen", gestand Manja ein und rief ebenfalls laut: „Balian Lennox, sind Sie daheim?"

Sie sah kurz Trish an. „Du sagtest doch, er sei ein guter Mensch, nicht wahr? Nicht dass wir uns jetzt erst recht in Schwierigkeiten bringen, da wir ja nun wissen, dass seine Familie und das Monster irgendwie zusammengehören – *und* sein Großvater ein mächtiger Zauberer ist."

„Er *ist* ein guter Mensch!", bestätigte Patricia mit Nachdruck. Etwas anderes konnte sie von ihm einfach nicht annehmen. Es war schon schlimm genug, dass er ihr bezüglich des Monsters nicht die Wahrheit gesagt hatte – *wenn* sich Manjas Annahme überhaupt bestätigte.

„Und anscheinend nicht da", stellte die junge Agentin fest, denn um sie herum hatte sich immer noch nichts geregt. Weder eine verbale Antwort noch Schritte waren zu vernehmen. „Schade. Dann müssen wir selbst dafür sorgen, dass wir endlich alle Informationen erhalten, die wir brauchen, um den Fall zu lösen."

„Wie meinst du das?", fragte Patricia besorgt.

„Wir gehen in die Bibliothek und suchen nach den Unterlagen, die Balian dir ohnehin schon lange zeigen wollte", antwortete Manja und machte sich nun doch auf den Weg die Treppe hinauf.

„Ohne sein Einverständnis?", hakte Trish mit Unbehagen nach, folgte ihrer Mitstreiterin aber dennoch.

„Das hattest du ja schon und ich denke nicht, dass so etwas ein Verfallsdatum hat."

„Wenn wir ein bisschen warten, kommt vielleicht Opa Lennox und …"

„Der Magier, der Wände aus Eis und Schnee erschaffen kann?" Manja sah sie mit hochgezogenen Brauen an. „Ich finde, wir sollten bei einer neuerlichen Begegnung mit ihm zumindest größtenteils wissen, mit wem wir es zu tun haben. Freundlichkeit hin oder her – er ist *sehr* mächtig und Zauberer sind immer mit Vorsicht zu genießen, besonders wenn sie unter großer Anspannung stehen."

Das waren leider gute Argumente und wenn Patricia ehrlich war, war sie es langsam leid, im Dunklen zu tappen und ständig von den Geschehnissen um sie herum überrascht zu werden. Und Informationen direkt aus Büchern und Aufzeichnungen zu erhalten, war besser, als sie aus dem Mund eines womöglich unehrlichen Menschen zu hören.

Entschlossen betrat sie zusammen mit Manja den Flur des oberen Geschosses und gab ihr mit einem Fingerzeig zu verstehen, in welche Richtung sie gehen mussten. Wie eine Verräterin fühlte sie sich dennoch, trotz aller guten Gründe, die dafür sprachen, Balians bisherige Gastfreundlichkeit und sein Vertrauen schamlos auszunutzen.

„Ich frag mich immer noch, wie der Mann schon ein Großvater von bereits erwachsenen Enkeln sein kann“, brabbelte Manja derweilen vor sich hin. „Der ist doch höchstens fünfzig.“

Verflucht! Sie hatte es *auch* gesehen. Das konnte nur heißen, dass Trishs Sinne sie nicht getäuscht hatten. Opa Lennox *hatte* sich verjüngt – die Frage war nur wie. Und wieso?

„Oder aber er hält sich mit Magie jünger, als er eigentlich ist“, überlegte Manja weiter, hielt dann aber inne und starrte auf ihr Gerät, das ein leises Knacken und statisches Pfeifen von sich gegeben hatte.

„Gibt es hier oben jetzt doch Magie?“, erkundigte sich Trish.

„Nein, aber irgendwas ist hier. PP … Womöglich die Geister der Urahnen.“ Manja hob unentschlossen die Schultern, während Trish ein kalter Schauer den Rücken hinunterlief. Jetzt auch noch Geister?!

„Keine Sorge, die meisten tun keiner Fliege was zuleide und sind oft nur ein Schatten ihrer selbst“, winkte Manja gelassen ab, „vor allem in so alten Gemäuern ohne Stromanschluss. Oh – ist sie das?“

Sie waren an der Flügeltür angelangt, hinter der sich die Bibliothek der Lennox’ befand, und Trish öffnete diese kurzerhand, gab damit den Blick auf den in ihren Augen schönsten Raum des Hauses frei.

Manja reagierte beim Eintreten ähnlich wie Patricia vor ein paar Tagen: Mit großen Augen und offenem Mund sah sie sich staunend und sichtbar fasziniert um.

„Wow!“, stieß sie schließlich mit einem kleinen, glücklichen Lachen aus. „Das ist ja eine wahre Schatzkammer!“

„Ja, das habe ich auch gedacht, als ich sie das erste Mal sah“, seufzte Trish und ließ eine Hand über die Rücken der Bücher in dem Regal neben ihr gleiten.

„So viel Wissen“, freute sich Manja weiter. „So viel Vergnügen!“

„Wonach sollen wir suchen?“, wandte sich Trish etwas unschlüssig an die Special Protector. „Balian ist nie dazu gekommen, mir die Aufzeichnungen zu zeigen. Ich weiß noch nicht mal mit Sicherheit, ob es ein Buch ist, oder nur zusammengebundene Seiten.“

Ihre Augen wanderten hilflos über die vielen Werke in den Regalen und schließlich zurück zu Manja, die das bisher verwendete Gerät gegen ein anderes ausgetauscht hatte. Eines, das sie auch schon in der Mine benutzt hatte.

„Ist das das Teil …“

„Mit dem ich die magischen Fingerabdrücke der Personen abgenommen habe, die an dem Kampf dort unten beteiligt gewesen waren – ja.“ Manja trat dichter an das Regal heran, vor dem auch Trish stand. „Wenn wir Glück haben, finden wir diese hier wieder und zwar genau an den Büchern, die uns möglicherweise die fehlenden Infos liefern könnten. So eine Monster-Fangaktion braucht sicherlich eine gewissenhafte Vorbereitung und damals gab es ja noch kein Internet.“

„Das wäre ja fantastisch!“, freute sich Patricia und beugte sich mit über den Bildschirm. Doch dort tat sich gar nichts.

„Tja, der Magieblockadezauber scheint leider auch hier zu wirken“, stellte Manja enttäuscht fest. „Wäre auch zu schön ge…“

Ein Knacken und Piepen aus ihrer Jackentasche ließ sie innehalten und wieder nach dem anderen Apparat greifen.

„Wieder die Geister?“, hakte Trish nach.

Manja antwortete nicht, bewegte das Gerät stattdessen an dem Regal vor ihnen langsam von unten nach oben. Am Rücken von ein paar sehr alt aussehenden Büchern, war das Knacken noch lauter zu vernehmen, gefolgt von einem dumpfen Brummen.

Patricia griff entschlossen nach einem der Werke und zog es heraus. Der Titel des Buches ließ ihren Atem stocken. *Lehre der weißen Magie* stand dort in verschnörkelter Schrift und darunter der Name des Autors: George C. Lennox.

„Das … das war der Graf, der dieses Anwesen erbaute – Mr Williams von Abschleppdienst hat mir von ihm erzählt“, stieß Trish aus. „George Lennox war Balians Vorfahre. War er auch ein …“

„Magier? Ja. Eindeutig.“ Manja holte ein weiteres Buch heraus. Eine alte Familienchronik der Lennox‘. Sie öffnete es und blätterte vorsichtig darin herum. Sie war handschriftlich verfasst und wahrscheinlich erst später gebunden worden und die hinteren Seiten sahen neuer aus, als ob sie später hinzugefügt worden waren.

„Das ist keine normale Familienchronik, sondern eher eine Art Tagebuch, das von Generation zu Generation weitergegeben wurde“, ließ Manja Trish an ihren Überlegungen teilhaben. „Sieh mal hier, das ist ein Eintrag aus dem Jahr 1604 von einem Charles Lennox, der sich über die Geburt seines Sohnes George freut. Verortet in London. Und weiter hinten …“ Sie schlug gleich einen ganzen Packen Seiten um. „Hier – da schreibt eine Davina Lennox von dem tragischen Unfalltod ihrer Mutter.“

„Davina?!“, entfuhr es Trish und sie folgte der feinen Handschrift, las ein paar Zeilen über den Unfall mit einer Kutsche, über Schuldgefühle und die Sorge um den kleinen Bruder … *Balian*!

Trish gab ein entsetztes Keuchen von sich.

„Was ist?“, wollte Manja wissen.

Patricia antwortete nicht, wies nur stumm mit dem Zeigefinger auf den soeben entdeckten Namen.

„Balian … das muss nicht gleich bedeuten, dass es sich um dieselbe Person handelt“, bemühte sich Manja, sie zu beruhigen. „Früher hat sich ein Name oft in die kommende Generation weitervererbt.“

„Aber er … er hat mir *gesagt*, dass seine Mutter bei einem schrecklichen Unfall starb, als er erst zwölf Jahre alt war“, klärte sie Manja mit einem leichten Zittern in der Stimme auf. „So was kann doch in einer Familie nicht ständig passieren. Und … wir reden hier ja immerhin von einer Zaubererfamilie.“

„Der Eintrag ist vom 23.11.1892“, murmelte Manja nachdenklich. „Dann müsste der gute Balian jetzt 138 Jahre alt sein. Aber du sagtest, er sei nicht älter als du.“

Trish nickte beklommen. O Gott! Sie hatte sich in einen uralten Mann verliebt! Was war, wenn Balian nur die Gestalt eines jungen Mannes angenommen hatte und in Wahrheit ein Greis war, noch älter als Opa Lennox?

„Gut, nehmen wir mal an, er *ist* derselbe“, überlegte Manja, „warum ist er dann nicht gealtert? Selbst sehr begabte Zauberer können nach meinem derzeitigen Wissensstand ihre Lebenszeit durch Magie nicht derart verlängern.“

Trish runzelte die Stirn. Hinten im Buch guckte ein Stück Papier heraus. Sie griff danach und brachte einen vergilbten Zeitungsartikel aus dem Jahr 1902 zum Vorschein.

‚Schneemonster im Wald nahe Ghrianbury gesichtet‘ lautete die Überschrift und dieser folgte ein Augenzeugenbericht einer Familie, die einen Ausflug im winterlichen Wald nahe des Rosewood Anwesens gemacht und dort von einer schrecklichen Kreatur nahezu zu Tode erschreckt worden war. Die Suche von Polizei und Jägern hatte aber nichts dergleichen zu Tage gefördert und so machte sich der Verfasser eher über die armen Augenzeugen lustig, als sie ernst zu nehmen.

„Es gibt wirklich einen Bericht“, brachte Trish leise hervor. Hatte Balian ihr das tatsächlich zeigen und damit riskieren wollen, dass sie gegebenenfalls auch alles andere über ihn und seine Familie herausfand?

„1902 müsste Balian zweiundzwanzig gewesen sein – das haut dann ungefähr hin“, merkte Manja an. „Und wenn das Ungeheuer zu diesem Zeitpunkt zum ersten Mal auftauchte, gibt es da wahrscheinlich einen Zusammenhang zwischen seiner anhaltenden Jugend und diesem Tier."

„Du meinst doch nicht …"

„Alles ist möglich, wenn Magie im Spiel ist." Manja kratzte sich nachdenklich an der Stirn, während Trish verzweifelt nach Gründen suchte, warum Balian unmöglich das Monster sein konnte. Davina! Opa Lennox hatte *ihren* Namen gerufen und nicht Balians – da war sie sich ganz sicher.

„Allerdings wissen wir auch noch nicht, warum das Monster und der Rest der kleinen Familie damals so plötzlich verschwunden sind", setzte die Special Protector hinzu. „Was hat es denn mit Großvater Lennox auf sich? Wie war noch gleich sein Vorname?"

Trishs Augen verengten sich in dem Versuch sich zu erinnern. „Ich glaube Edwin."

Manja blätterte in dem Buch hin und her und hielt schließlich inne. Ihre Brauen bewegten sich auf ihren Haaransatz zu. „Oh! Der ist eigentlich tot."

„Was?!" Trish griff nach dem Rand des Buches, drehte es, sodass sie die Eintragung besser lesen konnte. Sie war aus dem Jahr 1893 und stammte wieder von Davina.

Heute ging unser geliebter Großvater Edwin von uns und folgte damit seiner Tochter in den Himmel. Nun sind sie wieder vereint und lassen uns mit unserem Vater in diesem furchtbar leeren und tristen Haus zurück …

Trish schluckte schwer. „Aber … aber … habe ich dann mit einem Geist gesprochen? Ich … ich konnte ihn doch sogar anfassen. Und er hat uns vor dem Monster gerettet!“

„Das war kein Geist, sondern ein sehr lebendiger Mensch“, beruhigte Manja sie. Weiter kam sie jedoch nicht.

„LEGT DAS SOFORT WEG!“, dröhnte eine tiefe, Stimme durch den Raum und ließ sie beide heftig zusammenzucken und zum Sprecher herumfahren.

In der Tür stand Balian, doch er sah nicht länger wie er selbst aus. Seine Augen glühten vor Zorn und seine Brust hob und senkte sich unter seinen heftigen Atemzügen. So außer sich hatte Trish ihn noch nie erlebt und es machte ihr Angst.

„WIE KÖNNT IHR ES WAGEN!“, brüllte er weiter. „ICH RETTE EUCH UND AUS LAUTER DANKBARKEIT DRINGT IHR IN MEINE BIBLIOTHEK EIN UND SCHNÜFFELT IN DER CHRONIK MEINER FAMILIE HERUM?!“

„Balian, das war nicht …“, begann Trish eingeschüchtert, während ihre Augen kurz seine Erscheinung in sich aufnahmen.

„Ich will nichts davon hören!“, fauchte er sie an. „Pack das zurück!“

Sie konnte nicht reagieren, bewegte sich genauso wenig wie Manja. Balian … er trug dieselbe Kleidung wie sein angeblicher Großvater zuvor; denselben langen Mantel; dieselbe Wollweste über dem dunkelblauen Hemd. Selbst Hose und Schuhe stimmten überein und sein Haar war noch nass von geschmolzenem Schnee. Das ließ nur einen Schluss zu, der Patricias Herz zusammendrückte und ihr den Atem raubte: Edwin hatte es nie gegeben. Sie hatte es immer nur mit Balian zu tun gehabt.

„SEID IHR TAUB?!“, stieß der nun wieder junge Hausherr mit einer solchen Aggressivität aus, dass Trish verängstigt einen Schritt zurück machte und gegen Manja stieß.

„Wenn ich ‚los‘ sage, rennst du“, raunte die ihr zu. Zum Nicken kam Trisha allerdings nicht mehr, denn Balian riss der Geduldsfaden und er stapfte wutentbrannt auf sie beide zu.

Manja reagierte blitzschnell, stieß Trish mit einem lauten ‚Los!‘ zur Seite, sprang nach vorn und rammte dem verdutzten Balian mit solcher Wucht das Buch gegen die Brust, dass er sein Gleichgewicht verlor und sicherlich sehr schmerzhaft gegen das nächste Regal krachte. Viel mehr bekam Patricia nicht mit, denn ihre Angst blockierte ihren Verstand und verlieh ihr einmal mehr Flügel. Im Nu war sie zusammen mit Manja aus dem Raum heraus und rannte den Flur hinunter. Weg von Balian. Weg von all den furchtbaren Dingen, die geschehen waren und die sie nicht verstand – obwohl eine innere Stimme sie anschrie, innezuhalten und wieder zu Sinnen zu kommen. Eine Stimme, die schließlich doch noch zu ihr durchdrang und sie zu einer sehr wichtigen Erkenntnis brachte …

In Amor Veritas

Es war falsch. Patricia hatte das vom ersten Moment an gewusst und dennoch war sie Manja blindlings gefolgt, hatte Balian damit glauben lassen, dass sie ihn fürchtete, für ein Monster hielt. Die panische Flucht ihrer Mitstreiterin war nachzuvollziehen. Sie kannte Balian ja nicht, hatte ihn unter ungünstigen Umständen zum ersten Mal gesehen und jetzt eine Seite von ihm kennengelernt, die selbstverständlich einschüchternd oder auch regelrecht beängstigend war. Aber *sie* – Patricia – sie wusste doch, was für ein Mensch er war, kannte seine sanfte, gute Seite, wusste, dass er ein Seelenverwandter war, der ihr niemals etwas antun würde, und war ungeachtet dessen vor ihm weggerannt, tat es immer noch.

Der Gedanke ließ sie langsamer werden und schließlich anhalten. Manja lief noch ein paar Schritte weiter den Flur entlang, weil sie ihr Fehlen nicht gleich bemerkte, und stoppte dann ab, wandte sich entsetzt zu ihr um.

„Trish!“, rief sie aufgebracht. „Was tust du denn da? Wir müssen so schnell wie möglich aus dem Haus raus!“

„Nein“, widersprach sie ihr resolut. „Das ist der falsche Weg. Ich muss zurück.“

„Zurück zum Zauberer?!“ Manja kam wieder näher, mit einem Gesichtsausdruck, der verriet, dass sie langsam an Trishs geistiger Gesundheit zweifelte. „Hast du draußen nicht gesehen, welche Kräfte er besitzt? *Er* ist der alte Mann, der diese Eiswand hat entstehen lassen!“

„Das weiß ich, aber dass er zaubern kann, ändert nichts daran, dass er ein guter Mensch ist. Er wird mir nichts tun.“

„Vielleicht nicht, wenn er im Ruhezustand ist, aber der Mann in der Bücherei war furchtbar aufgewühlt und hat uns angeschrien. Emotionen können magische Kräfte vervielfachen und vollkommen außer Kontrolle geraten lassen – das weiß ich aus bitterer Erfahrung – und sie schaden dann nur selten denjenigen, die sie besitzen.“

Patricia schluckte schwer und nickte. „Das mag alles sein, aber ich kann Balian nicht so zurücklassen.“

„Trish …“ Manja ergriff ihre Hände und sah ihr eindringlich in die Augen. „Verliebtheit lässt einen die Dinge manchmal nicht so sehen, wie sie wirklich sind, Gefahren nicht erkennen …“

„Und Panik ist besser?“, brachte Patricia rasch ein.

Manja hielt inne und holte Luft, um zu antworten, doch Trisha ließ sie nicht zu Wort kommen.

„Er ist uns nicht gefolgt, Manja“, machte sie die Special Protector auf einen wichtigen Fakt aufmerksam. „Wenn er die Kontrolle vollkommen verloren hätte und uns etwas würde antun wollen, wäre er doch längst hinter uns her. Außerdem hat er uns im Wald beschützt!“

Sie konnte sehen wie ihr Einwand in Manjas Kopf arbeitete, ihre Angst ein wenig abschwächte.

„Wir müssen ihm eine Chance geben“, fühlte Patricia sich angespornt, weiterzusprechen. „Eine Chance, uns zu zeigen, dass er keine Gefahr für uns ist und seine Kräfte im Griff hat.“

„Das können wir doch aber *auch* machen, wenn wir wiederkommen – besser ausgerüstet und mit …“

„Nein!“, wehrte sich Patricia gegen diesen Plan. „Wenn du mit weiteren Geräten oder gar Verstärkung von Soomp anrückst, wird er doch erst recht nervös werden. Ich muss ihm zeigen, dass ich ihm vertraue, und mit ihm sprechen, mir seine Geschichte anhören. Nur so werden wir die ganze Wahrheit erfahren und verstehen, was hier und in der Mine geschehen ist und was es mit dem Schneemonster auf sich hat.“

Manja schürzte angespannt die Lippen. „S-O-O-M-P, alles einzeln“, murmelte sie vor sich hin, sah den Flur hinunter und dann wieder in Trishs Gesicht. „Du redest nur noch von dir“, stellte sie fest.

„Ja, weil ich fest davon überzeugt bin, dass er sich nur beruhigt und öffnet, wenn ich allein zu ihm zurückgehe“, sprach sie aus, was sie dachte.

Manja holte tief durch die Nase Luft. Es schien sie große Überwindung zu kosten, die nächsten Worte auszusprechen: „Gut – dann geh zu ihm. Aber glaub nicht, dass ich ohne dich verschwinde. Ich warte im Flur und beim kleinsten Anzeichen dafür, dass er wieder durchdreht, greife ich ein. Mit allem, was ich habe. Kapiert?“

„Kapiert“, bestätigte Patricia und endlich ließ Manja ihre Hände wieder los, nickte ihr auffordernd zu.

Trish ließ keine weitere Sekunde verstreichen. Mit großen, schnellen Schritten eilte sie den Flur hinunter und trat nur wenig später durch die noch offenstehenden Flügeltüren der Bibliothek.

Balian stand nicht mehr, sondern saß zusammengesunken in einem der Ohrensessel, den Kopf in seine Hände gestützt. Er bemerkte ihr Auftauchen sofort, stand aber entgegen ihrer Annahme nicht auf, sondern hob nur den Kopf, im Gesicht einen Ausdruck tiefster Verwirrung und großen seelischen Leids tragend.

„Wieso bist du zurück?“, stieß er kaum hörbar aus.

„Weil ich nicht einfach so davonrennen kann“, erwiderte sie und trat mutig näher. „Dazu habe ich dich zu gern und ich finde, du verdienst eine Chance, mir alles zu erklären.“

„Du hast mich gern?“, brachte er irritiert heraus. „Immer noch?“

Sie nickte stumm und fühlte ein verräterisches Kribbeln in ihrer Nase und ein leichtes Brennen in den Augen.

„Trotz allem, was passiert ist?“ Balian schien fassungslos und zur selben Zeit voller neuer Hoffnung zu sein.

Sie nickte erneut und plötzlich war ihr Bedürfnis, dem jungen Mann vor ihr nahe zu sein, ihn fest in ihre Arme zu schließen, wieder zurück. Keine Spur von Angst war mehr in ihrem Inneren zu finden.

„Aber … wieso?“, fragte er verständnislos. „Du hast doch gesehen, wozu ich fähig bin, *was* ich bin und … warum ich dieses Haus eigentlich besser nicht verlassen sollte.“

„Ich habe gesehen, dass du große Macht besitzt, – ja – die du aber einsetzt, um die Leben anderer zu retten“, brachte sie nun endlich heraus. „Dafür schulde ich dir meine Dankbarkeit. Und was das andere angeht … deine Gestalt … ich würde das gern verstehen, denn das wirst du ja wohl kaum mit Absicht machen. Oder wirkt gerade jetzt ein Zauber und du bist in Wahrheit ein alter Mann?“

Er gab ein Geräusch von sich, das wie eine Mischung aus einem Seufzen und einem Lachen klang. „Hier in diesem Haus kann nicht einmal ein *Hauch* Magie existieren. Also nein, auf mir lastet momentan kein Zauber. Was du siehst, ist die Realität."

Patricia wollte schon erleichtert aufatmen, doch Balian ließ es nicht zu. „Dennoch bin ich sehr viel älter als du."

„Ich weiß – ungefähr hundert Jahre", kam sie ihm zuvor und er hob überrascht die Brauen, schien sich dann aber daran zu erinnern, woher sie die Information hatte.

„Die Familienchronik", erriet er mit einem milden Lächeln und einem kurzen Seitenblick auf das alte Buch, das nun auf dem kleinen Beistelltisch zwischen den Ohrensesseln lag. „Wie viel habt ihr durch sie erfahren?"

„Nur Bruchstücke und ich würde mich sehr freuen, wenn du meine Wissenslücken füllst. Ich werde nichts davon gegen dich verwenden – das verspreche ich dir. Ich könnte dir niemals schaden!"

Er erhob sich nun doch und trat dicht an sie heran, Patricia wich jedoch nicht zurück, ließ es sogar zu, dass er ihre Hände mit seinen kühlen Fingern umschloss und sie sanft drückte.

„Das könnte *ich* auch nicht", wisperte er voller Reue. „Ich hätte niemals so durchdrehen dürfen, aber als ich euch beide sah, wie ihr euch aufgeregt über die Bücher gebeugt hattet … da kamen die Erinnerungen zurück, von Sophie und ihren Brüdern und ich … ich hatte Angst."

„Sophie?", wiederholte Trish. „Wer ist sie?"

„Sie *war* eine entfernte, angeheiratete Verwandte", antwortete er mit einem gequälten Gesichtsausdruck, der nichts Gutes über diese Person erahnen ließ. Ein tiefes

Seufzen folgte diesen Worten und Balian ließ ihre Hände wieder los, zog stattdessen den Zeitungsartikel aus der Chronik und betrachtete ihn mit zuckenden Wangenmuskeln.

„Sie und ihre drei Brüder Phillip, Charles und Albert kamen kurz nach diesen hier erwähnten Geschehnissen zu uns und baten um Unterkunft“, fuhr er endlich fort. Sie erzählten Davina und mir, dass sie ihre eigene große Familie, die sich überall auf der Welt verstreut hat, unbedingt wieder näher zusammenbringen wollten und deswegen Kontakt zu jedem noch so entfernten Verwandten suchten. Davina wollte sie eigentlich gar nicht erst reinlassen, aber ich …“, er schüttelte frustriert den Kopf, „… ich fühlte mich so einsam und von meiner Schwester drangsaliert, dass ich sofort Sophies Charme, ihrer einschmeichelnden Art verfiel und nur allzu eilig die Türen unseres Zuhauses für sie und ihre Brüder öffnete. Wenn ich nur ein bisschen aufmerksamer, weniger blockiert gewesen wäre, hätte ich sicherlich gespürt, dass die Vier Übles planten.“

„Was genau haben sie getan?“, fragte Trish beklommen.

„Zunächst gar nichts und ich Trottel brauchte nur eine Woche, um mich Hals über Kopf in Sophie zu verlieben“, gab er betrübt bekannt. „Davina warnte mich, aber ich wollte nicht auf sie hören, dachte sie gönne mir nur nicht mein Glück, und obwohl ich von Anfang an gefühlt hatte, dass Sophie und ich nicht wirklich miteinander harmonierten, glaubte ich, dass sie mir helfen und mich von diesem Leben befreien könne, wenn ich nur ehrlich mit ihr wäre.“

„Aber das wollte sie nie“, schloss Trish voller Mitgefühl.

„Sie und ihre Familie wollten unser Land, unseren Reichtum. Von Anfang an. Ich wollte das nur nicht sehen.“ Balian gab ein trauriges Lachen von sich. „Selbst als ich sie und ihre Brüder in dieser Bibliothek vorfand, über die Familienchronik gebeugt und leise miteinander flüsternd, konnte ich noch nicht glauben, dass sie uns schaden könnten.“

„Dann erfuhren sie, dass deine Familie …“ Trish konnte das nicht aussprechen, weil es für sie immer noch zu abstrakt war.

„… schon über Jahrhunderte weiße Magie betreibt? Ja. Und sie reagierten selbstverständlich mit Verständnis und Freundlichkeit darauf, gestanden mir, dass diese Begabung auch in Teilen ihrer Familie gepflegt und gefördert werden würde. Statt misstrauisch zu werden, fühlte ich mich diesen Menschen noch stärker verbunden als zuvor, warf alle Vorsicht über Bord und erzählte ihnen einfach alles.“

Trish nickte verständnisvoll. „Du warst verliebt und hast eine Chance gesehen, dem Leben, das du so hasst, zu entkommen.“

„Ich war verblendet und habe mir alles schöngeredet“, platzte es voller Verachtung für sich selbst aus ihm heraus. „Deswegen war es für Sophie auch ganz einfach, mich unter dem Vorwand, mir endlich helfen zu können, in die Mine zu locken, die uns einst gehörte. In Wahrheit war sie nur darauf aus, Davina und mich mit einem Zauber zu belegen, der uns dort unten für immer eingesperrt und somit hätte sterben lassen. Meiner Schwester ließ sie zutragen, dass wir beide uns trafen, um gemeinsam zu fliehen, weil sie wusste, dass Davina das nie zulassen würde, und bedauerlicherweise fiel auch sie auf ihre Täuschung herein. Womit Sophie und ihre Brüder allerdings nicht gerechnet hatten, war, dass wir unsere geschwisterliche Fehde beiseitelegen und zusammen zaubern könnten. Wir waren zwar nicht stark genug, um den Bann der Mauern, die Sophie und ihre Brüder um uns errichteten, von innen zu brechen, aber wir konnten bei deren Entstehen noch rechtzeitig einen eigenen Zauber in sie einweben. Dieser machte es einem normal Sterblichen möglich, den Fluch aufzuheben, sobald er den Zauberspruch, den wir in der Wand entstehen ließen, vorlas."

„Viljo Marušić", stieß Patricia aus. „Er hat genau das vor vier Wochen getan."

„... und weckte uns aus dem Schlaf in ewigem Eis, in den wir uns gegenseitig versetzt hatten", setzte Balian hinzu. „Nur so konnten wir über die lange Zeit, die der Fluch währte, überleben. Wenn die Mine nicht an diesen Amerikaner verkauft worden wäre, der mit seinen Bemühungen, seinen Reichtum zu mehren, diese ausländischen Arbeiter zu uns schickte, würden wir immer noch dort unten ruhen."

„Das muss schrecklich gewesen sein", wisperte Patricia betroffen.

Balian hob die Schultern. „Die meiste Zeit haben wir geschlafen. Und wir waren in diesem Zustand nicht an unsere Körper gebunden, konnten diese immer mal wieder für einen kurzen Zeitraum verlassen und zumindest bis nach Ghrianbury gelangen, um uns über die Geschehnisse in der Welt zu informieren."

„Was heißt ‚immer mal wieder‘?“, hakte Trish nach.

„Alle zehn bis fünfzehn Jahre. Die Loslösung des Astralkörpers von der Physis ist sehr schwierig und kraftraubend und man muss lange schlafen, um die Energie, die man dabei verbraucht, zurückzugewinnen.“

„Deswegen war der Moderne-Schock für euch nicht so schlimm und machte es dir möglich, im Dorf nicht allzu sehr aufzufallen.“

Balian nickte mit einem minimalen Lächeln. „Einem alten Mann nimmt man es nicht krumm, wenn er nicht ganz so gut über alles Bescheid weiß und dumme Fragen stellt.“

„Dann war das nur eine Tarnung, um nicht aufzufallen?“, erkundigte sich Trish, während sich fast zeitgleich eine sehr viel wichtigere Frage in ihrem Verstand herauskristallisierte. „Warte – wenn Viljo Marušić euch erlöst hat, warum habt ihr dann die Mine einstürzen lassen und ihn und seine Freunde in große Gefahr gebracht?“

„Das war keine Absicht“, gestand Balian beschämt und bestätigte ihr damit, dass sie sich nicht in ihm getäuscht hatte. Er *war* ein guter Mensch mit einem Gewissen. „Es ist äußerst schmerzhaft, wenn der Körper nach so langer Zeit wieder zum Leben erwacht, und in ihrer Monstergestalt hat Davina ohnehin Schwierigkeiten, ihre Impulse zu kontrollieren.“

Davina … Impulse … die Kreatur in der Mine …

„Ist sie es …?“, Patricia schluckte schwer, als ihre Befürchtung allmählich zur Gewissheit wurde, „… das … das Monster?“

Balian antwortete nicht sofort, aber das musste er auch nicht. Sie konnte es in seinen Augen lesen. Er wandte sich jedoch von ihr ab, legte den Zeitungsausschnitt auf das Buch und lief hinüber zum Fenster.

Patricia folgte ihm sofort. Sie konnte ihn jetzt nicht ausweichen lassen. „Warum verwandelt sie sich?“, fragte sie vorsichtig, nachdem sie ihm noch ein paar Sekunden lang Raum gegeben hatte, mehr Ruhe in sein Inneres zu bringen. Der Blick hinaus in den verschneiten Garten schien ihm dabei zu helfen.

„Ist es angeboren?“, setzte sie hinzu, als er weiterhin stumm blieb.

Er schüttelte den Kopf. „Du hast gefragt, ob ich mich in einen alten Mann verwandelt habe, um mich im Dorf zu tarnen“, erinnerte er sie leise, den Blick weiterhin in die Ferne gerichtet. „Ich kann das genauso ‚fabelhaft‘ kontrollieren, wie Davina ihre Verwandlung in das Schneemonster.“

Patricia stockte der Atem und ein flaues Gefühl machte sich in ihrem Magen breit. „Also … gar nicht?“, riet sie leise.

Sein Nicken ließ nicht lange auf sich warten.

„Aber … hier bist du jung“, brachte Trish aufgewühlt hervor. „Dann … dann ist Magie daran schuld. Magie, die hier nicht wirken kann!“

Balians Augen richteten sich auf ihr Gesicht und er schenkte ihr ein schiefes Lächeln. „Siehst du – ich sagte doch, du bist klug.“

„Sophie kann euch das nicht angetan haben“, überlegte Trish weiter, ohne auf das Kompliment einzugehen, weil es ihr doch nichts weiter als rote Ohren einbrachte, „denn das Monster wurde schon gesichtet, bevor sie euch einsperrte.“

Sie hielt inne, während ihre Augen sich weiteten und ihre Gedärme sich verknoteten. Konnte das sein? War es möglich, einen Bruder oder eine Schwester derart zu hassen?

„Frag es“, forderte Balian sie mit einem Ausdruck in seinen Augen auf, der verriet, wie sehr er bereute, was er getan hatte.

Sie schluckte schwer. „Hast *du* Davina in das Monster verwandelt?“, wisperte sie.

„Ja“, gab er, ohne zu zögern, zu. „Ich sagte dir doch, dass ich *einmal* in meinem Leben schneller und besser als sie gewesen bin.“

„Aber … wieso?“ Sie war fassungslos. Auch wenn sie Dean die meiste Zeit nicht ausstehen konnte, wäre sie niemals dazu fähig, ihm etwas Derartiges anzutun.

„Wir stritten in der Zeit nach dem Tod unseres Vaters wie noch nie zuvor in unserem Leben und ich …“, er atmete schwerfällig ein, „… ich hatte Angst. Ich glaubte, dass sie mich, weil sie mir die Schuld an seinem Tod gab, mit einem tödlichen Zauber belegen wolle, und suchte in alten Aufzeichnungen früherer Magier nach einer Möglichkeit, sie aufzuhalten. Schließlich fand ich etwas, das sie nicht töten, aber in ihren Handlungsmöglichkeiten stark einschränken würde: Die Verwandlung von Menschen in Tiere.“

„Aber ein Schneemonster? Mit Krallen und scharfen Zähnen? Wie konntest du davon ausgehen, dass sie dir in *dieser* Form nicht mehr schaden könne?“

Er verzog ein wenig das Gesicht. „Na ja, sie sollte eigentlich ein Schnee*fuchs* werden.“

„WAS?“ Trish blinzelte perplex.

„Besser als sie war ich also im Grunde genommen gar nicht – denn *ihr* Zauber funktionierte genau *so*, wie sie ihn geplant hatte."

„Warte!" Patricia hob Einhalt gebietend die Hand. „Das geht mir jetzt zu schnell! Du wolltest einen Fuchs und hast einen Yeti bekommen?!"

„Ja – wahrscheinlich habe ich den Zauber fehlerhaft gesprochen, was weiß ich, aber das Resultat war grauenhaft."

„Allerdings", stimmte Patricia ihm zu. „Und warum sollte es ein Kältetier sein?"

Trotz der Reue in seinen Augen, schlich sich ein minimales Schmunzeln auf Balians Lippen. „Weil dieses dem Winter folgen muss. Davina hätte mit Einbruch des Frühlings aus meinem Leben verschwinden müssen, um zu überleben, und dann ist es noch so, dass meine liebe Schwester … nun ja … sie hasst die Kälte genauso wie ich."

„Fies!", stieß Trish mit einem kleinen Lachen aus. Ups! Viel besser als Balian war sie damit auch nicht gerade – aber Davina hatte ihr in den letzten Tagen auch ganz schön zugesetzt.

„Ja", gab Balian mit einem Seufzen zu, „aber ich musste dafür auch sofort bezahlen, weil alles schiefging. Denn eigentlich ging ich davon aus, dass meine Schwester im verwandelten Zustand nicht mehr zaubern könne."

„Aber sie besaß ihre Kräfte noch", erriet Trish, „und hat dich ebenfalls verzaubert – in einen alten Mann."

„Nein", widersprach Balian ihr überraschend. „Sie hat einen Zauber auf mich gelegt, der mich altern ließ, jede Minute um ein Jahr. Ihre Bedingung, das aufzuhalten, war, dass ich sie wieder zurückverwandelte, aber das konnte ich nicht, weil ich wusste, dass sie mich tötet, sobald sie ihre Gestalt zurück hat – oder sich nicht an den Handel hält. Das hätte denselben Effekt gehabt."

„Aber … was hast du dann getan? Einfach nur abgewartet?"

„Ich habe auf sie eingeredet, versucht sie dazu zu bringen, zuerst ihren Zauber aufzuheben, aber sie blieb unerbittlich. Mir lief buchstäblich die Zeit davon und ich dachte schon darüber nach, sie anzugreifen – aber dann passierte es plötzlich: Ein Energieschub, wie ich ihn noch nie gefühlt hatte, ging durch das Haus und löste nicht nur unsere jeweiligen Zauber auf, sondern entriss uns auch noch unsere Kräfte."

„Warte – dieser Schutzwall … diese magiefreie Zone entstand, als ihr gerade dabei wart, euch gegenseitig umzubringen?" Patricia sah ihn perplex an, während ihr Verstand versuchte, die Puzzleteile zu einem sinnvollen Ganzen zusammenzusetzen. „Wer oder was war das?"

„Ich dachte lange Zeit, Davina sei es gewesen", antwortete Balian geradeheraus, „und wenn ich ehrlich bin, tut ein winziger Teil von mir das immer noch, weil der Entzug der magischen Kräfte für den Betroffenen eine furchtbare Bestrafung ist – meine logische Seite sagt mir jedoch, dass diese Schlussfolgerung keinen Sinn macht, da ihr die Kräfte ja ebenfalls genommen wurden. Allerdings waren wir an jenem Tag ganz allein."

„Bist du sicher?"

„Ziemlich. Aber wer weiß, vielleicht hat sich damals ein weiser Zauberer heimlich in unsere Gefilde geschlichen, um uns davon abzuhalten, uns gegenseitig und damit den kläglichen Rest unserer Familie auszulöschen. Ich frage mich nur, welcher Verrückte sich gedacht haben könnte, dass wir es wert seien."

„Sag so etwas nicht!", stieß Patricia erschüttert aus. „*Selbstverständlich* seid ihr es wert."

„Meinst du?" Er hob zweifelnd eine Augenbraue.

„Meine ich", bestätigte sie und sah wie ein Funken Wärme in seinen traurigen Augen aufleuchtete. Sie drängte ihr Bedürfnis, ihn in die Arme zu schließen, ein weiteres Mal tapfer zurück. Erst mussten all ihre Wissenslücken gefüllt werden, denn sie war sich sicher, dass sie ihm und Davina nur auf diese Weise helfen konnte.

„Gut, ich versuche das alles mal für mich verständlich zusammenzufassen", verkündete sie und sammelte sich kurz. „Du und Davina – ihr beide habt euch gegenseitig verflucht."

Balian nickte.

„Beide Zauber sind aber innerhalb des Hauses durch das Wirken einer mysteriösen, noch unbekannten Kraft aufgehoben worden." Sie runzelte dir Stirn. „Hat diese Kraft auch das Anwesen intakt gehalten? – Ach was, es war ja vorher eine Ruine …"

„Nein, war es nie", überraschte Balian sie.

„Das musst du mir jetzt erklären", forderte sie ihn verwirrt auf.

„Schon meine Vorfahren haben Rosewood mit einem Zauber belegt, der das Anwesen und seine Ländereien vor Dreck, Zerstörung und Zerfall schützt. Dadurch blieb selbst in unserer Abwesenheit alles erhalten – auch mein geliebtes Gewächshaus. Mein Vater hat dann kurz vor seinem Tod mit einem zusätzlichen Zauber an den Außengrenzen Rosewoods dafür gesorgt, dass unser Haus für Außenstehende unattraktiv und baufällig aussieht, um uns im Falle seines Ablebens vor gierigen Erbschleichern zu schützen. Diesen Zusatzschutz habe ich gegen Davinas Willen aufgelöst, als wir zurückkamen, weil ich mich nicht mehr isolieren wollte."

„Deswegen war das Haus plötzlich wieder schön – ich verstehe. Aber der Magie-blockier-Zauber hat seine Wirkung nicht verloren."

Balian nickte.

„Wie ist es draußen im Garten?"

„Dort wirkt der Entzug der Magie auch noch, aber nicht mehr so stark wie im Haus. Das Altern setzt nicht wirklich ein, aber Davinas Zauber entzieht mir zumindest Kraft, die ich mir nur zurückholen kann, wenn ich schlafe. Lange. Außerhalb des Grundstücks wirken die Zauber allerdings wieder vollständig."

„Deswegen warst du in der Stadt ein alter Mann. Aber … warum *gehst* du dann überhaupt in die Stadt? Das könnte für dich doch sogar tödlich enden, wenn du mal länger aufgehalten wirst!"

„Ich habe kurz nach meiner Verwünschung festgestellt, dass ich mit meinen Kräften zumindest teils dagegen wirken und mein Alter an einem bestimmten Punkt sozusagen einfrieren kann."

„Oh." Patricia sah ihn überrascht an. „Haben wir deswegen diesen Wintereinbruch? Machst *du* das, um nicht zu sterben?"

„Nein, die Kälte hilft mir zwar, aber sie ging aus unserem Eisschlaf hervor."

„Was heißt das?"

„Dass die magische Energie, die sich über Jahre in unserem kalten Gefängnis angestaut hat, mit einem Ruck hinausgelassen wurde und sich nun in der Atmosphäre direkt über dieser Region entlädt. Hast du nicht gemerkt, dass der Schneefall bereits nachgelassen hat? Es wird nicht mehr lange dauern, bis auch die Temperatur wieder ansteigt."

Das war ja schon mal eine beruhigende Aussage.

„Gut – aber wenn die Kälte dich nicht einfriert, was ist es dann?"

„Die Energie, aus der jede Seele, jedes Leben besteht", erwiderte Balian. „Meine eigene reicht nicht aus, um dem Zauber nachhaltig entgegenzuwirken und lange in einem stabilen Zustand zu bleiben – zumindest nicht, solange ich mich fortbewege, also zapfe ich die Lebensenergie meiner Umwelt an."

Patricia sah ihn schockiert an und öffnete den Mund, kam jedoch nicht dazu, ihren Gedanken auszusprechen.

„Keine Sorge", sagte Balian schnell, „ich habe mir immer nur so viel von jedem Lebewesen geborgt, dass diese gut mit dem Verlust klarkamen. Und die Energie lädt sich nach einer Weile langsam wieder auf. Niemand musste für mich leiden – sonst hätte ich das nie getan. Und dich habe ich ohnehin nie angetastet. Das konnte ich einfach nicht."

Trish schüttelte vehement den Kopf, um ihm klarzumachen, dass es ihr nicht darum ging. „Du hast das nie gemerkt, oder?"

Seine Brauen bewegten sich aufeinander zu und er bedachte sie mit einem irritierten Blick. „Was gemerkt?"

„Dass sich die Menschen, denen du in Ghrianbury begegnet bist und denen du Energie gestohlen hast, verändert haben.“

Seine Gesichtszüge entgleisten und er wurde merklich blasser. „Was?“, stieß er betroffen aus. Er spielte es nicht – er war sich seiner Wirkung auf das Dorf tatsächlich nicht bewusst gewesen.

„Du hast den Menschen nicht nur ihre Energie genommen, sondern auch ihre Empfindsamkeit, ihre Herzenswärme“, erklärte Patricia ihm ohne jeden Vorwurf in der Stimme. „Sie scheren sich nicht mehr sonderlich um Weihnachten, sondern nur noch um ihren Profit und sich selbst. Sie glauben, ihnen läuft die Zeit davon, und dass alles, was zählt, ihr eigenes Wohl ist. Außerdem scheint dieser Energieverlust auch ohne deine direkte Anwesenheit weiter anzuhalten, denn die Leute werden jeden Tag unnahbarer.“

Balian schloss gequält die Augen und ließ sich anschließend mit gesenktem Kopf auf der Lehne des Ohrensessels neben ihm nieder. „Großer Gott“, konnte sie ihn seufzen hören. „Das wusste ich nicht. Es erklärt allerdings, warum die Alterung in letzter Zeit auch außerhalb von Rosewood immer langsamer vonstattenging. Wahrscheinlich fließen die Energien aus Ghrianbury zu mir, sobald ich durch das Tor schreite.“

„Geht das nicht wieder rückgängig zu machen?“, erkundigte sich Patricia vorsichtig.

Er sah sie bedrückt an. „Ehrlich gesagt weiß ich das nicht“, war die erschreckende Antwort. Balian schien sofort bemerken, wie Trish sich anspannte, denn er hob sogleich beruhigend eine Hand und fuhr fort: „Aber das heißt nicht, dass es nicht geht! Magie folgt zwar ihrer eigenen Logik und ihren eigenen Gesetzen, aber ich weiß aus Erfahrung und auch aus den Berichten anderer Zauberer, dass, sobald ein Zauber rückgängig gemacht wird, die Energie, die er gekostet hat, dorthin geht, wo sie herkam. Deswegen der Wintereinbruch – du erinnerst dich?“

„Habt ihr die Kraft für euren Kälteschlaf aus der Atmosphäre geholt?“, fragte Trish hoffnungsvoll.

„Ganz genau!“, bestätigte Balian, erhob sich nun wieder und sah ihr fest in die Augen. „Niemand ist verloren.“

„Das ist gut“, erwiderte sie tapfer und versuchte sich selbst mit einem Nicken davon zu überzeugen, dass alles wieder gut werden würde. „Es betrifft nämlich auch meine Oma – weißt du?“

„Deine Oma?“ Er schien überrascht zu sein und sofort in sich zu gehen, denn seine sonst so glatte Stirn legte sich in tiefe Falten und ließ ihn dadurch ein wenig wie ‚Opa Lennox‘ aussehen. „Möglicherweise habe ich sie mal nach dem Weg ins Dorfinnere gefragt oder bin dort einfach nur an ihr vorbeigegangen.“

Ob der Energieentzug bei ihrer Nana schon in der Nacht begonnen hatte, in der ‚Edwin-Balian‘ Bekanntschaft mit einem gewissen ‚mordlüsternen Gefährt‘ gemacht hatte?

Er atmete hörbar schwer ein und schloss erneut für einen kurzen Moment die Augen. „Du musst mich für ein schlimmeres Monster als meine Schwester halten und … vermutlich bin ich das auch.“

„Nein“, widersprach Trish ihm, doch er ließ sie nicht weiterreden.

„Doch, denn ich war noch nie besonders vorsichtig, wenn ich Magie angewandt habe“, kritisierte er sich und schon fand sich wieder die Verachtung für sich selbst in seinem schönen Gesicht ein. „Ich bin immer viel zu sorglos damit umgegangen und habe anderen geschadet, ohne es eigentlich zu wollen. Davina hat mich nicht umsonst fortwährend dafür gerügt. Ich dachte nur, dass ich … dass ich dieses Mal alles bedacht habe, keinen Schaden anrichten kann – selbst wenn ich Rosewood verlasse.“

Er gab einen missbilligenden Laut von sich. „Vielleicht war es sogar gut, dass meine Schwester mich so oft davon abgehalten hat, ins Dorf zu gehen. Nicht auszudenken, was sonst passiert wäre. Sie mag *aussehen* wie ein Monster, aber ich *bin* es in Wahrheit. Wahrscheinlich gehöre ich einfach eingesperrt.“

„Nein!“, wehrte sich Patricia nun schon vehementer gegen seine in ihren Augen furchtbar falschen Schlussfolgerungen. „Das bist du nicht! Du bist ein guter Mensch!“

„Woher willst du das wissen“, fragte er resigniert. „Du kennst mich doch kaum.“

„Das muss ich auch nicht – weil ich es *fühlen* konnte, als wir uns das erste Mal trafen.“

„Du hast mich geschlagen“, erinnerte er sie. „Womöglich war dein erster Instinkt der richtige.“

„Ich hatte einen Albtraum – mehr nicht!“, gab sie aufgebracht zurück. „Das war nicht gegen dich gerichtet, sondern gegen das Monster im Traum. Vor dir hatte ich *nie* Angst!“

Er wich ihrem eindringlichen Blick aus, betrachtete stattdessen den Parkettboden zu seinen Füßen.

„Ich hab mich von Anfang an mit dir wohlgefühlt, weil da sofort diese … Verbindung war“, fuhr sie mutig fort und brachte ihn mit diesen Worten dazu, wieder aufzusehen, erstaunt, ja fast verstört.

„Du hast das *auch* gefühlt?“, fragte er ungläubig.

Sie nickte, musste schwer schlucken, um überhaupt weitersprechen zu können. Jetzt hieß es auszupacken, ganz gleich, was ihren Worten folgte.

„Normalerweise brauche ich ein bisschen mehr Zeit, um mit anderen Menschen warm zu werden, ihnen zu vertrauen – aber mit dir war das … leicht. Ich …“ Sie hielt inne, versuchte die richtigen Worte zu finden. „Kennst du das, wenn du jemandem begegnest und auf Anhieb das Gefühl hast, als würdet ihr euch nahestehen? Als ob derjenige ein Teil deines Lebens ist, den du zwar vorher nicht hattest, aber der trotzdem irgendwie gefehlt hat?“

Balian nickte und schluckte schwer. „Aber ich kannte das vorher nicht. Du bist die erste, die ein solches Gefühl bei mir ausgelöst hat.“

Patricias Herz begann wie wild in ihrer Brust auf und ab zu springen und sie trat ganz automatisch noch einen Schritt an Balian heran, sodass der Abstand zwischen ihnen kaum mehr eine Hand breit betrug.

„Siehst du“, brachte sie sehr leise und etwas zittrig hervor und versank dabei in dem tiefen Blau seiner warmen Augen. Augen, aus denen so viel Zuneigung und Sehnsucht sprachen, dass jede Zelle ihres Körpers zu kribbeln und vibrieren begann. „So geht es mir auch. Also sag mir nicht, dass du ein Monster bist, denn dann hätte ich mich niemals so schnell in dich verlieben können.“

Balian reagierte nicht mehr verbal auf ihre Äußerung. Stattdessen umfassten seine Hände behutsam ihr Gesicht und nur einen aufgeregten Atemzug später fühlte sie seine Lippen auf ihren. Sie waren ähnlich kühl wie seine Finger, aber wundervoll weich, schmiegten sich so verführerisch an ihre, dass Patricia einen beglückten Laut von sich gab und ihn einfach zurückküssen *musste*, voller Hingabe und Sehnsucht. Ein Feuerwerk der Gefühle explodierte in ihrem Bauch, als der Kuss sehr schnell inniger und leidenschaftlicher wurde, flutete ihren Körper mit wohligen Schauern und brachte sie dazu, ihre Arme um Balians Taille zu schlingen und sich an ihn zu schmiegen.

Trish schmolz dahin wie Schnee in der Sonne … bis sie die Stimmen auf dem Flur vernahm; eine davon leise und defensiv, die andere eher schrill und erregt. Und es war letztere, die Balian und sie erschrocken auseinanderfahren ließ.

„ICH WERDE EUCH ZEIGEN, WAS ICH MIT EINDRINGLINGEN UND VERRÄTERN MACHE!!“

Süßer die Lösung nie klinget

Manja war die erste, die die Bibliothek betrat. Gut – ‚betrat‘ war eindeutig das falsche Wort, denn sie stolperte eher hinein und das auch nicht freiwillig. Davina hatte ihr von hinten einen solch heftigen Stoß in den Rücken verpasst, dass die junge Frau sich nur mit Mühe wieder fing und dann empört zu ihrer Angreiferin umwandte, die ihr mit wutverzerrtem Gesicht gefolgt war.

„Hey!“ Sie trat einen weiteren Schritt zurück und brachte sich in Kampfstellung, locker in den Knien und beide Hände zu Fäusten geballt, doch Davina war wutentbrannt kurz hinter dem Türrahmen stehengeblieben und starrte die kleine Gruppe vor sich zornig an.

„Dieser kleine Teufel wollte uns töten und dann in aller Ruhe das Schloss ausrauben!“, tobte sie weiter und deutete auf Trish, die ebenso wie Manja nach Luft schnappte. „Und vermutlich ist dein kleines Liebchen ihre Komplizin, die uns bei ihren Besuchen lediglich ausspioniert hat, um unsere Schwachstellen zu finden und uns gegeneinander auszuspielen – wie auch Sophie es schon getan hat! Du lernst wohl nie aus deinen Fehlern, Balian!“

„Davina hörst du dir eigentlich selbst zu?“, fragte ihr Bruder herablassend.

„Ach, du glaubst mir nicht??“ In der rechten Hand hielt seine Schwester Manjas halbvollen Rucksack und schleuderte ihn in der nächsten Sekunde mitten in den Raum. „Sie hat eine Tasche mit modernen Waffen bei sich!“

„Das sind keine Waffen, sondern hochsensible technische Geräte!“, verteidigte sich Manja und lief auf den Rucksack zu, um besorgt dessen Inhalt zu begutachten.

„Bleib, wo du bist!“, tobte Davina und Manja wandte sich mit angriffslustig funkelnden Augen zu ihr um.

„Bernie sagt, ich habe eine nahezu unmögliche Unmenge an Geduld und Verständnis in mir, aber KEINER FASST MEINE BABIES AN!!“

Für einen kurzen Augenblick war Davina von Manjas überraschendem Wutausbruch so irritiert, dass sie diese nur brüskiert ansah. Genau der richtige Moment, um sich einzubringen und für eine Deeskalation der schwierigen Situation zu sorgen.

„Wir sind nicht hier, um euch zu schaden, sondern zu helfen“, wandte sich Patricia an Balians Schwester. „Und das sind wirklich nur spezielle Messgeräte, mit denen man Magie und Flüche aufspüren kann.“

„Wozu?“, brachte Davina misstrauisch hervor, bewegte sich dabei auf ihren Bruder zu, der wiederum sofort an Patricias Seite trat und damit sehr deutlich machte, dass sie unter seinem Schutz stand. „Ich sage es dir: Um uns dann zu vernichten.“

„Nein, darum geht es nicht“, verteidigte sich Trish und sah hilfesuchend hinüber zu Manja, die ihren Rucksack gerade wieder auf ihre Schultern lud.

„Wir sind doch keine militärische Sondereinheit, um Magier und Zauberinnen zu eliminieren“, meldete diese sich sofort zu Wort. „Und ich bezweifle auch, dass es so was überhaupt gibt – außer in dieser zehnteiligen Romanreihe, die ich neulich gelesen habe, sehr spannend und zu empfehlen, aber wie dem auch sei: Die Devise meiner Organisation lautet ‚Wie können wir dir helfen?‘.“ Sie hielt inne. „Nein. Verdammt! Schon wieder falsch. ‚Wir *können dir* helfen!“

„Wer ist ‚wir‘?“, hakte Balian verwirrt nach.

„O ja – entschuldige. Ich hab mich ja bei all der Aufregung und groben Behandlung …“, Manja warf einen vorwurfsvollen Blick Richtung Davina, „… noch gar nicht vorstellen können. Special Protector Manja Simmons von S.O.o.M.P – Secret Organisation of Magic Protection.“

Sie ging mit ausgestreckter Hand und einem freundlichen Lächeln auf Balian zu, kam jedoch nicht an ihn heran, weil plötzlich Davina zwischen ihnen stand.

„Fass meinen Bruder an und ich töte dich!“, stieß diese aus und Patricia fühlte sich berufen, wieder einzuschreiten, weil auch in Manjas Augen Ärger aufblitzte.

„Lasst uns einfach einen gewissen Abstand zueinander halten, solange die Dinge zwischen uns nicht richtig geklärt sind“, schlug sie vor und trat entgegen ihrer eigenen Worte dichter an die beiden heran, was auch Balian dazu brachte, den kleinen Kreis, den sie ganz automatisch herstellten, zu schließen.

„Ich hab dich gewarnt, Balian", überging Davina ihre Bemühungen, Frieden zu stiften, indem sie sich aufgeregt ihrem Bruder zuwandte. „*Sie macht dir was vor und belügt dich*, habe ich dir schon mehrmals zuvor gesagt und nun gehört sie tatsächlich zu diesen … Hexenjägern und …"

„Ich gehöre nicht dazu!", stieß Trish verärgert aus, während Manja gleichzeitig „Wir sind keine Hexenjäger!" in die Runde rief.

„Schluss jetzt!", verlangte Balian laut. Hätte er eine Waffe in der Tasche gehabt, hätte er jetzt sicherlich wie im Film damit in die Luft geschossen. Die Stille erhielt er auch so – ganz einfach, weil er als Mann die lauteste und durchdringendste Stimme von ihnen besaß.

„Trish", er sah sie eindringlich an, „gehörst du zu diesem … Zoom-Verein?"

„Das heißt S.O…" Manja brach sofort ab, weil Trish unauffällig, aber resolut ihren Unterarm packte.

„Nein", sagte Patricia, sah dabei erst ihm und danach auch Davina fest in die Augen. „Meine Oma wohnt in Ghrianbury und ich bin bei ihr zu Besuch, weil ich wie jedes Jahr um diese Zeit in deren Haus zusammen mit dem Rest meiner großen Familie Weihnachten feiern wollte. Euch beiden bin ich nur begegnet, weil du, liebe Davina, mich in deiner Monstergestalt im Wald angegriffen hast!"

Balians Schwester schnappte nach Luft und warf ihm einen vorwurfsvollen Blick zu. „Du hast es ihr verraten?!"

„Sie ist von allein darauf gekommen, weil ich vor ihren Augen zaubern musste, um sie vor *dir* zu beschützen!“, blaffte Balian die junge Frau an. „Gib nicht schon wieder mir die Schuld an allem!“

„Dass wir wissen, was mit euch beiden los ist, ist doch auch nicht weiter schlimm“, schaltete sich Manja in einem beruhigenden Tonfall ein, „weil wir, wie wir schon mehrfach sagten, hier sind, um zu helfen und …“

„Du weißt es *auch*?!“, empörte sich Davina. „Dann hast du *doch* im Flur gelauscht!“

„Das hab ich ja auch nie bestritten“, erwiderte Manja mit einem Achselzucken. „Außerdem bin ich auch schon selbst darauf gekommen, wer im Pelz des Monsters steckt. Ganz davon abgesehen ist es gut, dass ich über alles Bescheid weiß, weil ich nämlich schon eine Idee habe, wer …“

„Was *alles*?“, unterbrach Davina sie aufgebracht, wandte sich aber wieder ihrem Bruder zu, um ihn mit ihrem Blick zu durchbohren.

Balian gab ein leises Seufzen von sich. „Ich habe Trish davon erzählt, was wir einander angetan haben, was danach passiert ist und was uns Sophie zugefügt hat. Dass in unserer Familie schon immer Magie praktiziert wurde, wissen sie aus der Familienchronik, die sie in der Bibliothek gefunden haben.“

Davina schien sein Geständnis sprachlos zu machen. Statt ihn anzuschreien, schüttelte sie nur fassungslos den Kopf, presste die Lippen zusammen und wandte sich von ihnen ab.

Patricia konnte nicht weiter still bleiben. Mutig machte sie einen Schritt auf die junge Frau zu, wurde jedoch von Balians ausgestrecktem Arm und seinem besorgten

Kopfschütteln ausgebremst. Still bleiben konnte sie dennoch nicht.

„Wir sind nicht wie Sophie“, verkündete sie. „Und ich habe auch Manja nicht hergeholt, um euch zu schaden, sondern weil ich Angst hatte und verzweifelt war. Ich wusste ja nicht, wer das Monster war, und niemand in der Stadt hat mir geglaubt. Zudem haben sich die Menschen dort verändert. Balian entzieht ihnen Energie, aber leider auch ihre Wärme und Freundlichkeit und ich … ich wollte etwas dagegen unternehmen, weil ich ja nicht wusste, dass *er* das bewirkt.“

„Du entziehst den Leuten Wärme?!“, wandte sich Davina entrüstet an ihren Bruder.

„Energie!“, verbesserte er sie eiligst. „Ich wusste nicht, dass ich ihnen damit schade!“

„Ich hab dir gesagt, dass du nicht nach Ghrianbury gehen sollst!“, rügte Davina ihn. „Ich wusste, dass irgendwas Schlimmes passiert!“

„Als ob dein Monsterauftritt bei Trish besser gewesen ist!“, konterte Balian. „Du tust immer so, als wärst du so viel besser als ich und hättest dich immer im Griff – dabei greifst du unschuldige Mädchen im Wald an und versuchst sie zu fressen!“

„Ich wollte sie nicht fressen, sondern vertreiben, weil sie sich der Mine genähert hat und die war noch einsturzgefährdet!“, verteidigte sich Davina lautstark.

„Ach, und seit wann befindet diese sich im Garten von ihrer Oma?“

„Oder vor eurem Tor?“, setzte Trish leise hinzu, wurde jedoch trotzdem gehört, denn Davinas Kopf schnellte wütend zu ihr herum, bevor sich ihre vor Wut glühenden Augen wieder auf ihren Bruder richteten.

„Das … ich …“, sie schnaufte aufgebracht, schien sich erst sammeln zu müssen, um antworten zu können, „… ich wollte sie vertreiben – ja, ich gebe es zu – aber ich hatte keine andere Wahl. Ich wollte nicht, dass sich das Desaster mit Sophie wiederholt!“

„Wie du siehst, ist das aber nicht der Fall“, erwiderte Balian. „Du lagst falsch.“

Davinas Augen wanderten kritisch über die kleine Front, die sich da vor ihr gebildet hatte, und ihr Kiefer mahlte. „Das ist noch nicht raus“, gab sie schließlich verkniffen zurück. „Sie können uns auch was vormachen.“

„Tun wir aber nicht“, versprach Manja. Es schien ganz so, als hätte sie zu ihrem professionellen, geduldigen Selbst zurückgefunden, denn sie brachte nun sogar ein sanftes Lächeln zustande. „Und wir werden es euch beweisen, indem wir euch ein für alle Mal befreien.“

„Wovon?“, fragte Davina alarmiert und auch auf Balians Gesicht zeigte sich ein Hauch von Misstrauen.

„Nun, von dem … Fluch oder was auch immer auf diesem Haus liegt“, gab Manja optimistisch bekannt.

Davina gab ein knappes, sehr unechtes Lachen von sich. „Das kannst du nicht.“

„Vielleicht nicht allein, aber …“

„Du holst *niemand* weiteren von deiner Organisation hierher“, schnitt Davina ihr streng das Wort ab. „Und du wirst dieses Haus auch nicht mit dem Wissen über uns verlassen. Das werdet ihre beide nicht.“

„Wie bitte?!“, entfuhr es Patricia empört. „Du kannst uns hier nicht für den Rest unseres Lebens einsperren.“

„Kann ich nicht?“ Davina sah sie mit provokant erhobenen Brauen an, während Balian schon wieder verärgert schnaufte. „Hast du meinem Bruder nicht zugehört? Wir sind mächtige Zauberer. Was willst du uns entgegensetzen?“

„Die hier?“, schlug Manja vor und erhob ihre Fäuste.

Davina lachte erneut laut und sehr unecht auf. „Süß!“

„Ich bin Meisterin im Krav Maga und kann mich ziemlich gut zur Wehr setzen“, stellte Manja mit einem milden Lächeln klar. „An deiner Stelle würde ich das ‚süß‘ lieber stecken lassen, denn soweit *ich* informiert bin, wird in diesem Haus jedwede Magie aufgehoben – also auch deine. Und glaub nicht, dass der Schubs vorhin Zeugnis darüber ablegt, wie wehrhaft ich bin, denn ich setze meine Fähigkeiten nur in äußerster Not ein.“

Davina sagte nichts mehr dazu, doch ihr war anzusehen, dass Manjas kleine Rede keinesfalls an ihr abgeprallt war.

„Wie willst du das machen?“, wandte sich nun Balian hoffnungsvoll an Manja. „Das Haus von dem Zauber befreien, meine ich. Mit deinen Geräten?“

„Ob die uns was nützen, weiß ich nicht“, erwiderte die Special Protector, „denn sie messen ja magische und supernaturale Energien – die hier momentan nicht zu finden sind. Aber wir haben auch noch das hier!“ Sie tippte sich mit dem Zeigefinger an die Stirn.

„Deinen Verstand“, wusste Balian.

„Und eine Menge Erfahrungen im Bereich des Supernaturalen“, setzte sie mit einem selbstbewussten Lächeln hinzu. Sie schlug die Hände zusammen und rieb sie voller Tatendrang aneinander. „Also, wo fangen wir an?“

„Darf ich mal eine kleine Zwischenfrage stellen?“, ergriff Trish das Wort.

„Nur zu!“, wurde sie sofort aufgefordert.

„Wenn wir den Zauber des Hauses aufheben, verwandelt ihr euch dann beide? In das Monster und den alten Mann?“, erkundigte sie sich bei Balian.

Er dachte kurz nach. „Ich denke schon.“

„Das heißt, es wird für dich gefährlich, sollte es nicht möglich sein, den Zauber, der auf *dir* lastet, rechtzeitig aufzuheben.“

Wieder musste er nicken und Patricia suchte den Blickkontakt zu Manja. „Dann sollten wir nicht bei dem Fluch des Hauses anfangen, sondern an anderer Stelle.“

„Stimmt.“ Manja machte einen Schritt auf Davina zu. „Warum habt ihr euch nie gegenseitig von euren Zaubern befreit? Außerhalb des Rosewood Anwesens bekommt ihr doch eure Kräfte zurück, wenn ich das recht verstanden habe.“

„Ja, aber wenn man zurückverwandelt wird, ist man danach für eine ganze Weile geschwächt und wird nicht gleich magisch tätig werden können“, gab Davina nach kurzem Zögern bekannt. „Deswegen müsste *ich* zuerst anfangen und mich dann darauf verlassen, dass Balian mich nicht hängen lässt.“

„Um es kurz zu machen: Sie vertraut mir genauso wenig wie ich ihr“, mischte sich ihr Bruder ein.

„Und *deswegen* seid ihr so lange Zeit in diesem Zustand gefangen?“, fragte Patricia fassungslos. „Quält euch herum, weil ihr euch nicht verzeihen und vertrauen könnt?“

„So einfach ist das nicht“, beschwerte sich Balian und auch Davina gab etwas Ähnliches von sich.

„Doch, ist es!“, widersprach sie ihnen resolut. „Ihr beide seid so sehr mit eurem Hass aufeinander und euren Streitigkeiten beschäftigt, dass ihr nichts anderes mehr wahrnehmt. Noch nicht einmal die Lösung eures Problems.“

„Die Lösung?“ Balian blinzelte irritiert und Davina schnaufte aufgebracht.

„Du hast mir doch vorhin erzählt, dass der Zauber dieses Hauses sich genau dann darüber legte, als ihr beide euch verflucht hattet und im Begriff wart, euch gegenseitig in große Gefahr zu bringen“, sprach Patricia Balian an.

Er nickte stirnrunzelnd.

„Du hast gesagt, du wüsstest nicht, wie das passiert ist und durch wen. Ich sage euch jetzt, es war jemand, der euch beide über alle Maße geliebt hat und verhindern wollte, dass ihr euch eventuell sogar umbringt. Jemand aus eurer Familie!“

Davina stieß einen verächtlichen Laut aus. „Da war niemand außer uns, du Schlaumeierin! Das Haus war ansonsten leer, weil unser Vater erst kurz zuvor gestorben war. Nach seiner Beerdigung wollte niemand von den anderen entfernten Verwandten mehr etwas mit uns zu tun haben. Sie haben uns alle im Stich gelassen, weil sie wussten, dass wir sie nicht an das Erbe unseres Vaters heranlassen“

„Und wenn *er* es war?“, sprach Trish ihre gewagte These aus.

Davina schnappte nach Luft und auch Balian bedachte sie mit einem verstörten Blick. „Er? Meinst du damit unseren Vater?“

„Wow!“, stieß Manja neben Trish aus.

„Was denkst *du*?“, versuchte sie sich von der Special Protector Unterstützung zu holen.

„Oh – nur dass ich vorhin vielleicht besser gegen deinen als gegen meinen Kopf hätte tippen sollen“, gab Manja begeistert bekannt und Trishs Herz machte ein paar erfreute Sprünge.

„Ihr seid beide nicht mehr ganz bei Verstand!“, zischte Davina. „Unser Vater ist *tot*! Er hat das nicht etwa inszeniert, sondern ist vor unser beider Augen gestorben!“

„Das meine ich ja auch gar nicht“, lenkte Trish umgehend ein, während Manja bereits ihren Rucksack von ihren Schultern genommen hatte und nun wieder darin herumkramte. Heraus holte sie eines der Geräte, mit denen sie schon bei ihrem Eintreffen im Haus herumhantiert hatte. Wenn Trish sich nicht irrte, war es das von ihr so geschätzte EMF.

„Stopp! Pack das weg!“, entfuhr es Davina eher verängstigt als wütend und sie wich sogar ein Stück vor Manja zurück, weil die, ungeachtet ihres Protests, die Antennen des Gerätes ausfuhr.

„Meiner Schwester ist Technik nicht geheuer“, erklärte Balian mit einem minimalen Schmunzeln, „aber sie wird sich wieder fangen, wenn uns das Ding tatsächlich helfen kann – nicht wahr, Dav?“

Die junge Frau sagte nichts dazu, presste lediglich die Lippen zusammen und beäugte das Geschehen misstrauisch aus der Ferne.

Das Gerät gab wie schon zuvor ein paar sehr leise, aber furchtbar unangenehme Knack- und Pfeiftöne von sich und schließlich, als Manja an ein paar Rädchen gedreht hatte, ein sanftes Brummen. Die Augen der Special Protector weiteten sich in schierer Begeisterung und ihr Strahlen schien fast den Raum zu erhellen.

„Das ist eines der wundervollsten Geräusche, die ich je gehört habe“, seufzte sie. „Das Gerät hat schon ein paar Signale von sich gegeben, als wir das Haus betraten, aber sie waren so schwach, dass ich dem in meinem aufgeregten Zustand nicht weiter Beachtung geschenkt habe. Ein großer Fehler, wie sich jetzt herausgestellt hat, bedenkt man, dass es nur einer einfachen Justierung bedurfte, um eine eindeutige Aussage zu machen.“

„Und wie lautet diese Aussage?“, erkundigte sich Balian mit einem kritischen Stirnrunzeln.

„Dass wir es hier tatsächlich mit einer supernaturalen Energieform der Klasse G zu tun haben“, freute sich Manja weiter.

„In der Sprache der gewöhnlichen Sterblichen bitte“, forderte Patricia.

„Ein *Geist* – und er ist mit allem, was uns hier umgibt, verwoben. *Er* muss die Ursache für den Zauber sein.“

Genau das hatte Trish hören wollen und drehte sich freudig erregt zu Balian um. Der war jedoch erstarrt, sah sie genauso fassungslos an wie seine Schwester.

„Hast du nicht gehört?“, hakte sie sanft nach. „Ein Geist – oder besser gesagt *euer Vater* hat das Haus mit dem Zauber belegt, um euch beide zu beschützen. Voreinander.“

„Das … das glaube ich nicht“, stieß Davina aus und schüttelte den Kopf. Sie war erstaunlich blass geworden. „Warum sollte er uns so etwas antun?“

„Antun?“, wiederholte Trish verdattert. „Ich sagte doch, dass er euch beschützt hat.“

„Wenn er selbst als Geist noch *so* viel Macht hat, warum hat er uns dann nicht davon abgehalten, uns überhaupt gegenseitig zu verwandeln?“, begann nun leider auch Balian an ihrer Theorie zu zweifeln. „Oder uns einfach zurückverwandelt?“

„Weil ein Geist eben nicht mehr so mächtig ist wie in seine lebenden Form“, erklärte Manja sanft.

„Aber der Zauber ist so stark, dass …“

„Er besteht aus ihm.“

„Was?“, hauchte Balian.

„Euer Vater hätte seine Reise ins Jenseits, ein neues Leben oder was auch immer antreten und euch einfach hinter sich lassen können“, klärte Manja alle weiter auf. „Aber er tat es nicht. Er opferte sich für euch auf, ließ seine eigene Substanz in dieses Haus fließen, um euch zu schützen – bis ihr wieder zu Sinnen kommt. Euch verzeiht. Wieder zu einer Familie werdet.“

„Wieder zu einer Familie …“ Davina sprach den Satz nicht zu Ende, schüttelte stattdessen fassungslos den Kopf und wandte ihnen ihren Rücken zu. Manjas Worte schienen sie zu sehr zu erschüttern, um den anderen noch in die Augen sehen zu können. Die Frage war nur, ob das gut oder schlecht für die übrigen Anwesenden war.

Balian, der den Blick zunächst gesenkt hatte, sah nun wieder auf, die Lippen zusammengepresst und einen Ausdruck tiefster Resignation auf dem Gesicht tragend.

„Dann werden wir für immer in diesem Zustand bleiben, nie frei sein."

„Was?!" Patricia gab sich keine Mühe, ihre Entgeisterung vor ihm zu verbergen. „Was erzählst du denn da? Hast du nicht zugehört?"

„Doch, das habe ich!", widersprach er ihr aufgebracht. „Aber du hattest recht. Davina und ich … wir haben uns all die vielen Jahre nur auf unsere negativen Gefühle konzentriert und uns dabei so sehr entfremdet, dass wir nicht mehr zurückkönnen. Sie hasst mich genauso wie ich sie."

„Das ist nicht wahr!", protestierte Trish gegen seine harten, furchtbar frustrierenden Worte. „Du hasst sie nicht und genauso wenig …"

„Trish! Du kannst uns nicht helfen!", entfuhr es ihm mit einer Mischung aus Niedergeschlagenheit und Ungeduld.

„Doch das *kann* ich", setzte sie sich gegen ihn zur Wehr, „weil ich nicht blind bin – im Gegensatz zu euch beiden! Ich hab euch nun schon ein paar Mal zusammen erlebt und irgendwann mit Erstaunen erkannt, woran *ihr* nicht glauben wollt."

„Was erkannt?"

„Dass ihr einander immer noch liebt!"

„Davina *hasst* mich!"

„Nein – sie *liebt* dich! Aus tiefstem Herzen!"

„Woher willst du das wissen? Du kennst sie doch kaum!"

„Das ist wahr, aber das brauche ich auch nicht. Ich sehe es in der Art und Weise, wie sie dich manchmal ansieht."

Balian bedachte sie mit einem äußerst zweifelnden Blick. „Und du meinst, das reicht, um zu einer solchen Schlussfolgerung zu kommen?!“

„Ja, weil sie dich genauso ansieht, wie meine Eltern *mich* ansehen!“, stieß Trish aus. „Es mag sein, dass sie oft Dinge sagen, die mich verletzen, dass sie mich zum Schreien oder auch zum Heulen bringen, aber an einer Sache habe ich nie gezweifelt: Dass sie mich lieben. Weil ich das sehen *und* fühlen kann.“

Ihre Worte waren wahr und sie taten ihr selbst so gut. Kämpfe mit der Familie auszufechten, musste nicht immer heißen, sich zu entfremden, sondern sie konnten auch ein Beleg dafür sein, dass man jemandem wichtig war, dass dieser jemand sich um einen sorgte und im Grunde nur das Beste für einen wollte.

Balian schüttelte den Kopf, obwohl Trish spürte, dass sie ihn erreicht hatte, seine starre Haltung langsam aufbrach – was womöglich auch daran lag, dass Davina sich weder regte noch sich gegen Patricias Behauptung zur Wehr setzte.

„Wenn das so wäre, hätte sie niemals versucht, mich zu töten!“, stieß Balian nun aus und das Beben in seiner Stimme verriet, wie sehr ihn gerade dieser Teil ihrer gemeinsamen Geschichte belastete.

„Und genau das ist es, was mich tiefer verletzt hat, als alles andere, was du mir jemals angetan hast“, kam es nun ebenso emotionsgeladen aus einer ganz anderen Richtung und Davina wandte sich endlich zu ihnen um, kam wieder näher. Da war keine Wut mehr in ihren Augen, sondern nur tiefe Enttäuschung und Schmerz. „Dass du so etwas tatsächlich glaubst.“

„Wie bitte?!“, fuhr Balian auf. „Du hast mich in einen rasanten Alterungsprozess versetzt, der mich innerhalb von nur zwei Stunden hätte töten können! Wie kann man das nicht als Angriff auf mein Leben werten?! Sogar Vater hat das allem Anschein nach so gesehen!“

„Ich wollte doch nur, dass du mich zurück in meine menschliche Gestalt verwandelst!“, verteidigte sich Davina. „Ich hätte dich niemals sterben lassen, selbst wenn du stur geblieben wärst! Du bist doch mein kleiner Bruder!“

„Ach plötzlich?“, fauchte Balian.

„Das warst du immer und wirst du immer bleiben!“, rief Davina mit belegter Stimme. „Und ich werde dich *immer* beschützen, ob nun als Monster oder als Mensch – ganz gleich, ob du mich dafür hasst und wegstößt!“

„Du beschützt mich nicht, du hältst mich gefangen!“

„Das ist nicht wahr!“

„O doch, oder warum war es für Sophie so einfach, auch dich in die Falle zu locken? Du konntest den Gedanken, dass sie mich tatsächlich erlösen könnte und wir zusammen fliehen könnten, nicht ertragen.“

Davina gab ein empörtes Keuchen von sich. „*Das* denkst du? Ich hatte *Angst* um dich! Sie war mir von Anfang an nicht geheuer und ich dachte, sie würde dir in dem gebrechlichen Zustand eines alten Mannes etwas antun – um mich am Ende dazu zu bringen, ihr Rosewood doch noch zu überschreiben.“

Balian starrte seine Schwester an, vollkommen aufgewühlt, aber auch überrascht. Und Patricia ging es ganz ähnlich, weil die geschwisterliche Fehde vor ihrer aller Augen zu einem familiären Drama wurde.

„Alles, was ich immer wollte, war … dich zu beschützen“, stieß Davina jetzt gebrochen und mit verräterisch schimmernden Augen aus. „Weil Mutter das so gewollt hätte. Das ist doch meine Pflicht als ältere Schwester … die Mutter zu ersetzen, so gut es geht. Aber ich war so schlecht darin, für dich zu sorgen … dich zu trösten, wenn du traurig warst, dir deine Ängste zu nehmen, einfach für dich da zu sein … und du warst noch so jung …“

„Du hast es versucht“, gab Balian leise von sich. Sein Blick war nach innen gerichtet, so als stöbere er in alten Erinnerungen herum. Guten Erinnerungen.

Sie nickte und schluckte schwer. „Aber ich konnte nichts daran ändern, dass du mich hasst“, brachte sie mühsam heraus.

Balian richtete seine Augen nun wieder auf das Gesicht seiner Schwester, runzelte dabei die Stirn. „Was?“

„Du hast mich gehasst, weil du mir die Schuld an dem Tod unserer Mutter gabst“, ließ Davina verlauten.

„Das ist nicht wahr“, widersprach Balian ihr. „Wieso sollte ich so etwas denken?“

„Weil es der Wahrheit entspricht?“, stieß sie mit zitternder Stimme aus. „Ich *bin* schuld an ihrem Tod. Wenn ich nicht versucht hätte, wegzulaufen, wäre sie mir nicht gefolgt und …“

„Davina, es war ein *Unfall*!“, ließ Balian seine Schwester gar nicht erst ausreden und packte sie an den Oberarmen, nicht grob, sondern in einer sanften, tröstenden Weise. „Die Achse der Kutsche ist gebrochen. Dafür kann *niemand* etwas!“

„Aber ich …“

„Du warst damals noch ein halbes Kind und wütend. Kinder laufen manchmal weg und Mutter war nicht in Panik, hat sich nicht mehr beeilt als sonst. Sie wusste, wo sie dich findet. Es war ein schrecklicher Unfall, an dem niemand anderer Schuld trägt außer dem Schicksal. Und ich habe das nie anders gesehen."

Davina holte stockend Atem. Ein paar Tränen rollten ihre Wangen hinunter. „Ich schon", wisperte sie.

„Das weiß ich jetzt", erwiderte Balian sanft. „Und es tut mir leid, dass ich nicht gemerkt habe, mit welcher Last du dich herumschlägst, denn ich …", er schluckte schwer, „… ich weiß genau, wie sich das anfühlt."

„Weil ich dich hab glauben lassen, dass du schuld an Vaters Tod seist", wisperte Davina und weitere Tränen lösten sich aus ihren Wimpern. „Aber das bist auch du nicht. Ich war nur so … wütend. Ich sah dich weglaufen und glaubte, du würdest genau denselben Fehler begehen wie ich. Ich sah *mich* in dir und mein ganzer Selbsthass verschob sich auf dich. Dich für mich leiden zu lassen, war *so* falsch und ich bereute es schon in dem Moment, in dem wir unseren Krieg begannen. Nur konnte ich das nie zugeben, war zu stolz, um mich zu entschuldigen und mein Verhalten wiedergutzumachen. Obwohl es wehgetan hat und ich … ich dich schmerzlich vermisst habe, denn wir hatten doch auch gute Zeiten, nicht wahr?"

Sie versuchte sich an einem Lächeln, das sich sofort auch auf Balians Lippen einfand. Er nickte bewegt und auch in seinen Augen glänzten jetzt Tränen.

„Du warst keine schlechte große Schwester", brachte er etwas heiser hervor.

„Doch – in den letzten Jahrzehnten schon", widersprach sie ihm mit einem Schniefen.

„Ich war ja auch kein besonders liebenswerter kleiner Bruder", gestand Balian ein.

Davina schüttelte den Kopf. „Das bist du *immer*", brachte sie kaum hörbar heraus.

Balian sagte nichts mehr dazu. Stattdessen zog er seine Schwester kurzerhand in seine Arme und drückte sie fest an sich. Sie wehrte sich nicht dagegen und Patricia meinte sogar ein leises Schluchzen zu vernehmen, bevor Davina an Balians Brust dumpf die Worte herausbrachte, die schon vor langer Zeit hätten gesprochen werden müssen: „Was haben wir einander nur angetan? Es tut mir so leid. Kannst du mir verzeihen?"

Balian schloss die Augen, barg sein Gesicht in Davinas goldblonden Locken. „Natürlich", wisperte er. „Bitte verzeihst du mir auch?"

Es geschah mit Davinas leise gemurmelten „Schon geschehen": Ein starkes Vibrieren ging durch den Boden der Bibliothek, durch Patricias Körper und sicherlich auch durch den Rest des Hauses, während die Lichter der Petroleumlampen aufgeregt flackerten. Balian und Davina ließen einander erschrocken los und dann erloschen alle Lampen. Dunkelheit warf sich über sie wie ein schwarzer Mantel, jedoch nur kurz, denn Sekunden darauf entstand ein Wirbel von weißlichen Lichtblitzen und Funken um Davina herum, der sie bald schon vollkommen verschlang und dabei breiter und höher werden ließ.

Patricia fühlte sich wie eingefroren, sah dem Geschehen genauso wie Manja nur mit weit aufgerissenen Augen zu und bekam dabei kaum mit, dass Balian sie am Arm packte und ein Stück zurückzog.

„Sie verwandelt sich“, raunte er ihr zu und fast im selben Moment löste sich das Energiegebilde auf und gab den Blick auf das frei, was in ihm entstanden war: Das Schneemonster, das Patricia bis in ihre furchtbaren Träume verfolgt hatte. Riesig. Weiß. Mit spitzen, aus dem Maul ragenden Eckzähnen, gelben Augen und eindrucksvollen, gedrehten Hörnern bewaffnet. Und natürlich fiel der Davina-Bestie zunächst nichts anderes ein, als ein ohrenbetäubendes Brüllen auszustoßen und mit einem Huf so kraftvoll auf den Boden aufzustampfen, dass sie alle ein wenig taumelten.

„Bei Merlins Bart!“, entfuhr es Manja eher fasziniert als ängstlich, während Patricias Herz schon wieder versuchte neue Rekorde im Rasen aufzustellen. „Wahnsinn! Von Nahem siehst du viel eindrucksvoller und aufregender aus! Das ist fast besser als ein Werwolf!“

Die Special Protector warf einen begeisterten Blick in Patricias und Balians Richtung, doch ihr seliges Lächeln zerbröckelte sofort. „Oje!“, stieß sie aus und ihre Hand fuhr betroffen vor ihren Mund.

Patrica folgte ihrem Blick und hielt den Atem an. Auch Balian hatte sich verändert. Er sah zwar immer noch umwerfend gut aus, war jedoch um gut zwanzig Jahre ‚gereift‘, mit grauen Schläfen und vielen kleinen Fältchen um Augen und Mund herum.

„Der Zauber meines Vaters ist wohl eindeutig gebrochen“, stellte er trocken fest. „Und das mit der Alterung scheint jetzt aus irgendeinem irrsinnigen Grund noch schneller vonstatten zu gehen als vorher. Wir sollten besser in den nächsten Sekunden heiraten, wenn wir die Flitterwochen noch erleben wollen, Trish."

In einer anderen Situation hätte Patricia vielleicht gelacht, aber das hier war einfach zu ernst und gefährlich.

„Davina!", rief sie sorgenvoll und machte einen mutigen Schritt auf das Untier zu, das noch Probleme damit zu haben schien, zu verstehen, was passiert war. Hoffentlich blockierte das Tier nicht Davinas Denken, dann war Balian verloren! „Du musst deinen Zauber von ihm nehmen! Jetzt!"

Die gelben Augen des Monsters fixierten sie und es öffnete sein Maul, ließ ein dumpfes Grollen vernehmen.

Oh, bitte nicht! Trisha zog den Kopf ein, wollte schon ängstlich zurückweichen, doch das war gar nicht nötig. Das Yeti-Monster sah nicht länger sie an, sondern Balian und seine Augen … sie begannen zu glühen, wurden immer heller, bis ein gleißender Lichtstrahl aus ihnen hervorbrach, der Balians Körper innerhalb von Sekunden komplett einhüllte. Der nun schon recht alte Mann taumelte, blieb jedoch auf den Beinen, bis das Licht erlosch, dann sank er in sich zusammen und ging zu Boden.

Patricia war sofort bei ihm, drehte ihn mit hämmerndem Herzschlag herum und fühlte seinen Puls. Er war da. Deutlich zu rasant, aber so kräftig, dass ihre Sorgen ganz schnell dahinschwanden. Erst recht, als sie bemerkte, dass das Gesicht, in welches sie blickte, wieder jung war.

„Sie hat ihn wirklich befreit", hörte sie Manja hörbar gerührt sagen und hob wieder ihren Kopf, sah hinüber zu dem Monster, das sich schwerfällig auf den Boden gesetzt hatte und mit hängendem Kopf zu ihr und Balian hinübersah. Nun sah es gar nicht mehr wie eine gefährliche Bestie aus, sondern viel eher wie ein trauriger Hund, der sich nach ein bisschen Zuneigung und einem Zuhause sehnte.

Patricias anfängliche Angst war verschwunden und alles, was sie für dieses Wesen empfinden konnte, war tiefes Mitgefühl. Sie mussten Davina helfen. Unbedingt.

„Können wir nicht etwas tun, damit Balian sich schneller erholt?“, wandte sie sich an Manja, die mittlerweile wieder unentwegt in ihr Aufnahmegerät brabbelte.

Die Special Protector sah von dem Monster zu Balian und dann hinunter zu ihrem Rucksack, der vor ihren Füßen stand. „Hm“, machte sie, ging davor in die Hocke und begann zum wiederholten Male an diesem Tag darin herumzuwühlen. „Unter Umständen gibt es eine Möglichkeit, seine Energie wieder aufzuladen, wenn wir jemanden anzapfen, der noch sehr viel davon hat.“

„Du meinst den Ye… Davina?“, hakte Patricia erstaunt nach.

„Ganz genau!“, offenbarte Manja ihr und hatte nun ein Gerät in der Hand, das sie bisher noch nicht benutzt hatte. „Das hier ist ein H75-13F. Ein Energieableiter.“

Sie hob das Gerät hoch, sodass auch das Monster, das bereits neugierig den Hals gereckt hatte, es gut sehen konnte. „Es soll uns Protectoren vor Zaubern oder anderen energetischen Angriffen schützen. Mit dieser Öffnung zielt man auf die Energiequelle, deren Kraft im Inneren des Apparats in etwas Harmloseres, Weicheres umgewandelt wird und hier …“, sie wies auf die andere Seite, „… kommt diese neue Form wieder raus. Gaby, unsere Frau für die Technik, war sich nicht sicher, wie harmlos diese Kraft nach der Umwandlung ist, und hat mir geraten, den Teil des Geräts zur Sicherheit möglichst in eine Richtung zu halten, in der sich kein Lebewesen befindet – aber genau das werden wir eben nicht tun."

„Wir richten ihn auf Balian!", entfuhr es Trish enthusiastisch. „Dann bekommt er Davinas Kraft und kann auch sie von seinem Zauber befreien!"

„Das klingt … sinnvoll …", vernahm sie eine tiefe, noch sehr schwache Stimme neben sich und fuhr sofort zu Balian herum.

„Du bist wieder wach!", stellte sie erfreut fest und half ihm dabei, sich halbwegs aufzusetzen. Er zitterte am ganzen Leib, was wohl daran lag, dass sein Körper trotz der Auflösung des Zaubers noch keine Normaltemperatur erreicht hatte.

„Wie oft hast du … das schon gemacht?", fragte er Manja, die sich bereits zwischen ihm und dem Yeti-Monster in Position brachte.

Manja schürzte die Lippen. „Öhm … noch nie, aber das heißt nicht, dass es nicht funktioniert, wir stellen ja schließlich nicht *jeden* ein."

Das Monster erhob sich, gab ein lautes Knurren von sich und schüttelte den Kopf. Dafür brauchte wohl niemand von ihnen eine Übersetzung.

„Es *wird* funktionieren!", versprach Manja optimistisch, während auch Patricia langsam zu bezweifeln begann, ob die Idee wirklich so gut war. „Du musst nur ganz vorsichtig deine Energie hier reingeben, dann wird deinem Bruder nichts zustoßen."

Yeti-Davina knurrte erneut, nun noch lauter als zuvor und bleckte im Anschluss sogar kurz ihre beeindruckenden Zähne.

„Du kannst das!“, wurde Manja von Balian unterstützt, der versuchte, eine aufrechtere Haltung einzunehmen, auch wenn das im Sitzen nicht ganz so einfach war. „Ich habe keine Angst, denn ich traue dir das zu! Ich *ver*traue dir!“

„Bist du sicher, dass wir das tun sollten?“, hakte Trish leise nach. Sie wollte ja auch, dass Davina ebenfalls erlöst wurde, aber nicht, wenn sie Balian damit schadeten.

„Vollkommen!“, bestätigte er und richtete seinen Blick auf seine monströse Schwester. Absolute Entschlossenheit zeigte sich in seinen Zügen. „Ich will, dass endlich wieder alles so wie früher wird. *Jetzt*. Nicht erst in einigen Stunden oder gar morgen. Du kannst das, Davina, denn du bist eine der größten Magierinnen aller Zeiten. Tu es!“

Das Monster sah ihn lange an und schließlich nickte es, wandte sich Manja und deren Gerät zu. Die Special Protector holte tief Atem und aktivierte den Energieableiter, der ein sanftes Schnurren vernehmen ließ und dann grün zu blinken anfing.

„Okay“, Manja nickte dem gehörnten Untier zu, „du kannst loslegen.“

Die Brust des Monsters dehnte sich, als es laut Luft holte, und seine Augen begannen wieder zu leuchten, sandten das mittlerweile fast vertraute magische Licht in das summende Gerät. Patricia sandte ein Stoßgebet gen Himmel, als die Strahlen aus der anderen Öffnung erneut auf Balian trafen, und rückte dabei nur so weit von ihm ab, dass sie selbst nicht von ihnen getroffen wurde. Der junge Mann zuckte ein wenig und schloss die Augen, doch mehr geschah erst einmal nicht. Nach nur wenigen Sekunden erlosch das Licht wieder und dieses Mal sank das Monster in sich zusammen, ließ den Boden dabei erbeben und blieb schwer atmend vor ihnen liegen. Balian hingegen war plötzlich auf den Beinen und eilte zu seiner Schwester hinüber, ging besorgt neben ihr in die Knie.

„Davina!“, stieß er aus, hob eine Hand und strich ihr sanft über Stirn und Schnauze. Ein leises Winseln war zu vernehmen. Zu mehr Regung war die ehemals furchteinflößende Bestie nicht mehr fähig. „Was ist mit ihr?!“

„Sie hat dir einen großen Teil ihrer Kräfte gegeben“, erklärte Manja sanft. „Sie ist nur geschwächt.“

„Aber ich werde sie noch weiter schwächen, wenn ich meinen Zauber von ihr nehme“, äußerte Balian besorgt.

„Sie ist eine riesige Kreatur und wird wieder zu einem Menschen“, erwiderte Manja. „Die monströse Restkraft wird ausreichen, um den Menschen, der in ihr steckt, vor weiterem Schaden zu schützen.“

„Bist du sicher?“ Balian sah sie zweifelnd an.

Die Special Protector dachte kurz nach und nickte schließlich. „Hol deine Schwester zurück“, forderte sie ihn mit einem zuversichtlichen Lächeln auf.

So wie das Monster zuvor atmete nun auch Balian tief ein, stand auf, hob eine Hand über den Kopf des Monsters und ließ seine Magie wirken. Da waren wieder die Blitze und Funken, die in unglaublicher Schnelligkeit einen Wirbel erzeugten, der immer größer wurde und schließlich den ganzen Körper des Monsters umfasste.

Patricia sah atemlos dabei zu, wie dessen Umrisse im Wirbel immer kleiner wurden und als dieser sich auflöste, lag nicht mehr ein Untier, sondern eine schöne, junge Frau vor ihnen am Boden.

„Davina!“, stieß Balian erneut aus, fiel neben ihr auf die Knie und zog den schlaffen Körper seiner Schwester in seine Arme. „Mach die Augen auf … Rede mit mir“, konnte Patricia ihn flüstern hören.

Ein Stöhnen drang über Davinas Lippen und endlich kam sie seinem Flehen nach, schlug die Lider auf und griff mit zitternden Fingern nach Balians Hand. „Ist … ist es vorbei?“, hauchte sie.

„Nun dein Fell, die Zähne und die Klauen sind weg“, versicherte er ihr und sein Blinzeln verriet, dass er schon wieder mit den Tränen kämpfte. „Und das mit den Hörnern ist nicht weiter schlimm. Mit einem hübschen Hut kann man da viel machen.“

Davina schnappte entsetzt nach Luft und griff sich an den Kopf, doch da war nichts dergleichen. „Du Mistkerl!“, stieß sie aus und schlug ihm auf den Oberarm, um ihm fast im selben Moment mit einem tränenerstickten Lachen die Arme um den Hals zu werfen und ihn fest an sich zu drücken.

Patricia presste die Lippen zusammen und rieb sich über ihre prickelnde Nase, während sie dagegen ankämpfte, ein paar Tränen der Rührung zu vergießen. Manja hatte diesen Kampf schon verloren und schnäuzte sich ganz ungeniert die Nase, bevor sie auch Trish ein Taschentuch anbot.

„Nicht schüchtern sein – hab einen ganzen Vorrat davon in meiner Tasche“, verriet sie. „Rührungstränen sind bei diesem Job garantiert!“

Sie wackelte mit der Packung herum und mit dem nächsten von Davina geschluchzten „Ich hab meinen kleinen Bruder wieder“ griff Trish doch noch zu.

Die tränenreiche Versöhnung der Lennox' fand nicht so schnell ein Ende, weil Balian und Davina sich unglaublich viel zu sagen und aufzuarbeiten hatten. Da sowohl Patricia als auch Manja erkennen konnten, dass die beiden nicht nur Zeit für sich brauchten, sondern von der Zauberei auch noch vollkommen erschöpft waren, verabschiedeten sie sich nach einer kleinen Weile und Balian, der seine geschwächte Schwester zuvor auf einen der Sessel gehoben hatte, begleitete seine Gäste höflich bis zur Tür.

„Ich werde sicherlich zumindest noch bis morgen Mittag in Ghrianbury bleiben, um den ganzen Fall auszuwerten und anschließend ad acta zu legen", ließ Manja den jungen Hausherren wissen, als sie bereits in der Tür standen. „Wenn noch irgendwas ist, traut euch ruhig, mich anzurufen … oder auch eine Brieftaube zu schicken." Sie lachte laut über ihren eigenen Witz, verstummte aber schnell wieder. „Sorry. Falsches Publikum. Aber ich meine das ernst: Ich helfe, wo ich kann."

„Und ich weiß das zu schätzen", gab Balian mit einem kleinen Lächeln zurück. Seine Augen wanderten zu Trish und die Intensität, mit der er sie ansah, brachte ihren alten Freund, die Verlegenheitsröte, zurück in ihre Wangen.

„Dann gehe ich wohl schon mal vor die Tür", sagte Manja rasch und setzte ihren Plan mit einem lauten Zuziehen des Reißverschlusses ihrer Jacke in die Tat um.

Allein. Zum ersten Mal seit sie diesen wundervollen Kuss in der Bibliothek ausgetauscht hatten, war Trish mit Balian allein. Sie sah zu Boden und wieder rasch auf. Die Zuneigung für sie war immer noch in seinen Augen zu finden, nur war da noch etwas anderes, etwas, das dort ihrer Meinung gar nicht hingehörte. Nicht nach einem so wundervollen Ausgang der ganzen abstrusen Geschichte.

„Trish, ich …“, begann er, brach aber sofort wieder ab, schüttelte minimal den Kopf.

„Geht es um … um den Kuss?“, fragte sie zaghaft und ihr Herz begann schneller zu schlagen. Wollte er ihr jetzt etwa sagen, dass er nichts bedeutet hatte oder dass er nichts weiter von ihr wollte?

„Nein ich …“ Er atmete schwerfällig aus. „Die Zauber sind aufgelöst worden und ehrlich gesagt, weiß ich nicht, was als nächstes passiert.“

Sie stutzte, runzelte die Stirn. „Na, ihr seid jetzt wieder eine Familie, könnt normal leben wie jeder andere, euch eure Träume und Wünsche erfüllen.“

„Vermutlich“, gab er zurück.

„Wie meinst du das?“ Ein mulmiges Gefühl machte sich in ihrem Inneren breit.

„Meine Schwester und ich, wir haben lange Zeit in einem Kälteschlaf verbracht, unter dem Einfluss von Magie“, äußerte er. „Wenn wir uns nicht verwünscht hätten und es Sophies Zauber nicht gegeben hätte, wären wir längst eines natürlichen Todes gestorben.“

„Aber das seid ihr nicht!“

„Eben. Wir haben die Zeit betrogen und ich weiß nicht, ob sich das nicht noch rächt.“

Patricia wurde angst und bange zumute und ihre Brust verengte sich. „Du … du meinst, ihr könntet beide nachaltern und dann möglicherweise …“

Er presste die Lippen zusammen und nickte. „Du glaubst gar nicht, wie sehr ich mir wünsche, dass es *nicht* so ist, dass ich eine Chance habe, dich wiederzusehen, mit dir die Welt zu erkunden, aber ich … ich möchte nicht, dass du morgen herkommst und hier einen alten Mann vorfindest oder gar Schlimmeres …"

„Heißt das, du willst nicht, dass ich nach dir sehe?", brachte sie mit dünner Stimme hervor.

Er nickte erneut, nun mit demselben Schmerz in den Augen, den sie in ihrem Inneren fühlte.

„Aber … aber wie soll ich dann wissen, was mit dir ist? Ob es dir gut geht?", brachte sie kaum hörbar heraus und Tränen brannten bereits in ihren Augen.

„Ich werde es dich wissen lassen", gab er leise zurück. „Ich finde einen Weg, ganz gleich, was passiert. Nur komm bitte nicht hierher."

Sie biss fest die Zähne aufeinander, hob den Kopf und nickte tapfer. Dann erhob sie sich auf die Zehenspitzen und küsste ihn, ganz sanft und zart, aber mit aller Zuneigung, die sie für ihn empfand. Balian erwiderte den Kuss auf dieselbe Weise. Als sie ihn verließ, war sein Blick warm und sehnsüchtig und brannte sich für immer in ihr Gedächtnis ein.

Epilog

Trish hob ihre Finger an die Lippen und blies warme Luft darauf, während sie vor dem Eingangstor des Lennoxschen Anwesens stehenblieb. Oma Tamas Auto hatte eine neue Macke entwickelt: Entweder bollerte die Heizung derart los, dass man auch bei diesen Witterungsbedingungen freiwillig das Fenster herunterließ oder sie machte einfach gar nichts mehr. Heute war natürlich hauptsächlich Letzteres der Fall gewesen. Vermutlich war das die Strafe dafür, dass Trish nicht einfach zum Anwesen der Lennox' gelaufen war, sondern eine bequemere Art dorthin zu gelangen vorgezogen hatte.

Am liebsten hätte Trish ihre Hände in der mitgebrachten Keksdose vergraben und sich die kalten Finger von dem immer noch warmen Gebäck auftauen lassen. Wie konnte man denn auch so blöd sein, seine Handschuhe bei diesem Wetter zu vergessen? Hier war es weiterhin viel zu kalt und der Schnee ließ einen immer noch knöcheltief einsinken. Seltsam, sie hatte angenommen, dass sich das, wie Balian versprochen hatte, mit dem Verschwinden aller ausgesprochenen Zauber ändern würde.

Sie stieg aus, blieb aber an die Wagentür gelehnt stehen. Deren Schließen hatte ein unnatürlich laut klingendes Geräusch in der ansonsten herrschenden Stille um sie herum verursacht, fast wie ein Schuss, der die Friedlichkeit empfindlich störte.

Mit gemischten Gefühlen starrte sie das Anwesen an und fühlte sich wie beim ersten Mal. Gerade mal zwei Tage waren vergangen und doch schien es eine Ewigkeit her zu sein. Wieder war sie der Eindringling, der sich dem Haus nervös näherte – wenn sie dieses Mal auch nicht von einem Schneemonster verfolgt wurde. Die Erinnerung an seine gruselige Gestalt ließ sie erschaudern, auch wenn ihre letzte Begegnung gut ausgegangen und nicht damit zu rechnen war, dass es wieder auftauchte. Hoffentlich. Laut Manja waren diese Zauberauflösungen recht endgültig, wenn sie denn einmal vollständig funktioniert hatten. Hoffentlich gab es hier keinen dritten Boden oder irgendeinen anderen supernaturalen Haken an der Sache. Natürlich gab es auch so schon genügend andere, aber eher zwischenmenschlicher Natur.

Er wollte nicht, dass sie herkam, das hatte Balian recht deutlich gemacht und dafür einen durchaus vernünftigen Grund genannt. Dennoch hatte Trish nicht anders gekonnt, als sich vom Trubel ihrer Familienzusammenkunft zu lösen und genau das zu tun. Da sie in all dem Stress vergessen hatte, ein Geschenk für ihn zu besorgen, hatte sie sich eine von Oma Tamas zahlreichen Keksdosen geschnappt und diese mit einer frischen Ladung noch warmer Plätzchen gefüllt, um nicht mit komplett leeren Händen dazustehen. Außerdem hatte sie nun etwas, um das sich ihre Finger krampfen konnten, so wie jetzt, als sie durch den Torbogen trat und langsam auf den Eingang des Hauses zuschritt.

Auf ihrer Fahrt hierher hatte sie die Sorge gehegt, das Anwesen könne wieder verfallen sein – was ein sicheres Zeichen dafür gewesen wäre, dass Balians Angst berechtigt gewesen war – doch von außen war nichts dergleichen festzustellen.

Zaghaft klopfte sie an die Tür, doch niemand reagierte, also klopfte sie etwas lauter. Wieder nichts. Trishs Herz sank und Enttäuschung breitete sich in ihr aus. War er vielleicht gar nicht mehr da? Waren seine Befürchtungen wahr geworden und er war …? Ihre Kehle schnürte sich zusammen und sie schnappte nach Luft. Das durfte nicht sein, das durfte einfach nicht sein! Nicht so schnell! Und einfach überhaupt nicht!

Tapfer blinzelte sie die aufkommenden Tränen hinfort, trat ein Stück zurück und suchte nach dem Schornstein, der zum Kaminzimmer gehören musste. Rauch stieg daraus auf und Trish spürte Erleichterung und gleichzeitig einen Stich im Herzen. Er mied sie. Sie hätte gar nicht herkommen sollen, aber jetzt einfach so zu gehen, kam auf gar keinen Fall in Frage. Eigentlich war sie ein recht höflicher Mensch, der die Grenzen anderer respektierte, doch hier konnte sie einfach nicht anders, straffte die Schultern, trat wieder auf die Eingangstür zu und klopfte erneut an.

„Balian, ich bin es!“, sagte sie laut. „Bitte mach auf!“

Etwas regte sich im Inneren, ein kurzes Poltern und ein wütendes Zischen ertönten und ließen ihr Herz für einen Moment stoppen und dann schnell weiterschlagen. Ach, Quatsch! Sie fauchte manchmal auch ganz schön vor sich hin, wenn ihr etwas herunterfiel, weil sie gegen etwas stieß. Nun bloß nicht überreagieren.

„Geh fort von hier!“, vernahm sie eine gedämpfte Stimme auf der anderen Seite der Tür. Tief und ein wenig rau, aber weiblich. Die menschliche Version des Schneemonsters.

„Davina, bitte!“, rief Patricia. „Lass mich rein!“

Sie ließ die Keksdose wieder in die rechte Hand wandern, damit sie zur Abwechslung die linke in die Manteltasche stecken konnte, bevor diese steif fror. Die Kekse waren vermutlich eh bald Eis ohne Stiel. Gott, war das kalt!!

„Du hast ihn doch gehört“, war Davina dumpf durch das Holz zu hören. „Wir haben viel durchgemacht und brauchen unsere Ruhe und keine Aufregung in Form einer … liebestollen Jungfer!“

Liebesto- wie bitte?? Anscheinend hegte Davina nach wie vor große Abneigung gegen sie. Hatte sie denn gar nichts gelernt oder verstanden oder war ihr Hass einfach so tief in ihr verwurzelt, dass sie jetzt, da sie mit ihrem Bruder versöhnt war, ein neues Opfer brauchte?

Natürlich konnte sie Ms Lennox darauf hinweisen, dass sie und Balian ohne ihre Hartnäckigkeit und die Hilfe, die sie organisiert hatte, immer noch in ihrem fluchbedingten, magischen Schlamassel stecken würden und wohl etwas mehr Höflichkeit angebracht wäre. Von Dankbarkeit ganz zu schweigen – aber sicherlich hatte Davina ihren Jahresvorrat davon bei ihrer letzten Begegnung aufgebraucht.

„Und jetzt geh, wenn du weißt, was gut für dich ist!“, setzte diese nun auch noch hinzu und ihre Stimme entfernte sich während des Sprechens.

„Nicht, bevor ich Balian gesehen habe!", blieb Patricia hartnäckig und spürte Wut in sich aufsteigen. Alles musste frau selbst machen! Flüche brechen, Schönlinge retten ... ja, sie *war* eine emanzipierte junge Frau, aber so ein ganz klein wenig mehr Anerkennung wäre doch schön gewesen. Aber *so*? Kein Prinz ... nein, Graf, der sie auf einem weißen Pferd ... zu sich holen kam. Oder zumindest sich bei ihr bedankte. Vorzugsweise mit einem langen, tiefen, leidenschaftlichen Kuss, der ihr Herz wie wild schlagen und ihre Verwandtschaft mit offenem Mund dastehen lassen würde, bevor er sie auf sein Schloss ... schlossartiges Anwesen mitnahm.

Ein eisiger Windhauch erfasste sie, doch er ließ sie nicht einmal schaudern. Es war eher so, als würde die Kälte sich wie eine kontraproduktive Decke um sie legen. So war es denn eben. Sie gab ein tiefes, abfälliges Knurren von sich. Sie brauchte Balian gar nicht, diesen unnützen ... Moment mal, was dachte sie denn da?!

„LASS MICH REIN!", donnerte sie im nächsten Augenblick unnatürlich laut und schlug mit der dick behandschuhten Faust gegen die Tür.

Behandschuht?? Schockiert starrte sie ihre Hand an, die von einer dichten weißen Schicht bedeckt war. Fellig, zottelig ... Entsetzt schrie sie auf, doch es war kein menschlicher Schrei, der sich ihrer Kehle entrang, sondern der eines wilden Tieres. Und sie hatte ihn schon mehrmals gehört. Das durfte nicht wahr sein! Wie konnte das geschehen?! Panisch sah sie an sich herab: Ihre Kleidung war verschwunden und hatte dem weißen Pelz Platz gemacht, den sie vor zwei Tagen gehofft hatte, zum letzten Mal gesehen zu haben.

Erneut warf sie sich gegen die Tür, diesmal verzweifelt, und das erste Krachen und Knirschen des Holzes spornte sie nur noch mehr an. Mit Hilfe ihrer langen Klauen ließ sie es immer weiter zersplittern, bis schließlich ein Durchgang entstanden war, mit Spitzen an den Seiten, die aber von ihrem neuen Körper beim Eintreten einfach abgebrochen wurden.

„Hättest du doch nur *einmal* auf mich gehört!“, vernahm sie eine weibliche Stimme schwach neben sich und eine klapprige Greisin trat in ihr Blickfeld. Der Stimme nach zu urteilen musste es sich um Davina handeln, doch in der kurzen Zeit seit ihrem letzten Treffen schien sie um Jahrzehnte gealtert und stützte sich müde auf einen Krückstock. O mein Gott, war mit Balian dasselbe geschehen? Und wieso verwandelte sie sich in dieses Monster?? Sie versuchte, eine Frage zu stellen, doch es kamen nur tierische Laute hervor.

Trotz ihrer Gebrechlichkeit sah Davina die junge Frau vor sich höhnisch an. „Du armes Ding, hast du denn wirklich gedacht, dass sich Jahrhunderte währende Flüche, geschaffen von tiefem Hass und Verzweiflung, einfach so in Wohlgefallen auflösen und gar keine Folgen haben?“

Trish machte einen verzweifelten Schritt auf sie zu und Davina streckte den freien Arm zur Seite, als wolle sie Ergebenheit demonstrieren. „Tu es nur, dann folge ich endlich meinem Bruder, der schon jetzt nur noch ein Häufchen Staub auf seinem Lieblingsplatz im Gewächshaus sein dürfte. Du kannst uns nicht auseinanderbringen! Niemand kann das!“

Balian … er war tot … einsam und verlassen von ihr gegangen, ohne dass sie ihn noch einmal hatte sehen, ihn berühren, mit ihm reden können! Wut und Verzweiflung rasten durch Trishs Körper, bemächtigten sich ihres Verstandes und mit einem wilden, verzweifelten Aufschrei stürzte sie sich auf die höhnisch lachende Davina.

„Staub, Staub, Staub!", kreischte diese unnatürlich hoch und brach in schallendes Gelächter aus, das so dröhnend war, als käme es von mehreren Personen.

„Na, das ist aber sehr unhöflich!", sprach sie dann plötzlich mit veränderter Stimme weiter und Trish stutzte.

„So langweilig und einschläfernd sind Nanas Feiern doch gar nicht." Seltsamerweise klang das sehr nach einer vertrauten Person.

Durch den dichten Pelz spürte Trish eine Hand auf ihrer Schulter. „Mum?", murmelte sie hoffnungsvoll.

„Ja, und wenn du die Augen öffnest, können wir uns sogar von Angesicht zu Angesicht unterhalten", antwortete diese und Trish riss die Lider auf, blickte in das leicht spöttische Gesicht ihrer Mutter.

„Mum!", rief sie erleichtert, sprang auf und fiel dieser um den Hals, während ein Scheppern verriet, dass irgendetwas soeben zwischen ihnen zu Boden gegangen war.

Ihre Mutter erwiderte die Umarmung liebevoll. Kein Monster, keine Fluchnachwirkungen, nur ein Traum! Ein furchtbarer – ja – aber nicht die Realität!!

Etwas rutschte von ihren Schultern und als Trish nach unten sah, bemerkte sie eine Dose mit Plätzchen und Nanas warme, alte Schafwolldecke, die sie sich zuvor um die Schultern geschlungen hatte.

„Staub!", vernahm sie wieder die Stimme aus ihrem Traum und ihre Verwandten lachten schallend. „Auf meinem Lieblingsplatz im Gewächshaus!!" Einer ihrer Großonkel hatte seine Stimme verstellt und wohl eine seiner Anekdoten zum Besten gegeben. Vermutlich hatte sie all das in ihren Albtraum eingebaut.

„Liebes, geht es dir gut?“, fragte ihre Mutter besorgt und erst jetzt bemerkte Trish, dass sie leise lachte und ihr gleichzeitig ein paar Tränen die Wangen hinunterliefen.

„Ich … ich weiß es nicht …“, sagte sie ehrlich und ihre Mutter sah sie mitleidig an.

„Keine Angst, ich frage nicht, ob du Drogen nimmst, wo ich doch gerade erst angekommen bin … erst morgen wieder.“

„Ha ha“, machte Trish trocken. Beide lachten los und hockten sich dann hin, um die heruntergefallenen Kekse einzusammeln.

„Frohe Weihnachten, mein Schatz!“ Trish spürte, wie sich eine Hand auf ihre Schulter legte, und bemerkte, dass ihr Vater neben sie getreten war.

„Dad!“, rief sie fröhlich, stand auf und drückte den etwa einen Kopf kleineren Mann an sich. „Wie lange seid ihr denn schon da?“

„Schon etwa eine Viertelstunde, aber du weißt ja, wie das ist, wenn man sich erstmal durch die ganze Sippe durchkämpfen muss.“ Er hielt ihr seine rechte Wange hin. „Wie viele verschiedene Farben Lippenstift sind das wohl?“

„Nur drei würde ich sagen, aber das liegt wohl daran, dass Tante Rosa all ihren Schwestern, Cousinen, Nichten und Schwägerinnen den gleichen zum Geburtstag geschenkt hat und keine von ihnen sie beleidigen will, indem sie ihn nicht trägt.“

Ihr Vater lachte, dann wurde er auch schon von seinem Bruder in Beschlag genommen und Trish wandte sich wieder ihrer Mutter zu.

„Nana hat gesagt, ihr hättet euch ein paar Mal gestritten, sie wüsste aber gar nicht mehr, wie es dazu gekommen sei“, begann diese vorsichtig. „Bist du deswegen so fertig? Sieh es ihr nach, sie wird älter und manchmal denke ich, sie mutet sich zu viel zu, daher wollte ich doch auch so gerne, dass du sie ein wenig unterstützt, auch wenn ich das manchmal vielleicht ein wenig“, sie seufzte, „ungeschickt formuliert habe.“

„Ist doch jetzt egal“, schniefte Trish, lächelte sie an und wollte die Kekse in die Küche bringen, stoppte jedoch dann, weil jemand ihr die weiße Decke entgegenhielt. Manja.

Es hatte ein Problem mit der Zugverbindung gegeben und sie hatte Trishs Angebot, sie mit Omas Ente zu jedem gewünschten Ziel zu bringen, abgelehnt. Natürlich hatte Trish ebenso reagiert, als Manja sich höflich in ihre Unterkunft hatte zurückziehen wollen, und Oma Tama hatte beigepflichtet, dass sie notfalls auch die Tür selbiger verbarrikadieren würde, denn solange sie noch lebte, würde keiner von Trishs Freunden Weihnachten alleine verbringen.

Trish stellte sie ihrer Mutter als Schulfreundin vor und so ganz abwegig war der letzte Teil dieses Wortes nicht, denn Trish fühlte sich der jungen Frau äußerst verbunden. Vermutlich war das normal, wenn man gemeinsam gegen Flüche und Zauber kämpfte.

Keine zwei Sekunden später waren die liebe, redselige Manja und ihre Mum bereits in ein angeregtes Gespräch über irgendetwas vertieft, dem Trish nur halbherzig folgte, weil sie ihren Blick über die Leute um sie herum gleiten ließ und verzweifelt versuchte, nicht an jemand Bestimmten zu denken.

Balian wollte sie nicht sehen, solange er nicht sicher war, dass sein und Davinas magisches Wirken keine schrecklichen Spätfolgen für sie beide hatte, und sie würde seinen Wunsch respektieren. Zumindest so lange, bis sie es nicht mehr aushielt und zu ihm fuhr. Wo alles gut sein und er weder alt noch sie sich in ein Monster verwandeln würde. Er hatte also noch etwa einen Abend Ruhe vor ihr. So lange musste sie sich ablenken und wo ging das besser als hier?

Es war ein typisches Weihnachtsfest in Oma Tamas Haus: laut, gemütlich, chaotisch, lustig, ein bisschen nervig und mit Ansätzen von bei Großfamilientreffen schnell aufkommenden Unstimmigkeiten, die größtenteils im Keim erstickt wurden, weil man zusammengekommen war, um miteinander zu feiern und nicht zu streiten. Der bunte Trubel war eine willkommene Abwechslung zu der Kälte und Teilnahmslosigkeit, die die letzten Tage in Ghrianbury bestimmt hatten, doch Trish tat sich ein wenig schwer damit, sich von der Ausgelassenheit um sie herum anstecken zu lassen.

In der Nacht zuvor hatte sie kaum ein Auge zugetan, weil ihre Gedanken immer wieder zu den Ereignissen der letzten Tage und speziell zu Balian zurückgekehrt waren. Vermutlich war sie deswegen auf Nanas Sessel nahe der Heizung eingenickt. Schließlich hatte sie einen frühmorgendlichen Spaziergang durch den Ort unternommen, in dem es in mehrerlei Hinsicht nicht mehr ganz so kalt war und Weihnachten über Nacht in Teilen wieder Einzug erhalten hatte.

Aus der Bäckerei hatte es bereits um diese Uhrzeit nach süßem Gebäck mit Vanille und Zimt geduftet und in einigen der Fenster und Gärten hatten schon wieder Lichterketten den Ort warm und festlich erscheinen lassen. Mr Henning war bei ihrem Auftauchen im Begriff gewesen, einen großen, goldenen Stern an seiner Ladentür anzubringen und hatte Trish freundlich zugewunken.

„Frohe Weihnachten, Darling!“, hatte er fröhlich gerufen und sie hatte es erwidert, auch wenn ihr so gar nicht danach zumute gewesen war.

An ihrem Gemütszustand hatte sich auch nicht viel geändert, als ab dem späten Vormittag nach und nach die Gäste in Oma Tamas Haus eingetrudelt waren, und nun saß man beieinander, lachte, redete und aß.

Trish bemühte sich redlich, sich ihre Niedergeschlagenheit nicht weiter anmerken zu lassen. Alles war doch gut verlaufen. Der Bann war gebrochen und alle waren wieder sie selbst. Na ja, wie man es nahm. Während die Dorfbewohner die Kälte aus ihren Herzen vertrieben zu haben schienen und wieder normal geworden waren, fühlte Trish sich nur teilweise erleichtert, denn sie war nicht mehr dieselbe wie noch zu Beginn ihres Aufenthaltes hier vor ein paar Tagen. Zu viel war passiert und während alle anderen die typisch weihnachtliche Fröhlichkeit und Ausgelassenheit zeigten, fühlte sie sich noch mehr fehl am Platze, als es sonst auf Familienfeiern der Fall war.

Trish spürte, dass jemand sie ansah und fing Oma Tamas Blick auf. Sie setzte ein Lächeln auf und hob in Ermangelung eines Glases die Keksdose, die sie immer noch in den Händen hielt, um ihrer Nana damit zuzuprosten, die daraufhin zu ihr herüberkam und sie liebevoll-knochenbrecherisch an sich drückte. Sie war wieder ganz die Alte. Es schien so, als hätte sie volle Erinnerung an die vergangenen Tage, jedoch nicht an ihre Wesensveränderung. Trish hatte diese aber natürlich auch mit keinem Wort erwähnt, geschweige denn von Balian, seiner Schwester und dem Fluch erzählt.

„Wieso schaut meine Lieblingsenkelin so traurig drein wie ein Pfefferkuchenmännchen ohne Zuckerguss?", wollte Oma Tama wissen.

„Sorry", sagte Trish und bemühte sich um mehr echte Fröhlichkeit.

„Auweia", machte die Nana, weil es wohl ein recht kläglicher Versuch war, „da braucht aber jemand ganz dringend ein Glas von meinem Eggnog – diesmal sogar dem nicht jugendfreien." Sie stieß Trish verschwörerisch an und die grinste.

„Den bekomme ich von dir doch schon seit zwei Jahren."

Ihre Nana sah sie mit gespielter Ahnungslosigkeit an. „Ich weiß gar nicht, wovon du redest, Kind."

Sie wandte sich um, dann fiel ihr noch etwas ein. „Ach ja, bevor ich es vergesse: Ich möchte dich nicht beunruhigen, aber da draußen war jemand, der seit geraumer Zeit ums Haus geschlichen ist."

Nach einem Schockmoment polterte Trishs Herz wie wild los. „Was?"

Oma Tama lachte. „Irgend so ein junger Mann, recht hübsch, soweit ich das beurteilen konnte. Womöglich etwas weniger *jetzt*, nachdem ich ihn außer Gefecht gesetzt habe."

„Was?!"

„Na ja, wer schleicht denn an Weihnachten einfach um fremde Häuser und späht durch die Fenster?" Oma Tama lachte. „Eigentlich habe ich nur gefragt, was genau er da tue, da ist er vor Schreck auf einer eisigen Stelle ausgerutscht und mit dem Kopf gegen die Hauswand geknallt, aber es wird wohl nicht weiter schlimm sein."

Sie sah in Trishs entsetztes Gesicht und missverstand deren Reaktion nur halbwegs richtig.

„Keine Panik! Er kam recht schnell wieder zu sich und hat irgendwas davon gemurmelt, dass er dich kenne – vermutlich gingen du, er und Manja auf die gleiche Schule, oder? – und mich sehr charmant davon überzeugt, nicht die Constables herzubemühen. Von denen habe ich eh nie was gehalten", setzte sie hinzu. „Machen immer nur doofe Witze, wenn man in Not ist."

Konnte … konnte das wirklich sein? Sollte sie tatsächlich so viel Glück haben?

Trishs Knie wurden weich. Die Auswahl an jungen Männern, die nicht zu ihrer Familie gehörten und sich an Weihnachten ihretwegen zum Haus ihrer Großmutter begaben, war extrem klein. Alles in ihr schrie danach, loszurennen, doch sie konnte sich nicht vom Fleck bewegen. Die Panik, dass das winzige Fünkchen Möglichkeit, es könne sich doch um jemand anderes handeln, zur Realität werden könnte, hatte ihre Füße eingefroren.

„Jedenfalls", plapperte ihre Nana munter weiter, „sitzt er jetzt in der Küche, kühlt seinen Kopf und würde sich sicherlich freuen, meine junge, hübsche Enkelin zu sehen und keine griesgrämige, gewalttätige Alte.“ Sie kniff die Augen zusammen und betrachtete prüfend Trishs Gesicht.

„Oh“, machte sie dann betroffen. „Ist es ein Ex-Freund, den du gar nicht sehen wolltest? Na warte, das haben wir sofort …“

„Worauf wartest du denn?“, flüsterte Manja hinter ihr, die wohl das Gespräch mit Trishs Mum längst beendet und sie belauscht hatte. Der darauf folgende kleine, wohlgemeinte Schubs brachte endlich Bewegung in Patricias erstarrten Körper und sie hielt ihre Oma nach zwei Schritten sanft an der Schulter fest. „Obaa-chan, warte!“

Ihre Nana wandte sich wieder um und kniff-tätschelte lächelnd ihre Wange. „Ich dachte schon, das höre ich diese Weihnachten gar nicht mehr. Du willst ihn also ganz sicher sehen?“

Trish biss sich auf die Unterlippe und nickte, während ihr bereits Tränen in die Augen traten. Junger Mann – ihre Nana hatte *‚junger Mann‘* gesagt. Hoffentlich kam er nicht, um sich zu verabschieden.

Auf wackeligen Beinen und mit dem Versprechen von Manja im Ohr, vor der Küche Stellung zu beziehen, sodass sie möglichst lange ungestört und vor allen Dingen un*belauscht* blieben, betrat sie diese.

Balian saß am Tisch und sah ihr entgegen, erhob sich aber sofort, als sie eintrat. Er sah genauso jung wie zuvor aus, zeigte keine Spuren rapider Alterung. Dunkelblonde Locken, straffe, fast makellose Haut, blaue leuchtende Augen. Sein Blick war wach und er wirkte ausgeruht, aber auch deutlich nervös. Na toll! Er kam doch, um sich zu verabschieden, weil er Zeit gehabt hatte, über alles nachzudenken, und zu dem Schluss gekommen war, dass es für sie beide keine Zukunft gab, weil er sein Schloss lieber mit einer … ach, was wusste sie denn?

Der junge Mann vor ihr trat etwas unschlüssig auf sie zu und hielt einen recht ramponierten Blumenstrauß hoch. „Ich fürchte, der hat etwas gelitten …“

„Wie geht es dir?“, platzte es atemlos aus Trish heraus und auch sie machte einen vorsichtigen Schritt vor, weil sie immer noch Angst hatte, er könne gleich wieder zur Tür hinausrennen. Diese hatte sie extra einen Spalt weit offen gelassen, um nicht den Eindruck zu erwecken, dass es keine Fluchtmöglichkeit für ihn gab. Er war lange genug eingesperrt gewesen.

„Gut, danke“, erwiderte er. „Ich fühle mich … viel besser. Ausgeruhter. Erleichtert. *Sehr* erleichtert. Und auch ein bisschen nervös, weil alles noch so neu ist …“

„Es ist sicherlich ein komisches, aber auch schönes Gefühl, dass der Fluch … *die* Flüche endlich von euch genommen wurden und zwischen Davina und dir die Beziehung entstehen kann, die ihr schon immer hättet haben sollen, das verstehe ich“, sagte Trish verständnisvoll und schluckte ihre aufkommende Panik herunter. Gleich würde er sich endgültig von ihr verabschieden, weil er Zeit für sich brauchte und sie trotz aller Hilfe zu sehr mit seiner dramatischen Vergangenheit verbunden war, als dass er sich eine gemeinsame Zukunft mit ihr vorstellen konnte.

„Ja“, gab er einfach zurück und Trishs Herz krampfte sich zusammen. Er holte tief Luft. „Aber ich bin nicht hier, um über Davina und mich zu reden.“

Ein weiterer Schritt verringerte die Distanz zwischen ihnen soweit, dass Balian ihr den Strauß reichen konnte.

Ihre Finger berührten sich kurz, dann unterbrach er den Kontakt. Schön, jetzt wollte er sie nicht einmal mehr berühren! Sie musste hier raus.

In der nächsten Sekunde legten sich Balians Hände um ihr Gesicht und seine Augen suchten die ihren. „Es tut mir leid, dass ich derart unhöflich in eure Festivitäten hereinplatze, aber ich *musste* dich einfach sehen und da nehme ich es in Kauf, der Elefant im Porzellanladen zu sein."

„Besser als das Schneemonster im Haus", rutschte es Trish heraus und sie hielt sich erschrocken eine Hand vor den Mund. „Tut mir leid, ich wollte nicht …"

Balian ergriff ihre Finger und hauchte einen zarten Kuss darauf, der eine wundervolle Gänsehaut auf ihren Armen erzeugte und ihr Herz freudig auf und ab hüpfen ließ. „Du musst dich nicht entschuldigen. Ich habe deinen Humor vermisst. Ich habe deine Stimme vermisst, ich habe *dich* vermisst!"

Sie konnte kaum glauben, was sie da hörte, lauschte seinen Worten nur mit angehaltenem Atem, während die emotionale Seite in ihrem Inneren bereits ein beinahe manisch anmutendes Freudentänzchen aufführte.

„Nachdem ich ein wenig geruht hatte", fuhr Balian fort, „– und ich weiß nicht, wann neun Stunden Schlaf das letzte Mal ausreichend gewesen sind – wachte ich auf und machte einen Spaziergang außerhalb des Grundstückes. Als *ich, Balian*, nicht als mein eigener Opa!"

Er lachte und Trish lächelte ihn warm an.

„Dann saß ich lange dort in meinem Gewächshaus und fragte mich, was genau ich nun eigentlich zu tun gedenke? Angstvoll darauf warten, dass ich doch noch vergreise, obwohl mir eine innere Stimme immer wieder zu sagen versucht, dass ich nichts zu befürchten habe? Mich einigeln und das gleiche Leben wie vorher führen – zurückgezogen, ängstlich, auch wenn es dazu vermutlich gar keinen Grund mehr gibt? Riskieren, die Chance, dich besser kennenzulernen, außerhalb dieses furchtbaren Dramas, das mein Leben war, einfach zu vertun? Denn dich weiterhin in meiner Nähe zu haben, mit dir zu reden, dich zu hören, zu sehen und zu fühlen, selbst wenn es nur jeden zweiten Tag oder einmal in der Woche wäre – ich bin da flexibel – *das* wäre mein größter Wunsch, Trish. Wenn es denn auch vielleicht deiner sein mag …?“

Unsicherheit und Verletzlichkeit lagen in seinem Blick und Trish, die endlich eine gewisse Kontrolle über ihren Körper zurückgewann, streckte den Arm zur Seite, um die Blumen abzulegen, fand nichts und legte so nur ihre freie Hand in seinen Nacken. Ihre Finger glitten dort zaghaft durch das kurze, lockige und unglaublich seidige Haar.

„Und *wie* ich das will“, schniefte sie, doch sie war zu glücklich, um sich über die Tränen zu ärgern, die sich schon wieder in ihren Augen sammelten.

Ein erleichtertes Lachen drang aus Balians Kehle und im nächsten Moment spürte sie seine Lippen auf den ihren. Warm, weich, so wundervoll … *warm*! Nicht kühl wie das letzte Mal. Wie hatte ihr entgehen können, dass auch seine Hände eine normale Temperatur hatten??

„Yessss“, hörte man es leise von der Küchentür her und Trish sah sich erschrocken um.

Manja hatte ihre Neugierde wohl nicht zügeln können und die Tür noch ein Stück weiter geöffnet, wo sie ihren Körper gerade in einem kurzen Siegestanz hin und her schwang – den sie jedoch sofort peinlich berührt unterbrach, weil sich mittlerweile schon zwei Augenpaare auf sie gerichtet hatten.

„Ich freu mich nur so, aber hey, sorry weitermachen“, murmelte sie und machte eine auffordernde Handbewegung in Richtung des eng umschlungenen Pärchens. Trish lächelte sie voller Zuneigung an, bevor sie ihren Blick wieder Balian zuwandte.

„Darf ich dich also einladen, mich zu begleiten und mit mir die Welt zu bereisen?“, versicherte er sich lächelnd, als sie sich ein wenig voneinander lösten.

Trish sah ihn verblüfft an. „Du willst es echt tun? Auf Weltreise gehen, meine ich?“

Er nickte mit einem Strahlen in den Augen, das es in ihrer Brust ganz warm werden ließ. „Eine sehr kluge junge Frau, hat mir mal geraten, meinen Träumen zu folgen“, sagte er sanft und strich ihr zärtlich eine rote Strähne aus dem Gesicht. „Und ich würde sie sehr gern auf dieses Abenteuer mitnehmen.“

Trishas Herz machte erneut ein paar Hüpfer und Aufregung breitete sich in ihrem Inneren aus – dieses Mal eine der angenehmen Art. Die Welt mit Balian zusammen zu erkunden war eine so wundervolle Vorstellung, dass sie ihr fast Angst machte, obwohl ihre emotionale Seite bereits laut ‚Ja!‘ schrie.

Ihre Augen wanderten zur Tür, die jetzt genügend geöffnet war, um in das mit ihren Verwandten gefüllte Wohnzimmer sehen zu können. Da waren ihre Eltern in der Mitte des Raumes, die in ein angeregtes Gespräch mit einer ihrer Tanten verstrickt waren. Sie würden sich sicherlich nicht freuen, wenn ihre Tochter für ein paar Wochen mit einem für sie wildfremden jungen Mann verschwand und sich damit gegen ein sofortiges Studium oder eine Ausbildung entschied. Es würde Streit und eventuell auch wieder Tränen geben, aber wie sie nun wusste, taten ihre Eltern das nur, weil sie ihre Tochter liebten und sie beschützen wollten. Eines Tages, wenn Patricia ihnen bewiesen hatte, dass sie genau wusste, was sie tat und das Leben lebte, das *sie* wollte, würden die Streitigkeiten weniger werden und irgendwann wahrscheinlich sogar aufhören. Bis dahin war es zwar noch ein langer Weg, aber mit der heutigen Entscheidung würde es endlich der *ihrige* sein.

„Aber du wirst nicht für mich bezahlen“, sagte sie mit einem Lächeln und seine Augen leuchteten vor Freude auf, „das kann ich nicht annehmen!“

„Du meinst, das wäre nicht das Mindeste, nachdem du mich und meine Schwester mithilfe deiner Freundin von unserem unglückseligen Schicksal erlöst hast?“, erwiderte er, nachdem er es sich nicht hatte verkneifen können, ihr einen überschwänglichen Kuss auf die Lippen zu drücken.

„Na ja, eigentlich hat Manja ja das meiste gemacht“, lenkte Trish bescheiden ein und Balian fügte hinzu: „Und auch ihr gegenüber würde ich mich gerne erkenntlich zeigen.“

„Das könnte ziemlich schwierig werden; sie hat da, glaube ich, ähnlich strenge Ansichten wie ich. Außerdem habe ich dir doch nicht geholfen, um dann kräftig abzusahnen.“

„Abzusahnen?“, fragte er verständnislos. „Backen? Kochen?“

„Nein … es heißt, ich war nicht auf deinen Reichtum aus und bin es auch jetzt nicht. Ich wollte herausfinden, wie ich die Menschen hier wieder in ihren Normalzustand bekomme, besonders meine Nana … was nicht heißt, dass du nur Mittel zum Zweck warst“, fuhr sie erschrocken fort, doch er schüttelte lächelnd den Kopf.

„Ich verstehe schon, was du versuchst: Du willst deinen Verdienst herunterspielen, weil du dich nicht von dem reichen Schnösel aushalten lassen willst.“

„Ich würde es ohne den ‚Schnösel‘ formulieren“, wandte sie ein und er nickte.

„Ich hatte gehofft, dich doch überreden zu können, aber Davina hat mich schon davon zu überzeugen versucht, dass du zu stolz wärest und solch ein Geschenk nie und nimmer annehmen würdest. Also habe ich mich, nachdem ich feststellen musste, dass der Akkumulator meines Laptops all die magischen Energieströme im Haus nicht überlebt hat, anderweitig ein wenig umgehört. Am gestrigen späten Abend habe ich Mr Floyd Senior in seinem technischen Gewerbeladen einen Besuch abgestattet und schilderte ihm mein Problem. Da seine Geräte soweit alle hinabgefahren worden waren, reichte er mir eines dieser kleinen Handyhosentaschentelefonapparate. Auf diesem drückte er auf das kleine Symbol, das wie eine ovale Eiskugel in einem Eisbecher aussieht, und nachdem ich in dieses Aufnahmeloch gesprochen hatte, belehrte mich eine nette Dame darüber, dass es etwas gäbe, das sie ‚Work and Travel‘ nannte und Weltreisen ohne großen finanziellen Aufwand möglich mache. Es klang wie Musik in meinen Ohren.“

Seine Augen hatten erneut vor Begeisterung zu leuchten begonnen. „Ich hätte so gerne etwas zu tun, würde liebend gerne in die Welt hinausreisen, andere Orte sehen, das erste Mal in meinem Leben unabhängig sein, nicht einfach ein paar Goldmünzen hier und da auf den Tisch werfen, sondern für mein Geld *arbeiten*, mir meine Reisen und alles, was ich benötige, *erarbeiten*! Und ich möchte das mit dir teilen … wenn … wenn du es auch mit mir teilen magst …?"

„Ja! Ja, ja, ja, ja, ja", rief Trish überschwänglich und presste ihre Lippen erneut auf die seinen. Sie fühlte ihn glücklich lachen, bevor er den Kuss mit Hingabe erwiderte und ihren Verstand vollkommen lahmlegte.

„Hat man Worte?", ertönte eine empörte Stimme aus dem Wohnzimmer und als sie und Balian erschrocken auseinanderfuhren, sah sie Tante Yukiko in einigem Abstand durch die jetzt weit geöffnete Wohnzimmertür stehen, die Hände in gespielter Entrüstung in die Hüften gestemmt. Manja lugte kurz mit einem zerknirschten Grinsen um die Ecke und ließ schnell die Hand von Sam, einem von Trishs Cousins los. Vermutlich hatte sie sich in einem angeregten Gespräch mit ihm befunden. Die Ablenkung hatte sie sich aber auch verdient.

„*So* muss ich von deiner neuen Flamme erfahren??", beschwerte sich Yukiko übertrieben dramatisch weiter. „Wieso kenne ich diesen jungen Mann noch nicht einmal von Fotos? Ist dein WhatsApp kaputt?"

In der nächsten Sekunde standen alle Anwesenden dicht gedrängt vor dem Kücheneingang, um auch nur ja nichts mehr zu verpassen. Die Hinteren reckten die Hälse und Trish fühlte sich plötzlich ins Rampenlicht gezerrt, wo sie sich so gar nicht wohl fühlte.

„Yuki!“, sagte Oma Tama sofort bestimmt. „Nun mach sie doch nicht noch verlegener, als sie es ohnehin schon sind, das junge Glück!“

Sie klatschte in die Hände und wedelte dann mit den Händen in Richtung der Zuschauerschar. „Und nun hopp, hopp, zurück zum Buffet mit euch!“ Ihre Stimme duldete keinerlei Widerspruch und Trish sah noch, wie ihre Mutter sie verwundert anstarrte und Tante Yukiko ihr ein übertriebenes Augenzwinkern und eine Kusshand zuwarf, bevor die Tür von außen geschlossen wurde und sie und Balian etwas ungestörter waren.

„Es ist gut, dass wir wegfahren“, ließ Trish ihn wissen und setzte hoffnungsvoll hinzu: „Vielleicht gleich jetzt?“

Balian lachte warm. „Eigentlich gerne, aber ich werde noch ein paar Wochen brauchen. Ich dachte an die letzten Tage des kommenden Januars?“

„Klar“, sagte Trish sofort verständnisvoll. „Du und Davina, ihr habt einiges nachzuholen und zu klären.“

Er nickte. „Es ist sehr ungewohnt, ihr nicht mit Hass oder Abneigung zu begegnen … aber auch sehr schön. Ich sehe jetzt Vieles anders und möchte sichergehen, dass es ihr gut geht, wenn ich weg bin.“

„Ich bin sicher, wenn sie Gesellschaft braucht, wird meine Nana sie mit offenen Armen empfangen.“

Er schenkte ihr ein warmes Lächeln. „Das wäre schön. Jemanden zum Reden für sie, der nicht ich ist.“

„Und sie will nicht weg?“

„Erst einmal nicht. Später vielleicht.“ Er zog sie erneut an sich. „Wir können dir gar nicht genug danken, Trish. Was du uns zurückgegeben hast …“

„Echt, das war ich nicht. Ohne Manja hätte ich nichts ausrichten können, und eigentlich ist der arme Mr Marušić der Held der Geschichte, denn wenn er das Symbol nicht berührt hätte …“ Dann hätte sie Balian nie kennengelernt und er und seine Schwester wären jetzt vermutlich immer noch dort eingesperrt. Wie schrecklich!

„O ja, Mr Marušić“, sagte Balian. „Ich habe mich auch über ihn mit diesem Telefonkästchen erkundigt und erfahren, wie schlimm er verletzt wurde und wie schlecht es ihm seitdem ergangen ist. Selbstverständlich werden Davina und ich ihn mit einer reichlichen Summe für das zu entschädigen versuchen, was ihm widerfahren ist. Er soll eine schnelle Heimreise zu seiner Familie haben und die Betreuung durch die besten Ärzte in seinem Heimatland erhalten. Darüber hinaus soll ihm eine Art Pension zuteilwerden, die es ihm ermöglicht, ein gutes Auskommen zu haben und nach seiner vollständigen Genesung sogar einen anderen Beruf zu ergreifen, wenn er dies möchte.“

„Mein Gott, wie reich seid ihr?“, entfuhr es Trish, dann lachte sie verlegen.

„Wie sagt man heutzutage? – Stinkreich“, erwiderte Balian sofort grinsend. „Die Golddublonen sind ja nur das, was wir gerade an Barem Daheim haben. Mein Vater hat schon vor über hundert Jahren gut für seine Kinder vorgesorgt.“

„Jetzt sag bloß, du müsstest für den Rest deines Lebens eigentlich nie mehr arbeiten gehen“, witzelte sie. Ihr Kichern blieb ihr allerdings im Hals stecken, als Balian sich nur verschmitzt auf die Lippen biss und nachdrücklich die Brauen hob.

„Nicht im Ernst!“, keuchte sie.

„Heißt das, ich darf dich womöglich jetzt doch in jeder Hinsicht einladen?“, hakte er grinsend nach.

„So … so meinte ich das nicht“, versuchte sie richtigzustellen, „es ist einfach sehr lieb von dir – *das* hätte ich sagen sollen.“

„*Stink*reich“, versuchte Balian es noch einmal und sie lachte erneut.

„Komisch“, sagte sie dann und vergrub ihre Nase in seiner Schulter. „Ich rieche gar nichts.“

Damit nahm sie unter seinem leisen, belustigten Glucksen einen tiefen Atemzug und lehnte ihren Kopf an seine Schulter, atmete seine wundervolle Nähe ein und wiegte sich mit ihm zum Takt der leisen Musik, die vom Wohnzimmer durch die Tür zu ihnen drang.

Zwei Worte stahlen sich in ihren Verstand. Zwei Worte, die sie bis vor Kurzem noch nur kitschigen Filmen und schnulzigen Büchern zugeordnet hätte: Weihnachtswunder und Glückseligkeit. Und die perfekte Mischung aus beidem war, was sie in diesem Moment spürte, in ihrem ganz eigenen glückseligen Weihnachtswunder.

Ende